왕은
안녕하시다

1

왕은
안녕하시다

성석제 장편소설

1

문학동네

차례

서장

몇 년 전까지만 해도 수도권 전철 노량진역 역사 안에는 중고책방이 있었다. 차 안에서 책을 읽는 사람들이 더러 있었기 때문이다. 다른 역도 아니고 노량진역 구내에만 중고책방이 있는 이유는 알 수 없었다. 노량진역에서 내려서 수산시장에 가는 사람이 많은데 그들이 중고책을 사느라 회를 덜 먹을 것 같지도 않았다.

노량진역 근처 학원가에는 공무원 시험을 준비하는 사람들이 대한민국 최고의 밀도로 집결해 있지만 그들이 굳이 중고책방 가판대에 진열해놓은 처세술 관련 서적, 주식 투자에 관한 책을 살 것이라고 기대하기는 어려울 것 같았다. 사주팔자에 관한 것이라면 일말의 관심이 있을 수 있는데 실제로 그것을 가끔 들춰보고 지나가는 사람은 웬만큼 살아서 사주팔자가 궁금할 게 없을 연배였다. 들춰보기만 할 뿐막상 책을 사는 사람은 거의 보지 못했다.

일 년에 한두 차례 수산시장 근처의 횟집에서 내륙 깊숙한 농촌도

시 출신의 동창들과 만날 때 말고는 노량진역에 갈 일이 거의 없는 나로서는 그 중고책방에 관심을 가질 이유가 별로 없었다. 하지만 어느 날인가는 친구들과의 약속시간보다 한 시간쯤 일찍 도착하게 되었고 시간을 보낼 방법을 찾다가 중고책방 앞에 멈춰 서게 되었다. 내 관심사와는 별반 관계없는 인기 서적 위주인 책들을 훑어보다가 값싼 나무판으로 짠 매대 아래 어둠과 먼지 속에 묻혀 있는 전집과 두꺼운 책들을 보게 되었다.

나는 시간이 넉넉하게 남은 것을 확인하고 어둠 속의 책에 손을 뻗었다. 지네나 쥐에게 물릴지도 모른다는 두려움과 끈끈한 거미줄과 쥐똥, 철학사상전집, 세계여행전집, 전후세계문제작선집을 지나 만나게 된 책은 '국역 연려실기술 전집國譯燃藜室記述全集'이라는 금박 글자가 박힌 열두 권짜리 전집이었다. 각각의 책은 붉고 두꺼운 하드커버 표지를 하고 있었고, 그중 두꺼운 건 팔백여 페이지에 달했다. 중고등학교 국사시간에 제목은 들어본 책 같아서 붉은 비닐 끈을 풀고 한 권을 뽑아들었다. 책장을 들추자 한자가 꽉 차게 인쇄된 면이 먼저 나와서 기가 질리게 만들었다. 앞으로 넘겼더니 낯선 한자어와 의고체 문장이 뒤범벅된 글의 육괴肉塊가 나왔다. 분명히 한글로 번역된 것임에도 무슨 말인지 쉽게 해득이 되지 않았다.

조선시대 역사서의 백미로 일컬어지는 『연려실기술』은 18세기 후반 완산 이긍익에 의해 삼십여 년간 집필, 완성되었고 필사본 59권 42책의 방대한 분량의 원고는 1966년 민족문화추진회에서 '고전국역총서古典國譯叢書' 제1집으로 번역, 발행했다. 거기 있는 전집은 출처가 불분명한 영인본으로 묶인 부분이 깊게 눌려 있는 것으로 보아 누군가 오래전에 이사를 하면서 헌책방에 내다판 것 같았다. 나는 다시 시계를 보았다. 아직 시간이 남아 있었다. 그래서 조금 더 찬찬히 그 책이 내게 무슨 소용이 될지 따져보았다. 값이 싸기만 하다면 뭔가 하나쯤 건질 수 있을지도 모른다는 생각이 들었다.

"이 책 전집으로 몽땅 사면 얼마예요?"

내가 묻자 전자모기채를 들고 있던 주인은 내 행색을 아래위로 훑어보더니 다시 원래처럼 심드렁한 표정으로 돌아가며 "딱 잘라 십만원"이라고 했다.

"오만원에 합시다."

나에게 그 책을 들고 갈 만한 팔힘이 있을지 의구심을 품으면서도 무조건 깎고 보았다.

"오만원이라니? 발행했을 때 원가도 안 되겠구만. 십만원에 가져가요. 아니면 말고."

"원가가 정확하게 얼만데요?"

나는 빈틈을 파고들면서 집안 어디에 그 책을 쌓아놓을지 가늠했다. 진공청소기를 끌고 다니며 잔소리를 퍼부을 누군가의 얼굴도 자연스럽게 떠올랐다.

"뒤에 판권 있으니까 보세요. 보자, 일구 하고 육칠년에 초판 발행인데 한 권당 일만이천 냥이라고 되어 있네. 이게 전부 다 해서 꼴랑 십만원이면 거저요, 거저."

"이게 정식으로 제대로 절차를 밟아서 출간된 책 맞아요? 엉성한게 복사집에서 대충 찍은 책 같은데. 거기다 책이 이렇게 두껍고 무거워서 놔둘 데도 마땅찮고…… 그러니까 책 주인이 이사 갈 때 버리고 갔겠지만."

주인의 안색이 달라졌다. 마침 전자모기채에 어떤 재수없는 날벌레가 걸려들었는지 빠직, 하는 소리가 들렸다.

"안 살 거면 그냥 가쇼. 내 참, 그러니까 이런 보물은 뭘 아는 사람에게나 인연이 닿는 게지."

교양 없고 무식한 사람 취급까지 받아가며 나는 부득부득 값을 깎았고 결국 칠만원에 『국역 연려실기술』 전집을 샀다. 비닐 끈에 묶여 있는 그대로 전집 전체를 들었더니 팔이 빠질 것 같았다. 끈을 더 달라고 해서 이중으로 다시 묶고 끈이 손바닥을 파고들지 않게 검정색 절연 테이프로 감았다. 그걸 들고 철로 위를 지나는 구름다리를 건너 약속장소까지 가는 데 세 번이나 쉬었다. 내가 미쳤지, 하는 소리가 절로 나왔다. 집으로 올 때는 친구들의 도움을 받아 택시가 다니는 큰 길까지 나왔는데, 내가 그날 저녁 모임에 참석한 네 사람이 먹고 마신 회와 술을 다 샀음에도 불구하고 '넌 아직까지도 마누라 무서운 줄 모르는 철없고 대책 없는 인간이다'라는 구박을 사람마다 받았다. 그 책 때문에 심야에 할증료를 내는 택시를 타야 했으므로 실제로 책이 내 것이 되기까지의 비용은 이십만원이 다 되었다.

그로부터 몇 해가 지나 이사를 하면서 안 보는 책들 가운데 일부는 버리고 쓸 만한 건 중고책방에 가져다 팔고 하느라고 며칠을 보냈다. 『국역 연려실기술』 전집은 사기만 해놓고 한번 들춰보지도 않아서 먼지만 좀 쌓였을 뿐이었다. 샀을 때 그대로인 비닐 끈을 풀고 전집을 펼쳐보니 전집 사이에 다른 책과 맞먹는 두께의 복사본 책이 한 권 끼워져 있었다. 대량 복사가 시작된 1980년대 후반에 대학가의 복사집에서 흔히 썼을 법한 누런 표지에는 아무 글자도 쓰여 있지 않았다. 두꺼운 표지를 넘겨보니 제목도 없이 곧바로 손글씨로 쓴 본문이 시작되었다. 생경한 한자와 구투의 문장이 떡진 언어의 육괴나 다름없었지만 띄어쓰기가 되어 있어서 그럭저럭 읽을 수는 있었다. 생소한 단어와 책에 등장하는 인물들의 복잡한 관계 때문에 쉽게 해독이 되지 않았다. 노트북을 켜고 인터넷과 사전을 찾아가며 책장을 넘겨나갔다. 갖은 애를 써서 스무 페이지가량 읽어나갔더니 그때부터 조금씩 적응이 되었다.

누군가 간략하게 쓴 것을 여러 사람이 거들고 보태며 편집한 결과물 같기는 했지만 그건 소설로 분류할 수 있었다. 소설이 처음 쓰였을 무렵에 중국의 장자가 그것을 '소설小說'이라 불렀고, 공자는 '소도小道' '도청도설道聽塗說', 순자는 '소가진설小家珍說' '사설邪說' '간언奸言'이라 했다. 뒤로 가며 '패설稗說' '잡기雜記' '총화叢話' '쇄록鎖錄' '야언野言' '설림說林' 등으로도 불렸는데 이런 용어에는 대체로 소설은 경사자집經史子集에 비해 질이 낮은 가벼운 읽을거리라는 가치관이 반영되어 있었다.

우리 역사에서는 고려 말 이규보의 '백운소설'이란 책명을 소설이라는 단어의 첫 용례로 꼽고 있으나 조선조에 들어와서도 소설은 여전히 심심풀이용의 황당한 이야기로 여겨졌다. 그런데 상당한 수준의 지식인으로 추정되는 그 '소설'의 저자와 편집자들은 그런 선입관에는 전혀 물들지 않았고 스스로가 소설가라는 의식을 가지고 있지도 않았다.

그 '소설'은 열네 살의 어린 나이에 숙종 임금이 등극하는 것으로 시작되고, 폐출되었던 인현왕후가 복위된 시점에 끝이 났다. 동시대 뿐 아니라 오늘날까지 사극의 단골 소재가 되고 있는 내용으로, 그 사이의 역사적 시공은 두 차례의 예송과 세 차례의 환국으로 인한 정권 교체와 극렬한 당파 싸움, 소현세자 사후 왕실의 정통성을 둘러싼 연이은 역모와 음모, 중국 역대 최고의 황제로 일컬어지는 강희제의 등장과 전성기를 맞은 청나라의 전방위적 압박, 전 세계적인 기상이변으로 인한 자연재해와 대기근 등으로 연대기에 여백이 없을 정도로 촘촘히 채워져 있다. 그럼에도 불구하고 인구가 폭발적으로 증가하고 (임진왜란 종전 후 백여 년간 1000만 명에서 1500만~2000만 명으로 두 배 가까이 는 것으로 추산되고 있다) 전면적인 대동법 실시, 상평통보 주조 등으로 상업이 발달하여 1차산업 위주의 경제가 화폐경제로 전환되었다. 군제의 개편, 산성과 진지 축성 등으로 국방이 대폭 강화되었으며 이렇다 할 전란이나 급변이 없었기 때문에 민간 주도의 경제활동이 활발했고 서적의 보급, 의관, 역관, 상인 등 전문 직군에 종사하는 사람들의 증가 등으로 겉보기로는 태평성대의 나날이 이어졌다.

또한 새로운 인간형, 삶의 유형이 등장하고 신분제의 모순을 혁파하려는 백성과 억눌려 있던 하층민들의 꿈틀거림이 체제를 요동치게 만들었다. 뛰어난 기술과 천재성을 지닌 장인과 예술가들이 속속 나타나 문화와 일상을 융성케 했다. 그 '소설'은 그런 시대 상황과 사람들의 생활이며 가치 변화를 있는 그대로 반영하고 있었다.

'소설'은 실제의 역사적 사건이 있던 16세기 후반에 쓰이기 시작해서 17세기 초에 초고가 완성되고 관심이 있는 사람들에 의해 필사를 거치며 생명을 이어나간 듯했다. 필사를 하는 사람의 신분, 성향, 지식수준 등에 따라 상당한 첨삭과 변화가 더해졌고 각자의 당파성이 드러났다. 무예에 관심이 많은 필사자는 무협지 수준의 대결 장면을 삽입하기도 했으며 기생 문화, 예송, 의례儀禮, 대외 정세 등에 관해서도 적지 않은 노고를 마다하지 않고 조사를 해서 첨가하고 심화시킨 흔적이 보였다.

20세기 중반 이후 마지막으로 그 책을 총체적으로 편집하고 번역한 사람은 문학, 한문과 역사에 상당한 역량과 지식을 가지고 있었던 듯 생소한 한자 단어를 현대어로 대체했으며 알아듣기 힘든 문어체 문장을 일반인이 읽을 만하게 수정했다. 그에 의해 소설 전체에 통일성이 생겼고 내용 또한 '잡기'에서 '작품'으로 도약을 한 것으로 볼 수 있어 '편저자'로 부르기에 부족함이 없을 듯했다. 어쩌다 그의 수중에서 세상에 흘러나온 그 책이 대량 복사의 시대에 일정 부수가 복사, 제본된 듯했는데 우연인지는 몰라도 그중 한 권이 내 수중에 굴러들어온 『국역 연려실기술』 전집에 부록처럼 슬그머니 끼워져 있었던 것이다.

이사를 하고 난 뒤 나는 틈날 때마다 '소설'을 노트북에 입력하기 시작했다. 처음에는 원문에 들어 있는 감정과 감각, 시대정신을 손으로 직접 느껴보고 거리를 좁혀보려 했던 것이지만 과정이 길어지면서 나 또한 자연스럽게 내 나름의 편집과 번안을 시도하게 되었다. 그게 너무 자연스러워서 이 소설은 원래 그런 충동을 불러일으키는 불가해한 힘을 가진 게 아닌가 하는 생각마저 들었다.

이 소설의 원저자를 제외한 필사자들이 모두 나와 같은 상황에 처해 필사를 한번 시작하고는 끝을 보기 전에는 그만둘 수 없었을 것 같았다. 애써 밑줄을 치고 여백마다 빽빽하게 메모를 하여 헌책으로 팔아버릴 수 없게 만드는 책이 있는 것처럼 그 '소설' 또한 밑줄을 긋고 첨삭과 번안, 변용을 하도록 끊임없이 자극했다.

● 이 '소설'에는 원저자나 편저자가 붙여놓은 주가 있어 이를 그대로 옮겼고 말미에 '〔원주〕' 표시를 했다. 언어와 시대의 격차를 줄이는 데 필요한 경우 새로운 주석을 달았으며 본문에 덧붙인 설명은 독자의 이해를 돕기 위해 삽입한 것이다. 〔편집자 주〕

1장 소년 임금

꼬마가 임금이 되다니. 정말 믿어지지 않는다.

내가 믿고 안 믿고에 따라 사실이 바뀌는 건 아니다. 그 사실을 믿을 수 없다는 것 역시 바뀌지 않는다. 왕이 되었으니 꼬마라고 부르면 안 되나. 그럼 꼬맹이나 고놈이라고 할까. 그놈의 자식도 나쁘지는 않겠다. 내가 뭐라 부르든 그게 꼬맹이를, 아니 이 나라의 지존이며 만백성의 어버이라는 이 나라의 임금, 왕, 성상, 주상 전하를 호칭하는 것임을 알 사람은 없다. 없는 데서는 나라님 욕도 얼마든지 하는 법이다. 내가 아는 고 귀여운 꼬마 녀석, 눈에 넣어도 아프지 않을 아이, 사랑하는 내 아우가 이 나라 임금이 됐다고 동네방네 나발을 불고 다닌다면 다들 나를 미친놈이라 할 것이다.

그러고 보니 나나 이순李焞[1]이 미친 짓을 하기는 했다. 나처럼 장안에 호가 난 알건달에 파락호가 이 나라의 지존이 될 세자와 형제가 되다니. 비록 피를 나누지는 않았고 한날한시에 태어나지는 않았으나 괴로움과 기쁨, 환난과 영화를 죽을 때까지 함께하자고 둘이 천지신명 앞에서 맹세를 했다. 아무도 보지 않는 데서는 서로를 형님, 아우님으로 부르자고, 누군가에게 둘 중 하나가 손톱만큼이라도 해를 입으면 남은 하나는 반드시 목숨 바쳐 끝까지 복수를 하자고…… 왜 그때 그런 어리석고 젖비린내 나는 선택을 했을까. 어릴 적부터 툭하면 시정 전기수 앞에 쪼그리고 앉아 『삼국지연의』에 나오는 도원결의 같은 고담을 너무 많이 들어서? 사리판단을 하지 못하도록 어리석어서? 정말 미쳐서? 둘 다? 한꺼번에? 모르겠다. 내가 그리 정한 게 아니다. 그저 운수라고 할 수밖에 없다.

이순을 처음 만났을 때가 떠오른다. 잊을 수가 없다. 꼬마를 보면 그때가 생각이 나고 그때가 생각나면 꼬마가 또 생각나니까. 기억이 되풀이될수록 그 당시에는 무심하게 지나친 세세한 부분까지 선명해진다. 사오 년 전인가. 내가 스물세 살이던 때. 내 아버지가 북벌의 대의를 품고 부모와 처자를 버리고 집을 떠났을 무렵의 나이에 나는 고작 어른들 심부름을 하러 나섰다.

미수眉叟, 허목[2] 영감이 성균관 너머 숭교방에 가서 우암尤庵, 송시열[3]이 어떻게 됐는지, 쉽게 말해 죽었는지 살았는지 꼼지락거리기라도 하는지 동정을 살펴보고 오라는 거였다. 내가 무슨 제집 똥개인가, 사냥개인가. 냄새를 맡고 오라니. 그것도 공짜로. 물론 나는 절대로 그냥은 가지 않았다. 욕을 잔뜩 뒤집어쓰고 나서야, 견디다 못해 갔다.

"에라이 똥물이 줄줄이 파도치는 똥통에 집어넣고 구더기 밥이 되도록 처박았다가 아가리에 푹 삭은 똥물을 처넣고 삼 년 뒀다가 꺼내오마분시를 할 외입쟁이 놈아! 지금 때가 어느 때인데 아직도 방구들이 꺼지도록 처자빠져서 자고 있는 거야? 너 같은 밥벌레에 반거들충이는 하늘에서 똥벼락을 맞아서 골백번 고쳐 죽어도 쌀 것이다. 당장 벌떡 일어나지 못하느냐? 하라는 심부름은 안 하고 밑창 다 빠진 기생 년 궁둥이를 오뉴월 똥개마냥 침 질질 흘리고 쫓아다니더니 사타구니에 사면발니가 옮았나보구나. 좋은 말로 할 때 일어나거라. 치도곤을 앵기기 전에."

그러면서 물 한 바가지를 내 낯짝에 시원하게 퍼부어서 세수하는 걸 생략하게 해준 사람이 다름아닌 나의 할머니이시다. 한양에서 가장 어여쁘고 젊은 기생들을 거느린 최고의 기생방에 조선 팔도에 얼마나 많은 전장田庄이 있는지 본인도 모른다는 일대 부호로 소문이 자자한 분이기도 하다. 물론 본인은 한양에서 가장 입과 성깔이 더럽고 손이 모질면서 하나뿐인 손자를 개차반으로도 여기지 않는다는 사실은 인정하지 않는다. 정말 나의 할머니가 맞나 의심스러울 정도다. 다 좋다. 내 관심은 할머니가 그 많은 재산 다 쓰고 죽을 것도 아닌데 언제 하나뿐인 자손인 나에게 자신의 사업을 물려줄 것인지, 어느 때에 나를 외입쟁이며 왈짜패가 아닌 진정한 남아 대장부로 인정해주느냐는 것이다.

어린 시절 세상 누구보다 더 나를 아끼고 사랑했던 시봉始峰, 채동구[4] 스승이 "네 조모는 원래 조선 천지에서 가장 아름답고 시서화에 고루 뛰어난 절세가인이었는데, 용모는 달나라의 항아요 시재는 조선의 탁문군[5]이라고 불리었다. 네 할애비 계서당이 엄한 부모에게 꾸지람 들을까, 정실 마누라의 눈치 보느라 집안의 별당에도 들이지 못하고 대사동에 코딱지만한 살림집 하나 내주고는 부모 자식 친척 친구 사헌부 한성부 포도청 아무도 모르게 도둑놈처럼 드나들며 아들 하나를 보았는데, 계서당이 문과에 급제하고 환로에 올라서까지 쉬쉬하는 걸 참지 못하고 종내 그 집을 뛰쳐나왔지. 젊은 시절 네 조모를 한 번이라도 본 사내는 누구나 아름다움에 넋을 앗겨 수종처럼 저절로 심신이 딸려갔으니, 웬만한 사내 수백 명 찜쪄먹게 배포가 좋고 수완이 남달라서 조선에 일찍이 없는 거만의 부를 이룬 일세의 여걸이시다" 하고 귀띔해준 적이 있다. 내가 그런 대단한 할머니의 어디를 닮았는지 알쏭달쏭하다. 어쨌든 씨도둑은 못한다고 내가 아버지를 빼닮았다는 말은 들었다.

할머니는 고을 원님이었던 은퇴한 아버지와 관기였다가 속량贖良한 어머니 사이의 외동딸이었다고 한다. 그래봐야 서녀였고 사대부가의 정실이 될 수는 없었다. 쉽게 말해 내 할머니는 서녀 출신 첩이고 아버지가 서자라는 것이다. 비록 서자이긴 하나 한양 도성 성저십리 어떤 규수도 내 아버지를 한번 보면 가슴이 왈랑거리지 않는 사람이 없다 할 정도로 면목이 빼어나고 글쓰기, 활쏘기, 말타기, 글씨 등 육예六藝 어느 것 하나 모자람도 없이 재능이 비상했다. 다섯 살 때부터 시를 지었고 소년 시절에 일찍 경사자집에 통달하여 소과든 대과든 장원급제를 할 실력이라고 모두가 입을 모았으나 내 아버지는 서얼이 문과를 하여 무엇 하겠느냐며 아예 응시조차 하지 않았다. 소년 시절부터 말 달리고 활쏘기와 사냥을 좋아하여 그 김에 무과에 급제하기는 했지만 좀체 등용이 되지를 않았다. 그 좋은 인물, 국량이 아깝게 산천경개 좋은 곳을 다니며 매를 팔목에 앉히고 사냥개를 몰아 사냥이나 하고 시나 지으며 좋은 세월을 보내다가 임경업 장군을 만났다. 만나자마자 단박에 서로를 알아보고 허교한 둘은 의형제를 맺어 한 사람은 국가의 명운을 좌우할 대장군으로, 한 사람은 재야에 숨어 있는 영웅으로 군웅들의 입에 오르내렸다가 둘 다 야담 속 홍길동처럼 사라져버렸다. 아버지가 떠난 이후 십 년 넘게 시름시름 앓던 어머니는 종내 아버지의 이름을 헛소리로 부르면서 세상을 떠났다. 그때 조부가 내 손을 붙들고 이웃에 사는 시봉부터 동춘당同春堂, 송준길[7], 매죽헌梅竹軒, 이완[8], 미수에게까지 찾아가서 제자로 삼아달라, 제 아비처럼 깃털로 날아갈지도 모르는 아이를 붙들어달라고 강청을 했던 것이다. 나를 제자로 삼으면 군이 문도록門徒錄에 올리지 않아도 되었고 기생방을 운영하는 절세의 미녀가 암암리에 산해진미와 천하의 명주, 경국지색의 가무로 보응을 한다는 소문이 난데다가 철철이 남모르게 문간에 쌀과 면포가 배달되어오니 쉽게 나를 내칠 수가 없었다.

내가 철이 들었을 무렵 조부의 사랑채에 드나들던 문객 가운데 입이 무거운 사람에게 들은 이야기가 있다. 아버지가 어딘가에서 임경업 장군과 함께 북벌의 대업을 이루기 위해 군사를 기르고 군량과 무기를 비축하고 정예로운 군사를 조련하고 있다는 것이었다. 인조대왕 말년 역적으로 몰려 국청에서 극심한 형문刑問, 매질을 가하며 신문하는 일을 받고 죽기 직전에 있던 임장군을 빼내어 죽은 사람처럼 가짜 무덤을 만들어 허장虛葬하고 북방으로 향하여 마음을 같이하는 조야의 사대부들과 뜨거운 피가 끓는 의사, 명사들의 후원을 받으며 필생의 대사를 도모하고 있다고 했다. 할머니의 기생방과 맥이 닿는 객주와 이천, 해주, 상주, 함흥, 직산의 전장과 어살어장과 염전 등등은 그들의 연락처이고 은신처이자 장차를 대비하는 기반이라는 것이다. 가슴이 방망이질 치는 이야기는 한 번을 들어도 평생을 간다.

예컨대 겨울에 얼음을 잘라 창고에 보관해두었다가 더워지면 꺼내서 파는 장빙藏氷 사업은 웬만한 거상들도 엄두를 내지 못하는 큰일인데, 할머니에게는 뒤를 봐주는 조정 벼슬아치가 있고 자금을 대주는 부고富賈들이 있으며 불법을 적당히 눈감아주고 넘어가는 한성부와 호조 등 유사有司, 해당 관서의 관리들이 있었다. 할머니는 기찰이며 인정전 따위에 전혀 구애받지 않고 빙장고만으로도 해마다 수천 석의 재물을 벌어들이고 있다. 그 돈, 그 쌀, 그 포목이 다 어디로 가는지는 몰라도 할머니 혼자 술이나 떡을 만들어 먹어치우는 것도 보지 못했다. 할머니가 내 일이라면 천금을 쓴다 해도 아까워하지 않지만 내 일이라는 게 기껏 사냥이나 사정射亭, 활터 다니고 기생방 훑고 장안 부호의 자제나 대갓집 서자들과 함께 놀이판, 노름판을 벌이는 정도였다.

어쨌든 나는 북벌의 대업이 완수되고 아버지가 임장군과 말 머리를 나란히 하여 요동 벌판을 달리게 되는 날 정삼품 절충장군이나 종이품 병사 한자리는 할 것이라는 희망을 가지고 있다. 어디 고을을 살러 간다면 내 조부처럼 어사를 거쳐 정삼품 목사나 부사는 하게 될 것이다. 잘되면 중국 땅 한 덩어리쯤 크게 뚝 떼어서 '옛다! 너 가져라' 하고 주실지도 모른다. 그러다보면 또 아는가. 우리 집안 누구도 오르지 못한 일인지하 만인지상의 대광보국숭록대부 영의정이 될지. 당장은 아버지가 살았는지 죽었는지 어디서 뭘 하는지 알 수 없고 나를 찾아올지 말지도 모르지만 일단은 그렇게 믿으며 살고 싶었다. 그걸 믿을 수 없다면 내가 누구인지, 왜 사는지 설명하기가 곤란해진다. 허구한 날 기생방에 자빠진 채 아침에 눈을 뜨긴 하지만 그냥 팔자 좋은 외입쟁이도 아니고 집주인도 아니고 이것도 저것도 아닌 것이다.

머리를 빗어 상투를 올리고 망건에 갓 쓰고 도포 입은 뒤 집이 있는 향교동의 미로와 같은 골목을 이리저리 헤쳐 나오니 어영청 앞에 군사들이 어슬렁대고 있었다. 괜히 마주쳐서 시빗거리를 만들 이유는 없었다. 중인들이 많이 모여 사는 연화방으로 걸음을 옮기면 밥 한 그릇 천천히 먹을 시간에 숭교방으로 넘어갈 수 있었다. 어릴 때부터 내 집처럼 드나들던 길이기에 눈감고도 찾아갈 수 있는 곳이다. 반촌을 지나 성균관 뒤 송동에 우암이 한양에서 머무는 집―경저京邸가 있었다.

희한하게도 나는 막 태어나서 두 살까지의 일은 기억하고 두역痘疫⁹으로 열병을 앓은 세 살부터 여덟 살까지의 일은 전혀 기억하지 못한다. 내가 거짓말을 하는 줄 아는 사람이 많은데 어머니의 딴딴한 젖꼭지를 깨물어 맛본 피맛은 어제 먹은 홍시의 맛처럼 생생하다. 강보에 싸여 있던 터라 주변 사람들이 수군거리는 말을 알아듣지는 못했어도 십 년 후에도 같은 목소리를 가진 사람은 쉽게 알아보곤 했다. 반면 남들은 기억이 생기기 시작한다는 세 살부터 서당에서 종아리를 얻어터지다 곧바로 뛰쳐나온 여덟 살까지의 일이 먹물을 화선지에 들이부은 듯 까맣게 생각나지 않는 것이었다. 그래서 나는 내가 정말 무자생1648년생 쥐띠이긴 한지, 보이지도 않은 부모가 진짜 내 부모인지 의심할 때가 있다. 어쨌거나 내 편한 대로 나이 몇 살 차이 나는 사람들끼리 동무로 지내고 맞담배질을 할 수 있긴 하다.

성균관 인근의 반촌에 사는 사람을 반인泮人이라고 부르는데 주로 도살과 무두질로 목숨을 이어가는 백정 같은 천례賤隷들이 텃세를 부리는 곳이다. 성균관의 노비들은 예사 천인들과 달리 공자 맹자의 제사를 지내는 춘추대제 때 쓸 음식을 바치거나 공궤한다는 이유로 세도가 보통이 아니었다. 고기를 갈고리에 걸어놓고 파는 다림방푸줏간을 성균관 외거노비들에게만 허용한 것도 그 때문이었다. 이들은 장차 조정의 벼슬아치가 될 성균관 유생들에게 금지된 술과 고기 안주, 때로는 색주가 여인네까지 데려다 바침으로써 앞날을 대비하고 있었다. 후에 그 유생이 장원급제라도 하여 촉망받는 관리가 되면 그 고깃집 주인의 콧구멍이 하늘을 향하게 되는 건 당연했다. 그러니 아무리 지하에서 하늘 위까지 세상사라면 모르는 일, 안 될 일이 없는 나 같은 사람이라도 그 상것들과 눈이라도 잘못 마주쳐 시비가 일면 곤란한 상황이 생기는 걸 막을 수 없었다. 그래 짐짓 입 모양부터 일자로 꽉 다물고 점잖은 걸음걸이로 고개를 약간 틀어 타락산을 보는 체하면서 송동을 향해 걸었다.

내가 남들과 두드러지게 다른 점은 조금만 얼굴을 손질하면 남들과 거의 다르지 않게 보인다는 것이다. 북경에 사은사로 다녀온 사람들이 보고 왔다는 경극의 배우처럼 저자나 대갓집 사랑채에나 전쟁터, 시골 촌락 어디에 데려다놔도 거기 원래부터 있던 인물처럼 찰떡같이 잘 어울린다는 거다. 생김새뿐만 아니라 말투, 행동거지까지 영락없이 맞아떨어져 누구도 의심하지 않는데 그렇게 된 이유를 나는 도무지 알 수 없다. 산에 가서 호랑이 사이에 섞인다 해도 한동안은 잡아먹히지 않을 것 같기는 하다. 호랑이 같은 사람 사이에서는 그럴 수 있을지 몰라도.

무사히 반촌을 지나 일각쯤 더 한양의 북벽 방향으로 들어가 마침내 우암의 웅장한 경저의 대문이 백 보 상간에서 바라다보이는 곳에 이르렀다. 닫힌 대문 앞에는 아무도 보이지 않았다. 미수 스승의 귀띔대로 무슨 변고라도 있으면 사람으로 번잡스럽고 소란스러울 텐데 여름 한낮 대장간처럼 조용했다. 더 가까이 가서 살펴볼까 싶어 멈칫거리는데 갑자기 골목에서 광대뼈가 튀어나온 갓짜리 하나가 불쑥 걸어나왔다.

"야, 이게 누구야, 누구? 응? 보아하니 간밤에 운종가 기생방에서 머리 올려준 기생만 백이 넘었다고 자랑하던 성선달님이 아니신가? 귀하신 분이 웬일로 이 똥파리떼에 구더기가 득시글대는 반촌 너머로 행차를 하셨나 그래?"

정말 재수 옴 붙었다는 말이 이런 것인가 싶었다. 간밤에 서인 떨거지들이 몇 기생방으로 쳐들어와서 유세를 부리기에 흰소리로 기죽여 쫓아냈는데 그중 하나인 민대곤이라는 자가 하필 우암의 경저 문간을 지키는 번견番犬처럼 버티고 있었던 것이었다. 파락호에도 등급이 있다면 나는 정삼품 이상 당상관에 해당하고 민대곤은 정칠품 이하의 참하관도 되지 않는 까마득한 말석으로 감히 나를 눈 치뜨고 쳐다볼 수도 없는 수준이었다. 전날 밤처럼 술청에서 마주칠 때는 아예 사람 취급도 하지 않았으나 우암의 동정을 몰래 살피러 왔다 생각지도 않게 단박에 정체를 짚이고 마니 어처구니가 없으면서도 바짝 긴장이 되었다. 나는 없던 기억까지 탈탈 털어내 임기응변으로 대꾸했다.

"아이구, 민괴산 나으리 아니십니까. 선달은 무슨, 겨우 배오개 깍정이들 사이에서 한량 노릇하는 소생을 어찌 알아보시고서…… 오해올시다. 저는 단지 여차저차한 어르신의 서찰 심부름을 하느라 길을 가는 길인지라……"

아예 자세를 확 낮춰서 구렁이 담 넘듯이 우물우물 넘어가려는 심산이었다. 민대곤은 조상 잘 만난 덕으로 음직으로 괴산군수를 지냈다. 과만瓜滿, 임기가 참은커녕 일 년도 있지 못하여 우는 아이도 울음을 그치게 한다는 어사 성이성에게 봉고파직당한 뒤로 내처 놀고 처먹느니 권문세가 마루 밑으로 기어들어가 개 노릇이나 하고 있을 터였다. 자신을 그 꼴로 만든 게 내 조부인 걸 모르고 있다는 게 그나마 다행이었다. 민대곤은 뭔가를 떠보려는 듯 내 앞에 바짝 얼굴을 들이댔다. 감 삭힌 듯한 술냄새에 썩은 이똥 냄새가 머리를 찔렀다. 양치질을 한 지 반백 년은 된 듯싶었다.

"매일 밤 장안 기생방을 풍우처럼 휩쓸고 다니는 성선달께서 서찰 심부름을 할 만한 대감 댁이 이 동네에 그리 많지는 않을 터인데?"

"저야 알 수가 있나요. 서찰을 갖다드리고 답신을 받아오라니 그저 왔을 뿐입니다."

"누가 서찰을 주었으며 누가 받아오라는 게야?"

그냥 지나치기는 어렵게 생겼다 싶어 곧바로 가장 큰 패를 쓰기로 마음먹었다. 어차피 바로 통하지 않으면 뒤를 기약할 수 없었다.

"미수 영감께서 우암 선생 댁에 가서 전갈을 받아오라 하셨습니다. 우암 선생께서 병환이 있다 하여서 약방문을 보내셨는데 경과가 궁금하다 하시면서 저를 보내신 겝니다."

털 빠진 황구 같은 인상의 민대곤이 제가 무슨 영웅호걸이라도 되는 듯 껄껄 웃었다. 그러더니 까마귀 발처럼 때가 꺼멓게 긴 손가락으로 나를 가리키며 소리쳤다.

"미수? 허미수, 허목 말이냐? 허가 성의 목이, 말라죽은 버섯 같은 그 늙은이? 그 자다가도 날벼락 맞아 뒈질 영감탱이한테 우암 선생이 무슨 약방문을? 이놈이 좋게 대접을 해줘서는 바른말을 하지 않겠구나. 여봐라, 이놈을 일단 잡아 꿇려라!"

그러자 우락부락한 하인배들이 금방 나를 둘러싸고 두 팔을 잡았다. 손아귀 힘이 살 껍질을 벗겨낼 듯 강한 것이 무예를 익힌 것 같았다. 나는 급한 김에 큰 소리로 부르짖었다.

"나를 우암 선생 댁 안으로 데려다주시오. 그러면 모든 오해가 풀릴 것이오. 우암 선생의 자제께서 보름 전에 우암 선생의 서찰을 들고 직접 미수 영감께 오셔서 약방문을 구하여 간 것을 내 이 두 눈으로 똑똑히 보았소."

"네 이놈! 여기가 어디라고 주둥아리를 함부로 놀리느냐! 우암 선생은 고사하고 그 자제분에게 내가 매일 아침저녁 문안을 드리러 와도 열에 한 번 존안을 뵙기 힘든 형편인데 자제분이 허목 영감탱이한테 뭘 어쩌고 저째? 주둥이를 돌로 조곤조곤 바수어놓을 놈 같으니!"

"이보시오, 민괴산. 지금 큰 잘못을 저지르고 있소이다. 우암 선생은 원래 새벽마다 어린아이의 오줌을 받아다 눈을 씻고 마시고 하신 지가 수십 년이 되었소. 오줌이 화를 내려서 폐위肺痿, 폐결핵과 폐괴저를 치료하고 갈증이 나는 것을 멎게 하고 목소리에 힘을 더해준다고 하기 때문이오. 동뇨의 약효가 극에 달하면 만독불침으로 만 명에 한 사람도 죽지 않는다는 말을 들어보셨을 거요. 그런데 우암 선생이 근자 병환이 났는데 좀처럼 낫질 않아서 자제분을 불러서 미수 영감께 가서 병세를 이야기하고 처방을 받아오라고 하셨다는 거요. 미수 영감이 우암 선생의 증세를 오줌 때문에 생긴 차가운 사기邪氣 때문이라고 하시면서 극양의 성질을 가진 비상의 따뜻한 열로 사기를 몰아낼 수 있도록 석 냥쭝을 먹으면 깔끔하게 나을 거라고 약방문을 지어주셨다 하오."

민대곤은 멧돼지처럼 콧김을 뿜더니 소매에서 주먹을 뽑아 하늘로 치켜들었다.

"우암 선생은 우리 조선 팔도는 물론이고 중국, 왜국에서까지 당세 학문의 기둥이요, 성학聖學. 유학의 종장으로 하늘처럼 떠받드는 분인데 어찌 허목 같은 늙은 말 뼉다귀에게 약방문을 청했다는 말인가. 감히 너 같은 무명소졸까지 그분의 문간을 넘보게 되었다니 말세로다, 정녕 말세로구나! 그래, 네놈의 애비 할애비 외할애비는 누구며 스승은 누구이고 동반은 누구더냐? 제대로 밝히지 못할 시면 여기서 뼈도 못 추리고 나갈 줄 알아라."

정말 재수좋은 과부는 엎어져도 가지밭이고 운 없는 놈은 자빠져도 코가 깨진다더니 우암인지 소똥인지 하는 영감탱이가 문밖에 이런 사나운 개를 풀어놓았을 줄이야. 게다가 이놈의 개새끼는 종일 아무 일이 없어 몸살이 날 지경인 모양이었다. 내가 잠시 생각을 하느라 머뭇거리고 있는데 민대곤이 살판난 듯 고함을 질렀다.

"너 같은 천하의 날건달 파락호가 어딜 감히 우암 선생의 자호를 입에 담으며 무슨 서찰이며 약방문이 있다고 지껄여대느냐? 여봐라, 저 수상한 녀석의 품속이나 소매 안쪽에 뭐가 있는지 뒤져봐라. 언감생심 우암 선생을 파는 걸 보니 무슨 수상쩍은 짓거리를 벌이려고 움직다. 역적질하는 놈들끼리 주고받는 통문이라도 들었으리라."

호랑이에게 물려가도 정신만 차리면 산다. 대장부는 굳센 것만을 능사로 할 게 아니라 사세에 따라서 버들가지처럼 부드럽게 처신해야 한다. 속에 든 것이 무엇이든 간에 겉으로는 서리 맞은 홍시처럼 몰랑 몰랑, 찌르면 찔리고 밟으면 곱게 찌그러지고 터뜨리면 터지는 시늉을 하는 것이 험한 세상에서 살아남을 수 있는 활법活法이다. 일찍이 목천현감을 지내다가 충청 암행어사로 출두한 내 조부에게 가차없이 파직당하고 나서 은인자중, 권토중래한 끝에 평시서의 영에까지 오른 바 있는 시봉이 자신의 마지막 가르침이라고 내린 평생의 처세훈이 생각났다.

"하하 이런, 시봉 할배가 평생 공짜 술 얻어먹고 그냥 돌아가기가 미안하니까 아무 말이나 떠들어댄 것이 분명하구나. 이럴 때는 개방귀보다 쓸모가 없으니."

"이놈이 지금 뭐라고 소나기 맞은 중마냥 씨부리는 거냐?"

정신이 번쩍 들었다. 작취미성의 술 때문이었다.

"아니올시다. 소생이 죽을 때가 되어서 턱주가리가 저절로 움직거리나봅니다. 지나가는 개 소리라고 생각하시고 부디 용서를 해주십시오."

"그래? 지나가는 개라면 사타구니에 꼬리 말고서 짖기도 제법 하리라. 어디 한번 짖어보아라. 진짜 개처럼 잘 짖으면 내 너의 어미를 잡아먹은 것으로 치고 그냥 보내주겠노라."

민대곤은 그저 대문을 지키는 개새끼일 뿐 복잡한 내막은 알지도 못하고 관심도 없었다. 우암의 아들은 미수가 써준 약방문에 사약에나 쓰는 비상이 석 냥쭝 들어 있는 것을 보고는 제 아버지를 죽이려는 것으로 알았다. 미수는 우암의 아들이 약방에 가서는 비상 한 냥쭝을 빼고 약을 지어달라고 했을 것이고 우암은 아들이 가져다준 대로 약을 먹고는 완쾌되었을 것이라 했다. 그런데 한 냥쭝이 모자라 병을 근치하지 못하고 후일 계속해서 비슷한 증세로 고생을 하다가 언젠가 오사(誤死, 형벌이나 재난으로 제 명대로 살지 못하고 죽음)를 하게 될 것이라고 점쳤다.

그럼에도 나를 보낸 것은 혹여 우암이 자신의 약방문을 의심하여 약방문을 찢어버리고 여전히 같은 병을 앓고 있는지, 자신의 숙적이 그 정도밖에 안 되는 소인배인지를 확인하고자 한 것이었다. 내 머릿속에서 갑자기 돌아가는 판세가 환히 보였다.

물정도 모르고 그저 먹을 것을 본 똥개마냥 침을 흘리고 숨을 헉헉대는 민대곤에게 측은한 마음이 일었다. 좋다. 네가 바란다면 기꺼이 네 허기를 채워주마. 나는 개처럼 짖기 위해 고개를 빼든 김에 주변을 둘러보았다. 나무를 팔고 집으로 돌아가던 나무꾼, 쇠코뚜레를 든 백정이며 허기진 눈을 한 아이들, 먹고사느라 풀기가 사라진 아녀자들이 이쪽으로 눈길을 보내고는 있었지만 어느 누구도 나를 위해 나설 사람은 보이지 않았다. 무조건 남의 일에는 모른 체하라. 그게 그들의 처세훈이었다.

"오우우울! 월얼!"

나는 목을 길게 뺀 채로 눈을 아래위로 굴리며 울부짖었다.

"이런! 그게 어디 개소리더냐, 늑대 소리지. 아무래도 네가 오늘 본정을 털어놓지 않을 모양이구나."

나는 두 손목을 굽혀 개 모양을 하고는 가다듬은 목청으로 본격적으로 짖기 시작했다.

"월월월월! 크르르르 왈, 왈! 왕! 깨갱. 애고고, 아파라, 아파 죽겠네……"

마지막은 민대곤의 하인이 시끄럽다며 걷어차는 바람에 난 비명이었다. 민대곤은 깨갱, 애고고 하는 소리에 박장대소했다.

"그래, 미수인지 마소인지 하는 늙은 개가 보낸 똥강아지가 맞구나. 오, 저기에 동네 애들이 눈 똥이 있느니. 이제 네가 똥개라는 것을 천하에 다 보여줬으니 저 똥을 맛나게 먹어봄직도 하리라. 지금부터 우리의 가랑이 밑으로 기어가서 저 똥을 집어먹는다면 내 너를 그냥 보내주겠다. 아니, 예로써 공손히 배웅을 하겠다."

산 넘어 산이었다. 나는 아직 채 굳지 않은 어린아이의 똥을 보았다. 똥은 작고 고구마처럼 길쭉하게 한 덩어리를 이루었으며 풀죽 먹고 싼 똥인지 삐죽삐죽한 풀이 보였다. 좋은 부모 만나 풀죽이라도 배불리 먹을 수 있는 동자의 똥 같았다. 중병으로 죽어가는 부모를 위해 부모의 똥을 맛보고 그 맛이 시고 쓴지 의원에게 말해줌으로써 병세를 판단케 하는 자식이 드물지 않은 세상이었다. 하늘이 낸 큰 효자의 행실이 똥을 잘 먹는 것이었다. 세도가에게 아첨을 할 때도 가장 극진한 것이 자신이 섬기는 사람의 치질을 핥아서 아픔을 덜어주는 것이다. 혹은 주변의 종기를 입으로 쪽쪽 빨아서 고름을 짜주는 것이다. 지금 저 똥 한 덩어리가 늙고 추악한 권문귀족의 치질만할 것이며 종기의 고름에 비할 것이랴. 나는 눈을 질끈 감았다 떴다.

"왈, 왈, 왈."

개소리를 내며 기어간 나는 똥 앞에 코를 대고는 킁킁대며 냄새를 맡았다. 귀엽다. 먹을 만하다. 흉년에 서로의 똥을 헤쳐서 낟알을 골라 먹는 일에 댈 것인가. 관청 송사로 맞아 생긴 어혈이며 장독杖毒에 맑은 똥물을 먹여서 낫게 하고 누창에 걸린 아이 열을 내릴 때도 똥물을 먹인다. 개똥을 가루로 내어서 먹이기도 하고 개에 빌붙어 사는 개파리를 잡아서 먹이기도 하는데 개파리가 보이지 않으면 개의 귀를 뒤져서 그 속에 있는 파리를 잡아서 먹였다. 이게 그것들에 비하랴. 속으로 '귀엽다, 귀엽다, 똥아 너 이쁘다, 참 이쁘다' 하는 주문을 외며 바닥에 엎드려 똥을 집어 입에 넣으려 했다. 손에 몰캉몰캉한 게 집히자 곧 찐득거렸고 구린내가 엄습했다. 저절로 입이 벌어지며 헛구역질이 솟았다. 웩, 소리가 절로 마중나왔다. 어디 두고 보자, 이 개놈의 새끼들. 개만도 못한 놈들.

그때 들려온 소리가 있었다. 채 열 살이나 되었을까. 어린아이, 꼬마의 목소리.

"속히 저자를 일으켜세워라. 대명천지에 어찌 사람이 할 짓이라 하겠느냐."

누군가 내 팔을 잡아 일으켰다. 하지만 이미 나는 손가락에 묻은 똥의 맛을 보고 있었다. 조금이긴 하지만 입안에 들어온 똥은 지독하게 썼다.

"아 떠그랄 것, 말릴 양이면 조금만 더 일찍 끼어들 것이지 벌써 먹은 건 어쩌라고……"

나는 입안의 똥 찌꺼기를 내뱉으며 소리를 질렀다.

"물에 빠져 죽어가는 놈 건져놓았더니 보따리 내놓으라는 격이로구나."

나를 일으킨 황초립 쓴 사내가 낮은 목소리로 중얼대는가 싶었는데 험상궂은 하인배 하나가 불문곡직 그에게 주먹을 날렸다. 무예를 익힌 듯 주먹에서 바람소리가 났다. 잘못 맞으면 면상이 떡판이 되겠다 싶었다. 그런데 이상하게도 황초립이 몸을 가볍게 끄떡하는가 싶더니 하인배가 바닥에 나뒹굴었다. 혼절한 듯 신음조차 내지 않았다.

눈을 비비고 무슨 일이 일어났는지를 되새겨보려는데 황초립에 칡물 들인 옷을 입은 사내는 아무 일도 없었다는 듯 무표정했다. 그리고 그리고 그리고 그 옆에, 그림 속에서 막 튀어나온 듯 수려한 미소년이 서 있었다. 누구라도 한번 보면 안아보고 싶을 만큼 깜찍하게 귀여워 보였으나 나를 주시하는 눈초리는 노성한 어른처럼 엄숙했다.

"뭣들 하느냐!"

민대곤은 사세를 자세히 살피지도 않고 수하들을 재촉했으나 하인들은 전에 달려든 덩치 큰 놈보다 더 무참한 꼬락서니로 여기저기 내팽개쳐졌다. 황초립은 눈에 보이지도 않을 만큼 빠른 손놀림으로 그들의 뒤통수와 목, 명치를 가격해서 땅에서 벌레처럼 버르적거리게 만들었다. 지나가던 사람들이 빠르게 모여들어서 사람의 장막이 쳐진 듯했다. 민대곤이 흰 터럭이 섞인 쥐수염을 흔들어대며 부들부들 떨었다.

"여기가 어디라고 백주 대낮에 사람을 상케 하느냐? 너희가 죽고 싶어 환장을 한 게로구나. 어디서 온 누구인지 명호를 대어라!"

"댁이야말로 뉘신데 이리도 참혹하게 지나가는 사람을 욕보인단 말이오!"

황초립 쓴 사내가 아니라 어린아이의 입에서 나온 말이었다. 목소리는 어렸으나 복색은 초립동이가 아니라 갓에 관자까지 한 어른의

옷차림이었다.

"이 꼬마가…… 넌 뭔데 이 어르신의 처사에 나서서 이렇다저렇다 말을 늘어놓는 것이냐. 하룻강아지 같은 네가 뭘 안다고?"

나야말로 궁금했다. 소년은 그 말에 대답하지 않고 "대명천지에 사람을 개 노릇을 하게 하여 강상의 윤리를 흐리다니! 그것도 공자를 모신 문묘가 멀지 않은 곳에서. 다시는 이런 일로 사람을 괴롭히지 마시오. 같은 일이 벌어지는 것이 내 눈에 들어오면, 흥! 흥!" 하더니 황초립 쓴 사내에게 "그만 가자!" 하고 말했다. 내가 애원했다.

"나는…… 나는 어쩌라고? 꼬맹아, 나도 같이 좀 데리고 가주지?"

소년은 하하, 하고 소리 내 웃으며 "사내대장부라면 혼자 힘으로 살 궁리를 하오. 똥을 좀 먹었기로 팔다리를 못 놀릴까?" 했다. 관자놀이에 핏대를 세우고 뭐라고 소리를 지르고 있는 민대곤은 전혀 아랑곳하지 않았다.

"은혜를 베풀 양이면 끝까지 보살펴줘야 하지 않겠느냐? 뒷일 보고 나서 뒤도 닦지 않고 갈 참이야?"

"네 이놈! 네, 네, 네가 감히! 구명의 은인한테 거 무슨 말버릇인가!"

황초립 쓴 사내가 버럭 소리를 쳤다. 어디서 본 듯한 얼굴인데 기억이 나지 않았다. 꼬마가 눈짓을 했고 사내가 내 팔을 잡아끌었다. 나는 입안에 그득 군침을 모아서 땅바닥에 쓰러져 있는 하인배 하나의 눈에 뱉었다.

"개호로쌍놈의 자식들, 두고 보자. 난 은혜도 원한도 평생 갚는 사람이다."

꼬마가 벌써 멀어지고 있기에 잘못하여 붙들리기 전에 뒤를 따랐
다. 나도 삼십육계 줄행랑이라면 조선 천지에서 누구보다도 잘할 자
신이 있었지만 꼬마는 나보다 더 재빠른 듯했다.

"미수와는 무슨 관계요?"

송시열의 경저가 아득히 멀어지고 난 뒤에도 여전히 숨을 헐떡거리
는 내게 꼬마가 물었다.

"내 스승이시다. 그 영감 아니었으면 오늘의 이 개망신도 없었을
것이다만."

"미수의 제자가 이리 무지몽매하고 허술하다니…… 호랑이 같은
아비에 개 같은 아들이 없다는데, 동네 개나 소나 다 만만히 보고 건
드려도 그저 당하고만 있단 말이오?"

"큰 못에 몸을 숨긴 용이 어찌 동네 개나 소 앞에서 진면목을 보이
겠느냐? 내가 스승이 맡긴 중대사가 있어 일시 진정한 내 참모습을
숨긴 것뿐인데 어찌 스승의 허물로 돌아갈까. 호랑이 말이 나왔으니
말인데, 내가 착호인捉虎人[10]들 몰이꾼으로 삼아서 말 달리며 호랑이
사냥 다닌 지 여러 해란다."

철철이 도성의 동서남북 교외로 사냥을 따라다닌 것이 사실이긴 했
으나 진짜 사냥꾼들이 활 쏘아 잡은 꿩이며 토끼, 사슴을 바로바로 요
리해 먹는 재미 때문이었다. 호랑이는 조총을 쓰는 포수들이 잡아온
것을 보았을 뿐, 울음소리만 듣고도 천리만리 도망을 쳤더랬다.

"제 주인의 권세를 믿고 약한 사람만 잡아 횡포를 부리는 졸자들
에게 그리도 속수무책으로 망신을 당하는 것을 보니 콩으로 메주를
쑨다 해도 못 믿겠소."

사내애라기보다는 공주처럼 귀하고 아름답게 생긴 아이의 입에서 나오는 말마다 비수처럼 날카롭고 사람 복장을 지르는 말이어서 나 또한 허풍을 치지 않을 도리가 없었다.

"하늘 높이 날아가는 기러기와 고니의 큰 뜻을 땅에 붙은 참새며 메추라기가 어찌 알겠느냐? 내 비록 비루한 파락호의 몰골이나 흉중에 품은 큰 뜻은『사기』에 나오는 섭정이나 역이기[11]만 못하다 하랴? 공자 또한 곤궁할 적에 상갓집 개로 불렸으니 나 스스로 부끄러울 게 없노라."

읽지는 못하고 동춘당에게서 이야기로만 들었던 사마천의『사기』까지 읊어대자 비로소 아이가 나를 보는 눈이 조금 달라진 듯했다. 그게 꼬마와의 첫 만남이었다.

집으로 돌아온 나는 스승에게 '우암은 펄펄하게 잘 살아 있고 대문 간 앞 골목을 지키는 개새끼까지 지나가는 아무나 물어뜯으며 기세가 등등하기 짝이 없더라'고 고했다. 입에 사람 똥을 살짝 머금은 일이나 꼬마와 그의 수하가 나를 구해준 일에 대해서는 물론 이야기하지 않았다.

2장 결의형제

"여봐라! 귀한 손님 오셨다. 주안상을 상다리 부러지도록 뻑적지근하게 차려서 내오고 북촌서 떠온 삼해주를 있는 대로 내오너라!"

내가 집이 떠나가라 소리를 치며 중문을 걷어차고 안으로 들어서자 행주치마 바람을 한 유월이가 뛰어나왔다.

"선달님, 마님이 알면 어쩌시려구 그러십니까. 제발 좀 조용히……"

"조용히? 조용히 하라? 집주인이 왜 제집에서 입을 닥쳐야 한단 말이냐. 하인 놈들은 마당 소제도 하지 않고 어디서 자빠져 자며 춘섬이, 옥단이는 아직 단장이 끝나지 않았더냐? 썩 버선발로 나와서 손님을 영접하라 일러라."

"오늘따라 왜 이러십니까요. 마님 아시면 벼락 내리십니다."

손님을 냉큼 방에 들일 생각은 하지 않고 중문간에서 종년이 종알종알 말대꾸를 하고 섰으니 집주인 체면이 말이 아니게 생겼다. 하지만 유월이가 내 집에서, 아니 할머니가 경영하는 기생방에서 그나마 말이 통하는 아이라 나는 참아주었다.

들고 온 생치生稚, 익히거나 말리기 전의 꿩고기 두 마리를 들려 보내며 속히 털 뽑아 진간장 넣고 달달 볶은 뒤 얼큰하게 끓여서 안주로 내오라 일렀다. 전일 사냥꾼에게서 사가지고 들여놓은 사슴 다리는 시간을 들여서 향초 넣고 뭉근한 불에 잘 익도록 찌고 생강, 마늘, 고추, 지단을 고명으로 얇게 썰어 얹어서 가져오도록 했다.

할머니의 기생방은 손님에 따라 상중하로 나뉘어 있었다. 상등의 방은 당금의 권세가, 국중거부國中巨富들이 최상급의 음식과 술을 즐기며 미모와 재예가 팔도에서 으뜸가는 기생이 떠받드는 가운데 색성향미촉色聲香味觸의 풍류를 즐기는 곳이었다. 상등의 방이 있어서 할머니의 기생방을 조선 최고의 기생방으로 일컬을 수 있었다. 중등의 방은 일반 부호들과 그의 자제들이며 지방 수령으로 치부한 관리들, 풍류라면 한몫한다고 자부하는 외입쟁이, 호걸들이 출입하는 곳이고 마지막 하등의 방이 군교, 별감, 포교, 대갓집 청지기, 협객을 자처하는 왈짜패 등등 기생방을 운영하는 데 끼워주지 않으면 안 되는 사람들과 손님들이 주로 드나드는 훤하고 널찍한 곳이었다.

아직 해가 기울기도 전인데다 손님도 없어서 깨끗이 치워놓은 중등방 하나로 몸을 들여놓은 후에 신기한 눈으로 집안을 둘러보고 있는 소년을 들어오게 했다. 한동안 운종가며 서촌, 목멱산 아래를 지날 때 먼발치에 몇 번 보이는 둥 마는 둥 했으나 사냥을 따라갔다 돌아오는 길에 광통교 위에서 정면으로 딱 맞닥뜨리는 바람에 모른 척할 수가 없었다. 역시 황초립을 눈이 가리도록 당겨 쓰고 칡물 들인 옷을 입은 사내와 함께였다.

"저이는 왜 아니 들어오고 저러나? 들어오면 천장이 무너지기라도 할까봐? 밖에 서 있다가 날벼락을 맞을 수도 있을 텐데. 요즘 날씨가 보통 괴이쩍어야 말이지. 대낮에 천둥 번개가 치질 않나 지진에 가뭄에 홍수에 역병이며 혜성이 나타나는 판이니……"

황초립은 사방을 예리한 눈으로 살펴보면서 미투리를 벗을 생각조차 하지 않았다.

"괘념할 거 없소. 저놈은 제 하고 싶은 대로 하는 걸 좋아하니까."

"저놈? 허우대를 보아하니 멀쩡한 중인같이 보이는데 네 종복이라도 되느냐?"

"중인이고 하인이고 뭐고 내가 살라면 살고 죽으라면 죽을 거요."

"이 꼬맹이 녀석이 귀엽다고 그냥 두었더니 보통내기가 아니구나. 아주 어른들을 제 손안의 공깃돌처럼 아는구나. 너 몇 살이나 먹었니?"

아이는 검은 눈동자와 흰자위가 분명한 눈으로 나를 올려다볼 뿐 연지를 바른 듯이 붉은 입술은 열지 않았다. 나도 모르게 머리까지 손이 올라갔다.

"이 머리에 피도 안 말랐을 꼬마가…… 어르신이 묻는데 대답 안 해?"

황초립이 문간으로 다가오더니 눈을 부라렸다. 관운장 같은 턱수염이 부들부들 떨렸다.

"네, 네, 네가 어딜 감히!"

하지만 그곳은 내 집, 정확하게는 내 할머니의 집이었다. 의금부 나장이니 포도청 포교 같은 힘깨나 쓴다는 기생 서방들에 부리는 범강장달이[12] 같은 하인만 해도 여남은 명이 넘었다. 세가 아무리 날고 기는 재주를 가졌다 한들 한 주먹으로 쉰 주먹을 당하겠는가.

"아이고 무서워라, 무서워 혼절하겠네. 저이는 내가 뭘 어쨌다고 저래?"

관운장 수염이 소매를 걷고 걸음을 내딛자 꼬마가 제법 위엄 있게 소리쳤다.

"거기 가만히 있으라. 아니 가만히 있게!"

관운장 수염이 울그락불그락하더니 숨넘어갈 듯 헐떡거렸다.

"저, 저, 저, 저, 하, 하, 하……"

그냥 두었다가는 곧장 숨이라도 넘어갈 듯해서 내가 "거 북망산천으로 떠나시기 전에 할말 있으면 시원하게 하오, 그렇게 절절매지 말고" 하는데 꼬마가 방문을 탁, 소리 나게 닫아버렸다.

"궐자厥者, 그 사람을 낮잡아 부르는 말가 원래 어릴 때부터 늦되고 풍증瘋症, 미친 증세이 있는데다 말더듬이여서 그러니 그러려니 하시오."

"하하, 고놈 참 말 한번 맹랑하고 똘똘하게 하는구나. 먹는 물이 다른 모양이다. 너 어디에 사니?"

"여기서 멀지 않은 곳이오. 내가 원래 바깥에 잘 다니지를 않고 나온다 해도 늘 아랫사람을 앞세우고 다니기만 해서 길은 자세히 모르겠소이다."

"내가 벗들과 활 쏘고 말 달리고 사냥하고 천렵 다니느라 도성 내 사산 외사산은 물론이고 한양 사부에 성저십리 양주 과천 시흥 고양 안 가본 데가 없으니 동서남북 어디인지만 말해라."

내가 뭐라든 꼬마는 잠자코 듣고만 있다가 제가 궁금한 게 있을 때만 입을 열었다. 나에 관해서는 과거 시지에나 적을 사조四祖, 부, 조부, 외조부, 증조부에 관향, 사승, 생업 등에 관해 미주알고주알 캐물었다. 할머니가 진작에 글 잘하는 선비에 일 없는 무골 시켜서 문과는 초시에, 무과는 회시까지 급제시켜놓은 게 이런 앞날을 대비한 것이라는 생각이 들었다.

"대장부는 하늘 아래 털끝 하나 숨길 것 없이 떳떳한 법이다. 우리 집안에 내려오는 가훈부터 말해주겠다."

"그건 안 물어봤소이다만."

"흥, 말하고 안 하고는 내 마음이란다. 우리집 가훈은 두 가지인데 하나는 조부께서, 하나는 아버지께서 만드셨다. 조부의 가훈은 주자 십회朱子十悔 가운데 하나로서 사람이 술 마시고 취해서 개소리를 하면 깨고 나서 후회하느니라, 곧 취중망언성후회醉中妄言醒後悔이다. 취할 취醉 자에는 죽을 졸卒이 있으며 깰 성醒에는 날 생生이 붙어 있는 심오한 이치를 너처럼 배내똥도 다 싸지르지 않은 꼬맹이가 어찌 알까."

"흐흥, 주자십회라길래 불효자가 부모 돌아가시고 나면 후회한다는 건 줄 알았소. 부친의 가훈은 무엇이오?"

"국가의 중대사이니 너 같은 어린아이가 알 필요 없다."

"한번 말을 꺼내놓고 말을 하지 않다니 대장부답지 않소."

"안 소? 그래, 나는 소띠가 아니고 쥐띠이니라."

"그러지 말고 말해주시오."

"왜?"

"그냥 궁금하오."

대충 지어낸 말인데도 꼬마 녀석은 정말 알고 싶은 모양이었다. 초롱초롱한 눈으로 답을 기다리는 걸 보고 있자니 이야기 좋아하는 걸신이 들었나 싶기도 했다.

"북벌."

"지금 뭐라고 하셨소?"

"북벌이라고 했다."

갑자기 소년의 얼굴이 복잡미묘하게 변했다. 수많은 풍파를 겪은 어른 같은 표정이었다. 원래 나는 내 아버지가 임경업 장군과 함께 북벌을 하러 갔는지 말았는지 관심이 없었다. 그저 나를 버리고 떠났다는 게 싫었다. 웬만하면 북벌이라는 말 자체를 꺼내지 않았다. 말하고 나니 입맛이 썼다.

"이제 더 궁금한 건 없으렷다?"

내 말에 소년이 정신을 차렸는지 속눈썹이 긴 눈을 깜박거리며 물었다.

"춘장椿丈의 휘諱가 어찌되시는지?"

"남의 아버지 이름을 알아서 뭐하느냐? 네가 묻는 것에 대답하지 못할 바는 없지만 내가 왜 꼭 그래야 하는지 이유를 알기 전엔 안 되겠다."

"사해가 동포이고 길에서 만나는 사람이 모두 형제라고 했소. 보는 순간부터 형장兄丈, 나이가 엇비슷한 상대를 높여 이르는 말이 보통 사람이 아니라는 생각이……"

"형장? 콩알만한 꼬마 녀석이 오뉴월 하루해가 얼마나 무서운지도 모르고 감히 나보고 형장이라고?"

"어허, 『예기』라는 고래의 경전에 나이가 십 년 위면 형으로 대하고 오 년 연장이면 어깨를 나란히 하라고 하지 않았소?[13] 눈으로는 보지 못했는지 몰라도 귀로 들어본 적도 없소이까?"

"요 꼬맹이 녀석이 주둥이만 살아서는! 너 몇 살이냐니까?"

일각을 넘게 윽박지르고 달래서 얻어낸 답이 열 살이라는 것이었다. 개다리소반에 청주 한 주전자와 된장에 무친 나물이 한 접시 나온 뒤였다. 꼬마 앞에 놓인 소반에는 주제에 맞게 떡과 꿀, 감주가 놓였다.

"열 살짜리가 상투를 틀고 도포를 입었으니…… 벌써 장가를 갔더란 말이더냐."

보면 볼수록 보통의 용모가 아니었다. 세상에서 짝을 찾을 수 없게 미목이 수려하고 영특함에 쉽게 범접하기 힘든 기품을 갈무리하고 있었다. 그대로 몇 년만 더 자라면 조선에서 가장 빼어난 면목의 귀공자가 될 듯했다. 내가 조선 천지에서 보기 드문 날건달 파락호가 되어가고 있듯이 그 반대편으로 가고 있는 귀골이라고나 할까.

병자호란 이후에 청국에서 어린 남녀를 보내기를 벼락처럼 독촉하니 어린 자식 가진 권문세가에서는 열 살도 되기 전에 서둘러 시집 장가를 보냈다. 딸 셋 시집보내다가 기둥뿌리가 녹아난다는 말이 있듯이 웬만한 집안에서는 혼사 한 번 치르기가 녹록지 않았다. 그러니까 열 살 전에 장가를 든 소년이라면 당상관 이상 대갓집의 자제일 게 뻔했다. 문제는 어린 신랑 녀석이 안방에서 이불 쓰고 앉아 어린 신부와 소꿉장난이나 하고 놀 것이지 뭐하러 백정들 사는 반촌을 넘어 우암 같은 무시무시한 인물이 사는 집 근처며 깍정이들 시비 걸고 다니는 청계천 빨래터에 광통교 다리 위까지 어슬렁거리고 다니느냐는 것이었다. 하지만 소년은 제 속내를 전혀 내보이지 않고 우암의 경저를 맴돌던 숨은 이유에 대해 끈덕지게 캐물었다.

"미수의 서찰을 가지고 답신을 받으러 갔다더니 서찰의 내용은 무엇이오? 미수와 우암은 당색이 다르고 기해년1659년 예송 이후로 주장이 극과 극으로 다른 분이라 불구대천의 원수처럼 척이 졌을지언정 왕래가 있을 리 없는 것으로 아는데."

"서찰? 그런 말은 하지도 않았다. 네가 귓구녕 청소를 제대로 하지 않았구나."

"내 이 두 귀로 분명히 들었소. 그러지 않았으면 형장이 개똥을 입에 가득 물고 사당춤을 췄다 하더라도 일절 관여하지 않았을 것이오."

얼굴이 화끈 달아올랐다.

"요놈이……"

한 대 쥐어박았으면 좋겠는데 나를 올려다보는 맑은 눈을 보니 손이 선뜻 나가지를 않았다. 그때 한 대 제대로 콧등을 쥐어박아 코피라도 터뜨렸더라면 다시는 꼬마를 볼 일이 없었을 것인데 어쩐지 그리하지를 못했다. 생각하면 정해진 운수라 할 수밖에 없는 일이었다.

소년이 젓가락을 들었다. 구리 젓가락 끝이 상 위에 닿으며 따그락, 소리를 냈다. 갑자기 방문이 벌컥 열렸다. 황초립 쓴 관운장이 새벽에 우는 닭처럼 목을 빼고 "봉기불탁속鳳飢不啄粟이오!" 하는 것이었다. 어이가 없었다.

"이게 무슨 말이야, 망아지야? 아니면 뒷집 돼지가 알 낳는 소리야?"

하지만 그게 무슨 군호나 되는 듯 꼬마는 슬며시 젓가락을 내려놓았다. 대신 눈으로 먹고 마시기라도 할 듯 술과 나물 반찬을 훑으며 입맛을 다셨다. 꼬마가 슬며시 문을 닫았다.

"봉황은 배가 고파도 좁쌀은 먹지 않는다는 말이오."

"네가 봉황이면 나는 닭이나 참새란 말이냐? 그래서 안 먹는다? 우리집에서 먹는 밥이 너희에게는 거지가 빌어 처먹는 동냥밥마냥 더럽다는 거냐?"

"그게, 그게 아니오. 곡해 마오."

"이것들이 그냥 좋게 봐줬더니 저희만 귀하고 뭇사람을 깔보는 더러운 심보를 가졌구나. 길 위에서 오다가다 만난 사이라도 주인과 빈객의 예가 있고 나 아닌 남을 사람대접하는 법도가 있는 법이다. 내가 문자 속을 세세히 모른다고 눈치마저 없는 줄 아니? 꺼져라! 당장, 내 집에서!"

갑자기 소년이 무릎걸음으로 상을 돌아오더니 내게 다가와 앉으며 손을 싹싹 비볐다. 경국지색에 떨어지지 않을 아름다움을 가진 소년이 생글생글 웃으며 그리하니 말할 수 없이 귀여웠다. 속눈썹이 긴 커다란 눈 앞에서는 어쩐지 꼼짝할 수가 없었다.

"그런 게 아니래두요. 정말이야. 나는 다른 사람은 몰라도 식구처럼 가까운 맘이 드는 사람한테는 절대로 거짓말 안 해."

꼬마에게서는 젖냄새가 났다. 어쩌다 대갓집에서 얻어와서 먹어본 타락죽駝酪粥, 우유(원래는 낙타의 젖)와 쌀가루를 섞어서 만든 영양죽으로 귀족 계층 이상에서 자주 먹던 음식에서 나던 냄새. 꼬마가 내 턱밑에 바짝 다가앉았다.

"형님."

"으헉? 네가 날 언제부터 봤다고 형님이야. 저리 가거라! 재수없다."

"지난번에는 분명코 내게 빚진 구명의 은혜를 머리로 신을 삼아가며 평생 갚겠다 하신 듯한데?"

"아, 그건 그냥 급하니까 되는대로 해본 말이지. 또 그게 그렇다 쳐도 사람이 어떻게 오다가다 한두 번 보고 형, 동생이 된단 말이냐? 서로 누군지도 모르는데."

"흥, 『삼국지연의』에서 유비, 관우, 장비 삼 형제는 딱 두 번 만나고 평생을 함께하기로 논정하더이다."

"그래? 삼 형제니까 삼세 번 만난 게 아니었어?"

말은 그렇게 하면서도 나는 어느새 소년에게 말려들고 있었다.

"마음이 통하면야 단 한순간, 한 번의 만남으로도 충분하지요. 형님, 난 처음 송동에서 형님을 봤을 때부터 내 형이 되어주면 얼마나 좋을까 생각했어. 그래서 형님이 어디 사는지 뭘 하는지 알아보고 형님이 나타날 때와 장소에 와서 형님을 만나 따라온 거요."

"요놈이 속에 뭐가 들었길래 이리도 셈속이 유별날까. 네가 무슨 제갈공명의 꾀주머니라도 허리에 차고 있는 것이냐?"

"형님, 나는 맏아들이라서 형님이 없는데 정말 꿈에서라도 형님 한 분이 있었으면 너무 좋았을 거라고 생각해. 하지만 내가 맏이로 태어나버렸으니 이제 인류으로 영영 그럴 기회는 사라져버렸소. 그래도 나는 형님이 내 형이 되어주었으면 좋겠소. 정말, 진짜, 간절히, 진실로. 형님은 동생이 여럿일 테니까 그중 하나라고 생각해주면 쉽잖소."

"야, 나도 형도 동생도 없어. 그런데……"

나는 네가 생각하는 그런 사람이 아니라고 말하려고 했다. 나는 중인을 종복처럼 부리는 너와는 지체가 전혀 다르고 아버지가 서자이고 할머니는 관기 출신 어머니에게서 났고 아는 것 없이 무식하고 세상 쉽고 편하게 살다 가자는 건달에 파락호이고…… 그러나 소년은 내게 생각을 이어갈 틈을 주지 않았다.

"야, 잘됐네! 정말이야! 고마워, 형!"

"이 자식이, 그냥 형이 아니라 형님이라고!"

소년은 자리에서 벌떡 일어나더니 방문의 걸쇠를 걸어버렸다. '너 지금 뭐하느냐'는 내 의아한 시선에는 아랑곳하지 않고 빨리 자신을 따라 하라는 것이었다.

우리는 동서로 마주섰다. 일단 맞절을 한 번씩 했다. 소년이 일찍부터 절차를 연습해둔 듯 자신이 하는 말을 따라 하게 했다.

"천지신명이시여!"

"천지신명이시여!"

웃겼다. 하지만 이런 장난스러운 일로 목숨을 구해준 은혜를 갚을 수 있다면야 내가 훨씬 이익이라는 생각에 뱃속 깊은 곳에서 방귀처럼 올라오는 웃음을 꾹꾹 참았다. 지체 높은 양반댁 귀한 도련님이 도원결의나 『수호전』 영웅호걸의 결의형제에 관한 고담을 어디서 듣고 깊이 빠져서 이런 놀이를 하고 싶다면, 그래서 생기는 것도 잃을 것도 없이 얼마간 놀아줄 수 있다면 그것도 재미있겠다 싶었다.

"나 창녕인 성형, 나 완산인 이순, 우리 두 형제가 한날한시에 한 부모 밑에서 태어나지는 못하였으나 이제 한날한시에 죽을 것을 소망하나이다. 우리 형제는 무슨 일이 있어도 서로를 배신하지 않으며 추호도 속이지 않으며 형의 원수는 아우가 갚고 아우가 입은 은혜는 형이 반드시 갚으며 한 사람의 원수는 두 사람의 원수로서 목숨을 바쳐 갚을 것을 맹세하나이다. 청천의 신은 저희의 맹약을 굽어살피시고 사직의 신은 저희의 마음을 기억하시어 만일 저희가 서로에게 조금이라도 소홀하게 되는 날이면 하늘의 벼락과 땅의 불길로 죽이소서."

"벼락과 불길로 쳐죽여주소서."

그리고 또다시 한번 더 절을 했다.

"이젠 되었소."

꼬마가 큰일이라도 치른 듯 한숨을 쉬며 말했다. 그러고 나서 나를 향해 "형니임!" 하고 불렀고 나도 모르게 "꼬맹…… 아우야" 하며 서로에게 다가서는데 갑자기 방문의 문고리가 빠지며 까마귀가 형제 맺자고 할 만한 목소리의 주인, 나의 할머니가 들어왔다.

"이놈이 그냥 혼자 놀고먹는 것으로도 부족해서 이제는 동무까지 데리고 와서 공짜로 술밥을 처먹고 있다고?"

그러던 할머니의 눈이 꼬마를 향하더니 갑자기 눈에서 반짝 빛이 났다. 나의 할머니가 아무리 팔순 가깝게 늙고 모습이 바뀌었다 하나 세월이 바꾸지 못한 건 눈이었다. 때로 가을하늘처럼 맑고 못물처럼 깊었으며 때로 한여름에 뇌우가 내리칠 때처럼 천변만화하는 표정을 담고 있었다.

"도령은 어느 댁 공자이신지요?"

말투부터 달라졌고 태도도 내가 한 번도 보지 못했던 공손한 것이었다.

"퇴직한 산반散班. 일정한 직무는 없고 품계만 있는 벼슬의 후예라 가친께서

46

밖에 나가 누구에게 밝히지 말라 엄명하셨소만."

비록 한양 최고의 기생방 주인이라도 한때 관노비였던 기생의 딸이고 어미가 종이면 자식은 무조건 노비가 되는 게 법이었다. 어미가 비록 속량을 하여 양민이 되었고 훗날 정인의 첩실이 되었다고는 하나 그래봐야 일반 백성, 거기에다 서녀에 불과하니 지체 높은 당상관 자제 앞에서는 꼼짝없이 예를 갖춰야 했다. 그래도 한때 조선 제일의 절세가인이며 사내 수백 명을 무릎 꿇린 여장부가 남 앞에 머리를 숙이는 일이 좀체 없는데 꼬마 앞에서는 자신도 모르게 움츠러드는 모양이었다. 그 순간 나는 꼬마를 되도록 자주 집으로 데려와서 방패막이로 써먹어야겠다고 마음먹었다. 어쨌든 내 동무라고 하면 무조건하고 나와 똑같은 파락호로 취급하던 할머니의 눈빛이 전혀 달라져 보인 건 그때가 처음이었다.

방문을 나서니 황초립이 팔짱을 끼고 서 있는 게 보였다. 학질이라도 걸린 듯 몸을 부들부들 떨고 있었다. 이자가 우리 몰래 뭘 잘못 훔쳐먹고 이러는 건가……

3장 입궐

　동궁전, 아니 이젠 대전의 별감이 된 오환이 홍의에 초립을 쓰고 찾아왔다. 이 썩을 놈의 인사는 아무리 만나도―적어도 쉰 번은 넘게 봤는데도 볼 때마다 밥맛이 떨어지게 만든다. 생긴 것부터 저승사자다. 늘 눈을 절반만 뜨고 얼음장처럼 무표정하여 무슨 생각을 하는지 짐작조차 할 수 없다.

　속은 밴댕이보다 좁고(황소 같은 덩치, 관운장 같은 수염이 아깝다) 불필요한 말을 단 한 마디도 하지 않고 어떤 때에도 웃는 법이 없다. 손을 언제나 소매 안에 넣고 있는데 거기서 뭐가 튀어나올지 아무도 모른다. 어느 때는 은수저가 어느 때는 비수가 어느 때는 맨손이 나오기도 한다.

　꼬마가 뭘 먹기 전에 늘 은수저로 독이 있나 없나 시험하고 미심쩍으면 제가 직접 먹어서 죽는지 안 죽는지를 따져본 후에 올렸다. 비수를 실제로 쓰는 것을 보지는 못했지만 비수에 살짝 스쳐서 반으로 잘린 비단을 본 적은 있다. 그게 비단이 아니라 내 등짝이나 뱃가죽 어디였다면 나도 모르는 새 내 몸이 두 쪽이 났을 거라는 생각이 들었다. 내 몸이 일도양단된 수박처럼 반으로 쪼개져서 각자 제 갈 길을 가다 '내 꼴이 어느새 반쪽이 되었나?' 하면서 쓰러지는 걸 떠올리니 머리털이 바짝 섰다.

하지만 아무것도 없는 맨손이 제일 겁난다. 주먹을 쥐면 도끼처럼 강해지고 철판 같은 손바닥으로는 신체 상반부를 주로 공격하는데 얼굴을 맞으면 목이 완전히 뒤로 돌아갈 정도로 타격이 강하다. 손날은 도마를 내려치는 칼과 같고 쇠꼬챙이 같은 손가락은 급소를 찔러서 혼절하게도 주저앉게도 만든다. 이런 인간은 적으로 만들지 않는 게 최고의 상책이다. 되도록 만나지 않거나.

꼬마가 나를 형님으로 받들어 모시는 것이 오별감을 거의 미치게 만들었다는 건 마음에 든다. 어느 날 꼬마가 오별감에게 "세상에 단 하나뿐인 내 형님이시니 남들의 이목이 없을 시에는 나를 대하듯 하라. 단 이 비밀은 우리 세 사람만 아는 것이니 네가 죽어서라도 반드시 지켜야 한다"고 하자 왕소금을 한 대접 뿌린 미꾸라지처럼 몸을 비틀어댔다. 나는 곧 그의 몸 일곱 구멍에서 피가 뿜어져나오면서 즉사하지나 않을지 기대했으나 과연 저승사자답게 밥 한끼 먹을 시간 동안 헛구역질을 하고 나서는 꼬마가 보는 앞에서 내게 예를 갖추는 시늉을 했다. 그다음에 만났을 때 보니 나를 아예 외면을 하고 섰고 걸을 때도 예닐곱 걸음 뒤에서 따라왔다. 그림자조차 밟지 않겠다는 마음에서 나온 예의바른 행동인지 내 곁에 가까이 오면 울화로 혼절을 할까봐 예방을 하기 위해서인지는 알 수 없었다. 어쨌든 왕과 내가 의형제라는 것을 아는 사람은 세상천지에 오별감밖에 없었다. 내 스승이나 친구들은 물론 할머니조차 그저 친하게 사귀는 줄이나 알았을 뿐이었다.

형제는 같이 먹고 같이 살고 같이 죽어야 하기 때문에 놀 때도 같이 놀아야 했다. 노는 것 중에 으뜸은 기생방에서 밤새 허리띠 풀고 이불 속에서 숨바꼭질을 하는 것인데 꼬마는 아직 어려서 그런 즐거움은 전혀 모르고 있었다. 열두 살 때인가 맛보기라도 보여줄까 싶어 육의전 뒤편 새로 생긴 기생방에 한번 데리고 간 적이 있었다. 꼬마는 지분 향이 등천하고 흥겨운 풍악이 하늘에 닿는 기생방에 앉으면서부터 계속 하품을 해댈 뿐이었다. 오히려 기생들이 꼬마를 귀엽다고 조몰락거리고 집적대는 바람에 꼬마가 홍시처럼 몰랑몰랑해지고 빨개져서 곧 터지는 줄 알았다. 내가 재미 보는 것을 포기하고 얼른 자리에서 일어선 뒤로 다시는 데리고 가지 않았다.

꼬마는 워낙 천하에 짝을 찾기 힘든 미소년이었다. 이런 어린아이가 양태가 넓은 통영갓에 중국에서 건너온 당혜를 신고 도포 자락 휘날리며 기생방에 출입하는 격식에 따라 "평안호!"를 외쳐가며 한양 기생방을 휩쓴다 하면 청국이나 왜국까지 소문이 닿는 데 며칠이면 충분할 것이었다. 그래서 아쉽지만 기생방에 갈 때는 나 혼자서만 가서 재미있게 놀았다.

그 외의 일들은 언제나 함께 했다. 늘상 하는 사냥이며 낚시에 데리고 가는 일은 여러 차례 있었다. 미리 사냥꾼들이 덫으로 잡아놓은 멧돼지를 화살로 쏘아 맞혀 절명시키거나 누군가 미끼를 꿰어놓은 낚시로 물고기가 물었을 때의 손맛만 보고 옆으로 넘기곤 했다. 물고기 비늘을 만지지 못하고 비린내를 싫어하는 건 일치해서 형제지간이 맞았다. 천렵을 할 때는 천변에 걸어놓은 솥 아궁이에 고개를 들이밀고 평소 해보지 못한 불장난을 하느라 바빴고 그 외 힘든 일은 다 아랫것들에게 맡겼다. 여름에는 원두막에서 참외며 수박을 서리해 먹기도 했다. 수십 개의 참외를 다다닥 속만 파먹고 나머지는 버렸다가 설사로 혼이 난 적도 있었다. 근교 역원에 속한 밭일하는 원두한이나 오이나 참외를 키우는 채원, 음식을 만드는 칼자刀子와 응자鷹子, 꿩 잡는 사람, 주모를 잘 사귀어두면 사시사철 매일매일을 재미지게 살 수 있다는 걸 알려주었다. 세답洗踏, 빨래꾼을 따라 빨래터에 몰래 따라가 돌을 던져 물을 튀기거나 머리에 이고 가는 물동이를 돌멩이로 맞히는 놀이도 가끔 했다. 뭘 하든 붙잡히지 않고 도망을 잘 쳐야 짜릿한 재미가 있는 법이고 그런 점에서 우리 형제는 죽이 잘 맞았다.

사냥에서 잡은 꿩 두어 마리만 가지고도 서너 명은 배가 터지게 먹을 수 있다는 걸 알려주었다. 가령 꿩은 털을 모조리 뽑고 나서 배를 갈라 내장을 사냥개에게 준 뒤 앙가슴에 붙은 작은 살조각은 날카로운 칼로 포를 떠서 회로 먹고 살집이 좀 있는 건 불로 구워먹는데 가장 맛이 있는 다리 부분은 꼬마에게 먼저 주었다. 뼈는 작은 것까지 잘 챙겨서 솥에 넣고 끓여서 육수를 내고 나중에 거기다 준비해온 상화병만두을 잔뜩 넣고 탕병湯餠, 떡국으로 나눠 먹었다.

"꿩 구워먹은 자리라는 말이 어디서 나왔는지 아느냐? 꿩은 버릴 데가 하나 없어서 잡아먹은 자리가 전혀 표나지 않는다는 게야."

"꿩은 물리게 많이 먹어보았는걸. 매일 아침저녁으로 상에 오르는 게 꿩으로 만든 조치라고."

사냥꾼들 있는 데서 물색없이 작고 붉은 입술을 놀릴 때는 "네가 꿩 대신 닭이라는 말을 아직 몰라서 그러는데, 네가 집에서 아침저녁으로 먹은 건 다 크지도 못한 중병아리였다. 조치로 해놓으면 똥인지 된장인지 구별하기도 어렵느니라" 하고 얼버무리곤 했다.

꼬마는 특히 사슴 고기를 좋아해서 내 사냥 동패들을 놀라게 했는데 사슴 고기의 맛을 아는 아이를 보기 힘들기 때문이었다. 꼬마가 가장 좋아하는 음식이 사슴꼬리찜이라고 하자 모두들 수상해하는 눈치가 보여서 그예 입을 닫치게 했다. 사슴 꼬리는 나도 아직 먹어보지 못한, 궐내의 수라간에서나 나오는 최고급의 진미였던 것이다. 차라리 아무도 못 먹어본 곰 발바닥을 먹었다고 하는 편이 나았다.

꼬마는 남을 놀라게 하는 재주를 타고나기라도 했는지 삼청동의 갓짜리들 시회에 가서는 아이답지 않은 시를 써서 은퇴한 관리들을 놀라서 뒤로 나자빠지게 만들었다. 웃대인왕산와 아랫대동대문 주변의 사정에 가서 활 쏘는 걸 구경하기도 좋아했는데 꼬마는 한량들 중에 활짜는 누구며 장수감으로 소문난 이는 누구인지 물었고 화살 하나하나를 품평해가면서 등수를 매겼다. 아주 가끔 도박판에 함께 가기도 했으니 내가 돈을 잃으면 손뼉을 치며 즐거워하고 따면 시무룩해했다. 도박판에서 할머니를 모르는 노름꾼은 없어서 모두들 내게 한 수 접어주곤 해서 꼬마가 도박판에서 박수 칠 일은 많지 않았다.

자주 만나면 깊이 정든다더니 나와 꼬마의 사이가 딱 그래서 며칠 안 보면 서운할 정도가 되었다. 밤나무 아래를 지나가다가 막 맺힌 애송이를 봐도 꼬마가 그려지고 어미 까투리를 따라가는 꺼병이를 봐도 꼬마가 생각났다. 특히 기생방에서 어여쁜 기생의 허벅지를 베고 누위 있노라면 천장에 꼬마 얼굴이 그려지는 게 문제였다.

사랑하지 않을 수 없는 것이 꼬마는 이팔 소녀처럼 다정다감하여 길에 굴러가는 나뭇잎에도 깔깔거렸고 걸인이나 헐벗은 아이를 보면 금방 눈에 눈물이 고이곤 했다. 배고파서, 혹은 병이 들어서 쓰러져 있는 사람이 있으면 못 견뎌했고 오별감이든 나든 주머니에 들어 있는 건 모두 꺼내게 하여 전해주었다. 송시열의 집 앞에서 꼬마가 나를 구해준 것이 우연이 아니고 보기 힘든 의협심에서 나온 것임을 나중에야 깨달았다.

나는 하도 여러 번 겪어서 심상한 인간사 희로애락이 꼬마에게는 전기수의 이야기처럼 재미있는 모양이었다. 모든 삼라만상을 신기해하는 어린아이의 천진무구함이 느껴지다가도 때로는 엄숙하고 기품이 있는 것이 어리다고 함부로 범접지 못할 기상이 있어서 내가 뭔가를 배우는 기분이 들었고 언행을 삼가게 되었다.

꼬마와 만난 지 대여섯 번이 넘어 꼬마가 임금의 유일한 아들, 그것도 세자라는 것을 알게 되면서 나는 죽을 길로 들어섰다는 생각에 결의형제의 일 따위는 없던 일로 하자고 했다. 그때 마침 오별감은 나를 믿거라 하고 어디 가서 곰방대라도 빨고 있는지 기척이 없었다. 나는 내가 할 수 있는 최대한의 예의를 갖추어서 꼬마가 알아듣게 말했다.

"저하, 저희 시정잡배들 사이에서는 우물물과 강물은 서로 섞이지 않는다는 말이 있습니다. 똥파리는 몇 번을 죽었다 깨나도 벌이 될 수 없으며 벌은 아무리 독침이 강하다 한들 새를 잡아먹지 못합니다. 양반과 쌍것의 피가 다르고 적자와 서자가 다른데 하물며 천하의 주인이 되실 분과 기생방에 거처하는 파락호가 어떻게 어울릴 수 있겠습니까. 소인이 저하를 몰라본 눈깔을 빼서 아이들 공기놀이하는 데 던 져줄 것이오니 그동안의 소위를 이만 용서해주옵시고 이름 모를 점쟁 이 거렁뱅이로라도 살아가도록 모른 체해주시옵소서."

시정 밑바닥 파락호 주제에 잘 알지도 못하는 언사로 말을 하려니 머리가 다 빠지는 줄 알았다. 내 딴에는 진땀을 흘리면서 승낙을 기다 렸다가 말이 떨어지자마자 도망가려고 했다. 그런데 꼬마가 "지금 말 다 했어? 말 다 한 거지?" 하고 눈물을 머금은 눈으로 나를 쏘아보더 니 갑자기 땅바닥에 몸을 던져 뒹굴다가 한쪽 벽으로 달려가 바람벽 에 쿵, 소리가 나게 머리를 들이받았다.

"저하!"

저러다 내 집에서 꼬마가 죽어 나가기라도 하면 우리 집안은 멸문 을 당하고 집터에 웅덩이가 파일 것이 자명했다. 꼬마를 붙잡고 늘어 지자 꼬마는 빠져나가려고 용을 썼고 나를 할퀴고 꼬집었으며 눈을 찌르고 콧구멍을 쑤셨다.

"재미도 없는데 살면 뭐해! 나 죽을래!"

땡그렁 뚝 털썩 하고 방안에 있던 온갖 물건이 구르고 쓰러지고 부 서지고 쏟아졌다. 내가 온몸으로 제 작은 몸을 완전히 제압하여 더이 상 움직일 수 없게 되자 꼬마는 대성통곡을 하는 시늉을 하다가 팔등 을 깨물었다. 그러고도 내가 저를 놓지 않자 작고 부드러운 입술로 온 갖 저주를 다 퍼붓기 시작했다.

내가 자기와 헤어지면 곧장 염병에 걸리고 급살에 날벼락을 맞고 빌어 처먹다 굶어죽은 아귀가 될 것이라 하고 지미럴, 니미럴, 오살 할, 제기랄, 넨장맞을 하며 입에 담지 못할 욕을 다 퍼부어댔다. 마침

내 내 할머니를 포도청과 의금부, 형조, 한성부에 조리돌림시키고 내 부조父祖와 외가, 사돈의 팔촌까지 샅샅이 뒤져서 모든 허물을 밝히고 패가망신케 할 것이라고 협박을 하는 통에 내가 두 손을 들고 말았다.

"도대체 미천한 소인더러 뭘 어쩌라는 겁니까?"

"그냥 그전처럼 하면 돼. 한번 형제를 맺었으면 영원히 형제인 거니까."

"소인이 감히 세자 저하의 형님이라고 했다가는 미친놈 취급을 받기도 전에 쥐도 새도 모르게 육장肉醬, 고기젓갈이 되고 말 것입니다."

"남 보는 데서 안 하면 되지. 그걸 누가 안다고."

"제발 저하의 형님 말고 동생, 아니 그저 발가락 사이의 때라 여기시고 없던 걸로 해주시면 아니 되올지요?"

"안 돼, 안 된다고! 형은 그냥 형이야. 나는 아우고. 죽을 때까지 영원히!"

"그럼 지금 곱게 죽어드리겠습니다."

"내가 명하기 전에는 형은 죽는 것도 마음대로 하면 안 돼. 그러기만 해봐. 당장 삼족을 멸해버릴 테니까. 나는 언젠가 왕위에 오를 몸이야. 절대로 헛소리를 하지 않아. 한번 입 밖에 나온 말은 무슨 일이 있어도 지킨다고."

결국 내가 두 팔을 들고 항복하는 자세로 하라는 대로 하겠다고 했더니 꼬마는 "알겠노라!" 하고는 방실방실 웃었다. 꼬마는 내게 우리의 다짐을 영원한 것으로 만드는 의미에서 삽혈歃血의 의식을 하자고 강요했다. 진한 술 한 잔에 손끝을 바늘로 찔러 뽑은 서로의 피 몇 방울을 떨어뜨려 나눠 마시고 난 뒤 꼬마가 하는 말이 이랬다.

"형님은 나하고 둘이 있을 때는 세상에 둘도 없는 형제야. 하지만 날 아는 사람들이 보는 데서는 절대로 그렇게 하면 안 돼. 나도 위험하고 형님은 쥐도 새도 모르게 죽을 거야. 죽어도 삼족을 멸할 것이니 혼령에게 제사를 지내줄 사람도 없을 거라고."

도대체 왜 나를 형제로 삼지 못해서 그리도 안달이 났는지 궁금했다. 꼬마가 태어나면서 본 주변의 남자는 모두 어른이면서 꼬마를 보옥처럼 떠받들었고 동기라고는 누이들뿐이었다. 꼬마의 친형제가 있었다면 그들은 모두 왕위를 두고 다투는 경쟁자가 되었을 테니 차라리 없는 게 다행이었다. 의형제는 그럴 위험이 없었다. 그래도 그 의형제가 왜 하필 나였는지는 여전히 알 수 없었다.

"제가 하늘과 땅, 신체발부를 내려주신 부모와 제 목숨을 걸고 맹세하건대 우리 사이의 일은 목에 칼이 들어와도 입을 열지 않겠습니다. 사내대장부니까. 불알을 달고 일구이언一口二言을 하는 자는?"

꼬마가 냉큼 받았다.

"애비가 둘二父之子, 개호로쌍놈의 자식이지!"

내가 그런 욕설을 어디서 배웠느냐고 묻자 "다 형님이 가르쳐준 거잖아! 형님은 일거수일투족이 다 내 본보기야!" 해서 내 가슴을 뜨끔하게 만들었다. 아이 앞에서는 찬물도 못 마신다고 하더니.

농담같이 하는 말이지만 가슴이 쓰렸다. 내가 한 입으로 두말을 하면 이부지자에 개호로쌍놈의 자식이 된다고? 내 아버지 성완벽 공은 청나라 오랑캐들을 무릎 꿇리고 조선의 위엄을 회복할 천하 명장 임경업 장군을 보필하여 금강산, 묘향산, 백두산, 두류산, 한라산에 산채를 마련하고 주야장천 국가의 동량지재를 기르고 계신 분이시다.

내 어찌 오랑캐의 이부지자가 되리오. 나는 하나뿐인 아버지가 개선 장군이 되어 돌아올 때까지 몸보신이나 잘하면서 기다리고 있으면 된다. 그러니 꼬마와의 맹세를 어길 일은 결코 없을 것이었다. 좀 놀아주다 기회가 되면 사라져버릴 요량이었다. 꼬마가 나를 잊을 때까지 아버지를 찾아 백두산이든 지리산이든 중국 땅이든 산천경개 좋은 곳을 찾아다니다 돌아오면 될 줄 알았다. 그런데 꼬마의 아버지, 나이 마흔도 되지 않은 젊은 임금이 갑자기 승하하는 바람에 꼬마는 정말로 왕이 되어버렸고 나는 도망갈 때를 놓쳐버렸다.

오별감은 혼자 오지 않았다. 주름이 자글거리는 내관 김현과 함께였다. 오별감의 어깨 뒤에서 고개를 빼쭉 내밀었다가 집어넣었다 하는 김내관을 보자마자 가느다란 오줌 줄기처럼 오래고 길게 목숨을 부지해온 자의 고약스러운 느낌이 지린내로 전해져왔다. 지린내야 어떻든 나는 둘이 같이 온 게 조금은 다행스러웠다. 오별감과 단둘이 있다가는 무슨 불미스러운 일이 벌어질지 모르니까.

"선달 성형은 들으라. 촌각을 지체치 말고 예궐하라."

김현의 입에서 모기처럼 앵앵거리는 소리가 흘러나왔다. 목소리로만 봐도 확실히 환관이 맞았다. 실물로는 처음 봤지만.

궁중 환관은 상민 가운데서 지원자를 받아 선발하는데 환관이 되려면 거세를 하는 데서 "정녕 내시가 될 것인가?" 하고 세 번 물을 때마다 힘있고 자신 있게 "내시가 되겠습니다"라고 말해야 한다. 조금의 망설임이라도 있으면 거세를 하지 않는다. 거세를 할 때는 고환만 하고 나중에 내시의 생식 가능 여부를 검사할 때 또한 고환의 유무로 판별했다. 외관으로 봐도 오별감과 김내관은 고환의 유무가 쉽게 드러났다.

불알을 까면 가장 좋은 점은 더이상 남정男丁이 아니니 군역을 면한
다는 것이고 잘하면 내시부의 최고위직인 종이품 상선이나 정삼품 당
상관 상온, 그도 아니면 정삼품 당하관 상다, 그보다 못하긴 해도 육
조와 빈청, 승정원 등지로 왕명을 전하는 승전색, 상전 등등의 벼슬을
지닐 수 있다는 것이다.

"제가 무식해 그러는데 예궐이라는 게 무슨 귀신 씻나락 까먹는 소
리오이까?"

"어허, 어명이다. 정결한 장소에 자리를 깔고 병풍을 치고 의관 정
제하고 북향 사배한 뒤 무릎 꿇고 명을 받들어야 할 것이거늘……"

"병풍이라고 있는 게 기생방에 있는 것밖에 없는뎁쇼? 어제 좌우포
청에서 나온 포교 놈들끼리 싸움이 벌어져가지고 요강을 서로 집어던
지느라 똥오줌 묻은 게 아직 덜 말랐을 터인데."

김내관이 발을 굴렀다.

"이런 고이허어언!"

"글쎄, 고약스러운 일이오. 원래 기생방에서는 싸움이 나도 별 탈
이 없도록 집어서 던질 수 있는 물건은 두지 않는 법인데, 웬일로 그
게 있었는지 원. 요강 안에 남녀 어느 쪽 신체에서 나왔는지 모를 묵
은똥까지 묵직하게 들어 있었다고……"

그제야 오별감이 나섰다.

"성선달, 성선달! 이보게 선달! 이 사람아! 어명이래도!"

"아이구 무셔라. 아닌 밤중에 홍두깨라더니 꼬, 꼬, 꼬마…… 닭이
꼬끼오 하는 소리도 못 들었는데 한낮이 됐나? 내 무식한 백성이긴

하나 전하께서는 지금 상제의 몸이시고 다망한 국사에 옥체가 열이라도 부족하신 줄 알고 있소이다만, 저 같은 무명의 시정잡배를 어찌 아시고 부르신단 말이오. 옥새 찍힌 문서라도 가져오셨소이까? 그러기 전에는 못 믿겠소."

어머니 뱃속에서 쉰 살쯤 미리 먹고 세상에 나온 듯한 인상인 김내관이 발을 굴렀다.

"이놈이 어명을 의심하다니 곧 죽을 줄도 모르는구나! 내가 선전관이 아니고 전교를 구전으로 내리셔서 그렇지 어명의 지엄함은 일반이야. 전하께서 동궁 시절 미행微行을 자주 하시고 너 같은 천한 소인배를 너무 귀애하신다고 하더니 오늘날 이런 꼴을 보는구나. 어명이 없다고 해도 그렇지, 네가 한미한 일개 백성으로 전하께 입은 은혜를 생각한다면 오늘 같은 시국에 스스로 궐하에 나아가 엎드려 거애하며 피눈물을 흘리지는 못할망정 어디서 어명을 믿고 못 믿고를 논하는가! 당장 따라나서지 못할까!"

말로는 사람 목숨 몇은 당장 요절을 낼 것 같은데 목소리가 처서 뒤모기처럼 힘이 없으니 겁이 나기는커녕 웃음을 참는 게 고역이었다.

"아, 거참 나이드신 분, 힘들게 말씀을 많이 하시네. 그러다 명이 줄어들겠수다. 고만 뛰슈, 땅바닥 꺼지겠소."

그때 오별감이 입을 열었다.

"상선 어른, 고정하시지요."

그러면서 나를 향해 짧은 순간에 수박만한 주먹을 쥐어 보였다. 어명보다 주먹이 가깝다는 뜻이었다.

"자, 이제 됐겠지. 시원하게 따라오게."

"내가 전하를 곧 뵈러 갈 양이 아니라면 나를 댓바람에 쳐죽이시겠수. 아주 그러면 속이 시원들 하시겠지?"

결국 나는 김내관과 오별감을 따라나설 수밖에 없었다. 왜 부르는지는 모르겠으나 설마 죽이기야 하랴 싶었다. 죽는다 한들 또 뭐 그리 대수인가.

구중궁궐에는 보는 눈이 많으니 좀 어둑해진 뒤에 가야 했는데, 그것도 서부 적선방에 있는 김내관의 사처에 들러서 벼슬짜리로 변복을 하고 가라는 것이었다. 김내관이 내놓는 흰 상복으로 갈아입고 백대를 매고 백립을 썼다.

"오별감 말 듣고 허우대가 적실한 아이의 옷을 가져왔더니 다행히 딱 맞는구나. 눈대중이래도 손으로 잰 거보다 낫다."

김내관의 공치사를 듣다보니 불알도 없는 내시가 입던 옷이라 무슨 지린내가 나는 것 같아서 찜찜했지만 그냥 입고 고양이처럼 간단하게 소세를 마쳤다. 거울을 보니 얼굴이 누렇게 뜬 멍청한 녀석 하나가 히죽 웃고 있었다.

"어전에 가면 절대로 웃어서는 아니 된다. 눈물, 콧물, 땀을 흘리거나 하품을 하거나 기침을 하거나 재채기를 하여서도 아니 된다. 답을 하라고 하명하시기 전에는 일절 입을 열면 아니 된다. 고개를 들라 하실 때까지 눈을 들면 아니 되고 허투루라도 용안을 우러러볼 생각은 하지 마라. 주상께는 등을 보이면 안 되며 물러날 때는 뒷걸음을 쳐야 한다……"

등불이 켜질 무렵까지 김내관은 잔소리를 해댔다. 어전에서 정말 어쩔 수가 없이 불가피하게 방귀를 뀌거나 설사를 하면 어떻게 되나

물어볼까 말까 하는데 김내관이 언다 대고 한눈을 파느냐고 쇠꼬챙이 같은 손가락으로 옆구리를 꼬집어 뜯었다. 창자가 옆구리로 비어져나오는 줄 알았다.

"알았어요! 알았다고요! 제발 그만 좀 꼬집어요!"

내가 싹싹 빌면서 도망을 치는데도 김내관이 귀신처럼 쫓아오며 꼬집기를 멈추지 않았다. 다시 한번 이런 고생을 하고서도 꼬마를 만나야 하나 싶었다. 그럴 때마다 눈에 눈물이 고인 꼬마의 얼굴이 보름달이 동산 위에 떠오르듯 허공중에 떠올라 보이는 것이었다.

꼬마는 나를 보자마자 눈에 눈물이 차오르더니 곧 떨어질 듯 그렁그렁해졌다. 모기 내시가 용안을 마음대로 우러러보는 것도 안 된다고 했는데 나는 순식간에 보고야 말았다. 왕이 평소에 그렇게 울고 있으니까 얼굴을 멋대로 보지 못하도록 법으로 정해놓은 것일까? 그런 생각까지 하고 말았다.

"왔구나. 왔고녀. 이리 가까이 오라."

내가 김내관이 시킨 대로 어전에서 몸을 숙이다 못해 엎드려 눈을 바닥에 박은 채 인사를 올리고 난 뒤 주상께서는 그리 말씀하셨다. 아니, 꼬마가 코맹맹이 소리로 내게 말했다. '네가 오랬잖아. 오별감이 주먹만 들이대지 않았어도 내가 안 왔다'고 대답할 수는 없었고 보좌에 앉은 왕에게 무릎걸음으로 몇 걸음 다가갔다.

"더, 더, 좀더 가까이."

왕의 말에 모기 내시가 "저언하아!" 하고 소리를 쳤다. 왕은 오히려 모기에게 조금 더 떨어져 있으라고 손짓을 했다. 모기가 몇 걸음 물러나자 더 멀찌감치 갈 때까지 계속 물 뿌리는 시늉을 했다. 그래서 내가 모기와 왕 가운데에 있게 되었다.

"우리가 이제까지 골백번은 만났으니까 형님은 내가 어떤 사람인지 잘 알 거야. 지금, 나 어때 보여?"

꼬마가, 아니 왕이 속삭였다. 속삭임이 겨우 들릴 만한 거리였다. 대낮임에도 커다란 황촉불이 켜져 있는 가운데 꼬마는 잘생기다 못해 그림의 떡, 아니 미인도의 절세미녀처럼 어여쁘게 보였다. 이토록 아름다운 소년이 어버이를 잃은 슬픔 때문에 한층 가련한 모습이 되었으니 함초롬한 꽃에 이슬이 더해진 격이었다. 그 가련함 때문에 갑자기 내 가슴 깊은 곳에서 울컥하고 뭔가 덩어리진 것이 연이어 올라왔다. 우리는 이제까지 한 번도 없던 무거운 침묵 속에 서로를 바라보았다.

내가 왕을 알현한 곳은 편전인 선정전에 딸린 보경당에 급히 마련된 별실이라 정전인 인정전이나 왕비의 침전에도 비할 수 없이 작았다. 임금의 언행, 일거수일투족을 모조리 기록하고 있던 사관이 말이 잘 들리지 않자 도끼눈을 뜨고 우리를 노려보았다. 조용히 이야기한다고 왜 못 잡아먹어서 안달들이지? 나와 꼬마의 대화가 몇 마디 더 이어지고 나서 갑자기 사관이 붓을 내동댕이치듯 놓고는 꿇어 엎드리더니 쇠젓가락으로 꽹과리를 두들기듯 시끄럽게 소리치기 시작했다.

"저어어언하아! 군위신강이라 했사오니 아무리 근시近侍라 할지라도 면대하심에 반드시 법도가 있어야 할 것이옵나이다! 또한 군주는 언제나 광명정대하고 은휘隱諱, 꺼리어 감추거나 숨김함이 없어야 공론에 물의가 없을 것이옵니이이이다! 신은 오늘날의 은밀한 대화가 신료들에게 또다시 지친과 총신을 지나치게 곁에 두신다는 시비를 불러일으킬까 두렵사오니 부디 통촉하시오소서."

"알겠소. 이만한 일에 다른 지친까지 끌어들이다니…… 이자는 원래 하찮은 무예별감으로 동궁 시절부터 가까이하고 지내다 사가로 내보냈었소. 어린 시절 함께 글 배우던 배동陪童, 대군과 왕자가 어릴 때 함께 글을 배우고 놀아주는 역할을 하는 종친과 근신의 자식처럼 지근에 있어 흉허물이 없이 지내던 바라 그러하니 과히 허물치 마오."

꼬마가 입에 침도 칠하지 않고 서슴없이 거짓말을 주워섬기는 통에 내 심장이 다 벌렁거렸다. 은근히 신이 났다. 나보다 훨씬 나은데? 왕이 되면 거짓말도 더 잘하는 건가?

"저어언하아아! 선왕께서는 항시 세종대왕 같은 성군이 되고자 하면 몽매와 생시 어느 때에도 신하에게 추호라도 감추는 것이 없이 떳떳하여야 한다 하셨사옵니다. 통촉하시옵소서, 저어언하아!"

어느새 모기와 사관이 동시에 소리를 지르고 있었다.

―아니, 저자들은 대체 내가 무슨 말을 했다고 저런대? 이게 무슨 큰일이나 된다고?

임금은 입놀림과 눈짓, 낮은 속삭임으로 그렇게 말했다. 우리 둘 사이에만 통할 수 있게 만들어둔 비밀스러운 말이었다. 꼬마는 우리 둘만의 말을 만들어내는 것을 어쩌나 좋아하는지 하루에도 열 가지 스무 가지를 금방 만들어내서 잘 돌아가지 않는 내 머리를 어지럽게 했다. 시일이 오래되고 둘만의 말에 익숙해지니 편리한 점도 많았고 다른 사람의 이목에 신경을 쓸 일도 줄어들었다. 그게 두 사람 사이를 이전보다 훨씬 더 가깝게 만들어주었다.

내가 '여기서는 정말 늙은 것이나 젊은 놈이나 할 거 없이 골고루 개지랄병을 앓는가보네, 거기에는 개똥이 약인데 쓰려니 보이지도 않고' 하며 대답하자 임금의 얼굴이 잠시 환해졌다.

"네 행색을 보니 여전히 시전의 파락호에서 별반 다름이 없구나. 밥은 얻어먹고 다니느냐?"

말은 그렇게 하면서도 우리끼리만 알아들을 수 있는 말과 몸짓으로 다른 이야기를 했다.

─형, 난 지금 정말 슬프고 무서워. 아버지는 왜 이리도 일찍 돌아가셨을까. 나는 아직 아무런 준비가 안 됐는데. 어마마마도 무섭고 스승들도 무섭고 대신들도 신하들도 다 무서워. 누구든지 나를 못 잡아먹어서 안달하는 것 같애.

소년 왕의 눈에서 수정 같은 눈물이 뚝뚝 떨어져내렸다. 나는 사관이나 내시가 보지 못하게 몸으로 왕의 얼굴을 가렸다. 아이고, 이 불쌍한 녀석. 나도 모르게 목이 메고 하마터면 같이 눈물을 흘리며 껴안을 뻔했다. 만백성 위에 군림하는 지존이 아니라, 병든 아버지가 갑자기 죽고 난 뒤 어쩔 줄 모르는 소년이 거기에 있을 뿐이었다. 나는 누구도 보지 못하게 재빠르게 모기를 쫓는 척하며 소매로 소년의 눈물을 닦아주었다.

그래도 조선의 천만 백성을 다스리고 조정의 문무백관과 조선 팔도 방방곡곡 수령들의 자리를 붙였다 뗐다 할 수 있는 게 임금이 아닌가. 종오품 현감 자리 하나만 해도 오가는 뇌물이 쌀 만 석을 헤아린다는데 임금은 몇백만 석을 줘도 가질 수 없는 지엄하고 존귀한 자리가 아닌가. 좋은 거야. 남들이 꿈에서도 오를 수 없는 귀하고 위엄 있는 자리에 오른 거야. 나는 우리 둘 사이에서만 통하는 말에 눈짓, 손짓, 몸짓, 숨소리, 쿵쿵거림, 속삭임으로 내 뜻을 전달했다. 잠시 원숭이가 된 것 같았다.

—내가 제대로 된 임금감인지 수천수만의 눈이 감시하고 있어. 내가 정궁에게서 태어난 대군이고 세자이고 아무런 문제 없이 임금이 되었는데도 그래. 신하들은 두 파로 갈려서 장례 때 옷을 뭘 입나 같은 문제를 가지고 서로 자기들은 맞고 상대는 틀렸다고 으르렁거리고 있지. 하지만 임금이 조금이라도 잘못하면 언제 그랬냐는 듯이 한 몸이 되어 가차없이 꾸짖어댈 거야. 나는 너무 외로워. 힘들어. 곧 쓰러져버릴 것 같애. 내가 죽으면 누가 나를 위해 울어나 줄까? 그럼 뭐 해, 난 이미 죽었는데.

임금이 된 지 얼마나 됐다고, 몇 살이나 됐다고 벌써 죽는다는 말을 하느냐고 나는 도끼눈을 뜨고 나무랐다. 신하라는 놈들이 감시를 하고 있다? 아무리 사나운 개라도 주인에게는 개일 뿐이고 그 개가 주인의 손을 깨물면 그 즉시 물이 펄펄 끓는 솥에 처넣어야 한다. 주인이 약해 보이면 종과 말은 금세 반항하기 시작한다. 그땐 몽둥이질이 약이다. 그것도 못할 바에야 뭐하러 임금 노릇을 하느냐. 당장 때려치우고 나하고 같이 산 좋고 물 좋은 데, 예쁜 여자 많은 데로 놀러나 가자.

"붕어하신 선왕의 은혜를 생각하면 슬픔이 극에 달해 읍루泣淚, 울음과 눈물가 끊이지를 않는구나. 모후께서 망극한 애통함에 침식을 끊고 계시니 그 또한 불효자의 애간장이 녹을 일이로다. 아침저녁으로 빈전에 맑은 술을 올리고 곡을 하고 있으나 어찌 이것으로 할 도리를 다 했다고 할 수 있겠는가."

—나는 그저 훈육을 받는 어린아이일 뿐이야. 늙고 고집 센 대신이나 젊고 따지기 좋아하는 대관들의 눈에는 내가 뭘 해도 만족스럽지

않겠지. 난 무서워. 그들의 눈 밖에 나서 허수아비가 되고 꼭두각시로 허울 좋은 임금 노릇이나 하게 될까봐. 내 아버지, 할아버지도 그렇게 힘들게 사셨던 거야. 내가 마음에 들지 않으면 광해군처럼 언제 자리에서 쫓겨날지 알 수 없어.

네가 이토록 힘들어하는 줄 몰랐다. 미안하다. 그렇지만 너는 임금이고 나는 억조창생 중 하나일 뿐, 타고난 복으로 매일같이 한양 제일의 갑부 할머니 덕에 먹고 노는 파락호, 날건달에 불과하다. 그것도 미안하다. 자꾸 말해서 또 미안한데 왕이라는 그 자리, 그렇게 위험하고 하기 싫으면 안 하면 되지 않나. 안 하겠다는데 더이상 뭘 어떻게 해코지를 할까.

"과분한 천승의 지위에 오르고 보니 오히려 수족이 달아난 듯 움직일 수 없고 오장이 썩어 문드러진 듯하며 혼이 달아나 이목이 가려지고 지척을 분간할 수 없구나. 누가 내 수족이 되어주고 빈속을 채워줄 것인가. 아, 천지를 분간하지 못하고 어둠 속에서 길을 찾아 헤매는 나를 붙들어줄 자는 누구인가."

─난 태어나면서부터 왕이 될 사람으로 키워졌어. 이 자리는 내가 바란 것은 아니지만 마다할 수도 없는 자리야. 나의 운명이라고 할 수밖에. 기왕 내가 해야 될 일이라면 내가 한 일로 만백성이 덕을 입기를 바라. 세종대왕, 성종대왕처럼.

그러면 할 수 없지. 할 수 없어. 잘해봐. 잘해보라고. 나도 도와줄 생각이 약간은 있으니까. 타고난 운수라니 그걸 뭐 어쩌겠어.

─비록 어린 시절에 맺은 형제의 의리라고는 하지만 나는 한날한시에 죽기로 한 우리 두 사람의 맹약을 결코 저버리지 않을 거야. 이

제부터 형은 언제나 내 곁에 가까이 있으면서 내가 모르는 세상의 동정을 내게 전해주어야 해. 내 눈과 귀가 되어주고 손발이 되어주고 오장육부 같은 역할을 해주고 무엇보다 내 편이 되어줘야 해. 그래서 형이 간절하게 필요해. 무엇이든 털어놓을 수 있는 사람, 나를 위해 무슨 일이든 해줄 수 있는 사람이.

아니, 나처럼 덜떨어진 인간이 뭐라고 임금의 지척에서 무슨 일을 하라는 거야. 뭘 잘못 알고 있는 거 같은데. 그런 말을 하지는 않았다. 정말 왕의 곁에는 아무도 없는 것 같아서였다. 또 꼬마가 내게 먼저 형제가 되자고 한 이유가 있을 것이었다. 그래, 내게 나도 잘 모르는 어떤 능력이 있어서 왕을 도울 수 있다면 그 또한 좋은 일이었다. 나는 내가 사랑하는 형제를 위해 무엇이든 할 수 있었다. 세상에 하나뿐인 내 아우가 그걸 원한다면.

혹 내가 너를 잘 지켜줄 수 있다면 내 이웃들, 친구들, 후손들에게는 좋은 날이 올 수도 있겠네. 생판 낯짝도 모르는 나쁜 놈이 임금이 되어서 흥청망청 제 좋을 대로 놀아나는 것보다야 좋겠지. 백성은 굶어죽고 얼어죽고 병들어 죽는데 나 몰라라 태평으로 내버려두는 놈보다야 네가 하는 게 훨씬 낫긴 하겠다. 그렇겠지?

―형이 나를 위해 비밀스럽게 처결할 일이 있어. 송시열의 집으로 들어가서 할바마마이신 효종대왕께서 송시열에게 내리신 밀서를 훔쳐가지고 오는 거야. 그 서찰에 내 지위가 걸려 있으니 절대 실패해서는 안 돼. 그 밀서를 얻기 위해서 선왕께서도 내내 노심초사하셨으나 결국 성과를 보지 못하고 돌아가셨어.

엥? 시방 뭐라 한 거야? 거 무슨 황당한 소리인고?

—선왕께서 세자 시절에 돌아가시기 직전인 할바마마의 밀서를 받자와 직접 송시열에게 전해줬는데 그 밀서가 대대로 우리 왕실 임금들의 명줄을 농락하리니 그를 반드시 막아야 한다는 유지를 내게만 은밀하게 내리셨어. 효종대왕께서는 평시에도 송시열에게 여러 차례 비밀 서찰을 내리시고 돌아가시기 전에 내시나 사관 하나 없이 법에도 없는 독대를 하셨어. 그때 나눈 군신 간의 비밀스러운 대화를 적은 문서를 지금 송시열이 숨겨두고 있어. 북벌이니 뭐니 하는 기밀을 담은 그게 누설이 되면 청나라 놈들이 어떻게 나올지 알 수가 없어. 신하와 백성들 모두가 왕과 왕실에 등을 돌릴 수도 있고. 그러니 형님이 나를 위해, 이 나라 조선의 안녕을 위해서 송시열에게서 그 밀서들을 내게 가져오거나 없애버려야 한다고. 알아들었어?

아니, 아우랍시고 왕이 되고 나더니 첫번째 부탁인지 어명인지가 도둑질을 하라는 것인가. 내가 당당한 사내대장부로서, 장안에서 제일가는 부잣집 손자에 당당한 혈통을 가진 양반 후손으로 어디 할 짓이 없어서 남의 집 담을 넘겠느냐고. 그렇게 급한 일이면 신하를 보내 직접 가지고 오라 하든지 군사를 보내 쓸어버리든지. 그동안은 뭘 했어?

—내가 세자가 되고 나서 아바마마께서 그 밀서 때문에 고심참담하시는 것을 홀로 들어 알고서 기회가 닿는 대로 그 밀서를 얻어보려고 탐문을 했는데 도저히 어디에 있는지 알 수가 없었어. 이제 임금이 됐으니 암행이든 명행이든[14] 움직이기가 더 어렵게 되어 형한테 당부를 하는 거야. 송시열에게서 효종대왕과 관련된 비밀스러운 문서를 회수하는 것이 화급을 다투는 일이긴 하나 미리 풀을 쳐서 뱀을 놀라게 하는 일이 있어서는 안 되니 만전을 기해야 할 것이야. 혹여 그것

이 사람들의 입에 전파되어서 왕실이 능멸을 당하게 되는 일이 있다면 아니함만 못하리니. 그 밀서가 없으면 내 자리는 물위에 뜬 지푸라기만도 못한 것이 돼. 그래도 좋아?

아니, 좋지는 않지. 좋지는 않아. 좋지 않다고. 나도 송시열을 싫어하거든. 실제로 한 번도 본 적은 없지만 말이야. 그렇다고 송시열이 어떤 사람인데 그렇게 중요한 문서를 아무데나 개나 소나 물고 다니게 내버려두겠느냐고. 일단 더, 더, 더 좋은 방법이 없나 생각해봐야겠네. 내가 생각해보고, 생각하고 생각하고 또 생각을 해서 좋은 계획을 세워가지고 다시 올게.

그나저나 소년아, 너 큰일을 겪더니 많이 컸구나. 제법 사내 냄새가 나는데 그래. 고추도 튼실하게 여물어가고 있느냐? 네가 왜 나 같은 잡종을 가져다 쓰려고 하는지는 모르겠지만 네가 더이상 꼬마가 아니라는 건 확실히 알겠다.

―비단 그 밀서뿐 아니라 누구라도 내 지위와 목숨을 위협하는 일이 있어서는 아니 되니 앞으로 형은 내 그림자처럼 분신처럼 내 주위에 머물러 있어야만 할 것이야. 입안의 혀처럼 무슨 일이든 시키면 시키는 대로 즉각 처결해야 하고. 왕명이 아니라도 형은 내 말이라면 무조건 들어주겠지? 형은 하나뿐인 내 형님이니까.

나는 방아깨비처럼 고개를 끄덕이다 말고 "명을 받들겠나이다, 전하!" 하고 외치고 나서 모기 내시가 미리 알려준 대로 뒷걸음질로 왕에게서 물러나왔다. 한참을 가고 나서 이제는 다 왔겠지 하면서 뒤로 돌려는데 "으허억!" 하는 비명이 들렸다. 사관이 먹이 듬뿍 묻은 붓으로 제 콧구멍을 쑤시는 중이었다. 어쩌다 내 엉덩이가 닿은 모양이었다.

4장 등극

　봉교, 대교, 검열 등 공식적인 사관 직임을 맡은 관리들은 매일 입시사초와 가장사초를 작성했다. 먼 훗날 그것이 사초가 되고 실록이 되었다. 왕이 승하하고 세자가 왕위를 물려받는 긴박한 순간의 기록은 역대 왕들이 비슷했다. 거기다 내가 보고 들은 것을 좀 보태면 대략 이런 식이었다.

　갑인년1674년 8월 18일, 밤 열시경에 임금이 승하하였다. 내시가 임금이 평소에 입던 옷을 가지고 궁궐 지붕으로 올라가 "상위복上位復!"이라고 구슬픈 소리로 세 번을 외침으로써 초혼을 했다. 우리 임금이시여, 부디 돌아오소서. 돌아오소서. 임금이시여, 돌아오소서. 체취가 밴 옷을 흔들면서 망자를 외쳐 부르는 것은 혼이 모여 있는 북쪽 땅으로 가지 말고 돌아오라는 뜻이다. 그로부터 예법에 따라 닷새간 혼이 돌아오기를 기다리게 되었다.

　혼이 돌아오기를 기다리는 동안 왕의 시신을 목욕시키고 의복을 갈아입히는 습襲, 옷과 이불로 시신을 감싸는 소렴小斂과 대렴이 이어졌다. 왕의 관인 재궁梓宮에 시신을 넣고 재궁은 찬궁欑宮이라는 큰 상자에 다시 넣었다. 입관 후에는 상복을 입게 되는데 그것을 성복成服이라 하는 건 사가나 왕실이나 마찬가지였다. 상복을 입으면 선왕의 죽음은 확실한 것이 된다.

8월 20일, 예조에서 보위를 잇는 절차를 적어 올리자 왕세자가 다시 내려보냈다. "부왕께서 승하하신 망극한 중에 또 이런 말을 듣게 되니, 오장이 타는 듯하여 스스로 안정할 수가 없으므로, 이 사위嗣位 절목은 도로 내려보낸다"고 했다.

8월 21일, 왕세자가 또다시 올라온 사위 절목을 예조에 도로 내려주면서 "애통하고 망극한 중에 이 말을 계속해서 듣게 되니, 심장이 찢어지는 듯하여 어찌할 바를 알지 못하겠다"고 했다.

원상 허적이 승지 등과 더불어 "차례를 계승하는 군주가 성복하는 날에 왕위를 잇는 것은 예로부터 제왕의 변경할 수 없는 법도이니, 진실로 임금의 자리는 잠시도 비워둘 수 없기 때문입니다. 애통망극한 정리에 연연해서 당연히 행할 예법을 따르지 않을 수는 없습니다"라고 했다. 왕세자가 "절차가 그렇다고는 하지만 자식 된 처지로 어찌 차마 그리할 수 있겠소? 결단코 행할 수 없으니 예관으로 하여금 다시 의논해서 정하도록 하오"라고 대답했다. 이에 홍문관, 사헌부, 사간원 등 삼사에서 다시 모여 "빨리 유사의 청을 따라서 여러 신하들의 소망에 부응하십시오" 하고 함께 아뢰니 왕세자가 답하기를 "나의 망극한 마음을 이미 원상에게 말했소. 매양 임금 자리를 이으라는 말을 들을 때마다 오장이 찢어지는 듯한데 어찌 이를 헤아리지 못하는 거요?" 하였다.

같은 날 세 정승이 함께 문무백관을 거느리고서 왕세자에게 임금의 자리를 잇기를 청하니 "경들의 청이 비록 간절하지만 결단코 정리를 어기고 이 일을 할 수는 없소. 경들은 어찌 이런 정리를 헤아리지 못하시오?" 하고 대답했다.

8월 22일, 대신들이 백관과 함께 왕세자가 임금의 자리를 이어서 조정과 만백성의 소망을 이뤄달라고 하자 왕세자는 "결단코 따를 수 없으니, 번거롭게 하지 마시오"라고 했다. 마침내 의정부의 대신들이 대왕대비와 중궁전[15]에 "성복하는 날에 임금 자리를 잇는 것은 제왕이 공통으로 행하는 전례이고 조선의 역대 임금께서도 그렇게 하지 않은 분이 없었는데 지금 왕세자께서 애통한 마음 때문에 이를 따르려는 생각이 전혀 없으니, 내전에서 권유하시는 것이 어떻겠습니까?" 하고 청했다. 이에 "마땅히 따르지 않을 수 없다는 뜻으로 알아듣도록 타이르겠다"는 취지로 양전兩殿이 대답했다. 같은 날 삼사가 임금 자리를 이으라는 유사의 청에 빨리 따를 것을 왕세자에게 다시 청하니, "번거롭게 하지 말라"고 답했다.

이어 대신들이 문무백관을 거느리고 다시 대통을 이으라고 청하자 왕세자가 마침내 비답하기를 "위로는 대왕대비와 어마마마 양전의 말씀을 받들고 아래로는 여러 대소 신하의 마음에 따라 하늘이 무너지는 듯한 망극한 심정을 억지로 눌러서 공경의 청에 따르게 되니, 살을 베는 듯한 아픔을 견딜 수가 없다"고 하며 대위를 잇기로 했다.

8월 23일, 성복을 마친 왕세자가 절차에 따라 상복을 벗은 뒤 대례에 맞는 면류관을 쓰고 곤룡포를 갖춰 입었다. 세자는 옥홀圭을 쥐고 여막廬幕. 무덤이나 빈소 가까이 지어놓고 상제가 기거하는 초막으로부터 나와 걸어가면서 곡하다가 선정전 동쪽 뜰에 나아가 빈전을 향하여 네 번 절하는 사배례를 행했다. 이어 빈전의 향안 앞으로 가서 향을 피우고는 내려와 또 네 번 절하고 동쪽 행랑의 천막 안으로 들어갔다. 이 모두가 추호의 흐트러짐이 없었다. 조금 후에 왕세자가 선정문을 통해 걸어나와서 연영문으로 따라가고 숙장문을 나와 인정문에 이르니, 승지와 사관이 따랐다. 왕세자가 서쪽을 향하여 선왕이 앉던 어좌 앞에 서서 차마 자리에 앉지 못하고 계속해서 소리 내어 울었다. 승지와 예조 판서가 자리에 오르기를 권하고 삼정승이 도승지와 함께 왕세자를 부축하면서 번갈아 극진히 자리에 오를 것을 권유했다. 왕세자가 눈물을 흘리면서 슬피 울기를 그치지 않으니, 이날 뜰에 있던 백관과 군병 가운데 목이 쉬도록 울지 않은 사람이 없었다. 마침내 세자가 어좌에 오르자 백관들이 네 번 절하고 의식에 따라 산호山呼[16]를 외쳤다. 절차를 마치고 나서 임금이 인정문을 통해 인정전에 올라갔다가 인화문을 거쳐 원래 있던 여막으로 돌아왔다. 이러한 과정 내내 울음이 그치지 않았고 사왕嗣王. 대를 잇는 왕이 계속해서 우는 소리가 여막 밖에까지 들렸다. 그것은 십오 년 전에 선왕이 왕세자에서 대위에 오를 때와 거의 똑같았다.

5장 개밥의 도토리

    승정원에서 나를 최측근으로 두려는 왕의 뜻을 받들어 내게 적임이라고 골라준 자리는 대전별감이었다. 문무과 십팔 품계에도 끼지 못하는 잡직으로 낮다 못해 바닥을 뚫고 땅속으로 들어가도 이상할 게 없는 자리였다.

    내 동생은 왕이라 품계가 아예 없는데, 형이 되어서 그 동생을 섬기는 신하 가운데 맨 꼴찌인 종구품 하고도 잡직 서리인 별감 나부랭이가 되다니. 왕과 왕비 사이에서 아들로 태어나기만 해도 대군으로 정일품의 품계에 올랐다. 왕의 의형제는 친형제보다는 조금 못하다고 하고 많이 양보해서 정일품과 종구품의 중간인 정오품 정도로 시작을 해도 괜찮을까 말까 한데 종구품 잡직이 웬 말인가.

    꼬집어 말하자면 당상관에 턱걸이한 양반의 서손으로 잡직이든 서리든 미관말직이든 벼슬길에 들어섰다는 것만으로도 마땅히 일신의 광영으로 알고 사은숙배를 올려야 하겠으나 그럴 기분이 나지 않았다. 창공을 자유롭게 날아다니던 솔개가 개미 콧구멍만한 새장 속에 갇힌 기분이라고나 할까. 처음부터 김이 빠졌다. 마음대로 하자면 내 자리에 맞게 처신하고 월봉 나오는 만큼만 해주면 될 것이었다. 별감이 되면서 정식으로 왕의 신하가 되었으니 전과 다르게 밤이나 낮이나 비가 오나 눈이 오나 꿈에나 생시에나 왕에게 깍듯하게 존대를 하게 된 것도 마음에 들지 않았다. 왕의 어머니인 대비도 증조할머니인 대왕대비도 왕에게는 존댓말을 쓴다고 하니 어쩔 수 없었다. 그 대신 진짜 군신 간에 주고받는 말투 따위는 아예 모르고 배울 생각도 없으니까 잘할 거라는 기대는 하지 말라고 했다. 왕은 너그러운 어조로 내게 차차 배우면 될 일이라고 했다.

별감이란 대체로 장원서와 액정서 소속으로 궁 내외의 거둥 때 어가 옆에서 시위를 하는 등 각종 행사에 참여하거나 청소, 호위, 세숫물 대령, 먹 갈기 따위의 소소한 일을 했다. 하는 일에 따라 무예, 봉도, 동산, 세수간, 무수리간 별감 및 대전별감, 세자궁별감, 세손궁별감 등으로 구분되기도 했다. 별감은 정원이 백오십 명인데 꼭 채워지는 경우는 별로 없었고 넘치는 경우는 전혀 없었다. 궁궐 내에 걸리는 게 별감이고 차이는 게 별감인 것 같은데 그것도 승정원에서 후보자를 정해두었다가 결원이 생기면 임용하고 재직 구백 일이 되면 한 품계를 올린다고 했다. 종칠품인 오별감은 몰라도 나는 전혀 관심이 없었다. 관심이 있었더라면 내가 정상적인 과정을 거칠 경우 오별감과 같은 품계가 되는 데 십 년이 걸린다는 걸 알고는 지레 복장이 터져 죽었을 것이다.

나는 다른 별감과 달리 왕의 신변을 지킨다고 해서 되도록 사람들

눈에 띄지 않게—원래의 별감 복색인 홍의와 초립이 아닌 박쥐 같은 잿빛 옷에 사립絲笠을 써도 되었고 궐 밖을 출입할 때에는 편복을 하게 도 해주었다—숨어서 왕의 일거수일투족에 오감과 이목을 집중하고 있어야 했다. 그것도 내가 알 수 있는 건 조금밖에 되지 않았고 왕의 주변은 종구품 잡직보다는 무조건 높은 온갖 사람들—중궁전, 대비 전, 대왕대비전, 근신, 척신, 약방, 사관, 승정원, 삼공을 비롯한 대신, 육경을 비롯한 문무 당상관, 대각臺閣, 사간원과 사헌부 등 간언을 하는 관사 혹은 그에 소속된 관원들, 옥당玉堂, 홍문관 등등 사람의 장막으로 가려져 있었다.

송시열에게서 밀서를 훔쳐내는 일은 전혀 진척이 되지 않았다. 송 시열의 경저에서 가까운 배오개 난전의 건달패한테 송시열의 경저 안 팎을 탐문해보라고 했더니 송시열이 몇 달 전 인선왕후의 상사 때 복 제를 잘못 논한 것으로 죄인을 자처해 낙향한 이래 사람의 왕래가 거 의 없이 비어 있는 터라 마당에 풀만 우북하게 자라 있다고 했다. 왕 실을 뒤흔들 정도로 중요한 밀서라면 자다가도 손에 닿을 수 있는 곳 에 두거나 사람들이 결코 알 수 없는 은밀한 곳에 숨겨놓을 게 분명한 데 그 냄새라도 맡자면 오래도록 송시열의 행적을 좇아야 할 것이었 다. 왕이 말은 하지 않았지만 선왕 때부터 밀서를 찾으려고 했다면 얼 마나 많은 사람이 은밀하게 그 일을 했을 것이며 또 송시열은 송시열 대로 얼마나 잘 대처를 했을 것인가. 갑자기 종구품 잡직 하나가 밀명 을 받았네 어쩌네 하며 나선다고 될 일이 아니었다.

어쨌든 송시열이 국상에 조문하러 오거나 시임 영상 허적과 동격 인 원상의 벼슬을 받으러, 또는 왕명에 따라 쓰게 된 선왕의 지문誌文 을 바치러 오기를 대궐에서 오매불망 백날 천날 마냥 기다리고만 있었다. 하루의 대부분을 멀거니 서 있는 게 얼마나 고역인지 처음 알았다. 원래는 내시처럼 출퇴근을 하든가 번을 들어서 하루 일하고 쉬고 하는 게 정상이었으나 나에게는 왕이 부르면 언제든 충직한 개처럼 달려가야 한다는 특별한 임무가 부과되어 있었다. 부르지 않아도 왕이 눈을 들어 보려고 하면 보이는 곳에 내가 있어야 했다.

특히 오별감이 무척이나 신경이 쓰였다. 내가 왕의 결의형제라는 걸 알고 있는 유일한 사람인데 내 상전이 되고 말았으니 일거수일투족, 말 한마디 듣고 대꾸하는 게 다 고민거리였다. 한번은 오별감의 눈을 벗어나 왕과 둘만 있게 되었을 때 오별감을 아득히 먼 곳으로, 가령 내 조부가 목민관으로 있었던 함경도 강계나 경상도 진주 땅의 군관 같은 걸로 보내면 안 되겠느냐고 한 적이 있었다.

"형님, 내가 다른 건 다 형님 말 들을게. 그런데 오별감은 그렇게 못해. 미안. 오별감은 내가 태어나기도 전에 궁에 들어와서 이십 년 넘게 궁에 있었어. 대왕대비전에 있다가 왕비전에 갔다가 어마마마께서 특별히 동궁으로 보내시면서 부탁하셨어. 먼저 오별감한테, 나중에 나한테. 오별감도 하늘과 땅에 자신과 후손들의 목숨까지 걸고 맹세를 했어. 내게 무슨 일이 생기기 전에 목숨을 바쳐 막을 것이고 무슨 일이 생기면 자신은 세상에 없을 거라고."

"아우님 전하, 오가 놈이 좋아요, 제가 좋아요?"

"물론 형님이 좋지. 형님은 형이잖아. 오별감은 할마마마, 어마마마가 내려주신 수하일 뿐이고. 형님, 오별감은 신경쓰지 마. 우리는 하늘과 땅이 맺어준 단 하나뿐인 형제야. 죽기 전까지는 우리 사이를 갈라놓을 사람은 아무도 없어."

"임금이 되시고 나더니 말씀은 아주 잘 익은 홍시처럼 달콤하게 하시는군요. 나중에 저승사자가 와도 형제니 수하니 하면서 저보다 오별감을 먼저 데려가라고 하실 거예요? 임금도 종구품 잡직도 죽으면 그대로 끝이라고요, 끝!"

어쨌든 소소한 것을 가지고 시비를 하기에는 왕은 숨쉴 겨를도 없이 바빠 보였다. 복잡하고 어려운 절차인 국상을 예법에 맞게 무사히 치르는 한편으로 왕으로서의 일상과 정사를 꾸려나가야 했다.

먼저 대신들과 학덕이 높은 유신儒臣들의 품의에 따라 선왕의 시호, 전호, 능호를 정했는데 선왕의 묘호는 '현종顯宗'으로 했다. 현顯은 거룩한 행실이 조정과 민간에 모두 나타난 것을 뜻하고 종宗은 선왕이 선대의 업적을 잘 이어받아 선치를 베푼 덕이 있다는 것이었다. 팔도의 승군 이천오백육십 명을 징발해 산릉에 부역하도록 했다. 비어 있는 벼슬자리를 채우기 위해 이조에서 올리는 천망薦望의 단자를 낙점해서 새로운 관리를 임명했다. 매일같이 관리들이 사은하고 하직했으며 외방과 조정에서 쉼없이 상소와 서계書啓, 임금의 명령을 받은 관원의 복명서, 차자箚子, 신하가 임금에게 올리는 간단한 형식의 소문가 올라오고 그에 대한 답을 내려야 했다. 갖가지 명목으로 일본과 청국으로 신하들이 오고 갔다. 매일 해가 뜨고 별이 지듯 백성들의 생업은 부단히 계속되고 계속되어야 했다.

그중에서도 제일 중요한 것은 선왕에 대한 효성을 입증할 국상의 절차였다. 내가 아버지의 가출을 진심으로 고맙게 생각하게 된 것도 이때였다. 내가 태어나기도 전에 사라지셔서(돌아가신 것을 흉내냈든 말았든) 아버지의 상례를 치르지 않게 해주었기 때문이다. 상례 절차가 그리 복잡할 줄은 정말이지 몰랐다.

어린 왕은 굴건을 쓰고 아랫단을 꿰매지 않은 무겁고 거친 상복을 입고 대나무 지팡이를 든 채 매일 목이 쉬도록 곡하고 절하고 아침저녁으로 선왕의 빈전에 술과 음식을 올렸다. 상주인 어린 왕 앞에서 젊은 시절 입사入仕해 머리가 백발이 된 신하들이 엎드려 곡을 했다.

국상에 직접적으로 관련된 관리들만 해도 수십 명이었으니 당상관만 헤아려도 김수항이 총호사, 장선징, 이익상, 조이수가 빈전도감 당상, 민유중, 민희, 홍처대가 국장도감 당상, 이정영, 민정중, 이원정이 산릉도감 당상이었다. 글씨 잘 쓰는 이정영이 명정 서사관이고 종실 가운데서도 가장 가까운 복창군 이정을 재궁 상자 서사관으로, 복선군 이남을 빈전에서 술을 따르는 대전관으로 삼았다. 복 자 들어가는 삼 형제 중 막내인 복평군 이연이 수릉관의 천망 단자에 올랐을 때 대비가 "이 사람은 달리 살필 일이 많으니 다른 사람을 선정하였으면 한다"고 함에 따라 영창군 이침이 수릉관이 되었다. 내게는 벼슬자리며 이름을 외우기도 쉽지 않았다.

중앙 조정의 당상관 이상의 품계를 가진, 여막 가까이에서 임금을 지켜볼 수 있는 신하들만 쉰 명이 넘었다. 그들은 누구보다 예에 밝다고 자부하고 있었고 다른 사람의 언행을 은연중에 감시하면서 트집거리를 잡으려고 했다. 왕은 상례에 필요한 절차와 형식, 예제에 관해 신하들이 물어올 때마다 대부분 기해년 선왕이 등극할 당시에 준하여 행하라고 답했다.

열아홉 살에 대위에 등극한 선왕은 외조부 장유가 누구보다 예학에 밝은 김장생의 문하생이고 신하들에도 송시열, 송준길, 이유태 등 예학에 내로라하는 인물들이 있어서 절차 문제는 크게 염려하지 않아도 되었다. 특히 내 스승이기도 한 동춘당은 장인이 전 대제학 정경세로 김장생과 나란히 남인과 서인을 대표하는 예학의 종장으로 일컬어졌으니 당색에 상관없이 권위를 인정받았다.

어린 왕에게는 아버지의 등극 당시 신하였던 사람들 대부분이 연치로나 경험으로나 상대할 수 없이 높은 어른들이었다. 노성한 신하들은 왕의 일거수일투족을 마치 시험을 감독하는 시관처럼 지켜보았다. 왕은 과거 따위는 보지 않지만 과거를 통과했거나 산림에서 특지로 등용된 수많은 신하들의 이목에서 자유로울 수 없었다. 왕의 입지는 아버지보다 못했고 등극 당시의 나이는 무려 다섯 살이나 어렸으며 왕에게 우호적인 세력도 적었다. 효종 임금은 북벌과 산림의 특채로 백성들에게 희망이라도 안겨주어서 아들인 현종에게 왕통의 위엄을 어느 정도 물려줄 수 있었으나 병약한 현종은 자신의 치세를 앞가림하느라고 바빠 어린 아들에게 그런 역할을 해주지 못했다.

왕에게는 원자나 세자일 때 사제의 명분으로 학문을 배운 신하들도 많았다. 군사부일체이니 스승은 아버지나 임금과 같았다. 스승에 대하여 제자가 순명하고 존중해야 할 의무는 영원히 사라지지 않는다. 어린 왕은 그들을 부형처럼 어려워했다. 속마음이야 어떻든 겉으로는 어려워하는 시늉이라도 해야 했다.

밤에도 왕은 남의 이목에서 자유로울 수 없었다. 선왕의 재궁이 차려진 빈전에는 당상관과 당하관들이 돌아가며 숙직을 했고 왕은 별실에서 쉬도록 했는데 이때는 복창군, 복선군 형제가 바로 옆에 붙어 있었다. 복창군은 왕보다 스무 살이 많고 복선군은 열네 살이 많았다.

둘은 선왕의 종형제이자 왕의 당숙으로 왕이 어릴 때부터 친한 사이였다. 그들은 왕과 같이 눕고 왕과 같이 일어났다. 먹어도 같이 먹고 자도 같이 잤다.

아무리 친해도 왕은 왕, 신하는 신하였다. 왕이 된 이상 안에서나 밖에서나 경우에 벗어나는 처신을 했다 하여 트집을 잡히지 않게 조심해야 했다. 나이가 어리다 하여 봐주지도 않았다. 말없이 지켜보는 수많은 눈이 왕이 왕다울 것을 요구하고 있었다. 하물며 상주는 고기를 먹을 수 없고 씻을 수도 없었고 약조차 마음대로 먹을 수 없었다.

왕은 대위를 물려받아 옥좌에 앉은 것으로 저절로 왕이 되는 게 아니었다. 국상을 무사히 치르고 책봉을 받는 등의 남은 절차가 첩첩산중이었고 왕으로서 능력과 권위를 확고하게 인정받아서 누구든 왕의 지위를 넘볼 수 없게 되기까지는 언제든 자리가 위태로워질 수 있었다. 그 자리는 좌불안석의 가시방석이었다.

신변 또한 언제나 위험에 처해질 수 있었다. 대궐 안팎에 양국兩局, 비국·훈국의 군병이 있었으나 그들은 대장의 지휘를 받고 움직이는 군사들이라 떼 지어 들어오는 반군이나 상대할 수 있었다. 내금위 또한 양국보다 특별히 나을 것도 없었다. 왕이 머무는 전각과 여막, 빈전에서 백여 보 떨어진 곳에 내의원, 승정원이 있어 밤낮을 가리지 않고 숙직을 했지만 약초를 썰 때나 칼과 작두를 만지는 의원들, 허약한 문관들이 왕을 지킬 수는 없었다. 몸이 날래고 무예가 뛰어난 자객이 마음먹고 들어온다면 역시 인정전 앞의 호위청, 무예를 지닌 별감이 최후의 방어막이 될 수밖에 없었다.

그 외에도 음으로 양으로 여러 직책을 가진 여러 사람들이 왕을 호위하고 있었으니 나도 그 숫자가 얼마나 되는지 몰랐다. 어쩌면 대소 신료 중에도 막강한 무예를 가진 고수가 숨어 있을 수 있었다. 오별감처럼 엄지손가락 하나로 사람 목숨을 취할 수 있는 고수가 왕의 편이 아니라면? 생각만으로도 모골이 송연해지는 일이었다.

그리고 내가 있었다. 개밥의 도토리나 다름없는. 내가 왜 대전별감이 되어 거기 서 있어야 하는지 아는 사람은 없었다. 무시로 지나치는 대감, 영감은 물론이고 같은 별감과 내관, 승정원의 서리와 사령, 옥당의 이속, 금군의 군사, 하다못해 궁녀와 무수리들까지 나를 수상쩍게 여기는 것만 같았다. 그렇다고 왕이 특별히 내게 관심을 가지고 있다는 걸 표명할 수도 없었고 나와 노닥거릴 시간이 있는 것도 아니었다. 나는 외롭고 힘들게, 때로는 서러움과 방귀와 하품을 참으며 꿔다 놓은 보릿자루처럼 서 있을 뿐이었다.

덕분에 생각할 시간은 많아졌다. 내가 왕을 지키는 이유는 왕이 친히, 직접, 간절하게 자신을 지켜달라고 해주었기 때문이었다. 나와 같은 이유를 가진 사람은 나 하나밖에 없을 것 같았다. 그걸 생각하면 좀 뿌듯하긴 했다. 빨리 국상이 끝나고 모든 것이 제자리에 돌아오면 하늘을 나는 새처럼 훨훨 자유롭게 도망을 갈 것을 꿈꾸면서 참고 또 참았다.

대전별감이 되던 날 야행물금첩夜行勿禁帖, 야간 통행증을 하나 받았다. 보통은 승정원 사령들이 급히 왕명을 전달하러 궐 밖으로 갈 때 쓰는 물건이지만 내게 별다른 설명 없이 하나가 내려왔다. 언제든 대궐 출입을 할 수 있는 신부信符, 목패로 된 표신도 받았다. 자랑하고 싶어 죽는 줄 알았으나 참았다. 특히 오별감과 김내관에게.

어릴 때부터 궁궐 안에서 잔뼈가 굵은 김내관은 특히 조심해야 할 것이, 글을 잘 알고 왕명이 비망기나 비답 형태로 내려질 때 남보다 먼저 알 수 있어서 뭔가 수작을 부릴 시간이 있기 때문이었다. 또 늘 뭔가 수작을 부리고 있다는 게 느껴졌다. 상당한 재물을 모아서 제집에 쌓아두었고 내관 중에서는 물론이고 궐내에 상주하는 신하들 가운데서도 가장 부자라는 소문이 돌았다.

내관 김현의 수족 역할을 하는 승전색 내관 조희맹 또한 주의해야 할 인물이었다. 내가 어리석고 글을 잘 모르고 왕의 은총만 바라는 미천한 자라는 확신을 주어, 어느 정도는 사실이지만, 나에 대한 그들의 경계를 누그러뜨리는 데 공을 들여야 했다. 왕의 지척에 이런 인물들이 있다는 것 자체가 고단한 일이었다.

또 가장 자주 보는 사람으로 복창군·복선군·복평군, 삼복 형제가 있었다. 삼복을 보는 순간 그들과 나는 다 같은 잡종이라는 것을 확고하게 알 수 있었다. 다만 그들이 왕에게 뭔가를 속살거리는 게 내 눈에 띌 때마다 내가 왕과 피 한 방울 나누지 않은 외인이라는 깨달음이 가슴을 후벼팠다.

거기에 왕이 홀라당 넘어가고 만다면 나는 어떻게 왕을 지킬 것인가. 기생방에 처음 갔을 때 그랬던 것처럼 그들이 왕을 조몰락거리며 가지고 놀다가 저희 뜻에 따라 움직이게 만들 가능성이 높았다. 그들이 그렇게 하지 못하게 하는 것도 왕을 지키는 일일진대 방법을 알 수 없었다. 왕과 가장 가까운 핏줄이 왕에게 가장 위험할 수도 있는 인물이라는 깨달음이 잠을 이룰 수 없도록 나를 힘들게 했다. 내게는 눈엣가시인 삼복이 나를 잘 모르고 있다는 게 다행이라면 다행이었다. 어디에 가도 사람들 눈에 띄지 않는 내 특별한 장기가 궁에서도 여전히 발휘되고 있었다.

제 발로 염라대왕을 찾아가고 싶을 만큼 심심하던 것이 사라지는 날이 왔다. 아니, 나도 살아야겠기에 심심함을 타파할 방법을 스스로 찾아낸 건지도 모르겠다. 매일 궁궐을 드나들고 내 눈앞을 스쳐가는, 저마다 고유한 냄새를 풍기고 목소리가 다르고 신체발부와 성질머리며 팔자가 다른 인간들이 어느새 서당 개 삼 년에 풍월을 읊듯 분류되고 분별되기 시작한 것이었다. 당상관 이상이 입는 관복을 입었든 군관, 이속의 복색을 하고 있든, 불알이 있든 없든 내 코를 속일 수는 없었다. 그럴싸한 말로 귀를 현혹하고 눈을 가릴 수 있을지는 몰라도. 남는 것이 시간뿐이라 배우고 때로 익히고 훈련하기를 거듭하다보니 사람을 보고 판단하는 데 걸리는 시간은 점점 줄어들었다. 결국 조정 안팎의 벼슬아치와 궐내의 웬만한 인물은 보자마자 판별해낼 수 있었다.

그들은 나 같은 잡종이든가 아니든가 둘 중 하나였다. 잡종도 둘로 나뉘었다. 내 마음에 들든가 아니든가. 내 마음에 안 드는 잡종은 주시 대상이 되었다. 더러운 때와 오물 같은 것들로 곧 왕의 주위에서 깨끗이 없애버려야 할 것들이었다. 마음에 들면? 그냥 저대로 잘살 것이니 내버려두면 된다. 잡종도 아닌데 마음에도 들지 않으면? 언젠가는 너 죽고 나 살자는 식으로 피 터지게 싸워야 할 것이다. 잡종이 아니면서 마음에 드는 사람은? 억億, 현재의 십만에 하나로 아주 극소수인데 그중 하나가 왕이었다.

내가 거기 있는 이유를 찾았다는 깨달음이 왔다. 왕이 꼭 그걸 내게 기대했든 말았든 간에. 나는 내 마음에 들지 않는 잡종과 인간 같지 않은 것들로부터 왕을 철두철미 보위해야 했다.

그렇다. 그들이 내가 어떤 인물인지 모르고 어떤 생각을 하는지 모르며 사람 같지도 않다고 무시할수록 내 힘은 커질 수 있었다. 나는 왕의 형이었다. 그들의 머리 꼭대기에 몰래 올라앉아서, 총애와 권세를 자랑하고 힘을 자랑하고 부귀영화를 뽐내는 이들이 얼마나 허망하게 무너져가는지 보고 싶어졌다. 그런 인간들이 많고도 풍년 든 곳이 궁궐이었다.

송시열은 선왕이 승하한 지 하루 만에 대궐 아래에 와서 곡을 했고 입궐도 하지 않은 채 8월 23일에 성복을 하자마자 길을 떠나 경기도 광주 땅에 이르렀다고 했다. 제 붓으로 콧구멍을 쑤신 사관으로 하여금 급히 쫓아가게 하여 돌아오도록 권유했으나 병을 핑계로 오지 않고 오히려 수원까지 내려가버렸다. 왕이 여러 차례 더 사관을 보냈으나 말을 듣지 않았다. 새 임금의 명에 순순히 복종할 생각이 없는 것 같았다. 그런다고 날 죽일 거야, 살릴 거야? 은연중 물으면서 왕의 힘을 가늠하고 있었다. 어린 왕은 주눅이 들고 우울해졌다.

나는 왕의 곁에 있을 뿐 아니라 왕을 위로해주고 싶었다. 웃는 것을 보고 싶었다. 예전처럼, 어린아이처럼 티 없이 기뻐하는 것을 보았으면. 어떻게 하면 그럴 수 있을까. 내가 진정 하고 싶은 일을 완벽하게 잘할 수 있을까. 그걸 아는 게 시급한 일이었다.

'출'이라는 글자가 새겨진 신부를 꺼내들었다. 뒷면에는 왕의 어압 御押, 왕의 수결을 직접 쓰거나 새겨 찍은 것이 선명했다. 지킨다는 뜻의 '수守' 자였다. 그래, 너는 너를 지켜라. 나 또한 너를 지키리니.

6장 기왕지사

　어떤 사람의 호를 부를 때 특별한 경우가 아니면 앞뒤 수식 없이 그
냥 부르는 게 예의에 어긋나는 일이 아니다. 미수가 내 스승이라고 해
서 '미수 스승님'으로 안 불러도 된다는 말이다. 우암 같은 거창한 인
물은 그냥 호만 부르면 대로할 수도 있어서 미리 알아서들 '우암장尤
庵丈, 우암 어른' '대로大老'로 부른다 했다.

　미수는 나보다 나이가 쉰세 살이나 많아서 처음 만났을 때 이미 산
신령에 가까운 상노인이었다. 마구간에 타고 다니는 호랑이라도 있는
줄 알았다. 내 조부인 계서당은 미수와 동갑인데 인조 때 심기원의 옥
사[17] 뒤에 영국원종공신으로 녹훈되며 당상관인 통정대부에 올라 당
당히 영감으로 불릴 수 있게 되었다(당시 함께 녹훈된 영국원종공신
은 무려 이천육백육십오 명이었다). 반면 미수는 환갑이 가까운 나이
로 출사하여 선왕 때 정사품 사헌부 장령을 지냈고 당하관인 삼척부
사가 마지막 벼슬이어서 영감이라고 불릴 자격이 없었다. 영감은 당

상관인 정삼품 통정대부 이상 종이품까지의 벼슬을 가진 사람을 칭하는 말이기 때문이었다.

조부가 미수에게 나를 제자로 맡기려 하자 미수는 늘그막에 자기 한몸 추스르기도 힘든데 무슨 제자냐며 극구 사양했다. 말이 사양이지 칼같이 거절한 것이었다. 내가 서러움으로 눈물을 한 방울 떨어뜨리는 시늉을 한 뒤 바로 돌아서려고 하는데 그때 암행어사로서 탐관오리들을 뼈째 씹어 먹는다는 호랑이로 불렸고 목민관으로서는 죽은 백성도 살려낸다는 활인불活人佛로 불리다가 은퇴한 뒤로도 다른 집안과 선비들의 존경과 부러움을 사고 있던 내 조부가 미수를 '영감, 영감' 하고 부르며 재삼재사 부탁을 했었다. 그 인상이 하도 강렬하게 남아서 그때 이후 나도 미수 영감이라고 부르게 되었다. 물론 미수가 듣는 데서는 그렇게 부르지 않았다.

미수 스승은 정말이지 고집불통이라 경우에 맞지 않는 호칭, 비공과례非恭過禮를 절대 참지 못했다. 어차피 나중에 영감으로 불릴 벼슬을 지낼 것이라고 해도 말이다. 내가 아는 벼슬아치치고 나이 팔십이나 되어서 영감, 대감으로 불리지 않는 사람은 미수밖에 없었다. 그래도 전혀 창피한 줄도 몰랐고 오히려 경우에 맞지 않는 호칭을 들으면 그렇게 부르는 사람이 깜짝 놀라도록 "되디 않을 소디 그만하디다 이 말이오!" 하고 빠진 이 사이로 침방울을 퍼부어대며 소리를 질렀다. 그러다 몇 달 전 나이가 여든이 되면서 노인직老人職, 사대부와 양인을 막론하고 팔십 세 이상 된 노인에게 제수하던 산직으로 나라에서 주는 당상관 첩지를 받아 명실공히 영감으로 불려도 아무런 문제가 없게 되었다.

미수 스승은 내가 궁중의 별감으로 들어갔다는 말을 듣고 별반 놀라는 기색이 없었다. 언젠가 내가 우연히 만나 집으로 데려가기도 했던 소년이 동궁이었고 이제 왕위에 올랐다는 말을 듣고도 뭐 그럴 수 있지, 하는 식이었다. 오히려 내가 왕을 대신해 자신을 찾아올 줄 미리 짐작이라도 한 사람처럼 거침없이 속에 있는 말을 털어놓았다.

"늙은 독물老毒物. 우암이 나를 그렇게 불렀다. 그런데 우암의 스승의 스승인 율곡은 우암 같은 선비를 뭐라고 불렀느냐? 고집스럽고 얄미운 것이라 했다. 정치를 논하라고 하면 삼대니 요순 정치나 떠벌리고 임금에게 간할 말이 없느냐고 물어보면 할 수도 없는 어려운 일만 청하고 은혜를 베풀어도 좋아하지 않으니 벼슬자리를 주어서 쓰기가 어렵다. 선비 중에는 과격하기만 한 자, 어리석은 자가 많고 간혹 명성만을 좇는 무리는 임금이 사랑할 수가 없다. 이런 것들을 다 어디다 쓰겠느냐?"

"그걸 왜 저한테 물어보세요. 내가 임금인가?"

"진정한 선비는 의義를 좋아하고 속된 선비는 이利를 추구하니 의를 좋아하는 선비는 화란이 일어나면 앞장서서 임금을 구하고 속된 무리들은 저 먼저 나 살려라 하고 도망친다. 지금 조정에는 의롭고 임금에게 서슴없이 충언을 하는 선비가 얼마나 되느냐? 내 말이 아니라 율곡이 한 말이다. 꼭 전하께 여쭈어라. 지금 조정에서 코빼기도 볼 수 없는 우암의 스승의 스승인 율곡이 그랬다고."

"왜 직접 가서 하시지 않고요? 내가 중신아비라도 되는 줄 아시나 보네."

미수 영감은 내 말에는 끄떡도 하지 않고 할말을 이어갔다.

"기해년에 효종대왕께서 승하했을 때 속된 선비와 진짜 선비를 알아볼 기회가 있었다. 선왕 즉위시에 송시열, 송준길을 비롯한 서인들이 새로 보위에 오른 임금의 기를 꺾으려고 벌인 일이 기해년 예송이다. 송당宋黨, 송시열, 송준길을 우두머리로 하는 서인 산림 출신의 당에서는 효종 임금이 장자가 아닌 둘째 아들이니 장자와 다른 차적다, 이는 서자庶子요, 체이부정體而不正, 선왕의 혈통〔體〕은 이어받았지만 적장자가 아니라는〔不正〕 뜻이다 해가면서 효종의 지체를 깎아내려서 대왕대비가 효종대왕의 상사에 기년복朞年服, 일 년 동안 입는 것을 입으시게 했다. 연천에 있던 내가 소를 올려서 종통을 이은 임금을 둘째 아들로 해서는 안 되니 삼년복을 입어야 한다고 했고 효종대왕의 대군 시절 사부였던 윤선도가 나서서 송시열의 논리가 잘못되었음을 극렬히 간하며 잘못된 주장을 하는 무리들을 법에 의해 처단해야 한다고 했다. 이에 조정의 서인 무리들은 윤선도의 상소를 불태우고 북쪽 극변에 귀양을 보내 늙은 신하를 곧 죽을 지경에 빠뜨렸다. 그러니까 군약신강君弱臣强이라는 망극한 말이 나오는 것이다."

스승의 입에서 군약신강이라는 말이 나오는 동시에 불쑥 한 사람이 들어왔다. 한 번도 보지 못한 꾀죄죄한 인상이고 뭘 잘못 먹었는지 체취가 아주 심했다. 이어 또 한 사람이 기침을 하며 들어왔으니 빈전도감 당상으로 낯이 익은 조이수였다. 조이수의 뒤로 좀체 보기 드문 미남자가 따라왔다. 조이수는 미수에게 절을 하고 앉자마자 나를 보고는 "좌우左右, 상대를 높여서 부르는 말께서 솜털이 보송보송한 아이를 데리고 또 뭔가를 애써 가르치고 계시는구료" 했다. 나이 서른을 바라보는 내게 털이 보송보송한 어린아이라고 하는 이유를 알 수 없었고 당연히 기분이 나빴다. 하는 말마다 밉고 하는 짓마다 볼썽사나운 인물이 있는데 그 짝이었다. 나는 일어섰다가 절도 하지 않고 그냥 자리에 앉았다.

"빈전도감께서 빈전을 비우고 여기는 웬일인가?"

"빈전은 한번 차려지면 저절로 돌아가는 법이고 당상이 저 하나도 아니니…… 그보다 상의드릴 일이 있어서 왔습니다. 그런데 이 선비는 누구신지요?"

"박세권이라고 하네. 내 문하에 있네."

"아, 그 멀고먼 남쪽 땅 진주에서 왔다는?"

"함께 온 젊은 선비는 뉘신가?"

"작년에 춘당대시에서 장원급제한 이유명이라고 합니다. 헌부 지평에서 간원의 정언으로 옮겼지요. 우리 남인들 가운데서도 제일 젊고 영특한 준재올시다."

"대각에 있으면 눈뜨고 못 볼 걸 많이 봤겠군. 그래도 생기를 보존하고 있어야 때가 되면 큰일을 해낼 수 있네."

워낙 잘생긴 이유명은 나보다 불과 네댓 살 위인데 장원급제를 하고는 댓바람에 종오품이니 종육품의 청요직清要職[18]을 지냈다는 것이었다. 또다시 낮은 벼슬자리에 대한 서러움이 복받쳤다. 이유명은 전혀 말이 없었다. 겸손해서라기보다는 외모와 언변, 재주가 지나치게 뛰어나 잘못 입을 열었다가 남들의 질시를 받는 것이 싫어서인 것 같았다.

조이수, 이유명, 박세권은 미수 스승과 같은 남인이었다. 남인들끼리 할말이 있는 듯했다.

"여기도 내 제자이고 오늘 인사를 하러 들렀네. 계서당의 영손일

세."

"계서당이라면 그, 거 뭐시냐, 걸핏하면 어사출두를 해서 지방 수령들을 벌벌 떨게 만들었다는?"

"그렇네."

박세권이 크으윽, 하고 가래를 끌어올리더니 끼어들었다.

"그렇다면 내게는 까마득한 아래의 후배로구나. 복색을 보아하니 잡직이라도 지내고 있는 모양인데 뭘로 호구를 하느냐?"

박세권은 일단 생긴 것부터 마음에 들지 않았다. 당연히 동문 사형이라고 극진히 대우하여 예를 차릴 생각이 들지도 않았다. 이들 사이에 끼어 있어봐야 따돌림이나 당할 것 같았다.

나는 남인인 우복 정경세의 제자이면서 남인 한강 정구의 손제자인 조부의 서손자이자 당금 남인의 영수라 할 수 있는 미수의 막내 제자이니 굳이 당색을 따지자면 남인이었다. 대부분의 남인들은 내가 남인이라는 걸 전혀 모르고 있겠지만.

동춘당, 매죽헌, 시봉 등과는 정식으로 스승과 제자의 예를 갖추거나 문도록에 이름을 올린 적이 없었다. 모두 조부가 데려가 거두어줄 것을 부탁했고 사은은 할머니가 알아서 했다. 나는 시봉처럼 언제나 마냥 잘해주는 스승은 좋은 사람이라 여겨서 친하게 지냈고 동춘당처럼 평소에는 자애롭다가 공부할 때만은 얼음처럼 차고 단단한 분은 무서워서 가까이 가지 못했고 매죽헌은 날 보자마자 덮어놓고 말에 태우고 활만 쏘게 해서 그러고 싶을 때나 갔었다. 가장 늦게 만난 미수는 할아버지가 손주를 보듯 너그러운데다 속여먹기 좋아 스승들 가운데서도 가장 만만했다. 동춘당은 장인이 남인이면서도 서인 산림의 영수가 되었고 시봉은 우복과 동향인 영남 사람이면서도 서인이었다. 동춘당, 시봉, 매죽헌, 그리고 내 조부의 공통점은 내 할머니 앞에서는 어여쁜 암탉 앞의 지네처럼 꼼짝도 못한다는 점 그 한 가지였다. 아니다. 이제는 모두 돌아가셨다는 공통점도 있다.

나는 그런저런 복잡한 사승관계를 스승에게 이실직고하지는 않았다. 스승이 묻지도 않았고. 어쨌든 박세권의 말은 내가 저희의 자리에 끼어 있는 게 불편하다는 뜻이었다. 내가 박세권에게 아무 대답도 하지 않고 바깥을 향해 몸을 움직거리자 스승이 불쑥 말했다.

"지금은 궁궐에서 대전별감으로 있다네."

나는 스승의 입을 손바닥으로라도 틀어막고 싶었으나 한 자나 되는 흰 눈썹이 담배 연기를 뚫고 나오며 방해했다. 조이수는 대전별감이라는 말에 대놓고 실소를 하며 물었다.

"내병조를 통해 들어갔느냐, 액정서이냐?"

"잘 모릅니다. 승정원에서 통기가 와서 대전별감이 된 걸 알게 되었소이다."

나는 기분이 나빴지만 대꾸해줬다.

"주상 전하를 지척에서 모시는 대전별감이 아무나 되는 게 아닌데?"

"그럼 누가 됩니까?"

미수 스승도 궁금했던지 조이수를 말리지 않고 그냥 두었다.

"대내의 별감 중에서도 대전별감은 특별히 허우대가 크고 몸이 실한 자로 집안 또한 부유한 인물을 뽑는다. 양손에 각각 모래 오십 근씩을 들고 팔십 걸음을 걸을 수 있는가를 시험하여 선발하는데 네가 그런 용력이 있을 것 같지 않구나."

"집이 부유해야 한다는 말은 나도 처음 듣는군."

스승이 하는 말이 내가 하려던 말이었다. 설마 꼬마 녀석, 아니 왕이 할머니의 재산을 노리고 나를 대전별감으로 뽑았단 말인가. 어쩐지 늠료廩料, 급여가 형편없다 했더니.

"성상의 측근에 있으니 견물생심이라, 뇌물에 흔들릴 수가 있으니 그러는 것입니다."

"지금 궁 안 지밀의 내관이니 궁액, 서리들까지 얼마나 뇌물을 받아먹는지 알 사람은 다 알지 않는가?"

조이수가 웃음을 터뜨리려다가 헛기침으로 대신했다. 계교가 많아 '속이수'라는 별호를 가진 조이수였다.

"헛소문입니다. 지금 궁금宮禁, 궁궐의 풍기를 복창군 형제가 온통 흐려놓았다는 것을 두고 하신 말씀이라면."

"나도 귀가 있으니 궁궐 담 너머에서 무슨 일이 있는지 소문을 들어서 알고는 있네. 그보다는 시정의 여론이 삼복 같은 왕실 지친의 위세를 좋지 않게 보고 있으니 근신을 하지 않으면 어려운 일이 닥칠 걸세. 지금은 내가 달리 변통할 방법이 없으니 두고 보는 것일세."

"이 아이를 들여보내신 게 변통을 하기 위해서였습니까?"

"나도 천만의외의 일이라네. 이 아이는 주상을 보위할 용맹이며 무예 같은 게 전혀 없다네. 그럼에도 내가 모르는 백성들 살아가는 것이며 시정 하류배들을 잘 알고 시사가 어찌 돌아가는지를 손금 보듯 들여다보고 있어서 가끔 들을 만한 게 있다네. 성정이 풀처럼 부드러워 앉은 자리에 흔적을 남기지 않기도 하고."

칭찬인지 꾸지람인지 알 수는 없지만 기분이 나쁘지는 않았다. 내 마음에 들지 않는 사람 앞에서 나에 관해 미주알고주일 하지 않아도 될 말을 하는 이유 또한 알 수 없었다. 연세 탓인가.

"불량한 악소배들이며 짐승처럼 살아가는 무지렁이 백성들 살림을 안들 무엇에 쓰겠습니까. 고제高弟라고 하시나 시생이 보기에는 아직 털도 나지 않은 생쥐 같사옵니다만."

조이수는 내 면전에서 그런 말을 하고는 뭐가 좋은지 껄껄 웃어젖혔다. 박세권 또한 맞장구치듯 웃었다. 이유명만이 깊은 밤처럼 말없이 앉아 있을 뿐이었다. 그들은 그 몇 마디 말과 웃음으로 나와는 일평생 돌이킬 수 없는 척이 졌다. 물론 그들이 그걸 알 리 없지만. 나는 은혜만큼 원수도 반드시 갚는 사람이라는 것도.

"웃음소리가 그리 호호탕탕하시니 대궐 담 너머 선대왕 빈전에도 넉넉히 닿겠소이다."

나는 부러 정색하고 말했다. 조이수는 '이 건방진 녀석이' 하는 표정으로 입맛을 다시며 나를 쏘아보았다. 둘 사이를 가로막듯 미수 영감이 몸을 좌우로 흔들며 자신이 살아온 세월 동안 겪은 공사公私의 견문을 늘어놓기 시작했다.

"이 나라의 군신의 관계와 세도世道[19]가 왜 이리되었는지 거죽이라도 짐작하려면 계해년1623년의 거사를 기억하여라. 내가 서른 살이 채 되지 않던 시절이었구나. 광해군이 서자로 목릉穆陵, 선조의 묘의 뒤를 이어 보좌에 올랐는데 선조께서는 아들을 열넷이나 두었지만 영창대군 하나만 인목대비에게서 난 적자였고 나머지는 모두 서자였다. 계축년1613년의 옥사 때 강화부사 정항이 영창대군을 방에 가둬놓고 주위에 사람을 금하고 음식물을 넣어주지 않았으며 방에 불을 때서 눕지도 앉지도 못하게 했는데 영창대군이 창살을 부여잡고 서서 밤낮으로 울부짖다가 기력이 다하여 죽었으니 아홉 살의 나이였구나. 알아둘 것이 있다. 그전에 삼공육경과 삼사, 종실, 백관, 유생이 저마다 영창대군을 죽이라고 상소하기를 백 번이 훨씬 넘게 하였는데도 광해군이 윤허치 않았느니라. 선비라는 것들, 신하라는 것들이 제 군주를 핍박하여 핏줄을 죽이게 함으로써 군주의 몸에 묻힌 피는 종사와 함께 천년을 가는 법이다. 거기다 명색이 임금의 모후인 인목대비의 존호를 박탈하고 경운궁에 유폐시켰구나. 계축년 옥사는 같은 해에 일어난 칠서의 난에 이어 벌어졌는데 여기에 참가한 당대 명가의 일곱 서자들을 후원한 허균은 서자가 도둑질로 세상을 뒤집는 소설을 쓰기까지 했다. 그만큼 서자들이 많은 세상이었던 터라 임금이 계속해서 서출에서 나온 것도 크게 이상한 일이 아니다. 광해조에는 유난히 역모 사건이 많이 일어났으니 광해군이 친국을 한 것만 해도 이백 번이 넘는다고 하더라. 능창군은 정원군의 아들 중에서도 청출어람이라는 세평이 있었는데 역모 사건에 걸려 억울하게 유배를 당하고 사약을 받았다. 하루아침에 집과 둘째 아들을 잃은 정원군은 몇 년 동안을 술로 보내다가 일찍 죽고 말았다. 그뒤로 김류, 이귀, 최명길, 이괄 등 서인들이 반정을 계획하고 능양군과 가까웠던 이서, 신경진, 구굉, 구인후 등도 거의를 위해 모여들었으며 여기에 장유, 심기원, 김자점 등이 참여하면서 반정의 계획은 무르익었다. 광해군 15년 삼월 열이튿날 장단부사 이서와 이천부사 이중로 등이 군졸을 이끌고 오고 능양군은 친병을 이끌고 합류했는데 무리가 총 천사백 명이 되었으나 이들 가

운데 절반가량은 사병이나 힘깨나 쓴다는 시정잡배에 파락호나 건
달들이었더니라."

왜 갑자기 옛날이야기를 꺼내는지 몰라 듣고만 있던 내가 끼어들
었다.

"파락호가 그리 많았다니 지금보다 좋은 시절이었나보네요."

스승의 수염이 방안에 자욱한 담배 연기를 뚫고 앞으로 뻗쳤다.

"잠자코 듣기나 하여라. 이들은 야반삼경에 창의문의 빗장을 부수
고 도성으로 들어가 곧바로 창덕궁으로 갔다. 새벽에 능양군은 광해
군의 총애를 받던 상궁 김개시를 능지처참하고 인목대비의 존호를 회
복시켜드린 뒤에 인목대비의 언문 전지傳旨, 전교를 쓴 문서를 빌려서 보
위에 오르셨다. 대북의 이이첨, 정인홍, 유희발 등이 처형되고 이백여
명이 귀양을 갔다. 반정 후에 서인과 남인이 조정을 채우고 나자 노른
자위 관직과 사승과 혼인과 혈친으로 연결되어 끼리끼리 모인 무리의
이익과 권력을 붙좇는 붕당이 더욱 성해졌더니라. 반정 이듬해에는
반정공신이던 이괄이 반란을 일으켰고 정묘년1627년 호란으로 후금과
형제관계를 맺었으며 십 년도 되지 않아 병자호란으로 온 나라가 전
쟁터가 되고 백성은 어육이 되어 죽어나갔지. 정축년1637년에 임금이
남한산성에서 내려와 치욕스러운 항복을 한 뒤로는 후금과 조선이 군
신관계로 격하되었으며 소현세자와 봉림대군을 비롯해 오십만의 백
성이 오랑캐의 땅으로 끌려가야 했다. 이로써 임금은 체통과 위엄이
무너지고 백성은 목숨이 경각에 달렸는데 그 사이에서 대신과 재상,
백관이 주화와 주전으로 갈려서 임금의 잘못을 공박하고 백성을 제
부귀영화를 이뤄주는 벌처럼 여기니 군위신강의 윤리가 무너지고 말

았다. 소현세자가 죽고 세자빈 강씨가 역적으로 사사되고 난 뒤 인조께서는 둘째 아들 봉림대군을 귀국하게 하여 세자로 왕통을 승계하게 하니 이분이 바로 금상의 조부이신 효종대왕이시다. 서인들은 소현세자와 강빈의 편을 들어서 신원伸寃을 해야 한다고 중의를 모으고 기회를 엿보고 있었다. 효종대왕께서 보위에 계신 지 십 년 만에 승하하시자 대왕대비인 자의대비가 아들인 효종대왕의 상례에 어떻게 복상을 해야 하느냐는 문제가 대두했다. 송시열을 비롯한 서인들은 기년복을 입어야 한다 했는데 효종대왕을 둘째 아들이니 서자다, 체이부정이다 해가면서 종통을 부인하려⋯⋯"

"그 말씀은 아까 하셨고요. 그런데 저 궁금한 게 있는데, 왜 강상이니 인륜이니 하는 걸 내세우는 사대부, 양반이라는 사람들이 뒤로는 기생이며 첩실을 들여서 서자를 낳아가지고 설움을 주느냐 말이에요. 서자 자식도 서자 취급하고 말이지. 양민이 그래요, 천인들이 그래요? 왜 잘나고 유식하다는 양반만⋯⋯"

"마저 들으면 두 귓구멍이 맞창이라도 나느냐? 송시열이 교묘하게 서자라는 말을 쓴 것은 선조대왕부터 광해군, 인조대왕의 아버지인 정원군이 서출임을 떠올리게 하고 그분들이 신하들에 의해 휘둘렸던 것을 되새기게 하는 군약신강의 뜻에서 나온 것이니라. 결국 기해년의 대상에서는 송시열의 주장대로 기년복이 채택되었으니 이를 빌미로 서인들이 득세하게 되는데 힘이 없는 임금이 강한 서인들의 등쌀을 이겨낼 수가 없는 까닭이었다. 올해 봄에 선왕의 모후인 인선왕후가 돌아가시자 예관이 애초에는 대왕대비의 복을 기년복으로 보고 했다가 송시열의 잘못된 예론에 근거하여 대공복大功服, 구 개월 동안 입는 상복으로 고쳐서 다시 아뢰니 주상께서 예경을 친히 고증하여 잘못되었음을 명백히 분별하고 말씀하시기를 '적자가 어찌 서자가 되겠으며 장자가 어찌 중자가 된단 말인가. 효종대왕이 대왕대비에게는 가공언이 『의례』의 주소註疏에서 말한 대로 적처에게서 난 둘째 아들을 임금으로 세워도 또한 장자라고 부른다는 것에 바로 해당하니 그것을 모르고 대공복을 입으라 아뢴 예관을 중죄로 다스리라'고 하셨다. 본디 조선의 제도에는 장자의 처가 죽으면 시어머니가 기년복을 입고 나머지 처들에 대해서는 대공복을 입으면 된다고 했지. 서인들의 말대로라면 인선왕후께서 폐서인이 된 강빈의 아랫자리인 중자의 처에 해당한다는 것이니라. 이에 선왕께서 진노하시어 신하들을 모아놓고 소현세자와 그의 아들인 원손을 대신한 효종대왕의 왕위 계승이 부당한 것이라 생각하느냐고 묻고, 그렇지 않다면 효종대왕을 중자로 취급할 이유가 없지 않느냐고 하셨다. 이에 대해 유구무언으로 답변이 없자 기해년 예송 때부터 이제까지 신하들이 임금을 속인 것이라고 하고 특히 송시열은 효종대왕과 각별한 사이로 수많은 은혜를 입었는데 이를 저버렸다고 전교하셨다. 결국 인선왕후의 상례는 기년복으로 치러지게 되었구나."

"이유야 어떻든지 간에 국상을 짧게 지내면 산 사람들이 힘도 덜 들고 좋은 거 같은데요. 나랏돈도 덜 쓰고요. 한번 나가셔서 이 더운 날 무거운 베옷 입고 종일 서 있어보라고요. 그런 말이 나오나."

"고얀지고. 네 이놈! 이는 한낱 복을 오래 입고 적게 입고 편의를 줄이고 늘리려는 것이 아니란 말이다."

"맨날 저희끼리 되지 않을 이유로 싸우기만 하면 힘없는 백성들은 어쩌라고요. 흉년에 굶어죽고 얼어죽고 병들어 죽고 백성 보기가 황금 보기보다 어렵게 되면 정신들 차릴까? 암튼 자꾸 소리지르시면 저 갑니다."

"가긴 어딜 가? 가더라도 내 말을 다 듣고 가거라."

"소리를 안 지르시면요."

조이수가 헛기침을 하며 끼어들었다.

"궐내 빈전을 너무 오래 비워놓았더니 미안하구려. 다시 올 테니 사제지간의 정담을 계속 나누시옵고…… 시생은 이만 가옵니다."

조이수는 일어서자마자 멧돼지처럼 빠른 걸음으로 나가버렸다. 이유명이 뒤를 따랐고 박세권이 눈치를 보다 아무도 자신에게 관심을 보이지 않자 일어서서 나갔다. 스승은 "내 말은 네가 틈이 나는 대로 주상께 예송 문제가 왜 중요하고 뭐가 맞는지에 대해 전해드리라는 게야. 서인들의 치명적인 약점이 바로 예송에 있고 예송 문제를 제대로 처결하면 삽시간에 국기를 바로잡고 탕탕평평의 선치를 시작할 수 있다"하며 나를 주저앉혔다.

"왕가에서는 왕가의 법을 적용해야 하는 법, 왕위를 이은 분은 언제나 맏이宗이고 맏이나 맏이의 부인이 죽으면 시어머니가 삼년복, 기년복을 입는 것이 성현이 예제를 정한 본의에 명백히 합치되는 바이다. 이처럼 명백한 이치를 선왕께서 새삼스럽게 밝혀 단호하게 결단하셨으니, 인선왕후 상사에 대왕대비가 대공복으로 낮춰 입어도 된다고 말한 예관은 모두 갈아치우고 귀양을 보냈으며 우왕좌왕하다 결국 서인의 의견에 붙은 영의정 김수흥은 파직 후 귀양을 보내게 하셨다. 지금 선왕께서는 주상께 엄청난 유산을 남기고 가셨는데 이를 잘

받들어드리지 않고 어정쩡하게 잘못 처신하다가는 다시 편벽한 서인들의 세상이 되고 만다. 조정을 움직이는 가장 커다란 힘은 임금에게 있으나 임금께서는 아직 유충하시고 대신과 신료들의 힘이 강성하다. 특히 삼사와 이조, 성균관의 관원과 사림의 유생들이 거의 다 서인인 것이 문제이니라. 이런 상태로는 천지개벽의 조치가 없이는 조정을 일시에 깨끗이 씻어내기가 어렵다. 영상 허적처럼 많지 않은 남인 훈신들은 제 자리 보전에 급급하고 어정쩡한 자리에서 송시열의 귀에 거슬리는 말은 일절 하지 않으려고 조심한다. 이것이 어느 나라 조정이냐? 이 나라는 이씨의 것이냐 송씨의 것이냐? 아니면 송시열이 자구 하나도 고칠 수 없다는 주씨朱氏, 주희의 가르침대로만 굴러가는 나라인가? 우암은 늙은 여우처럼 먹이가 사는 굴 앞에서 오래 기다릴 줄 아니 때를 기다려 멀지도 가깝지도 않은 곳을 배회하며 환로에 있는 제 아랫것들을 자재하게 부리고 있는 것이니라."

미수의 입가에는 거품이 일고 관자놀이에는 핏대가 섰다. 내가 막 효종대왕이 송시열에게 내린 밀서가 어디 있는지 혹 아느냐고 물으려는데 스승이 슬그머니 웃으며 내게 말했다.

"참, 폐주 광해군이 어떻게 됐는지 궁금하지는 않으냐? 광해군은 폐서인이 된 후로 십팔 년 동안의 유배를 꿋꿋이 견디며 살아남았다더구나. 나중에는 노복들이 영감이라고 놀리기까지 했는데도 아랑곳하지 않고."

"영감은 스승님이 제격인데."

"뭐라고 했느냐?"

"아닙니다. 지금은 누가 누구 편인지 알고 싶어서요."

"오늘날 좌고우면하지 않고 오로지 위만 바라보고 있는 자가 충성된 자이니라."

"그게 누구냐고요?"

그러자 미수 영감이 내 손바닥에 가시 같은 손톱 끝으로 뭔가를 적어주었다. 자국이 남지 않아 알 수가 없었다.

"모르겠는데요?"

미수가 내 손등에 글자를 적으려고 했는데 아파서 내가 손을 빼니까 귀를 잡았다.

"밤말은 쥐가 듣고 낮말은 닭이 듣는다."

스승은 내 귀를 붙들고 무슨 말인가를 속삭였다. 잊어버릴까 싶어 마음이 급해 밖으로 나왔다.

내가 쥐구멍처럼 좁은 골목을 빠져나오는 것과 엇갈려 교자가 들어갔다. 우승지 김석주였다. 서인이고 송시열의 제자이며 왕의 외조부 김우명의 조카이고 대비의 사촌오빠였다. 잡종은 아닌데 괜찮을 수도 있는 인물. 스승이 오늘 웬일로 참 바쁘시네, 싶었다.

내가 미수에게 들은 이야기를 왕에게 전해주자 왕은 한동안 말도 없이 앉아 있었다. 감환感患, 감기에 걸렸는지 몸에서 부들부들 소리가 나도록 떨어댔다. 왕의 허약한 심기를 돌봐주고 지켜주는 것 또한 내 몫의 일이었다. 왕이 잠시 동안의 혼몽중에 뭐라고 하길래 귀를 기울이니 '엄마'를 찾는 듯했다. 대비를 불러올 수도 없는 노릇이라 안절부절못하고 있는데 다행히 왕이 곧 깨어났다.

스승은 나한테 '각진기도各盡其道하여 동인협공同寅協恭'[20]이라는 말을 임금에게 직접 전하라고 했다. 각기 힘을 다해 서로 도와야 하는데 무엇을 어떻게 할 것인가. 나는 알 수 없었다.

　그날 밤에 남산과 인왕산 근처에서 연기가 오르고 도성 안팎에서 갑자기 소란이 일었다. 한밤중에 아녀자들의 아우성이 울려퍼졌는데 오랑캐가 쳐들어오고 있다는 소문이 있으니 피난을 가야 한다는 것이었다. 긴급히 국경을 점검해보았지만 아무런 근거도 찾을 수 없었다. 또 왜구가 남에서 쳐들어와서 이미 한성부를 범하고 있다는 소문이 돌자 이번에는 양반가의 부인과 자식까지 서로 붙들고 소가 끄는 수레에 올라앉아 피난을 가겠다고 집을 나섰다. 다음날 아침이 되어서야 사태가 가라앉았는데 피난을 나섰던 사람들이 서로를 돌아보며 부화뇌동으로 날뛰던 것을 창피해했다.

　소란이 일어났을 때 왕은 아랑곳하지 않고 저 혼자 살겠다고 피난 보따리를 싼 신하들이 누구인지는 알 수 있었다. 낱낱이 이름을 적어서 왕에게 바치라 해서 그렇게 했다. 내가 왜 그 일을 해야 하는지는 몰랐다. 사헌부 관원들에게 줄 녹봉을 모두 빼앗아 내게 주지 않는 이유도. 또 한 가지 알쏭달쏭한 것은 한밤중에 그런 난리굿, 아니 경동을 야기할 수 있는 세력이 누구인지, 왜 그랬는지 하는 것이었다. 어쨌든 그들은 어린 왕의 지위를 거세게 뒤흔들고 있었다. 대놓고 멱살을 잡거나 목줄을 쥐고 흔들지 않았다 뿐.

7장 신기한 칼을 얻다

경복궁 남쪽 육조아문의 서부 인달방에 내수사가 있었다. 조선에서 제일가는 부자인 왕실의 재산과 보물이 거기에 모여 있다고들 했다. 도둑이라면 평생토록 한번 들어가보기를 소원해 마지않을 곳이지만 거기 가보기 전까지는 나와 아무 상관이 없던 곳이었다.

"그래도 전하를 제대로 보위하려면 칼은 있어야겠지……요? 좀 좋은 걸로."

오별감은 내가 하는 말에는 꿈쩍도 하지 않았다. 네 주제에 칼은 무슨 칼이냐, 하는 눈치였지만 돈만 있으면 돼지 발에 주석 편자도 하는 세상이다.

"나 칼 필요해요. 칼이 있어야 어가 호위를 하고 대전도 지키고 별감이고 땡감이고 하지요. 맨손으로 뭘 하라고? 나쁜 놈이 오면 발목이나 잡고 딴지 걸고 상투 잡고 쓰러지다 단칼에 맞아 죽는 게 별감이요, 응?"

내가 오별감에게 불평하는 소리는 충분히 왕에게 들리고도 남았다. 들릴 때까지 열 번 스무 번도 더 할 용의가 있었으나 삼세번 만에 오별감이 김내관에게 불려갔고 이어서 내수사의 수장고 중에서도 왕실 무고武庫에 다녀오라는 어명이 떨어졌다.

단둘이 길을 가려니 말을 어떻게 해야 할지 무척 신경이 쓰였다. 오별감은 자신이 별감의 지위로는 상전이니 내가 국왕의 형이라는 기밀을 함부로 발설하지 못하는 한 내게 마음껏 하대를 해도 된다고 믿고 있었다. 오별감은 세자 저하가 상감마마가 되시면서 대전별감 가운데서도 가장 우두머리로 승차했다. 그래봐야 정칠품 봉무랑으로 내시부의 부사가 종이품 상선, 대전의 승전색 내관이 정사품 상전이니 저나 나나 내시에게 머리를 조아리기는 매한가지였다.

"긴말 말고 네가 쓸 무기를 딱 하나만 고르거라. 어전에서 칼을 뽑으면 내 손에 네 목이 날아갈 수 있다는 걸 명심하고."

겁을 주고 있었다. 마음을 다잡았다. 내가 지면 왕이 지는 것이다. 그것도 별감 따위에게.

"쌍검은 두 자루를 고르는 거겠지? 제독검 같은 걸 골라볼까나? 들 수 있을지 모르겠구나."

오별감은 아예 입을 다물었다. 내수사에 도착하니 내수사 별좌를 겸하고 있는 내관 이춘동이 열쇠를 쩔렁거리며 앞장섰다. 이춘동은 원래 선왕 때 내관으로 종오품 상탕을 맡아 대전의 창고를 담당했으나 내수사에 배치된 이래 내내 거기에 머무르고 있었다. 실제로 내수사를 관장하는 것은 이춘동이었고, 이춘동을 조종하는 건 붙박이 대전내관 김현이었다.

왕실의 내탕금부터 팔도에 흩어져 있는 어마어마한 전장에 수만의 노비까지 관할하는 내수사의 대청을 지나고 몇 개의 누각과 창고를 지나 가장 깊숙한 곳에 있는 기와 건물 앞에 섰다. 아무런 표시가 없고 현판도 달려 있지 않았다. 내수사 형방 서리가 이춘동에게 열쇠를 받아서 한참을 씨름하더니 자물쇠를 열었다. 삐걱삐걱 귀를 틀어막게 하는 시끄러운 소리 끝에 큰 나무문이 열렸다. 안에서 곰팡이 냄새와 함께 서늘한 바람이 불어나왔다.

"삼 년 이상 잠겨 있던 것이라 그러합니다."

형방 서리가 머리를 수그리며 제 잘못인 양 말했다. 이런 자들이 쓸모가 있는 법이었다. 나는 이름을 물어서 외워두었다. 김억년이라고 했다.

"무기를 넣어두는 데라 그런지 음산하네. 대낮에 몽달귀신이 나와도 이상할 게 없겠어."

말은 그렇게 했지만 나는 긴장한 채 안으로 들어섰다. 늙은 별좌는 바깥의 그늘에 서서 기다렸고 오별감과 나만 무고 안으로 들어갔다. 벽에 창들이 기대어 서 있었고 활과 석궁이 먼저 눈에 띄었다. 그 외에도 도刀, 검劍, 모矛, 순盾, 부斧, 월鉞, 극戟, 편鞭, 간鐧, 과撾, 수殳, 차叉, 파두鈀頭, 면승투색綿繩套索, 백타白打가 벽에 순서대로 배열되어 있었는데 몇몇 빠진 것은 채워지지 않은 대로였다. 하지만 내 관심을 끈건 조총이었다.

"난 바로 요놈으로 하겠소이다!"

내가 조총을 지목하자 오별감은 단숨에 "그건 안 돼" 하고 고개를 저었다.

"아니, 전하를 목숨 걸고 잘 지키려면 이게 꼭 필요하다니까……요? 효과도 좋고. 난 소싯적부터 사정에서 놀았고 무과에 입격하기도 해서 활은 좀 쏘는데 전하 곁에서 활을 들면 안 된다며? 그럼 이게 딱 좋지요, 조총. 대충 익히면 웬만한 적은 다 상대할 수 있을 테니까."

"그건 안 된다니까. 궁 바로 바깥의 훈련도감에 조총 쓰는 포수가 얼마나 많은데 그러나. 궁내에서 활이나 쇠뇌도 못 쓰는 판에 조총이 당기나 해?"

"거참, 활은 원래 왜 못 쓰는 거요?"

"법전에 그렇게 나와 있어. 제왕 앞에서 활을 들면 비록 제왕을 지키기 위한 행동이었다 하더라도 처벌을 받게 되어 있다고. 태종대왕 때 호랑이가 궁궐에 침입했는데 그때 무관 하나가 활로 호랑이를 쏘아 죽이고 나서 처벌을 받았지. 하물며 조총이라니. 날랜 자객이 쳐들어왔을 때 조총은 무용지물이야. 칼끝이 목전에 닥쳤는데 심지에 불을 붙이고 다 타기를 기다렸다가 쏘겠다는 건가."

"아, 난 조총이 좋은데. 정말로."

"제대로 된 무예를 익힌 게 없으니 그러는 게지. 네 속셈을 내가 모를까."

그런 식의 대화를 이어가며 점점 더 안으로 들어가자 한쪽 벽에 녹슨 철문이 달려 있었다. 등불에 육중한 자물쇠가 드러났다.

"내가 가서 별좌를 불러오마."

오별감이 밖으로 나간 새에 등불을 들어 문 주변을 자세히 살폈다. 돌쩌귀가 헐렁거리는 것 같아서 문을 밀어보았더니 돌쩌귀가 힘없이 빠지며 문짝이 비틀어졌다. 놀라서 얼른 제자리에 돌려놓는데 별좌의 말소리가 들렸다.

"그 문은 못 연다니까. 훈련대장과 병조 판서가 부절을 함께 가지고 와서 서로 맞춰보고 여는 문인데 안에 뭐가 있는지 아무도 모른다고. 보다시피 열쇠가 없잖소. 저 문을 열 일이 생기면 나라의 위난이 돌이킬 수 없을 정도로 심각하리라는 옛말이 있었소."

나는 두 사람을 마중 가서는 굳이 안쪽까지 들어가볼 필요는 없겠다고 하면서 칼등에 상모가 달린 평범한 칼 하나를 골랐다. 오별감이 다행이라는 듯이 숨을 길게 내쉬었다.

"그거면 돼?"

나는 대답 대신 칼을 빙빙 돌려본 뒤 별좌에게 물었다.

"이 칼 이름이 뭡니까?"

별좌는 고개를 갸우뚱하더니 "예도인가, 왜도인가. 녹 닦고 잘 갈면 쓸 만할 게야"라고 대수롭지 않게 대답했다.

"마음에 안 들면 바꾸러 와도 되지요?"

"그럴 거면 지금 아예 새로 골라가게."

"지금은 이게 마음에 든다니까요. 혹시 주상 전하께서 다른 말씀이 있으시면 또 와야 할지도 모르니까 그렇게 알고 계십쇼."

별좌는 마뜩잖은 표정이었지만 고개를 끄덕거렸다. 주상의 말씀이라는데 감히 거스를 수가 있겠는가.

이틀 뒤 오별감을 떼어놓고 내수사로 혼자 가자 별좌는 나를 잊지 않고 있다가 열쇠를 들고 앞장섰다. 등을 받아들고 혼자 재빨리 안으로 들어가서 전일에 봤던 문으로 다가갔다. 돌쩌귀를 젖히고 문을 비틀자 사람 하나가 겨우 들어갈 틈이 생겼다. 쥐처럼 몸을 구부려 안으로 숨어든 다음 만일에 대비해 문을 도로 닫았다. 땅을 파서 만든 방인 듯 축축하고 서늘했다.

그 속에는 무고 안에서는 구경도 할 수 없던 기묘한 물건이 많았다. 소현세자나 세자를 수행했던 신하들이 청나라에서 돌아올 때 가져온 듯한 서양 시계와 망원경, 거북이 껍데기로 만든 안경까지. 금괴나 은 덩어리만 없었다. 조선에서는 구경조차 하기 힘들다는 단계연이 있었지만 크고 무거워서 버려뒀다. 무슨 약물인지 모를 것이 기름종이에 싸인 게 있어서 덮어놓고 품속에 집어넣고 봤다. 목걸이, 구슬, 지환, 노리개도 몇 개 집어넣었다. 그러다 내 눈에 거무튀튀하고 몽땅한 쇠뭉치 하나가 보였다. 일반 장검의 절반 정도 되게 짧고 칼날이랄 게 없어서 비수라 할 수도 없었다. 그래도 거기 있는 데는 충분한 이유가 있을 것 같고 다른 것보다는 훔치는 게 덜 미안할 것 같아 품속에 집어넣었다.

후닥닥 나오고 보니 막 별좌가 안으로 들어오려는 참이었다.

"뭐에 그리 시간이 걸렸나. 허기지겠네. 뭘 바꿨는가?"

나는 환도 하나를 내보였다. 마음에 들지는 않지만 일단 가져가보고 다시 오겠다고도 했다. 별좌는 여전히 귀찮은 얼굴로 하품을 쩍쩍 해댔다.

"도대체 무엇에 쓰는 물건인고."

방안에 앉은 채 나는 혼자 중얼거렸다. 창의 문고리에 끈을 달아서 뭉툭한 쇠뭉치를 달아놓은 채였다. 도무지 알 수가 없었다. 내가 그걸 왜 덥석 훔쳐들고 오는지도. 겉보기로는 녹이 슨 쇠뭉치에 칼날도 없고 날카로운 끄트머리도 없으니 무기로 쓰기에는 부적합했다. 누군가 박달나무에 구멍을 뚫어 단단한 자루를 만들어 달았는데 그 위에 가

죽을 씌워 미끄러지지 않게 한 게 보통의 솜씨가 아니었다.

"그냥 대장간 가서 두들겨가지고 다른 칼처럼 만들어버릴까."

그럴 양이면 일반 환도를 쓰면 될 일이었다. 모르는 걸 백날 천날 쳐다보고 있어봐야 결코 알아지지 않는다는 게 내 평소 생각이었다. 나는 줄에 달린 칼을 돌려차기로 한번 걷어차고 돌아섰다.

"에라이, 이 멍텅구리 같은 놈아!"

오랜만에 사정으로나 나가볼까. 활 몇 바탕 쏘다보면 익숙한 얼굴이 보이게 되고 내기가 되면 또 술값과 하룻저녁 기생방을 휘젓고 다닐 돈이 생기게 된다. 방문을 열려는 순간 짝, 하는 소리가 나길래 돌아봤다.

내 발에 차인 그 쇠뭉치가 그네처럼 왔다갔다하다 어느 순간 끈이 끊어졌는지 그 밑에 있던 청동화로에 떨어져 꽂혀 있었다. 그런데 화로의 재가 담긴 움푹한 부분이 아닌 화로 가장자리의 둥근 부분을 뚫고 곧추서 있다는 게 특이했다. 화로에 구멍이 뚫렸고 우연히 거기에 쇠뭉치가 꽂힌 줄 알았다. 아니었다. 반 치가 넘는 멀쩡한 화로를 둔탁하기 그지없어 보이는 쇠뭉치가 뚫고 들어가 박혀 있는 것이었다.

"어라랍시오?"

나는 시험삼아 밤껍질을 벗기거나 종이를 자를 때 쓰는 창칼에 쇠뭉치를 내리쳤다. 창칼이 땡강 소리를 내며 단번에 동강났다. 이게 웬 보물인가. 나는 쇠뭉치를 들고 쇠붙이란 쇠붙이는 모두 두들겨봤다. 결과는 매한가지였다. 뭉툭한 쇠뭉치는 세상에서 가장 강한 칼로 다른 칼을 무 자르듯 하는 명검이었다. 매우 마음에 들었다. 왕의 형님이 된 보람을 비로소 찾은 기분이었다.

8장 대비

"하늘과 땅의 신령은 들으소서. 열성조의 혼령께서는 젊디젊은 나이에 구천으로 남편을 떠나보내고 졸지에 청상의 과부가 된 가련한 아낙의 애처로운 신세를 살펴주소서. 비나이다, 비나이다. 부디 하나뿐인 제 아들이 성덕을 떨치는 임금이 되고 제 아비의 수명을 모두 받아 스스로에게 보태어 무병장수하도록 하여주소서. 그리만 해주신다면 이 한몸 당장 남편을 뒤따라야 한다 한들 무엇이 아까우리까. 천지신명이시여, 조상의 얼이시여, 이 가련한 과부의 가없은 소원을 들어주소서."

일부러 남의 말을 엿들으려고 한 게 아니었다. 수직守直, 건물이나 물건 등을 지킴을 하다 잠시 말미가 나서 선선한 저녁 바람을 따라 걸어오다 보니 그리되었다. 선정전 동쪽 창경궁으로 향하는 길 오른편에 있는 숲에서 밤중에 불이 일렁거린다는 소문이 돌았다. 귀신불이라는 말까지 나왔는데 그 귀신이라는 게 대궐에서 억울하게 죽은 궁녀의 원혼

110

이라는 것이 아닌가. 어쨌든 처녀귀신일 테니 혹 마음이 통한다면 서로 이야기를 나눠보았으면 하는 뜻이 없지 않았다. 아니다. 나는 귀신 따위를 믿는 사람이 아니다. 내 아버지가 천하무적의 영웅 임경업 장군의 의형제이고 나는 십육 년간 훈련대장으로 천군만마를 호령한 이완 장군의 제자인데 귀신 따위에 겁을 먹을쏜가. 창덕궁과 창경궁이 갈라지는 길까지 어슬렁거리다 숲에서 바람결에 실려온 말소리를 듣고 따라온 것이다.

여자 목소리였다. 진짜 귀신인가? 소름이 돋았다. 그럼에도 발을 멈출 수는 없었다. 말소리는 이어졌다 끊어졌다 하며 숲과 나무 사이의 은밀한 통로로 들려왔다.

귀신을 혹 잡아낼 수 있으면 일약 귀신 잡는 포도대장 자리로 승차하지는 못하더라도 귀신을 무서워하는 궁녀나 무수리들 사이에서 태양처럼 떠받들릴 수 있었다. 말소리는 숲속으로 들며 조금씩 더 커졌다. 누군가 밝힌 촛불이 바람에 일렁거렸다. 약한 소리지만 징이 울렸다. 결정적으로 고급스러운 단향 냄새가 났다. 워낙 코가 예민하여 사냥 동무들에게 '조선 제일 명견의 코'로 불리던 내 코를 속일 자는 없었다. 누군가 제를 지내는 게 분명했다.

"마마, 잠시 쉬었다가 하시오소서. 옥체에 손상이 가옵니다."

나뭇가지 사이로 누군가의 그림자가 움직였다. 댕댕댕, 작은 징소리가 나고는 주문을 중얼대는 소리가 들렸다. 누군지 짐작이 가고도 남았다. 저토록 당당하게 궐내에서 제를 지낼 수 있는 여인은 조선 내에서 단 한 사람, 왕의 모후인 대비뿐이었다. 유학을 극진히 숭상하는 나라의 궐내에서 치성을 드린다는 것은 보통의 기백으로 할 수 없는 일이었다. 아아, 하는 신음에 이어 긴 한숨 소리가 들려왔다.

"서른세 살 젊디젊은 나이에 진정 나는 청상과부가 되었구나. 남편이 한 나라의 임금이면 뭐하는가. 열네 살 어린 아들이 지존이 되었으나 망극하고 아득하고 두렵구나. 이르도다, 너무도 이르도다."

대비는 선왕의 승하 후에 식음을 전폐하고 슬퍼하다가 환후가 와서 약방에서 매일같이 문후를 여쭙고 약을 올린다고 했는데 말로만 그러한가 싶었다. 곧이어 유학을 금쪽보다 더 높이 떠받드는 신하들이 들으면 놀라 자빠지는 시늉을 할 말이 나왔다.

"어린 임금을 도와 수렴청정을 하려 해도 시할머니인 대왕대비 조씨가 왕실 최고 어른으로 버티고 있으니 당장 내가 할 수 있는 일이 없구나."

말 상대는 무당이거나 박수거나, 대비전 궁중 여관 아무이거나 상관없었다. 지금 대비는 넋두리를 하는 중이고 꼭 누가 새겨들으라고 하는 건 아니니까. 넋두리라 해도 대비의 언사는 당당했다. 대비의 남편을 본 적 없지만 그 남편보다 훨씬 더 씩씩한 여장부일 듯싶었다.

"내 육대조 문의공[21]께서는 학문에만 잠심하시다가 서른아홉 살 때 현량과에서 장원으로 급제하셨지. 급제자 가운데 유일하게 일곱 항목 전체에서 완벽하다고 평가받은 선비 중의 선비, 해동 제일의 명현이며 명유였다. 성균관 대사성, 홍문관 직제학에 오르셨으나 그해 기묘사화에서 해를 입으시고 기묘명현으로서 추앙을 받다 후일 영의정에 추증되셨지. 조선의 어느 집안보다 고귀한 충신의 맑은 피는 내 친조부 문정공으로 이어졌다."

물을 삼키는 소리가 났다. 내 목이 말라왔다. 나뭇잎에 맺힌 물기를 훑어서 입으로 가져갔다. 문정공은 나조차 이름을 아는 명재상 김육이었다.

"문정공께서는 증광 문과에 장원급제하고 삼정승을 두루 지내셨다. 대동법으로 이 나라 백성들의 피폐한 민생을 살려내고 경세제민에 진력한 참된 신하의 전범을 보이셨도다. 수레, 수차, 동전, 활자를 만들고 시헌력을 들여와서 백성마다 입을 모아 나라 살림을 요족하게 만든 명환名宦이라 칭송들을 한다. 내 아버지는 서른한 살 때 강릉 참봉으로 벼슬살이를 시작하셨는데 일반 신료들은 듣지도 보지도 못한 관사의 직임을 마다하지 않고 성심으로 받들었으며 임금을 지척에서 호위하는 오위도총부 도총관과 호위대장을 맡기므로 목숨을 바쳐 직책을 완수하셨다. 내 백부는 충숙공으로 대사헌과 육조의 판서를 모두 지내셨지. 백부의 아들인 김석주는 증광 문과에 장원급제하고 순탄하게 환로를 걸어서 중앙 조정 신료 가운데서도 두각을 나타내며 일찍부터 나라의 동량이 되었다. 내가 왕실인 시가를 두고 집안 자랑을 하려는 것이 아니라 새 임금에게 애민과 충성으로 평생을 일관한 선조의 고귀한 자질과 품성이 그대로 들어 있다는 것을 밝히기 위해서 말하는 것이다."

나는 조용히 웃었다. 그렇게 명문가의 고결한 피를 물려받은 당신의 아들은 나 같은 서출 아버지를 둔 파락호를 형님으로 부르며 장안의 뒷골목을 휩쓸고 다녔소이다. 웃다가 혹 발이 미끄러질까봐 발바닥 아래를 살살 더듬었다.

"너희는 중궁의 침전인 대조전에 용마루가 없는 까닭을 아느냐? 용은 임금이고 왕비가 용자龍子를 수태할 것이어서 다른 왕이 위를 눌러서는 안 되기 때문이다. 대조는 '큰 인물을 만든다'는 뜻이니라. 나는 세자빈으로 간택되어 맏아들로 대통을 이은 선왕과의 사이에 원자를 낳았고 그 아들이 세자를 거쳐 보위에 올랐으니 이 나라 종묘사직에 할 일을 다 했다. 열여덟 살에 명선공주를 낳고 두 해 뒤에 주상을 낳아서 온 나라에 경사를 가져왔으며 그뒤로 딸 둘을 더 낳아 손이 귀한 왕실의 중궁으로는 드물게 자손이 흥왕하였다. 주상은 선왕과 나 사이에 하나밖에 없는 외아들이니 내가 선왕께서 후궁을 보는 것을 용납하지 않았기 때문이다. 신하들 가운데 종사의 대계를 거론하면서 후궁, 비빈을 들이라고 말하는 자들이 있는데 이들은 망국의 씨앗이 될 종자들로서 후궁으로 인한 후환이 무궁한 것을 짐작조차 하지 못하고 함부로 그리 떠들어대는 것뿐이다. 내가 살아 있는 한 내 아들 또한 곁눈질은 하지 않을 것이다."

기회가 되는 대로 왕을 빨리 양반이라는 족속들은 꿈에도 못 꾸는 놀음판이며 꿀맛이 나는 색주가에 데려가려던 내 계획에 뭔가 차질이 생길 것 같았다. 왕은 공부 많이 하고 명문가 출신의 잘난 신하들과 마주앉아 고담준론이나 나누고 있어서는 세상 돌아가는 것을 제대로 알 수 없다. 만백성들의 희로애락을 알려면 직접 밖으로 나돌아다니면서 백성과 부대껴보아야 하는 법, 그때마다 대비가 고리눈을 부릅뜨고 궐문을 막아선다면? 그런데 그전에 머리에 피도 안 마른 꼬맹이일 때에는 또 어떻게 밖으로 나다니다가 나를 만났던 것일까. 금세 답이 나왔다.

"주상은 제 아버지를 닮아 성정이 급하니라. 젖먹이 때부터 지극한 즐거움과 핏줄이 솟는 노여움 사이를 하루 동안에 수십 번 내왕하니 젖을 먹일 때에 젖을 깨물어서 피를 흘리지 않는 유모들이 없었느니라. 네 살 때 『소학』을 배우기 시작했는데 며칠 되지 않아 첫 장을 모두 외워버리도록 명민하였다. 하나 제 하고 싶은 대로 하지 못하면 땅을 뒹굴고 풀을 잡아 뜯으며 짐승의 똥을 입에 넣기까지 하는 등 패악을 부리니 누구도 말리지 못했다. 나이가 좀 차서는 궁 밖으로 나가고 싶다기에 감히 선왕께는 알리지도 못하고 대왕대비전과 세자빈의 친정아버지까지 노심초사하며 만류하였으나 제 마음대로 하지 못할 것을 알기만 하면 파랗게 질려서 혼절하는 것같이 하니 그 고집을 어느 누구도 꺾지 못했다. 제왕의 삶은 풀잎의 이슬처럼 짧은 것이다. 어찌 천한 무부들이나 백성처럼 몸을 함부로 하며 진흙탕에 몸을 담글 것인가. 내 이리 치성을 드려도 모든 것이 허사가 되지 않을지 염려하는 것은 이 때문이다."

대비가 나와 나이 차이가 얼마 나지 않을 것 같은데 어찌 같은 하늘을 지고 살면서 생각이 하늘과 땅 차이가 나는지 모를 일이었다. 대비의 끝 간 데 없는 자부심의 원천이 모습을 보이기 시작했다.

"조선의 역대 임금 중에 적장자嫡長子, 정실의 맏아들는 여섯 분뿐인데 그중 둘이 내 남편과 내 아들이다. 명문가 규수로서 세자빈에 간택되어 왕비가 되고 대비에까지 이른 경우는 조선의 여인들 가운데 내가 유일하다. 선왕께서는 부왕 승하시 장례의 복제를 둘러싸고 강하고 억센 서인 신하들, 그중에서도 양송의 산당山黨, 산림 출신으로 과거를 거치지 않고 천거로 벼슬길에 오른 신하들이 부왕을 서자로 낮추자는 의론을 올린 것을 부득이하게 받아들이고 나서 내내 마음 아파했다. 올해 봄철 모후의 장례에서는 병중에 있으면서도 있는 힘을 다해 당신의 뜻을 관철

했다. 하지만 그 일을 하느라 이승에서 살 수 있는 햇수를 달수로 바꾸고 말았으니, 아아, 통분하고 절통하고 억울하구나."

비탈진 곳에 오래 서 있었더니 종아리에 피가 통하지 않아서 다리가 저렸다. 마냥 자기 자랑, 집안 자랑이라 새삼스럽게 더 들을 것도 없었지만 나에 대해 혹 알고 있는지 궁금하여 참고 있었다.

"내 친정아버지는 송시열과 같은 서인이지만 외서내남外西內南, 겉은 서인이고 안은 남인이라는 말을 들었다. 너희가 아느냐? 내 집안이 한당漢黨, 서인 중에서 과거를 거쳐 벼슬로 높은 지위에 이른 무리의 노른자위라 송시열, 송준길처럼 과거를 백안시하던 산당과는 사이가 그리 좋지 않았다. 대동법의 시행을 둘러싸고 양송과 그들의 스승인 김집이 대동법의 시행을 미루거나 멈추자고 한 게 빌미가 되어 그뒤로 사사건건 불화가 생겼고 마침내 문정공의 무덤에까지 시비가 미쳐서는 도저히 화합할 수 없이 갈라섰다. 이에 남인의 우두머리인 허적과 가까워짐으로써 외서내남이라는 말이 헛말이 아니라 사실로 변했구나. 원래 허적은 할아버지 문정공이 정승을 지내실 때 판서를 지냈던 터라 먼 사이가 아니고 기맥을 서로 통해오던 바였다. 내 아들이 임금이 되었다고는 하나 아직 어린 열네 살, 죽기를 각오하고 보호를 하지 않으면 제 아버지와 조부, 증조부처럼 신하들에게 휘둘리는 유약한 임금으로 세월을 보내다가 화병으로 명을 줄일지도 모를 일이다. 왕을 둘러싼 척족이 든든하고 힘센 명문대가로 자리를 잡고 있어야 하는 것은 이 때문이다. 하지만 우리 집안과 주상의 처가, 진외가, 종친에 삼족, 구족의 힘을 다 합친다 해도 흩어진 지푸라기를 모으는 것 같으니 저 억세고 수효가 수천을 헤아리는 산당을 어찌 상대할 수 있을꼬. 중궁은 친정이 김장생의 후예로 유풍이 있는 갑족이라고는 하지만 산당 쪽에 가깝고 특히 주상의 처숙 김만중은 성질이 불같고 아무나 물어뜯는 기질이 있는데다 가벼운 소품과 패설이라는 것을 써서 사람들의 시선을 모으고 있으니 불안할 뿐이다."

대비의 사설을 듣다보니 김만중이라는 이에게 관심이 생겼다. 아무나 잘 물어뜯는다니 뒤따라 다니면서 물고 뜯고 발겨놓은 고기를 주워먹으면 좀 좋을까 싶었다.

"내가 어린 시절 궁중에 들어와 아무것도 몰랐을 때 시조부와 시부가 나를 어여삐 여기며 '궁궐에 들어온 이상 궁궐 사람이니 바깥일이나 친정은 아예 생각지 말라'고 하셨다. 하지만 구중궁궐에 사는 여자들만큼 바깥의 동정에 연연하지 않는 여자가 없나니…… 비빈들은 어떻게든 왕실의 대를 이을 자손을 생산하여야 하고 자신 때문에 친정이 결딴이 나지 않는지 풍파가 일지 않는지 늘 노심초사해야 한다. 공주들은 금지옥엽으로 자란다 하나 나중에 시집을 갈 시가에서 어떤 대접을 받을지 몰라 매일이 눈물바람이라. 늙어서 아침저녁으로 왕과 왕비의 문안을 받고 와석종신할 수 있는 좋은 팔자를 가진 여인이 얼마나 되더란 말인가. 아아, 아직 너무 어리구나, 내 아들. 아직 대가 여려서 마파람에 피가 말라가고 하늬바람에 뿌리가 흔들리니 불쌍하고 가엾도다, 내 아들. 저 범과 같고 이리떼 같은 신하들이 몰려드는 발소리에 간이 오그라들고 숨을 제대로 쉬지 못하여 움츠려 떨고 있을 내 아들. 누가 너를 지켜줄까. 누가, 누가, 그 누가! 아아, 몸은 외롭고 마음속의 한은 눈처럼 켜켜이 쌓이는구나. 천지신명과 조상들에게 빌고 또 빌 수밖에."

왕을 위한 그 누구도, 어떤 호위도 가지지 못한 열성과 사랑으로 무슨 일이든 할 어머니였다. 그런 어머니가 있는 왕이 부러웠다. 내게 어머니가 계신다면, 그 슬하에서 어머니의 고운 얼굴을 올려다보며 하루 열두 시진 한 달 삼십 일 "엄마 엄마 엄마" 하고 불러볼 수 있을 터인데…… 갑자기 눈꼬리가 축축해졌다. 그 바람에 내 발밑의 돌이 아래로 굴러떨어지는 것을 막지 못했다. 돌은 다섯 손가락을 꼽을 동안 아래로 굴러내려가더니 바위와 부딪치며 "빠각!" 하는 소리를 냈다.

"게 누구냐!"

무당과 박수가 소리를 지르기에 개굴, 하고 개구리 흉내를 냈다. 가을이 다 된 걸 생각하고는 부엉, 부엉 하는 소리로 바꿨다. 대답이 들렸다. 진짜 부엉이의 대답이.

"부엉이가 동네를 보고 울면 그 동네의 한 집이 상을 당한다고 하였다. 부엉이는 제 어미를 잡아먹는 불효조이기도 하지. 먹이를 닥치는 대로 물어다가 쌓아두어서 재물을 상징하기도 하나 가까이하지 말고 얼른 쫓아버려라."

할머니가 언젠가 했던 말이 떠올랐다. 불효조 부엉이는 부모가 없는 나일까, 어머니를 두고 집을 나간 아버지일까. 공연히 상념에 빠져 달밤을 배회했다.

9장 국중거부

"대전별감이 되었다니 참 잘되었다. 이제부터 기생방에서 매양 자
빠져 놀고 처먹는 외입쟁이가 아니라 정식 조방군기생의 뒤를 봐주는 기둥
서방 노릇을 하면 제격이겠구나."

할머니가 내게 보인 반응이었다. 할머니의 기생방을 거쳐간 조방
군들에는 대전별감은 물론이고 승정원 이속이나 포도청 포교, 의금부
나장 같은 하급 벼슬짜리들이 망라되었는데 이제 내가 그들처럼 본격
적으로 기생 서방질을 하란 말이었다.

"나는 못해요. 이제까지도 오는 정이 고우면 가는 정이 곱다고 이
한몸 부서지는 줄도 모르고 이 아이 저 아이에게 몸 바쳐 보답을 하였
을 뿐이오."

"왜, 시골에 배고파 우는 어린 동생과 기생 어미가 줄줄이 딸린 그
아이들이 네 낯짝 봐서 좋다고 덤볐겠니? 다 내 덕을 본 게고 내가 아
이들을 다른 색주가보다 후히 대해주고 있어서이지."

"하여튼 내가 그깟 기부妓夫, 기생 서방 하려고 대전별감 된 게 아니오."

"그러면?"

"꼬맹이가…… 아니 주상 전하께서 하도 울고불고…… 아니, 간곡히 부탁하셔서 마지못해 일시 맡은 것이지, 오래갈 것도 없소. 전하께서 어서 장성하셔서 제대로 임금 노릇 하시게 되면 당장 때려치울 거요."

"말본새가 좀 달라졌구나. 대전별감이 밥만 축내는 밥벌레, 식충이를 사람으로 만들 수도 있었나?"

"할머니는 나하고 무슨 전생에 원수를 졌소? 하는 말마다 가슴에 못을 박으시오그려. 할머니가 한 해에 벌어들이는 쌀섬이 수천 석인데 내가 먹으면 얼마나 먹는다고 쩍하면 밥벌레, 식충이라 하오?"

"그래, 아주 조금밖에 먹지 않으니까 똥파리라고 해줄까? 똥 먹은 흔적도 안 나니 말이다."

"아무튼 난 사세가 자리를 찾으면 이놈의 별감인지 땡감인지 하는 개아들놈의 자리는 곧 때려치우고 말 테니까 그리 알고 계슈."

"이놈이 복이 입속으로 척척 들어와도 고마운 줄 모르고…… 제발 철 좀 들거라. 이 할미가 살면 얼마나 산다고 여직 철부지 같은 소리를 하고 있느냐."

"난 싫어요. 종구품 잡직 별감이 무에 좋다고 사람들마다 잘됐다, 네 주제에 출세했다 해대니. 누구는 품계도 없는 임금인데. 왕이란 말이오, 왕! 남의 속이 터지는 것도 모르고. 내 꿈은 그리 작지 않소."

"그게 뭐냐?"

"정일품 대광보국숭록대부요. 내 마누라는 정경부인을 시켜줄 것이고."

"이크, 이놈이 역적질이라도 하려나보다. 네 할미와 애비가 누구라고, 네가 정승 하기가 당키나 하니?"

"두고 보슈. 할머니가 오래만 사시면 옥교에 태워가지고 정승 할머니라고 한양 도성을 한 바퀴 돌면서 유가遊街를 하게 해드릴 테니."

할머니는 말을 멈추고 내 눈을 빤히 들여다보았다. 정말 내 진심이 어디에 있는지 알아내려는 듯했다. 나는 콧물을 훔쳤다.

"씨도둑질은 못하겠구나."

할머니가 빙긋이 웃더니 등뒤에 두었던 서책을 꺼내 내게 주었다. 질 좋은 상화지에 향긋한 양덕 먹을 위원석 벼루에 갈아 쓴 장부였다. 할머니의 재산과 사업이 있는 곳과 내용, 그것을 맡아서 관리하고 있는 사람들과 그들의 약점, 함께 사업을 하고 있는 사람과 경쟁자의 가승, 사승, 지근의 인물, 자산, 비밀 등에 관해 빼곡하게 한글과 한문으로 적혀 있었다. 후반부에는 전국 각지의 전장과 염전에서 보고해온 매년의 소출과 그것이 어디에 어떻게 쓰였는지, 또는 그동안 재산이 얼마나 더 늘어났는지에 대해서도 빠짐없이 열거되어 있었다.

"대전별감이라는 건 지금 우리가 하고 있는 사업에 꼭 필요한 자리다. 녹봉이야 볼 것 없지만 임금을 지근에서 모실 수 있고 생각과 동정을 알 수 있으며 네가 하기에 따라서 왕실과 궁가에 통하는 길을 뚫을 수 있다. 결국 그것이 네 애비가 하는 대업과 연결이 되겠지. 나는 그것이 예삿일이라는 생각이 들지 않는구나."

할머니는 농을 하는 것도 아니고 평소처럼 내게 욕을 하는 것도 아니었다. 전에 몰랐던 진심이 느껴졌다. 그런데 우리 사업? 우리라고?

"이것을 읽고 완전히 외우고는 땅에 묻거나 태워버려라. 무슨 일이 있어도 남의 눈에 띄게 해서는 절대로 아니 되느니라. 그건 주상 전하께도 마찬가지다."

"이 많은 걸 어떻게 외우란 말이오? 그냥 할머니가 사업을 계속하시면 되겠소. 나는 대전별감이니 조방군이나 하고."

"이놈아! 내가 천년을 살겠니 만년을 살겠니? 또 누가 이걸 몽땅 다 외우라고 했느냐? 각 사업을 맡은 사람이 누구인지, 그 사람이 누구와 관계되어 있는지 잘 보고 계통을 익혀두라는 것이다. 사람을 알아야 사업도 대사도 치러나갈 수 있다. 사람을 모르면 천만금에 천만 대군이 있어도 모래 한 알 제대로 움직이지 못하는 법이야. 앞으로 얼마간 내가 네 뒷배를 봐줄 수 있겠지만 결국 너도 네 힘으로 살아남아야 한다."

할머니는 긴 한숨을 내쉬면서 내 머리를 향해 휘두르던 장죽을 내려놓았다. 한 번도 본 적이 없는 진지한 태도로 말을 이었다.

"이제부터 이 집도 내가 하던 모든 사업도 네 것이니 죽이든 살리든 네 맘대로 하려무나. 다만 여기에 수백 수천의 생명이 걸려 있다는 걸 잊지 말아라. 거기에는 네 불쌍한 할미도 있느니라!"

할머니가 그토록 중요시한 사람 중에서도 할머니의 사업과 직결된 인물은 사역원의 왜역 변승업이었다. 내가 골머리 빠지게 장부를 외웠을 무렵 행랑의 장서방이 변승업의 방문첩을 들고 들어왔다. 변승업이 적실한 시간에 오도록 초청하고 나를 만나도록 한 것이 모두 할머니였다.

"당금 조선에서 제일가는 부가富家는 물론 왕실이고 둘째 셋째가 초계 변씨와 인동 장씨이다. 변씨와 장씨는 모두 역관 집안으로 남양 홍씨, 우봉 김씨, 해주 오씨, 천녕 현씨 등등의 역관 집안들은 혼인과 사업으로 그물처럼 엮여 있다. 이들을 제대로 알지 못하면 재물도 사업도 없다."

할머니가 나를 변승업이 앉아 있는 방에 들이밀기 전에 한 말이었다. 장부에 적힌 대로라면 변승업은 아버지 변응성이 역관으로서 당상관에 올랐으며 은퇴한 뒤 의주에 머물며 장사로 엄청난 재산을 쌓았다. 변승업은 스물세 살 때 역과 시험에 이등으로 합격하여 왜학 역관이 되었고 동래부 왜관에 파견되어 통역을 맡았다.

일본은 청나라와 직접 교역이 불가능해 조선의 왜관을 통해 거래를 했는데 이때 역관들이 개시開市에서 통역을 맡으면서 국가에는 세금을 보태주고 자신들은 그보다 훨씬 큰 이득을 취했다. 변승업은 이로부터 얼마 지나지 않아 국중거부로 불리기 시작했다.

"왜국은 조선과의 거래 품목 가운데서 인삼을 가장 중요하게 취급하고 있소. 조선의 인삼이 죽어가는 사람도 살릴 수 있다고 믿고 있지요. 일본에는 좋은 은광이 많아서 순도가 가장 높은 은을 인삼값으로 치르고 있소. 은을 좋아하는 건 청국이오. 좋아하는 정도가 아니라 청인들은 은이 없이는 살 수가 없지. 결국은 은을 지배하는 사람이 청나라를 지배할 수 있을 게요."

청나라에서 칙사가 가져온 종이쪽 한 장에 임금 이하 만조백관이 머리를 조아리고 네 번씩 절하는 세상에 청나라의 목줄을 쥐고 있는 것처럼 말하는 사람을 목전에 보고 있다니 우습지도 않았다. 내가 시사와 사람들의 움직임을 얼마나 알고 있는지, 기량이 어느 정도나 되는지 파악하려면 말도 안 되는 이야기를 꺼내놓고 반응을 살펴보는 게 상책일 것이었다.

"사람은 먹고 입고 자고 난 연후에나 노랫가락도 금은보화도 관심을 가지는 법이오. 은은 가지고 있어봐야 썩지만 않을 뿐 먹을 수도 없고 입을 수도 없소. 쌀을 먹고 베나 면포로 옷을 만들어 입어야 합니다."

"은이 있으면 쌀을 사고 옷을 살 수 있지요. 쌀과 베는 옮기기 어렵고 썩고 해지지만 은은 그러하지 않소. 그것으로 재산을 비축하거나 편리하게 거래를 하거나 후손에게 물려줄 수 있지요. 은이 제대로 움직이면 천하가 들썩거리고 외국을 오가는 배 한 척에서 수천의 생령을 좌우할 쌀과 피륙이 나오는 법. 은이 움직이는 길을 알고 있는 사람은 조선에 많지 않소. 조선이 자립을 하려면 남에게 아쉬운 소리 하지 않고 자강自彊하여야 합니다."

변승업의 일언일구에 가슴이 울렁이는 건 사실이었다. 내가 모르고 있던 거대한 세상에 대한 궁금증이 내 몸을 공중에 붕 띄워 올리는 성싶었다.

"기회가 조선 바깥에 있다는 말씀이오? 길도 사람도?"

"큰 바다와 아득한 대륙을 넘어 가는 데 몇 년씩 걸리는 큰 나라도 있다 하는데 그곳까지 가려면 먼저 안에 있는 길을 거쳐야 하지요. 우리나라에는 해마다 몇 차례씩 그 길이 열립니다. 그 길의 길라잡이가 역관들이고."

"그것이 사행이 오가는 길이다?"

변승업은 조선에 인삼 외에는 중국이나 왜국에서 원하는 상품이 많지 않다고 하면서도 국가의 세수입을 늘리는 데나 백성의 살림을 펴는 데는 상업만한 게 없다고 했다. 조선의 상업은 육의전의 비단, 무명, 어물, 종이, 모시와 삼베, 명주 말고는 쌀 같은 곡식이나 초피 정도인데 그것을 획기적으로 발전시키는 데에도 무역을 융성하게 하는 방법밖에 없다는 것이었다. 예컨대 인삼을 주고 왜국의 은을 가지고 와서 그 은으로 중국의 서화, 책, 약재, 비단을 사서 왜국에 되팔아 몇 배의 이익을 남긴다는 식이었다.

"그것이 꼭 은이라야 하오? 금이나 구리는 아니 되오?"

"금은 지나치게 귀하고 구리는 우리나라에 나는 게 많지 않아 동전이나 식기를 만드는 데도 양이 매우 모자랍니다. 그런고로 동전으로 곡식이나 옷감 대신 쓰려고 했던 것이 몇 번이나 실패하고 말았지요. 전조에서 그랬고 세종대왕 때도 그리한 적이 있다 들었소."

"그럼 일본에서 많이 난다는 구리를 들여와서 동전을 만들면 되지 않습니까?"

변승업은 고개를 흔들었다.

"내 혼자 힘으로만 될 일이 아니오."

그의 신중한 모습에 믿음이 갔다. 나도 잘 모르는 일에 내가 너무 아는 척했다는 생각이 들었다.

"참, 올여름에 빙표는 좀 받으셨소?"

내 말에 변승업은 빙그레 웃었다. 한여름 더울 때면 관리들에게 빙표를 주어서 빙고에서 얼음을 타갈 수 있게 했는데 변승업은 할머니의 사빙고私氷庫에 돈을 대고 있었던 것이다.

"나는 이가 부실해서 지나치게 차고 뜨거운 건 입에 넣지 않소. 장수역은 좋아한다 들었소."

"장수역이라면 역관 장현을 말씀하시는 건가요?"

변승업은 뜻밖이라는 얼굴을 했다.

"나보다 장수역을 먼저 만나본 게 아니었소?"

"저에게는 누구를 먼저 만나고 나중에 만나고 할 선택권이 없었습니다. 다 할머니가 안배하신 것이지요."

"허허. 나를 너무 크게 보셨군. 장수역은 제게 열 살 연장이시고 사돈이 되지요. 요즘은 왕래가 뜸하오만. 벼슬도 십여 년 전 실직으로 이품에 오르시고 계속 가자加資가 되셨으니 나와는 그릇 차이가 커도 너무 크지요."

"작은 종지의 물에도 천하를 비출 수 있고 대해의 고래도 탈 수 없으면 아무짝에도 쓸모가 없지요. 아무튼 제게는 변역께서 의지할 수 있는 큰 나무로 여겨집니다."

변승업은 고개를 약간 숙였다 들며 말했다.

"과찬의 말씀이오. 참, 장수역의 여식이 궁녀로 들어가 있다는 이야기를 들은 적이 있소. 대왕대비전이라든가요."

말을 마친 변승업은 방으로 들어온 할머니에게 장자長者다운 정중한 태도로 읍하며 인사를 차렸다.

"영손께서 배포가 거창합니다. 성씨 일문과 나라의 장래가 찬란하겠습니다."

10장 선녀를 보다

궁궐 내에서 가장 발이 넓은 승전색 내관 조희맹을 조르고 졸라 대왕대비전에 있는 장씨 성을 가진 궁녀에 대해 알아냈다. 다행히 대왕대비전에는 장씨 성을 가진 궁녀가 하나밖에 없었다. 궁녀로 간택되어 궁으로 들어온 게 제 손으로 머리를 땋기 시작했을 때라니 열두어 살이나 되어서였을 테고 궁에 있은 지 대여섯 해가 되었으며 아기나인에서 비녀를 꽂고 정식 나인이 되는 계례笄禮²²를 올린 지 얼마 되지 않았다. 거기까지 알아내는 데 사흘이 걸렸는데 단계별로 뇌물을 바쳐야 했다.

"조부가 선조대왕 때 한역이었다. 장응인이라고 하던가. 의주에 있었다고 하더구나."

나는 애써 흥분을 감춘 채 딴청을 피웠다.

"역관이 왜 사역원이 있는 한양에 안 있고 의주에 있답니까?"

"사행이 한양에서 연경을 오갈 때 의주, 선천, 평양, 황주 같은 데를 반드시 거쳐가니 그런 곳마다 역관을 두고 통역을 할 인물을 양성하는 것이다. 장웅인은 역관이면서 역관이 될 아이들을 가르치기도 했지."

조부가 역관이면 장씨가 역관의 딸일 가능성이 높았다. 천만다행이었다. 쓸데없는 데 돈을 처들인 게 아닌가 싶어 겁이 났다. 조희맹에게 바친 돈이 할머니의 것인데 할머니의 사업을 물려받는 첫 단계에서 일이 어긋나면 아니 되기 때문이었다. 헛짚었다고 돈을 돌려줄 조희맹이 아니었다. 장씨 아버지도 역관이냐고 물었더니 뜻밖의 답이 돌아왔다.

"장웅인의 아들 또한 역관으로 이름이 장경이라던가, 장형이라던가. 그 딸이 대왕대비전의 나인이라더라."

"나, 나, 나인 장씨의 아비가 역관인데 이름이 장, 장, 장현이 아니라고요? 역관 한 사람이 이름을 두 개 세 개 쓰면서 딸, 딸을 하나만 궁에 들여보내는 수도 있나요?"

"글쎄, 뭐 그렇게 복잡하게…… 암튼 그건 내 알 바 아니다. 네가 알아달라는 게 대왕대비전의 궁녀 중에 장씨가 있느냐는 게 아니었더냐?"

"그거야 그렇지만……"

하늘이 노래졌다. 노란 하늘 아래 대왕대비전에서 왕에게 내리는 약사발을 들고 지밀상궁이 오는 게 보였다. 왕이 선왕의 상례에서 과도하게 통곡하고 슬퍼하매 옥체를 상할 염려가 있다는 신하들의 주청으로 대왕대비전과 대비전에서 약을 들이도록 조처했는데 양전에서 약사발이 너무 자주 오게 된 것 또한 문제였다. 약을 주는 대로 다 받아먹다가는 배가 터져 죽을 수도 있으니까. 그런데 내게 더 큰 문제가 생겼다. 상궁의 뒤를 따라온 궁녀의 행렬 끄트머리에 웬 선녀가 다소곳하게 서 있는 것을 본 것이다. 정수리로 번개가 떨어지며 몸이 양쪽으로 갈라지는 듯했다.

"장경보다는 그의 종형인 장현이 대단한 사람이다. 정축년 호란 이후 심양으로 소현세자를 따라갔다가 귀국해서 한역 수역이 되었고 사행에 따라다닌 게 삼십 차례가 넘는다. 사행들이 갈 때 역관들은 따로 비용을 주지 않아서 각자 인삼을 가지고 가서 팔아 쓰는데 장현이 한 번에 수레 쉰 대나 되는 인삼을 가지고 가서 큰 논란이 된 적이 있었으나 효종대왕께서 없던 일로 덮어주시었다. 그때 장현의 딸이 이미 궁녀로 있었다니 제 위에다 아뢰어 그리했던 게지. 장현은 나라에서 첫째 둘째를 다투는 부자이니 자연히 쥐어짜면 나올 게 많을 것이다. 동생 장찬이나 그의 자식들도 역관이다."

조희맹의 말은 제대로 들리지도 않았다. 나는 선녀에게 넋을 앗긴 채 서 있었다. 그 선녀는 보통 사람들에게는 아직 비범한 용모로 보이지 않을 것이지만 어릴 때부터 기생방에서 살아오며 수많은 여인을 접해본 나는 직감적으로 그녀가 세상을 뒤집을 만한 엄청난 아름다움과 매력을 비장해두고 있다는 것을 알 수 있었다.

"이놈이 사람 말이 말 같지 않은 게야? 정신을 어디다 팔고 있느냐?"

조희맹이 역정을 내주는 바람에 정신을 차릴 수 있었다.

"역관이라면 먹고사는 데 별걱정 없는 중인이고, 장현은 조선에서 첫손가락에 꼽히는 부자라면서 왜 딸을 궁궐에 집어넣은 겁니까?"

"그거야 알 수가 있나. 아들을 낳으면 연소총민年少聰敏으로 어릴 적부터 사역원에 집어넣어 공부를 하게 해서 역관을 시킬 터이나 딸을 낳으니 궁궐에 넣어두었다 나중에 무슨 빛을 볼까 했을 것이다. 애고, 나 또한 집안이 그렇게 불우하지는 않았더니라. 형제가 아홉이나 되어서 입구멍에 풀칠하기가 힘들 것 같으니까 내 아버지가 울면서 내 불알을 명주실로 묶어가지고 오늘날 이런 신세를 만든 것이지."

"그러지 않아도 상전 어르신은 워낙 귀태가 나시지 않습니까. 남들처럼 유복한 집안에 태어나서 공부해서 과거를 보았더라면 진작에 장원급제하여 청요직으로 벼슬살이를 시작하셨을 터이고 당상관은 애저녁에 되시고 오늘날은 판서가 되고도 남을 상이시지요."

"오냐, 나를 알아주는 이는 주상 전하뿐인 줄 알았는데 네가 눈이 아예 삐지는 않았구나."

그 선녀의 성이 바로 장씨, 이름은 옥정이었다. 비록 내가 찾던 궁녀—장현의 딸은 아니었지만 그건 따로 나중에 찾아보면 될 일이었다. 내 심중에 활활 타오르기 시작한 불을 당장 어떻게든 조처해야 했다. 만사가 귀찮아지고 장씨에 대한 생각으로 밤잠을 설치는 일이 잦아졌다.

나인은 궁궐에서도 무수리처럼 아주 낮은 지위는 아니라 여기저기 심부름 다닐 일이 없지는 않으니 언제 사내들 눈에 그녀의 치명적인 매력이 발견될지 몰랐다. 지금 궁궐 안에 수천의 여자가 있으나 그 모든 여자에게 남자 구실을 할 수 있는 건 단 한 사람, 임금밖에 없었다. 내관은 남자가 아니고 정승 판서 당상관 당하관 그 누구도 궐내의 여자를 절대 넘볼 수 없었다. 그랬다가는 목 아니면 벼슬이 떼이고 평생 궁녀 구경도 할 수 없는 곳으로 유배를 가든 할 것이었다. 그런데 왕은 상제의 몸이고 아직 어려서 여자를 모른다. 무주공산이라는 게 이런 경우에 해당하는 말이었다. 내가 선녀가 노니는 동산의 주인이 되려면 어찌해야 하는가.

장씨가 입궁한 것도 먼저 궁녀가 된 당숙부 장현의 딸 덕이었을 것이다. 궁녀로 간택되어 궁에 들어올 때의 목적이 세숫물 대령이나 빨래 심부름이나 하면서 홀몸으로 평생 늙어 죽자는 건 아니었을 터, 한삼십 년쯤 걸려서 권세가 재상과 맞먹는다는 제조상궁이나 왕과 중궁, 대비의 최측근인 지밀상궁이 되는 수도 있지만 일찌감치 주상이나 동궁의 눈에 들어 승은을 입는 것이 최상의 길이었다. 왕자라도 생산하게 되면 종사품 숙원, 종이품 숙의, 종일품 귀인을 거쳐서 정일품의 빈이 될 수 있으니 사내들이 정일품 대광보국숭록대부가 되는 것과 진배없었다. 조희맹처럼 형제 많은 집안에서 입이나 하나 덜자고 불알을 까서 궁에 들여보낸 것과는 비교가 되지 않았다.

시간이 없었다. 빨리 장씨를 내 사람으로 만들어야 했다. 내관, 별감, 내삼청내금위, 우림위, 겸사복 금군 등 궁 안에서 볼 수 있는 사내들을 통해 장씨에게 다가갈 방법은 없었다. 평소에 동무도 되고 중요한 일에 요긴하게 뒷배를 봐주던 시정의 한량이며 왈짜패들은 당연히 아무런 소용이 없었다. 내의원의 의녀인 약방기생도 기생이니 다른 기생을 통해 줄을 대보려 했으나 약방기생을 아는 기생이 없었다.

꿩 잡는 게 매라고 했던가. 결국 궁녀를 잡으려면 궁녀를 통해야 했다. 내게 걸려든 것이 자근이者斤伊라는 생각시 출신 항아로 가장 낮은 직급의 궁녀였다. 몸집이 자그마하고 얼굴에 소복하게 주근깨가

나 있으며 웃을 때마다 드러나는 뻐드렁니가 그지없이 어여쁘고 사랑
스러워 어디 미운 놈 하나 있으면 중신을 서고 싶다는 생각이 불끈 솟
구치게 만들었다. 경상도 상주에서 공물로 올라온 곶감과 설악산에
서 난 석청 한 단지와 송이쩜을 한 꾸러미 가져다 안겼다. 자근이는
잘 웃고 말도 곧잘 했는데 가장 마음에 드는 건 장씨가, 아니 자근이
말로는 '우리 옥정이'가 저를 동기간보다 더 가까운 동무로 알고 어떤
말이든 서슴없이 털어놓고 서로 뭐든 다 통하는 사이라는 것이었다.

"뭐든지 말이야? 그럼 너희끼리 눈에 드는 사내 이야기도 하겠구
나."

"그럼, 하지요. 우리도 사람인걸."

"그래, 아예 말을 놓자. 놔라, 놔. 맘 푹 놓고."

"아이, 왜 이러셔요. 별감님도 참. 그만한 일에 삐치시기는. 저는
사가에 있을 때 아버지한테도 무릎에 앉아서 이렇게 편하게 말했어
요. 아비야, 아비야, 반말로 불러도 좋아만 하시던걸."

그래, 너무 좋아서 너를 궁으로 보내버렸겠다. 말은 하지 않았다.

"요새 자근이 맘에 드는 남자가 누구야? 옥당의 이교리? 요새 한
양에서 가장 잘생긴 걸로 유명한 성균관의 성진사? 남원 열녀 춘향의
일가라는 소문이 있는?"

"저희가 그런 분들 얼굴을 어디 쳐다볼 수나 있나요. 우리 쪽에는
아예 눈길도 안 주시는걸. 흥, 죽으면 썩어질 몸인데 눈 호사도 못하
게 하다니."

"오냐, 네 말이 정녕 장하도다. 썩으면 죽어질 몸, 우리가 못할 일
이 뭐 있고 미룰 일이 또 뭐겠느냐. 여기가 지엄한 궁궐만 아니었더라

면 하늘은 높고 말은 살찌는 이 좋은 시절에 너와 내가 함께 말 한 마리를 나눠 타고 놀아볼 수도 있었을 터이다."

자근이는 또 나를 꼬집으며 눈을 하얗게 흘겼다. 배시시 웃는 것이 싫지는 않다는 표시였다. 아무리 우리가 밀회하는 장소가 궁궐 후원 깊은 숲속이긴 하나 낮말은 새가 듣고 밤말은 쥐가 듣는 법. 이야기는 짧게 끝내는 게 좋았다.

"다음에는 죽은 사람도 고개를 돌린다는 향기로운 차에 숭어알에 참기름을 매일 발라 석 달을 말린 것으로 천하 제일미로 알려진 어란을 가져오마. 너만 나오지 말고 그, 그, 그 우리 옥정이도 좀 데리고 오려무나."

"먹는 것도 좋지만 좀 작고 가벼우면서 예쁜 것들은 없나요, 별감님?"

"그게 무엇이냐?"

"제가 드린 수수께끼예요! 흔들면 잘랑잘랑 좋은 소리가 나는 것도 있지요."

"다음에 너 하는 걸 봐서 잘랑잘랑이고 또랑또랑이고 보들보들이고 마련해보겠다."

"정말이시지요, 별감 나으리?"

"대장부의 한마디는 중천금이라 했느니라. 썩으면 죽어질 몸, 죽으면 썩어질 몸. 거만의 재산이 있다 한들 쓰지도 못하고 죽으면 무엇하리."

나는 뒤돌아서서 숲에서 내려오며 마음을 다졌다. 어느새 내 입에서 나지막하게 노래가 흘러나오고 있었다. 병자호란 후 소현세자와

봉림대군이 볼모가 되어 심양으로 갈 때 역관으로 따라가던 장현이
지은 시조였다.

  압록강 해 진 후에 어여쁜 우리 임이
  연운만리燕雲萬里를 어디라고 가시는고
  봄풀이 푸르고 푸르거든 즉시 돌아오소서

  내 입속에 '어여쁜 우리 임'이라는 단어가 주는 달콤함과 화한 느낌
이 남았다.

11장 훈척

"이리 가까이 오시오. 왜 그리 무심하였던가. 경은 내가 보고 싶지도 않았더란 말이오?"

왕이 이리도 사람을 반긴 적이 있었던가. 보아하니 내 또래인 듯한 젊은 신하인데 왕은 매일 대하는 정승이나 승지들보다 더 친근하고 반갑게 손을 잡아 끌어당겼다.

"동평위 정재륜이다. 전조의 영상 정태화의 아들이고 동생인 좌상 정치화한테 양자를 갔지. 주상의 왕고모이신 숙정공주의 배필이었는데 숙정공주께서 몇 해 전에 세상을 떠나셨다."

조희맹이 속삭였다. 우라질, 영의정의 아들에 좌의정의 양자이고 뭐, 효종 임금의 사위라고? 아버지 얼굴이 어떻게 생겼는지도 모르는 나와는 차이가 나도 너무 났다. 명가의 자제라 그런지 타고난 귀골에 행동거지 또한 품위가 있어서 볼수록 짜증이 났다.

"주상 전하, 불초한 신이 거듭되는 국상에 애통함으로 죽지도 살지도 못한 채 숨만 쉬고 있었으니 차마 전하께 가까이 다가가 옥안을 우러러뵈올 수도 없었나이다. 부디 소신의 죄를 용서치 말고 꾸짖어주소서."

"그동안 대궐에 오고도 내게 말을 하지 않았단 것인가? 이제는 절대 그러지 마오. 앞으로 사흘에 한 번은 반드시 내게로 와서 세상 돌아가는 소식도 전해주고 백성들이 어찌 사는지 세상이 어찌 돌아가는지 말해주기를 바라오. 근자에 시정에서 들려오는 잡소리를 지나치게 가까이했더니 귀에 때가 낀 것 같소. 동평위의 맑은 담화를 들으면 저절로 씻겨나갈 것이오."

도둑이 제 발 저리다더니 시정의 잡소리라는 게 나를 가리키는 것처럼 들렸다. 왕실과 명문가의 핏줄들끼리 숭고한 자리에서 맑고 향기로운 이야기로 일관하다가 나같이 천한 시정인들과 가까이하는 것만으로도 귀에 때가 낀다는 뜻 같았다. 언제는 나 없이는 세상 돌아가는 모습을 알 수 없다더니.

"명심, 명념하겠습니다, 전하. 앞으로는 소신의 누추한 모습과 거친 말소리를 꺼리지 않으신다면 되도록 자주 알현할 수 있도록 하겠습니다."

"누추하고 거칠다? 동평위는 어찌 그리도 말을 망령되게 하오. 동평위는 같은 말을 하여도 세상사 뒤편에 숨어 있는 보옥 같은 사실을 끄집어내어 퍼뜨리는 사람이니 한마디 버릴 게 없소. 겸손함과 착한 마음이 아름답다 아니할 수 없도다."

하나 마나 한 이야기를 하면서 서로를 끝없이 칭찬하고 치켜세우는 꼴을 보자니 속이 편치 않았다. 하지만 나는 대전별감이었다. 특명으로 뽑혀 왕의 지근에서 온갖 잡소리를 듣지 않을 수 없게 배치된. 그저 지켜주기만 하면 될 줄 알았더니 이런저런 밸 꼬이는 꼴들을 보고 들으며 견뎌야 한다는 게 참으로 고역이었다. 그렇다고 녹봉이라도 많은가.

그때 김석주가 나타났다. 그가 등장하는 것만으로도 공기가 팽팽해지는 듯 긴장이 감돌았다. 왕의 외가 청풍 김씨 일문에서 가장 뛰어난 식견과 역량을 가지고 있었으나 외척이 정사에 관여할 수 없다는 산당의 주장으로 갖은 견제를 다 받으면서도 육조의 판서를 역임한 김좌명의 아들이었다.

그는 내가 입궐하기 전부터 이미 몇 번 본 적이 있었다. 몇 달 전 왕의 할머니인 인선왕후가 승하한 후로 미수 영감의 집에 남몰래 드나들기 시작했던 것이다. 서인 명문가 출신에 십여 년 전 문과에 장원급제를 한 수재이고 당금 조정에서 가장 촉망받는 신하가 남인의 영수인 미수 영감을 남몰래 찾아드는 게 예삿일은 아니었다. 김석주는 남모르게 무슨 짓을 하려면 상당히 힘을 써야 할 인상이었다. 생긴 게 사람 사는 마을이나 저자에서 보기 힘든 산적이나 산짐승 같아서였다.

김석주의 아버지 김좌명은 남자이면서도 아름다운 용모로 세상에 이름을 떨쳤는데 김석주는 미간이 좁고 눈썹은 좌우로 비스듬하게 뻗친데다 눈이 가늘게 찢어지고 볼이 통통한 게 시정의 장삼이사 중에서도 보기 드문 인상이었다. 걸음걸이도 일부러 그러는 것인지 몰라도 문관의 팔자걸음이 아니라 무관처럼 호보虎步로 빨리 걸었다. 김석주 자신도 생김새에 맞춰 학문보다는 무예에 더 치중한다는 소문이 있었다.

"전하, 찾아 계시온지요. 소신 빈청에서 대신들과 선왕의 지문을 쓰는 일로 의논하느라 늦었사옵니다."

"어서 오시오, 우승지. 아바마마 시장諡狀, 시호를 정할 인물의 일생과 행적을 적은 글 찬진撰進 일도 바쁠 터인데 남한산성의 수어사까지 맡았으니 눈코 뜰 새 없이 바쁘겠지요."

"그러하옵니다, 전하. 하오나 소신이 분골쇄신하여서라도 소망에 부응하겠나이다."

김석주의 조부인 김육, 아버지 김좌명은 부자가 대동법의 확대 시행을 둘러싸고 산당과 맞서 벌떼 공격에도 굴하지 않고 민생을 구해냈다. 하지만 산당은 송시열이라는 어둠 속의 거대한 괴물을 우두머리로 일사불란하게 움직이며 때로는 민심을 핑계로, 때로는 조정의 공론이라는 이유를 들어 다른 당의 신하들을 압박했고 임금을 찍어 누르려 했다. 김좌명이 죽고 없는 지금 잔존하고 있는 한당의 중추는 김석주였다.

"고孤, 상중인 임금이 스스로를 칭하는 말가 아직 유충하여 모르는 것이 많으니 우승지께서 살펴서 부족하거나 어긋난 점이 있으면 기탄없이 알려주오."

왕은 어디서 배웠는지 막힘없이 왕이 할 만한 말을 골라서 하고 있었다. 부족하거나 어긋난 점을 절대로 찾을 수가 없을 것이라는 태도로, 태연자약하게. 김석주는 그런 외조카가 대견한 듯 미소를 지었다.

"전하께서 내리시는 옥음과 처분마다 옛적의 성군과 어긋난 점이 전혀 없으니 이보다 더 큰 다행은 없습니다. 만일 그런 일이 있다면 성현의 경전과 사서를 읽은 신이 어찌 감히 아뢰지 않겠습니까? 망극한 국상이 이어지고 땅과 하늘의 재변이 멈추지를 않으나 전하와 같은 현군을 만난 것은 만백성의 홍복이고 열성조의 보살피심 덕분이라 하겠습니다."

어린 왕은 양순한 표범 같은 표정으로 입에 꿀을 바른 듯 고운 말만 주워섬기고 있는 김석주를 지그시 건너다보았다.

"아니에요. 선왕께서 늘 고의 성질이 마음보다 몸이 먼저 움직이는 일이 잦다고 경계하셨으니 원래의 뜻과 어긋나는 언행이 적지 않을 것입니다. 그래도 중신과 여러 어른들이 계시고……"

말하던 중에 왕의 눈이 커졌다. 왕의 장인 대제학 김만기와 처숙부 김만중 형제가 들어온 것이었다. 김만기는 서인 산당의 스승인 김장생의 직계 후손이었다. 김석주가 멧돼지라면 김만기는 생각이 많은 사냥꾼을 닮았다. 한번 목표를 정하면 끈덕지게 쫓아가 기어이 잡아버리는. 그리고 김만중. 그는 대비가 얼마 전 숲속에서 치성을 드리던 때 늘어놓던 사설과는 달리 궁궐에서 내가 만난 사람 중 처음으로 마음에 드는 인물이었다. 청청하고 곧은 대나무 같지만 허허실실, 어딘지 한 군데가 비어 있어 같이 어울릴 만하다는 느낌이었다.

또한 왕의 주변에는 언제나 삼복이 있었다. 복창군은 술이 덜 깬 사람처럼 흐리멍덩한 눈으로, 복선군은 고개를 높이 들고 맹금류처럼 날카로운 눈으로, 막내인 복평군은 순진한 듯하면서도 무엇이든 빠뜨리지 않고 주워 담겠다는 눈으로 왕의 주변을 감시하고 있었다. 그들의 몸이 동시에 움찔했다. 바닥에 부복한 김만기가 놀랄 만한 말을 했던 것이다.

"전하, 소신은 타고난 천품과 재주도 없이 선왕의 넘치는 지우와 전하의 보살핌으로 과도한 직임을 맡아왔으나 오늘날에 이르러서는 도저히 감당할 수 없는 처지가 되었사옵니다. 부디 제게 맡겨진 어울리지 않는 무거운 직사와 직임을 모두 모면하게 하여주시옵소서."

왕의 음성이 커졌다.

"그게 무슨 말씀이오? 자리를 물러나 어디로 가겠다는 것이오?"

"전하, 신은 얼마 전 국가의 전례에 따라 영돈령부사가 되었고 하루 뒤에 호위대장이 되었으며 기왕에 맡고 있던 선혜청[23], 진휼청, 비변사의 직임까지 한몸에 예닐곱의 무거운 일을 떠맡고 있사옵니다. 이는 외척으로서 다른 현능한 신하들의 오해를 살 수 있는 일이오며 좌불안석일 뿐이옵니다. 부디 통촉하여주시옵소서."

여막 안이 갑자기 조용해졌다. 수많은 눈길이 오갔다. 정재륜은 부복해 있는 김만기의 등짝을 바라보고 있었고, 김석주는 허공으로 눈을 돌린 채 무엇인가를 골똘히 계산하고 있었다. 삼복은 바삐 귀엣말을 나누고 있었다. 나는? 나는 내 코의 뿌리 쪽에 눈이 하나 더 있다 생각하고 두 눈을 그 눈으로 모이게 하려고 애쓰는 중이었다.

왕의 주변에 믿을 만한 사람이 많지 않다는 것이 척신인 김만기와 김석주가 여러 직임을 겸하고 있다는 데서도 드러나고 있었다. 암중에서 움직이는 거대한 흐름을 읽은 김만기가 큰 물살에 떠내려가지 않으려고 자리를 내놓고 한쪽으로 비켜나 있기로 한 것일 수도 있었다. 삼복과 김석주는 김만기가 빠졌을 경우의 득실을 계산해보는 게 분명했다. 문제는 왕이었다. 자신이 어떤 처지에 있는지 잘 파악하고 장맛비 속의 흙담처럼 쉽게 무너져내리지 않을 것이라는 점을 보여줘야 했다.

"망극하게도 부왕께서 급작스럽게 훙서하시고 능력이 닿지 않는 고가 등극하였음에도 이 자리에 있는 왕실의 지친과 여러 어른들이 태산처럼 추위와 바람을 막아주니 이보다 다행한 일은 없다고 늘 생각하고 있었소. 나라에는 큰일이 연이어 일어나고 고는 어리고 어리며 또한 외로우니 부디 외가, 처가, 종친부의 여러 분들이 각진기도하여 동인협공으로 고를 지켜주기를 바라오. 국구國舅, 임금의 장인의 주청은 비변사에 내려 의견을 물을 터이니 당분간은 재론하지 않아도 되겠소."

왕은 정말 외로워하고 있었다. 결국 믿을 수 있는 사람은 피를 나눈 혈족과 인척, 외척뿐이라는 것이다. 그리고 아주 약간의 측근, 각진기도로 동인협공을 한다는 게 무슨 뜻인지 알아들을 수 있는 사람들. 거듭 나는 아무것도 아니라는 생각에 마음이 약해졌다. 그런 내 마음을 짐작이라도 한 듯이 왕이 나를 가리키며 김석주에게 말했다.

"명가 출신도 아니고 평범한 기골이지만 시정의 흐름을 빨리 알고 걸음이 빠르니 형세가 급히 돌아갈 때에 요긴하게 써주기를 바라오."

기분은 좀 나아졌지만 고개를 숙였다 들고 나서 돌아보는 김석주의 눈을 보니 가슴에 빨랫돌을 얹은 듯이 답답해졌다. 김석주의 눈은 묻고 있었다. 너는 어디서 굴러먹다 온 개뼈다귀냐?

12장 장옥정

"열여섯이라, 정말이더냐?"

차마 잡지 못한 손목은 떡가래처럼 희고 찰져 보였다. 소복에 가려진 몸일지언정 이미 여인의 향기가 물씬 풍겨나고 있었다. 병아리들과 함께 마당을 기어다니던 시절부터 수많은 미인의 냄새를 맡아온 내게도 그 향기는 처음 맡아보는 강력한 것이었다. 하지만 정작 내 마음을 온통 달뜨게 하는 것은 눈이었다. 그 눈을 바라보고 있자니 언젠가 무엇과도 바꿀 수 없는 보옥과도 같은 그것을 잃어버릴지도 모른다는 불안이 밀려왔다. 자근이의 입술을 통해 흘러나오는 말은 물론이고 새소리 바람소리조차 들리지 않았다. 장옥정의 눈은 웃지 않았다던 주나라의 절세미녀 포사가 그랬던가 싶게 꼿꼿하고 맑았다. 장옥정의 몸과 머리에서 풍기는 은은한 향기는 족쇄와 사슬처럼 나를 온통 동여매어 옴쭉달싹 못하게 했고 눈은 내 발목에 끊어지지 않는 줄을 달았다.

후원 깊은 곳 어수당 담장 아래에는 인적이 전혀 없었다. 효종 임금이 남이 듣지 못하도록 하기 위해 송시열을 그곳까지 불러 북벌을 의논했다는 말이 있을 정도로 은밀한 곳이었다.

일 없이 사람들이 올 리는 없건만 마음이 급했다. 장옥정은 아직 스스로 갖고 있는 절세의 아름다움을 드러내지는 않고 있었다. 하지만 때가 되면 꽃봉오리가 저절로 벌어지듯 어떤 계기로 누군가에게 그것이 드러날 것은 분명했다. 향을 아무리 잘 싼다고 해도 향기가 천리를 가듯 결국은 나 아닌 누군가의 손에 장옥정이 넘어가고 말 것이었다. 기회는 자주 오는 게 아니니 단번에 장옥정을 사로잡아야 했다.

"아버지가 역관이라고 들었다. 사행을 따라 오가면서 외방의 기이한 물건을 선물로 가져오기도 했겠지만 이런 물건은 좀체 보지 못했을 것이야."

나는 할머니가 목숨처럼 아끼는 벽옥주를 장옥정에게 내밀었다. 아버지가 남기고 간 물건으로 기름종이로 단단히 싸서 단목합에 넣고 굴뚝 아래 깊이 파묻어둔 것을, 할머니가 내게 준 장부를 파묻다 우연히 발견하고 훔쳐낸 것이었다. 자근이가 끼어들었다.

"옥구슬 목걸이 같은데, 열십자로 된 나무가 있네."

"그냥 옥구슬이 아니라 형산에서 난 벽옥을 갈아서 만든 구슬이다. 여름에는 서늘하고 겨울에는 따듯해서 중국 황실에서만 써온 보배이다. 나무도 이태백의 시에 나오는 여산폭포 깊은 물속에 삼백 년이나 잠겨 있던 침향목으로 만들었으니 금덩이보다 열 배 스무 배는 비싼 것이다. 이 물건은 오래도록 가까이 두면 물건 주인의 마음과 감응하여 소원하는 것을 무엇이든 이루어주는 엄청난 신통력을 가지고 있다. 손안에 굴리면서 간절하게 주문을 외우면 무엇이든 원하는 대로 되는 것이란다. 이걸로 수많은 사람이 병을 고치고 목숨을 건졌으며 천한 개백정이 대장군이 되기도 하였으며 천하의 추남이 절세미녀를 얻기도……"

말을 하다보니 그렇게 목걸이의 신통력이 영험하다면 내가 목걸이를 가지고 있으면서 간절히 장옥정을 소망하면 될 일이라는 생각이 들었다. 만에 하나 장옥정이 남에게 넘어가더라도 다시 내게 돌아오라고 벽옥주에 빌 수도 있지 않은가. 다행히 자근이 번뇌를 줄여주었다.

"그러면 대비전에 무시로 드나드는 무당 막례가 쓰는 부적보다 영험하대요?"

"어허, 어딜 감히 무당의 부적하고 무가지보인 벽옥주를 비교한단 말이냐! 이 물건은 중국 북경에서 세상 만물을 다 꿰뚫어 안다는 통현 교사 탕약망[24]에게서 직접 받아온 것이라 황제도 알면 그냥 내주지는 않았을 것이야. 탕약망이 사설을 퍼뜨렸다는 죄목으로 처형되게 생겼을 때 이 벽옥주를 손안에 굴리면서 간절히 기도를 하니 형장에 갑자기 경천동지할 지진이 일어나서 청나라 황제가 죄를 깨끗이 사면해주었다는 게다. 뭘 알고나 지껄일 것이지."

자근이한테 미리 값싸지 않은 지환과 노리개를 줘놨던 터라 마음놓고 통바리를 주었다. 장옥정은 눈도 깜빡하지 않고 나를 건너다볼 뿐 가타부타 한마디도 하지 않았다.

'넌 천년 여우가 둔갑한 요녀가 아니면 경국지색의 기녀奇女이겠구나.'

내 가슴속이 해 저물며 그늘이 내릴 때처럼 서늘해져왔다. 꼬리 아홉 달린 여우든 천하무쌍의 기녀를 품에 안으려면 내게도 그만한 국량이 있어야 할 터인데 그게 도대체 무엇인지 알 수 없었다. 왕의 특지로 채용된 종구품 잡직 대전별감이라는 알량한 자리? 모르긴 해도 장옥정 또한 정식으로 나인이 되면서 종구품 첩지쯤은 받았을 것 같았다. 원래 궁녀는 천인 출신 중에서 선발하는 게 원칙이지만 양인들에서 뽑는 경우가 많았고 대전과 중궁전 등의 비밀스러운 일부터 주요 행사를 담당하는 지밀상궁은 중인 중에서 뽑는 게 관례였다. 장옥정 또한 중인 출신이고 지밀상궁 아래서 혹독한 훈련을 받았다 했다. 내 아버지가 죽었는지 살았는지 모를 임경업 장군의 의형제인데 사대부의 서출이고 나는 그 서자의 적장자라는 신비한 출신 내력을 가지고 있으니 중인 출신이 대수냐고 우길 수는 없었다. 할머니가 한성부에서 경영하고 있는 기방과 팔도에 퍼져 있는 여각, 전장의 다음 주인이 될 수 있다는 가능성? 당장은 내가 벽옥주를 훔쳐가지고 왔다는 것을 할머니가 알게 되면 내 목숨을 부지할 수 있을지가 의문이었다. 목숨이 없어지고서 후계자면 뭐하고 갑부면 뭘 하는가.

하긴 그 벽옥주 또한 누군가 탕약망 임종시에 곁에 있다가 슬쩍 훔쳐내서 조선으로 가져온 것이라니 천하의 진보에는 주인이 없는 법이다.

"더 내놓을 게 없어요?"

하도 넘보는 사내가 많아 일부러 숯을 삼켜서 목소리를 망치려 했다는 내 할머니보다 더 거칠거칠한 목소리로 누군가 말했다. 나는 주변을 돌아보았다. 노리개를 가지고 놀고 있는 자근이와 장옥정 말고는 아무도 없었다. 갑자기 소름이 끼쳐왔다. 정말 이 아이는 구미호가 둔갑한 요괴인가, 귀신인가. 어떻게 천하절색의 용모와 목소리가 이리도 안 어울릴 수가 있는지. 하늘의 그물은 엉성한 것 같아도 안배는 공평한 법이던가.

"아니다. 더 많이 있다. 이 벽옥주만 가지고는 소원을 이루기가 어렵고 주문이 적혀 있는 서책을 보고 거기 쓰여 있는 주문을 외워야 한다. 천주…… 어쩌고 하는 게 있는 모양인데 조선에서는 구하기 힘든 서책이다. 거기에는 조상신에게 기도를 해서 불타는 수레를 타고 하늘로 올라가는 술법에 대해서도 쓰여 있다고 한다. 그 외에도 가난한 사람들에게 복이 있어서 하늘에 있는 나라가 저희의 것인데 그 복을 찾아내는 방법도 적혀 있다 들었다. 서책은 네가 원한다면 천금을 내서라도 사올 수 있다마는 조선에는 그걸 읽을 수 있는 사람이 별로 없어서……"

"우리 집안이 대대로 한역을 해온 역관 집안이에요. 내 외가의 외가도 역관 집안이고 왜역을 하지요. 우리 집안에서 읽지 못하는 외국 서책은 조선 천지 누구도 읽을 수 없어요."

그러니까 빨리 그 책을 가져와보라는 투였다. 어느새 신령스러운 벽옥주는 장옥정의 품속으로 사라지고 없었다. 지극히 천연스러웠다. 구경만 하라고 보여주고 있던 자리에 가져다놓을 요량이었는데 그걸 제 물건처럼 냉큼 챙기다니 어찌해야 할지 머리가 잠시 어지러웠다. 빨리 내 여자를 만들면 그 또한 다시 내 것이 될 테니까 그동안만이라도 할머니가 그걸 찾지 않기를 바랄 뿐 별다른 대책은 없었다. 들킨다 하더라도 죽지 않을 만큼만 맞아주면 될 것이다. 설마 제 핏줄을 때려 죽이기까지 할까. 목을 조르거나 자루에 집어넣고 한강 물에 집어던질 수는 있겠지만.

"나도 알고 있다. 조부가 역관이고 아버지가 역관인데 네가 아홉 살 때 돌아가시고 당숙 집에서 자랐다는 것도. 당숙이 장수역이 아니냐."

"내 외조부가 왜역을 하시고 사역원 첨정을 지내셨지요. 외할머니는 동래 왜관 변승업 훈도의 당고모이시고요. 외삼촌은 한성에 하나밖에 없는 육의전 면포 상인……"

"아하, 그래서 변역이 사돈이라고 했구나. 틀린 말은 아니었다."

"변역이 뭐랬든 내 아버지는 조선의 으뜸가는 역관이셨어요."

아버지가 장역이고 당숙도 장역이고 조부도 장역이고 조부의 형제도 장역인데 어차피 그 밥에 그 나물, 도토리 키 재기 아니냐고 물으려다 말았다. 그런 건 중요하지 않았다. 내 사람만 되면 얼마든지 캐물을 수 있을 테니까. 내 사람으로 만드는 게 무엇보다 급선무였다.

"우리 옥정이 오빠가 내금위에 있는데. 일찍 무과 급제하시고 키가 저 회화나무처럼 훤칠하고 아주아주 잘생겼고 무술 실력이 그만인데. 내금위는 별감들하고 다르게 명문가의 자제들로만 되어 있다는데."

자근이가 조곤조곤 내뱉는 말이었다. 저것이 질투를 하나? 평소 같으면 웃어넘겼을 일이지만 중요한 시기에는 사소한 흠집이라도 생겨서는 안 될 일이었다. 미운 놈 떡 하나 더 준다고 자근이에게 얼굴을 희게 한다는 가루분을 쥐여주었다.

다음에 다시 만날 것을 약속하고 돌아서 나오면서 나는 고개를 갸웃거렸다. 내 수단이 통한 것인지, 장옥정이 나를 제대로 사로잡은 것인지 헷갈렸다. 확실한 건 있었다. 아무리 경국지색의 미녀라고 해도 모든 게 다 갖춰질 수는 없는 법이니 목소리가 내 마음에 꼭 맞지는 않는다는 것이었다.

13장 시골 유생의 상소 한 장

"매일 어딜 말도 없이 쏘다니는 게야? 주상 전하께서 언제 찾으실지 모르는데. 계속 그리하다가는 금부에 내려서 주리를 틀고 난장을 칠 터이다!"

김내관이 때려죽일 듯이 화를 내며 턱을 떨어댔다. 나는 그저 네네, 송구하옵니다, 하고는 재빠르게 왕의 안색을 살폈다. 무거운 상복을 겹겹이 걸쳐 입고 먹는 것도 시원치 않은데 추위와 더위를 전혀 막을 수 없는 여막에 거처하는 일은 누구에게든 쉬운 게 아니었다. 왕은 본디 병약한 편인데다 몸을 돌보지 않아서 언제 쓰러질지 아슬아슬했다. 한낮에는 인정전에 머물면서 쉬도록 한 것도 그 때문이었다.

"성별감이 돌아왔느냐? 이리 가까이 들라 하라."

대낮인데도 어둑한 대전 안쪽에서 왕이 불렀다. 지친 목소리였다. 큰 어좌에 왕의 자그마한 몸이 담긴 듯했다.

"내관은 별감을 과히 허물치 말라. 내가 따로 살펴보게 한 게 있으니 별단의 분부가 있기 전에는 무엇을 하고 왔느냐고 묻지도 말라."

나는 고개를 숙인 김내관을 향해 주먹을 쥐어 보였다. 물론 옷 속에서.

"전하, 찾아 계셨나이까?"

─그래. 내가 참 힘들어. 정말 도망가고 싶어, 형.

나는 팔을 뻗으면 닿을 수 있는 거리에서 왕에게 속삭였다.

─왜 자꾸 죽는소리를 하세요? 그런 말은 아예 꿈에서라도 입에 담지 마세요. 방귀가 잦다보면 똥싸는 겁니다. 시집간 셈 치고 앞으로 삼 년은 귀머거리에 벙어리라고 생각하고 속에 든 말은 꺼내지 말라니까요.

왕의 말이 빨라졌다.

─어떻게 그래? 맨날 이거 하라 저거 하라 이렇게 해라 저렇게 해라 시켜대는데. 그걸 참고만 있어?

─입조심을 하라는 거지요. 사람은 입만 다물고 있으면 웬만큼 해도 잘하는 걸로 보이는 법이에요. 입에서 재앙이 나오고 주위 담을 수 없는 말이 만만하게 보이게 하는 실수를 낳지요. 그냥 딴생각을 하세요. 예전에 나랑 진달래 꺾고 다람쥐 쫓으며 재미있게 같이 놀던 생각 같은 거.

왕에게서 시큼한 땀냄새가 났다. 제대로 씻지도 못한 지가 얼마인가. 이러다 왕이 자칫 잘못되기라도 한다면 내 팔자도 순식간에 망조가 들 수 있었다. 사나흘에 한 번은 옷을 갈아입을 수 있는 내 형편이 왕보다 백번 나았다.

─뭐 하나 내가 직접 할 수 있는 게 있나. 생각 같아서는 그냥……

―확 쓸어버리고 싶지요? 말 안 듣는 신하니 이래라저래라 시끄러
운 대관이니 하는 것들 모조리 다? 그러면 저늘이 손 묶고 가만히 있
을 것 같아요? 광해군을 쫓아내고 임금이 된 게 전하의 증조부 인조
대왕이시죠.

―그래서 내가 은인자중하고 있어.

―은인자중한다는 말조차 하지 마세요. 결국 나중에 저들을 쳐부
수고 무릎을 꿇릴 것이라면. 곧 때가 될 거예요. 때를 기다려서 추수
를 해야지 익지도 않은 것을 억지로 거둬들여봐야 실속도 없고 농사
도 제대로 되지 않아요.

―알았어, 알았다고. 맨날 똑같은 소리. 다음에 올 때는 좀 색다르
고 재미진 이야기를 가지고 와보라고.

왕은 손을 내밀었다. 나는 미수 영감의 전갈을 최대한 작은 목소리
로 모조리 전해주었다. 사관이 붓을 들고 아무것도 쓰지 못한 채 마냥
쳐다보고 있었다. 나는 소리 없이 입만 벙끗거렸다. 궁금해 죽겠지,
요놈아?

나는 왕의 앞에서 물러나와 문 앞을 지키기 시작했다. 오별감이 대
전의 기둥처럼 우뚝 서서 동정을 살피고 있었다. 내금위와 병조, 의금
부에서 가장 출중한 무공을 가진 인물을 뽑아 철저한 면접을 거쳐 임
금을 위해서라면 목숨을 내걸 수 있는 충성심을 확인한 일곱 명이 왕
이 거처하는 전각 밖에서 빗방울조차 통과할 수 없도록 왕을 호위하
고 있었다. 대개는 아무 일도 없지만 만일의 경우, 그러니까 만 번에
한 번의 쓰임을 위해 불철주야 지키고 있는 것이다. 나는 그런 호위에
낄 자격도 되지 않았다. 아니, 하래도 절대 하지 않을 것이다. 일만 많

아지고 직책에 구속되며 귀찮을 것이어서.

그날 박세권이라는 진주 출신 유생이 올린 소가 승정원에 들어왔다. 시봉 스승도 삼십여 년 전에 경상도 시골에서 상소를 한 적이 있지만 시골 유생의 상소는 미리 어떤 내용을 올릴지 탐지하거나 짐작하고 막을 방도도 없었다. 그러니 박세권의 상소는 아무런 제지 없이 승정원을 통과했다.

박세권의 상소는 시골 유생이 시세가 어떻게 돌아가는지도 모르고 연못에 던진 돌멩이 같은 것이었다. '태산 명동에 서일필'이 아니라 쥐가 한 마리 산 아래서 나오니 산이 울고 곧 무너질 듯 흔들리게 된 격이라고나 할까. 돌 하나의 파문은 암중의 계획과 정해진 순서에 의해 자못 압도적인 파도로 변했고 종당에는 조정이라는 연못 전체가 뒤집어질 정도로 폭발력이 커졌다. 그것이 김석주와 김우명 등의 한당, 왕실 지친 삼복 등과 미수를 위시한 재야 남인 세력, 조정 내 남인 세력이 연합하여 총력을 모아 만든 종이 폭탄紙彈이었다. 그들의 지탄指彈은 송시열에게 집중되었다.

박세권이 상소를 올린 건 9월 중순이었는데 원래 박세권은 넉 달 전 인선왕후 상사에 대왕대비의 복제를 대공복으로 정한 것을 비판하는 소를 올리기 위해 한양에 왔다고 했다. 그 안건은 송시열을 비롯한 서인들이 책임을 질 사안이었고 선왕에 의해 기년복으로 정해졌다. 당시 대공복을 기년복으로 바꿔야 한다는 박세권의 상소는 워낙 뒷북이어서 쓰기만 했을 뿐 승정원에 봉입하지도 않았다.

아무튼 박세권의 상소는 이랬다.

—승하하신 현종대왕께서 모후 인선왕후의 제사 때 대왕대비께 대

공복을 입게 한 전례의 그릇됨을 바로잡으시고 효묘孝廟, 효종께서 적상자임을 분명히 하셔서 다른 뜻을 고집하는 신하들을 다스리셨는데, 불행하게도 곧 세상을 떠나시어 왕법王法을 다 밝히지 못하셨습니다. 이제 전하께서 선왕의 뜻을 따라 극진하게 효도를 다하실 때입니다. 그런데 전하께서 이번에 판중추부사 송시열로 하여금 선왕의 지문을 지어 올리게 한 것에 대해 세상 여론이 이상하게 여기고 있습니다. 송시열은 기해년 예송 때부터 잘못된 예론을 주도했고 그를 추종한 전 영의정 김수흥은 선왕께서 유배형을 명하셨는데 잘못된 예론을 먼저 주장한 송시열은 어찌 전혀 처벌을 받지 않는다는 말입니까. 송시열이 예법을 무너뜨리고 왕통의 질서를 어지럽힌 죄는 변명할 여지가 조금도 없이 명백합니다. 그렇다면 송시열은 효묘의 죄인이고 선왕의 죄인이니, 왕법을 흔들림 없이 시행하는 것이 전하의 책무입니다. 어찌 효종, 현종 두 조정의 죄인으로 하여금 외람되게 선왕의 지문을 짓게 하여 선왕의 성덕을 더럽히게 하겠습니까? 송시열에게 지문을 지어 올리게 한 명을 속히 거두시고, 유신 중에 나이 많고 예법에 익숙하며 문장과 학문이 출중한 자를 가려 선왕의 큰 공덕과 업적을 찬술하게 하여 길이 후세에 남기도록 하소서.

왕법을 시행하라는 게 무슨 말인가? 내가 묻자 미수 스승은 "사형에 처하는 제일가는 죄—罪에 해당하니 죽이라는 뜻이다"라고 답했다. 송시열을 죽이라고? 박세권의 촌스러운 모습과 꽹과리처럼 시끄러운 목소리가 생각났다. 박세권이 죽이란다고 왕이 고분고분 그 말을 듣고 송시열을 죽인다? 가당치도 않은 일이었다.

그렇다면 누가 유학을 잘 아는 신하이며 나이가 많으면서 학문과 문장이 출중한 자인가? 내가 묻자 미수 영감은 "그거야 물론 나지"라고 시원시원하게 대답했다.

"백호白湖, 윤휴의 호 영감이라고 하는 사람도 있는데요."

내가 말하자 미수 영감은 냉큼 대꾸했다.

"윤휴? 거기가 언제 무슨 벼슬을 했기에 영감이란 말이냐. 아직 나에 비하면 나이를 언급할 계제가 아닌 어린아이지. 박세권이 왜 지금 상소를 올렸는지 영문도 모르고 있을 테고. 백호는 지난 유월에 터무니없이 선대왕께 북벌을 해야 한다는 밀소를 올리기도 했으니 시사에는 자세하지 못할 것이로다."

그러자 거짓말처럼 윤휴가 문간에 박두했다는 통지가 다다랐다.

"그 어린아이가 어떻게 생겼는지 한번 봐야겠네요."

말은 그렇게 했지만 무척 긴장되었다. 당금 조정 안팎에서 가장 강경하고 날카롭기로 이름난 대쪽 같은 선비인데 나 같은 파락호가 만날 일은 전혀 없었다. 미수 영감이 어린아이라고 했지만 나이가 이미 환갑에 가까워 머리털이 많지 않았고 이도 많이 빠져 있었다.

"어서 오게, 희중希仲, 윤휴의 자. 격조하였네."

"무고하셨습니까? 시생은 조정이 돌아가는 꼴이 수상하고 불안하여 어른께 몇 가지 여쭤보러 왔습니다만……"

윤휴는 나를 돌아보았다. 곁눈질을 하는 사람은 아니었다. 대신 부엉이처럼 목이 잘 돌아갔다. 눈초리로 봐서는 날카로운 부리로 마음에 안 드는 상대의 눈을 쪼아서 먹을 듯했다. 미수 스승이 다시 나에 관해 짧게 소개했다. 동네에서 호가 난 파락호에 잡종이나 동갑인 계서당이 떠맡겨서 만년에 할 수 없이 받아들인 제자라는 것, 하는 일마다 엉뚱한데 지금은 궁궐에서 대전별감을 지내고 있으며 별감 주제에 박세권의 상소문을 베껴가지고 나와서 의견을 물어본다는 것…… 윤휴는 그런 정도는 아무것도 아니라는 듯 태연했다. 내가 심심해질 지경이었다. 심심한 걸 죽어도 못 참는 내가 물었다.

"진주 유생 박세권이 지난번에 그 거지 같은 옷 입고 온 거지꼴에 측간 냄새 나는 거렁뱅이…… 그렇지요?"

"모른다 할 수 있나? 소싯적부터 제자인데. 너보다 서른 살은 많을 게다. 희중과 비슷하겠구나."

윤휴가 이가 듬성듬성 빠진 입을 열었다. '이가 없으면 잇몸이 대신한다'는 속언이 생각났다.

"저보다 한 살이 어리지요."

그건 자신이 박세권을 알고 있다는 뜻이었다. 스승이 고개를 끄덕대더니 말을 이었다.

"그 녀석은 원래 무예를 배우다가 유학 공부를 시작해서 그런지 성격이 불같은 데가 있지. 나도 못 말리겠더구나. 사소한 것이든 중대한 것이든 뭐든지 목숨을 거는 게 그 녀석의 버릇이라. 이번에도 상소를 올리겠다고 나를 찾아와 상소문을 살펴봤으면 하는 눈치길래 나는 본 척도 하지 않았다. 나이를 어디로 먹는지 알 수가 없어. 내일모레면 환갑인 녀석이. 보자, 올해 쉰일곱이면 사주가 어찌되나."

"사주 같은 말씀 마시고요, 앞으로 사세가 어찌 흘러갈 건지 좀 말씀해주셔야 제가 전하께 전해드리지요."

묻기는 미수한테 물었는데 답은 윤휴에게서 나왔다.

"보나마나 서인들은 박세권이 물정 모르는 시골 선비로 함부로 송장宋丈. 송시열을 모함했으니 죄를 물어 처벌하라, 다시는 상소를 승정원에 들이지도 말라고 하겠지."

나는 여전히 스승을 향한 채 물었다.

"그리되면 그것으로 수습되고 마는 것이옵니까?"

이번에는 미수가 대답했다.

"영상 허적은 대놓고 박세권에게 동조는 못하겠지만 지나치게 배척하는 것도 반대할 것이다. 눈치가 빠르니까 임금과 대신들 사이에서 그때그때 굽혔다 폈다 하며 알맞게 처신할 것이고. 지금 비변사의 당상이나 지방 수령 중에는 서인이 훨씬 많고 국사를 거의 다 주관하고 있다. 선왕께서 돌아가시기 전에 조정 판도를 바꾸려고는 하셨으나 여전히 서인이 득세하고 있으니 때를 기다려야 한다고 할 것이다."

"주상 전하께서는 그 거지 같은…… 아니, 상소를 처벌하라면 그대로 따라 하셔야 할까요?"

"그걸 왜 나한테 물어?"

"눈썹이 덮인 눈으로도 천하의 움직임을 면경처럼 환히 내다볼 수 있다면서요?"

"전쟁이 시작되면 장수는 한 걸음도 뒤로 물러설 수 없다. 등을 보일 수도 없고. 물러서거나 등을 보이면 군심이 무너지고 상대보다 두 배의 힘을 가지고 있어도 반드시 패배하고 만다."

"문자로 만들어서 주세요, 지난번처럼."

"어려울 게 없지."

미수는 윤휴는 전혀 개의치 않고 꼬불꼬불한 글씨로 뭔가를 써서 내게 주었다.

"이게 뭐예요?"

"보여드리면 알아들으실 것이다."

윤휴가 흥미로운 얼굴로 내게 물었다.

"별감이 승전색이 된 예는 없는데 내관인가? 승정원에 속한 사알은 아닐 것이고?"

"이보십시오! 저보고 내시라니요! 제 물건은 멀쩡합니다. 당장 고의를 벗어서 보여드릴 수도 있습니다."

"꼭 봐야 아는 것은 아니네."

별로 기분이 좋지 않았다. 어째서 스승은 이런 자들을 가까이하는 것인지 알 수 없었다.

"하여튼 이 글이 뭐냐고요?"

또 윤휴가 나섰다.

"올챙이글자라고 하지. 과두문이라고도 하고. 선생께서 산야에서 칡붓으로 평생을 익히신 것이나 고금제일이라 할 수 있다."

글의 뜻을 물은 것인데 태연하게 글자에 관해 이야기하니 기가 막혔다. '당신한테 묻지 않았다'는 말이 목구멍까지 치밀어올랐으나 참았다. 꾹꾹 성질을 누르며 다시 스승에게 여쭸다. 무슨 뜻이냐고.

"너는 알 거 없다. 전해드리기만 하여라."

"알고서 전해드리면 뭐가 잘못되나요?"

"모르고 전하는 게 나을 때가 있다. 지금이 그때고."

"저는 뭘 알고서 심부름을 하는 게 모르고 하는 것보다 낫다고 생각하는데요. 지금이 바로 그때입니다."

"그런 때는 없다. 너는 투기가 심한 처하고 해로하며 사이좋게 지내면서도 항시 아리땁고 상냥한 첩을 곁에 두고 사랑하는 법을 아느냐?"

"장가도 안 갔는데 그걸 왜 제가 알아야 해요?"

"그러니까 알 것 없다고 한 것이다."

왕은 내가 가지고 간 쪽지를 읽고는 태워버리게 했다. 재를 치우고 들어오자마자 갑자기 삼복 형제가 한꺼번에 들어왔다. 복평군이 큰 덩치로 시야를 가리는 사이 복선군의 소매에서 얇은 종이가 나와서 왕에게 건네졌다.

"전하, 소신 등은 선왕의 은혜와 인자하신 성심을 백번을 고쳐 죽어도 뼈에 새겨 잊지 못하옵니다. 전하께오서 극진히 효도를 다하시매 선왕의 큰 덕화가 무궁토록 만백성과 강산 위에 널리 퍼질 수 있도록 분골쇄신하여 받들겠나이다. 미욱한 소신들의 작은 힘이라도 얻으시려거든 내관을 보내오소서."

뻔한 연기인데도 왕은 성심껏 답을 했다.

"고맙소. 숙부님들만 믿습니다."

왕은 지친 얼굴로 그들을 물러가게 했다. 시종 아무 말도 하지 않고 있던 복평군이 청대가 끝나면서 김내관과 승전색 조희맹에게 눈짓을 하는 게 보였다. 김내관은 염려 말라는 듯 고개를 끄덕거렸다. 그들은 모두 한통속이었다. 기분이 더러웠다.

왕은 초의 심지를 자르게 하면서 삼복이 주고 간 종이의 내용을 재빨리 읽어내려가더니 소년답지 않게 긴 한숨을 쉬었다.

"저들의 측근 강화유수 조이수를 도승지에 앉히라는 청탁이구나.

닭의 목을 쉽게 비틀려면, 돼지의 몸에 답이 있다? 이게 무슨 뜻일
까."

　왕은 스스로에게 물었다. 내가 뜻을 알 리가 없다는 듯. 그러나 나
는 미수의 제자였다.

　"닭酉은 서인西人을 지칭하는 것이오. 돼지의 몸? 그거야 기해년
己亥年을 가리키는 것이고오."

　왕은 눈을 비볐다.

　"어, 그래?"

　선비는 사흘을 보지 않다가 다시 보더라도 눈을 비비면서 보아야
한다. 왕에게 한 수 가르쳐주고 나니 다시 기분이 좋아졌다. 비로소
왕은 미수의 쪽지에 무슨 내용이 있었는지 알려주었다.

14장 민심을 움직이다

"너는 위에서 시키는 일이 없느냐? 꼬박꼬박 안 따라와도 된다니까."

자근이한테 핀잔을 줬지만 자근이는 눈도 까딱하지 않았다. 백금白金, 은으로 만든 팔찌와 유리구슬을 준 다음에야 조금 떨어진 계곡가에 가서 누가 오나 망을 보게 할 수 있었다.

"주문이 있는 서책을 구했다고?"

장옥정은 고개를 끄덕거렸다. 머리카락 몇 가닥이 이마를 살짝 덮었다가 빠른 손놀림에 의해 제자리로 돌아갔다. 보고만 있자니 가슴이 터질 것 같았다.

"그래, 그럼 네 소원이 무엇이더냐? 벽옥주가 이루어줄 소원 말이다."

"그건 알아서 무엇 하려고요?"

"알면 안 되느냐? 내가 모든 소원을 이루어준다는 벽옥주를 선물한 사람이 아니냐?"

"내가 언제 선물을 하리고 했나요? 무언가 원하는 게 있어서 이걸 가져온 게 아닙니까? 그런데 그 소원이 벽옥주로는 이루어지지 않는 것이었나보군요. 아니면 벽옥주가 그리 영험하지 않거나."

명민하기 그지없는 아이였다. 마땅히 대꾸할 말이 없을 때는 섣불리 말하지 않고 훗날을 기약하는 게 나았다.

"삼복을 잘 아느냐?"

나는 말을 돌렸다.

"잘 알다 뿐이오?"

"어찌 잘 아느냐? 구중궁궐 깊은 곳에서?"

"구중궁궐을 제집처럼 활갯짓하며 다니니까 알지요. 선왕께서는 다른 친척보다 삼복을 특별히 사랑하셔서 어느 때든 궁궐에 드나들게 하시고 활 쏘는 데나 작은 잔치 자리에도 데려가셨지요. 아침저녁으로 곁에 두셨으며 대내에서 웬만한 사람은 다 그들이 준 비단옷을 얻어 입었답니다. 그러니 그들이 집에 있더라도 궁궐이 어떻게 돌아가는지 안에 있는 사람들보다 더 잘 안다 합디다. 삼복의 외숙이 남인 조성창, 조성위이고 조이수, 조이목, 이유명, 이세명이 그 집에 자주 드나드는 걸 모르는 사람이 없지요."

장옥정은 맑은 눈으로 나를 올려다보았다. 이 아이의 머릿속에 무엇이 들어 있길래 이런 눈빛을 보일 수 있는 것일까.

"선왕의 보모가 윤상궁인데 삼복의 집에서 어릴 때부터 삼복을 어미처럼 돌봐와서 삼복이 어미처럼 대하고 있다 하고, 지금은 윤상궁이 내전을 좌지우지하고 있다는 소문이 돕니다. 궁중 여관들 사이에

160

서는…… 더러워서 더 말을 아니하렵니다."

더럽다는 말에 들어 있는 내용을 더 듣고 싶지 않았다. 장옥정이 그게 더럽다는 걸 알면 되었다. 나는 준비해간 장도를 내밀었다.

"산호 장식 은장도니라. 왕실에서나 쓸 귀물이지. 남의 눈에 띄게 하지는 말고, 얼씬거리고 집적대는 놈들이 있거든 이걸로 처치해라."

가을날 호숫물에 떨어진 이파리 하나로 파문이 일듯 장옥정의 미간에 물결이 일어났다. 효과가 있었다.

"왜 이걸 나에게?"

나는 대못을 치듯 한 자 한 자 박아서 말했다.

"곱다. 고우니까 가져라."

용건을 마치고 곧바로 돌아오자 왕의 외조부 김우명의 널찍한 등짝을 보게 되었다. 김우명은 궁궐에 들어올 때는 그냥 대전으로 오는 법이 없었고 대비전에 반드시 들러서 왔다. 그냥 오는 법이 없었으니 손에는 늘 대비의 서찰이 들려 있었다. 대비전이 있는 창경궁에서 내려오다가 혹 장옥정을 만나고 있던 나를 본 건 아닐까. 김우명은 내가 거기 있는 줄 알고도 나에 대해서는 관심이 없었다. 하긴 먼지처럼 미미한 내가 보일 리 없겠지.

"전하, 대비마마께서 어찰을 보내셨사오나 언문 간찰인지라 언문을 아는 김석주로 하여금 봉입하게 하겠나이다."

왕은 가타부타 말이 없이 고개를 끄덕였다. 그때만은 아기마냥 온순했다. 그럴 수밖에 없는 것이 왕의 모후는 세상 어떤 어머니보다도 강한 여자였다. 대놓고 수렴청정을 하지는 못했지만 왕의 언행과 처분 곳곳에서 대비의 입김이 느껴지고 있었다.

승정원에 들어온 박세권의 상소를 우승지 김석주가 먼저 읽고 청풍부원군 김우명, 삼복 등 왕의 친가, 외가의 남인들이 조정 안팎에서 왕을 중심으로 머리를 맞댔다. 논의된 사실을 대비에게 묻고 추인을 받았다. 대비는 조정 안에 왕의 편이 될 신하들의 숫자가 너무 적으니 이를 보완하기 위해 하루라도 빨리 김석주를 이조 참판의 자리에 임명하라고 서찰에 썼다.

조정 안의 남인 신하들은 영상 허적이 이끌고 있었다. 허적은 이미 9월 19일 남인 권대운을 예조 판서로 끌어들여 둥지에 울타리를 둘렀다. 이 울타리 안에서 민희, 김휘, 목내선, 심재, 권대재, 이관징, 임정도, 이당규, 이우정, 최문식 등이 날개가 되고 조이목, 이세명, 이유명, 권유, 목창명, 민암, 권환, 이항, 김해일, 김빈 등이 발톱과 이빨의 역할을 했다. 여기에 합세하려는 사람도 매우 많았다. 하지만 그들은 세가 불리해지면 언제든 제 자리와 이익을 위해 반대편으로 돌아설 수 있는 표리부동한 무리이기도 했다.

물론 가장 중요한 열쇠를 쥐고 있는 사람은 왕이었다. 왕이 아니면 무엇이든 제대로 움직여지지 않았다. 모두가 왕의 입을 바라보고 있었다. 왕의 결단과 말이 최종적이고 뒤집어지지 않는 결과를 만들어낼 수 있었다.

─군왕의 말씀을 윤음綸音이라 합니다. 『예기』에 '임금의 말은 실과 같은데 그것이 나오는 것은 굵은 밧줄과 같다王言如絲 其出如綸'고 한 대목에서 유래한 것입니다. 굵은 밧줄은 다시 가느다란 실로 돌아갈 수 없습니다. 또한 군왕의 말씀은 땀과 같아 한번 밖으로 나오면 결코 되돌릴 수 없습니다. 항상 유념하셔서 심중한 말씀으로 만기萬機에 고요

히 임하시기 바랍니다.

미수 스승의 충언은 쪽지로 왕에게 전해준 바 있었다. 왕은 박세권의 상소를 읽고 나서도 스승의 충고에 따라 굵은 밧줄을 움직이지 않고 가만히 있었다. 박세권의 상소를 받아들인 승정원에서 먼저 차자가 올라왔다.

—신 등이 일찍이 들으니, 박세권이 선왕 때에 이미 송시열을 논척하는 상소를 지어서 올리려다가 뜻을 이루지 못하자 도성에 지체하여 머무르면서 기회를 엿보았다고 합니다. 이제 다시 상소한 글은 지극히 패악스러워 차마 바로 볼 수 없습니다. 소신 김석주는 선왕께서 기해년에 복제의 일로 신하들에게 물으시던 날 직접 말씀을 받들었기에 누구보다 잘 알고 있습니다. 기해년 복제는 선조들이 역대에 정한 제도에 따랐고 송시열 등 여러 사람은 당초 수의할 때 대신의 의론에 따랐던 것뿐입니다. 이제 박세권이 이 기회에 편승하여 인조, 효종, 현종 세 임금께서 정중히 예우하던 재야의 늙은 신하를 마침내 전도를 알 수 없는 위태로운 자리에 빠뜨리려 하니, 그 마음이 진실로 극히 놀랍고도 참혹합니다.

이에 왕은 형식적으로 '알겠노라知道'라고 단 두 글자로 답했다. 공개적으로 윤음을 내리는 대신 내게 울화를 쏟아냈다.

"어떻게 임금의 목구멍과 혀의 역할을 하는 승정원에서 이럴 수가 있지? 이것이 과연 부왕을 여의고 고립무원의 위태로움에 처한 임금을 염려하는 마음에서 나온 거야? 차자에서 거듭 자신들을 신하로 칭하는데 그들의 임금은 도대체 누구란 말이야? 송씨야, 이씨야?"

왕은 실제로 몸을 부들부들 떨었다. 화가 나서이기도 했지만 송시열과 그를 따르는 수백, 수천의 무리에게 느끼는 두려움 때문이기도 했다. 차자를 올리기 전에 미리 언질을 준 것만 빼면 김석주마저 송시열을 극력 비호하는 데 가담하고 있었으니 다른 사람들이 송시열의 힘에 얼마나 쉽게 휘둘리는지 알 수 있었다.

왕은 승정원의 차자에 답하고 나서 하루 만에 박세권의 상소에 대해서 여덟 글자의 비답을 내렸다.

─상소를 남김없이 살펴보았으며 소에서 말하는 바를 알겠노라省疏 具悉 疏辭知道.

몇 개의 글자가 왕의 최측근에서 왕명을 관리하는 공식 기관인 승정원의 차자보다 시골 유생 박세권의 상소를 더 중요하게 만드는 효과가 있었다.

선왕이 인선왕후 상사 때에 대왕대비의 복을 기년복에서 대공복으로 바꾸면서 우왕좌왕한 예조의 판서부터 참의까지 세 예관을 옥에 가두고 신문하라고 한 적이 있었는데, 왕은 이들을 모두 도형徒刑[25]에 처하라 명했다. 이는 선왕의 유지이므로 이의를 제기하기 힘든 것이었다. 당시의 영상 김수홍은 이미 춘천에 귀양을 가 있어서 형평을 맞추는 뜻에서라도 반대하는 신하가 없었다.

하지만 박세권의 상소는 경우가 달라 서인들이 앞을 다퉈 달려들어 총공세를 폈다. 서인 대사헌 민시중과 지평 신완이 칼을 뽑았다. 한 유생의 상소에 대해 사헌부의 수장과 언관이 상소를 올린 건 모기를 잡으려고 도끼를 휘두르는 것이나 다름없었다. 그들은 '한미한 시골 유생' 박세권이 선왕의 스승이자 국가의 대유大儒인 송시열을 없는 말로 모함하고 참소한 데는 딴 뜻이나 배경이 있을 거라며 엄히 국문할 것을 청했다. 민시중은 민정중, 민유중의 형이었고 송시열의 문도 가운데 하나였다. 신완 역시 서인 박세채의 문인이었다.

나는 스승과 왕 사이를 계속 오갔다. 스승은 거듭해서 말은 최대한 짧게 하고 행동은 빠르게 응변하라고 권유했다. 상대의 말에서 허점을 찾아서 되돌려주는 게 요체라 했다. 왕은 상대의 허점을 금방 찾아냈다.

왕은 비답에서 "상소에서 언급한 것처럼 '한미한 시골 유생'이 올린 소는 의견을 받아들이거나 내치면 될 뿐, 국상을 치르는 중에 국문까지 할 만한 중요한 사안이 아니다. 일개 유생의 상소로 이렇게 서로 분란을 일으키니 안타깝다"고 했다. 그에 따라 일개 시골 유생과 조정의 대사헌, 언관이 같은 반열에 놓이게 되었다.

이어 서인 좌의정 김수항이 박세권의 상소가 자신의 형 김수흥을 비난한 것이라 하여 사직을 청했으나 왕은 허락하지 않았다. 역시 한미한 시골 유생의 상소가 현임 좌상의 자리를 뒤흔들 만한 힘을 가진 것으로 격상되었다.

남인 영상 허적은 미수가 내다본 그대로 상황에 따라 이리 바꾸고 저리 바꿔치는 언행을 보였다. 9월 27일 허적은 좌상 김수항, 영중추부사 정치화, 도승지 김석주 등과 함께 왕을 면대한 자리에서 구구절절 긴말을 늘어놓았다.

"기해년의 복제는 기년으로 정해 시행하였습니다. 그후 송시열은 '효묘가 장자가 아니다'라고 하고 어떤 사람은 '대통을 이었으면 차자도 곧 적장자가 된다' 하여 서로 다투었으나 그때 나라에서는 두 견해를 모두 버리고 쓰지 않았습니다. 신은 대통을 이었으면 마땅히 삼년복을 입어야 한다는 것으로 송시열과 분명히 다르게 주장했고 올해 봄 인선왕후의 국상에 선왕께서 대공복을 잘못이라 하고 기년복으로 바로잡으신 것 또한 극히 지당하신 처사라고 봅니다. 다만 예에 관한 것은 마치 소송을 하는 것과도 같아서 각각 생각하는 바를 고집할 뿐이지 선왕을 서자니 둘째 아들이니 하여 깎아내리자는 것은 아니며, 그건 신하된 자로서는 있을 수 없습니다. 지금 박세권은 예론을 빌미 삼아 송시열을 격하게 논척하는데 마음씀이 그릇되었고 오만방자하며 언사가 매우 흉악하고 참혹합니다. 신은 전하께서 상소를 당장 도로 내치게 하실 줄 알았는데, 후하고 극진한 비답을 내리실 줄은 몰랐습니다. 박세권은 남을 모함하는 것이 목적이니 대간들이 박세권을 엄히 국문해야 한다고 논계하였습니다만 새롭게 덕스럽고 아름다운 정사를 펴실 때이니 둘 다 의견을 채택하지 말고 박세권에게 유벌儒罰, 유생이 유가의 규범에 어긋나는 행위를 했을 때 유림에서 자치적으로 제재를 가하는 징벌을 시행하심이 마땅할 것 같습니다.”

수십 년을 조정에서 굴러온 경륜이 드러나고 있었다. 자신만 무사하면 상관없다는 태도였고 유벌을 청하는 것으로 중재를 다했다는 것이었다.

서인 좌상 김수항은 “신은 마땅히 선왕 때 죄를 받았어야 했음에도 질책과 벌을 면하였으니 지금까지 그 때문에 책임을 느끼고 있습니다. 박세권의 상소가 저와 같은데 신이 이러한 시기에 정승의 중임을 차지하고 있는 것은 진실로 잘못되었습니다. 하물며 이 뒤를 이어서 일어날 자가 박세권 한 사람에 그치지 않을 것이니 어찌 제 마음이 편하겠습니까?” 하고 말했다.

왕이 입을 열었다.

"과인이 어린 나이로 바라는 바는 오직 경들이 나를 한마음으로 보필하고 이끌어주는 것이오. 시골 유생의 상소 한 장으로 조정 신하들이 잇달아 소장을 올리고 소란을 그치지 않으니, 빈전에 있는 선왕의 옥체가 아직 식지도 않은 때에 어찌 이다지도 시끄럽게 다투는 거요? 생각이 거기에 미치지 못한단 말이오?"

허적이 "성상께서 처음에 박세권의 상소를 물리치라는 분부를 내리셨다면 대간의 말도 나오지 않았을 것입니다"라고 하니 왕은 "유생의 상소는 의견을 채택해 쓰든가 안 쓰든가 하면 그만인 것이지 어찌 상소의 내용을 가지고 국문까지 한단 말이오?" 하고 대답했다. 허적이 장황하게 "엄히 국문하라는 청은 옳지 않습니다. 그러나 그 상소 때문에 여러 신하들의 마음이 불편하고 송시열은 필마로 집을 향해 돌아갔으니 모습이 좋지 못합니다. 전하께서 처음 정치를 하시는 데 있어서는 맑고 분명하기가 명경지수와 같아야 할 것입니다. 털끝만큼이라도 흐릿한 점이 있어 의심을 받는다면 그것이 곧 큰 근심거리입니다"라고 말했다. 제가 흐릿하면서 왕이 흐릿할까 걱정을 하는 시늉을 하고 있었다.

서인 정치화도 박세권을 엄하게 배척하지 않으면 같은 사람이 계속 생길 것이라고 했다.

왕이 "신하들이 한 사람처럼 서로 도와 한마음으로 과인을 보필한다면 하늘에 계신 선왕의 혼령이 기뻐하시겠지만, 한 유생의 상소를 가지고 당론을 일으키고자 한다면 어찌 위에서 기뻐하시겠소?" 하고 말했다.

김석주가 "오늘 입시한 세 대신이 당론에 치우치는 사람이 아니니 살펴주십시오" 하고 허직이 죄를 주어야 대간이 논란을 그칠 것이라 하자 왕이 견디지 못하고 "박세권을 어떻게 처벌할지 말해보라"고 했다.

김석주는 박세권을 가벼운 유벌 정도로 다스려서는 안 된다고 하고 허적은 선왕 때 송시열을 비난하는 상소를 올린 영남 유생 유세철의 예를 들며 유벌로 하자고 했다. 왕이 잠시 생각하다가 박세권에게 유벌에 해당하는 정거停擧, 과거에 응시하지 못하게 하는 벌의 처벌을 내리도록 명했다. 어차피 과거에 급제할 가능성이 전혀 없는 박세권에게는 호박에 침놓기 같은 처벌이었다.

김석주가 "박세권과 같은 무리가 다시 일어날까 경계하는 의미에서 박세권의 상소 같은 것들은 승정원에서 미리 내용만을 대강 아뢰게 하고 이를 물리쳐서 탑전榻前, 임금의 자리 앞에 봉입하지 말아야 합니다"라고 하여 윤허했다.

김수항이 걱정스럽게 말했다.

"송시열이 한강 너머에 와 있으면서 지문을 짓고자 했는데 박세권의 상소 때문에 돌아갔으니 일이 정말 지극히 낭패스럽게 되었습니다."

허적이 "지문의 일이 급하니 박세권 때문에 일이 지체되거나 어그러져서는 안 됩니다"라고 했다. 왕이 송시열에게 사관을 보내어 명을 전하고 위로하게 했다.

사헌부에서 다시 박세권을 멀리 유배 보낼 것을 청했지만 왕은 허락하지 않았다. 이후로도 삼사의 간원이 총동원되다시피 하여 나서

서 박세권을 엄히 국문하라고 청했다. 대사간 윤심이 정언 이우정과 함께 중도를 취한 안으로 '과거에 응시할 수 없게 하는 유벌은 형벌이 되지 못하지만 잡아다 국문하는 것은 부당하니 먼 땅으로 유배할 것' 을 간청했으나 그조차 듣지 않았다. 이당규 등 조정에서 벼슬자리를 차지하고 있는 남인들은 영상 허적과 마찬가지로 어정쩡한 말로 대답 하며 금후로는 이같은 상소를 임금에게 올리지 말기를 청하였을 뿐이 었다.

얼마 뒤 성균관의 유생 한성우 등 백팔십 명 이상이 연명으로 소를 올려서 박세권을 논척하고 송시열을 변호했지만 왕은 "의례와 복제 에 관한 사항은 부왕께서 이미 정하여 행한 것인데 이것을 자식인 내 가 어찌 다시 뒤집고 그르다 할 수 있는가. 내가 차마 그 말을 듣고 있 을 수 없다"고 준비된 비답을 내렸다.

"계속 더 떠들라고 화를 돋우는 것이지요?"

내가 말하자 왕은 몸을 조금 일으켜 웃는 것 같은 표정을 지었으나 확실하지 않았다. 대비와 마찬가지로 약방에서 권하는 약을 거르고 음 식을 제대로 먹지 않아 안색이 초췌했다. 그 또한 신하들에게 결기를 보이기 위한 것이었다. 왕은 이후로부터 말을 거의 하지 않고 부왕의 빈전에서 슬피 곡하며 때로 기진해 잠든 모습으로 버티고 또 버텼다.

세상에는 이목이라는 게 있었다. 소년 왕이 어린 나이에 보위에 오 르면서 며칠을 울며 고사하고, 보위에 오르던 날 종일 눈물을 흘리고 목이 쉬도록 울며 기진할 뻔한 것까지 백성들은 잘 알고 있었다. 왕의 일거일동은 궐내를 출입하는 무수리에서 별감, 내관, 호위대와 수직 군의 군사들, 그리고 나를 통해 끊임없이 퍼져나갔다. 특히 왕이 슬픔에 싸이고 궐내가 앞이 보이지 않는 무거운 침묵에 잠겼을 때 그 탓은 내신과 뻣뻣한 신하들에게 돌아갔다.

성균관 유생들의 상소가 들어오고 나서 이틀이 지난 뒤 왕이 영의정 허적과 좌의정 김수항 등 대신과 주요한 신하들을 불렀다. 왕은 지치고 초췌한 모습으로 나지막이 말했다.

"성균관 유생들의 상소를 읽어보니 선왕께서 인선대비의 상사에 대왕대비전의 복제를 기년복으로 정하신 것을 옳지 않다고 하였는데 그 말에는 아무런 근거가 없어요. 감히 선왕의 결단을 옳지 않다고 한 이들을 처벌하려 하는데 대신들은 견해가 어떠하오?"

허적이 고개를 들어 답했다.

"자고로 의례에 관한 논설은 갈래가 많습니다. 유생 등의 의견이 바로 그런 갈래입니다. 치욕이 자신들의 스승에게 돌아가려 하므로 일제히 분격하여 소를 올린 것인데 어찌 그것을 죄라 하여 벌을 주겠습니까? 만약 벌을 가한다면 유생들이 관학을 비우고 나가서 반드시 시끄러워질 것입니다. 성상께서는 마땅히 그 소가 옳고 그른 점만 밝히시면 될 것입니다."

그 태도가 마치 어린 학동들의 사소한 싸움을 꾸짖어 말리는 훈장과 같았다. 허적의 말대로 성균관의 유생들은 그후에 세 차례나 성균관을 비우고 나갔고, 징계하는 유생의 명단을 적은 종이로 성균관에는 빈 벽이 없을 정도였다. 왕은 참고 참았다.

왕이 송시열에게 사관을 보내 선왕의 지문을 더 미룰 수 없으니 빨리 지어 올리라고 재촉하자 송시열이 서찰로 답을 올렸다.

─영남 사람嶺人이 신의 죄를 극진히 밝혀 말하고 또 신이 도성 가

까운 곳을 맴돌며 방황한다고 크게 질책한 바 있었습니다. 신은 잠시도 더 있지 못하고 집으로 물러나 짚자리를 깔고 엎드려 왕명을 기다리고 있습니다. 지문을 짓는 일은 영남 사람이 분명히 천거한 사람이 있습니다. 오늘날 그 사람을 얻으셨는데 무엇 때문에 제가 이를 대신 짓겠습니까?

왕명을 기다린다고 하는 건 박세권이 '왕법'을 시행해야 한다고 한 것을 두고 한 말인데 과연 왕법으로 나를 죽일 수 있겠느냐고 묻고 있었다. 박세권을 이름으로 칭하지 않고 굳이 영남 사람이라고 하는 건 박세권을 결코 자신과 동렬에 세울 수 없다는 의미였다. 또한 박세권과 뜻을 같이하는 다른 영남 유생들에 대한 원망도 서려 있었다. 너무도 한미하여 내 눈에는 보이지도 않는 시골 유생이 천거한 사람? 그 또한 뭐 그리 대단하겠느냐, 끼리끼리 잘해보라는 냉소가 듬뿍 담겨 있었다. 그것을 꼭 꼬집어 이런 뜻이라고 구구절절이 왕에게 직접 말해주었다. 물론 미수 스승에게서 들은 이야기를 옮기는 것이지만.

"한 사람이 천 사람, 만 사람의 뜻을 이길 수는 없어요. 한 사람의 뜻이 아무리 지당하고 그가 아는 게 많다고 하여도 언제나 옳을 수는 없고. 한 사람을 이기려 하기보다는 만인을 얻어야죠. 그러면 저절로 그 한 사람을 이기게 돼요."

"송시열이 아직 밀서를 꺼낼 생각은 없는 것 같지?"

"시골 유생의 상소 한 장으로? 그럴 리는 없지요. 그런데 그게 있기나 할까요?"

"아바마마께서 승하하시기 전에 말씀하신 것이니 틀림이 없어. 나나 어마마마가 밀서의 존재를 안다는 것을 송시열이 알고는 되도록

도성 근처에 오지 않으려는 것이야. 내가 송시열의 면전에 대고 아바
미미의 유지라면서 당장 그걸 내놓으라고 할지도 모르니까."

"그렇다면 그 밀서를 세상에 내놓지 못할 정도로만 어르고 뺨을 칠
수밖에 없겠네요."

고심 끝에 왕이 대제학 김만기에게 지문을 짓도록 명했다. 그러자
송시열의 제자이자 조정 내 수족인 김수항이 동문인 김만기 역시 복
제를 논의할 때 동참했던 사람이라 하여 결국 김석주가 지문을 짓게
되었다. 국구 김만기가 어둠 속에서 고뇌에 찬 한숨을 내뿜고 있는 게
보였다.

그 와중에 대사헌 민시중이 사직했다. 민시중이 당초에 상소를 올
리면서 '박세권이 하는 짓이 고약한 것은 과거의 흉인 박유도의 손자
라 그렇다'고 했는데 박세권이 이 말을 듣고 격분하여 궁궐 안까지 들
어와 승정원에 바로 소를 올렸다. 자신이 박유도의 손자라면 사람이
아니겠지만 그렇지 않다면 민시중의 조상, 부모, 형제가 사람이 아닐
것이라는 내용이었다. 민시중이 몹시 부끄러워하며 자리에서 물러났
다는 것을 알고도 박세권은 궁궐 안의 사람이 다 들을 수 있도록 "민
시중은 사람 아닌 개다. 민시중은 소다. 민시중은 말이다, 닭, 오리,
거위다"라고 계속 욕설을 퍼부어댔다. 사람들의 웃음소리가 궁궐 담
장을 넘나들었다. 정말 볼만한 구경거리였다. 승정원에서는 아예 상
소를 받아들이지 않고 그를 궁궐 밖으로 내보냈다. 밖에서는 백성 사
이에 웃음이 터졌고 박세권은 갓을 비뚜름하게 쓰고 고개를 으쓱거리
며 집으로 돌아갔다. 궁궐 경비를 맡은 병조에서 박세권이 함부로 궁
궐 안에 들어오도록 내버려두었다 하여 엄중한 문책을 받았다.

박세권의 상소는 단순히 선왕에게 죄를 지은 송시열에게 선왕의 지문을 쓰게 하면 안 된다는 데서 끝나지 않고 부왕의 결정을 아들이 뒤집도록 신하들이 강요하고 있다는 쪽으로 그 파장이 확산되고 있었다. 민심은 어린 임금을 핍박하는 나이든 서인들이 너무한다는 쪽으로 기울었다. 스승이 예견한 그대로였으며 또한 왕이 기다리던 바였다. 왕이 아직 어리다는 것은 왕에게 중요한 무기가 되었다.

왕에게는 또하나의 무기가 있었다. 대비가 말한 대로 하루에도 몇번씩 기뻐했다 분노했다 하며 널뛰듯 하는 성정이었다. 다른 사람도 아닌 왕이라 누구도 쉽게 제어할 수 없었고 어떻게 변할지 예측하기 힘들었다.

왕은 신하들에게 앞으로 송시열과 박세권에 관련된 일은 일절 논하지 말라고 엄중하게 명령했다. 그럼에도 여러 신하가 즉각 다시 박세권의 일을 다룬 상소를 제출했는데 특히 홍문관 수찬 강석창의 상소가 길었다.

—신의 기억으로 송시열과 송준길 두 신하가 선왕께 예론의 일로 죄를 짓고 물러나려고 하니 선왕께서 '경들이 이 일로 물러난다면 나 또한 마음이 편치 않다'고 하셨습니다. 용안을 우러러뵈니 곧 눈물을 흘릴 듯 슬픈 빛이 오래도록 감돌았으므로 지금에 이르기까지도 제 목이 멥니다. 임금과 신하의 정의가 이와 같았는데, 선왕께서 살아 계신다면 과연 죄를 소급해서 형벌을 가할 뜻이 있으셨겠습니까?

돌아가신 선왕의 눈물까지 언급한 데에 진노한 왕이 강석창의 상소를 당장 돌려주게 하고 붓을 가져오라 하여 직접 비망기를 써서 내렸다. 그 내용인즉 상소를 올린 자 가운데 선왕의 일을 논하면서 송시열을 비호한 이수언, 강석창, 김광진을 모두 파직하고 앞으로도 관직에 등용하지 밀라는 것이었다. 왕으로서는 처음으로 보여준 단호하고 적극적인 조치였다. 왕이 특명으로 더이상 거론하지 말라는 것을 거론했으니 그들을 벌하는 것은 논리적으로 당연한 일이었다. 그러나 서인들이 우글거리는 승정원에서는 즉각 왕명을 도로 걷어들이라고 들고일어났다. 왕은 이에 즉위 후에 가장 엄한 전교를 내렸다.

— 금후로 상소를 바치는 사람으로서 의례에 대해 일컫고 선왕에 대해 언급하는 자는 마땅히 역률逆律, 역모를 다루는 법로 다스릴 것이니 승정원은 그리 알라.

역률에 저촉되면 무조건 사형에 처해지는 게 상례였다. 승정원에 원상으로 앉아 있던 허적이 황급히 왕이 내린 전교를 도로 바치면서 자신의 뜻을 써 올렸다.

— 어전에 이같은 상소는 봉입하지 말라고 하셨을 때에 신이 이런 폐단이 있을 것을 염려하여 신하들에게 소장을 올리지 말라고 했습니다만 결국 이렇게 되고 말았습니다. 하지만 '역률' 두 글자는 지나치게 엄중합니다. 중률重律로 논한다 하여도 어찌 감히 명을 거역하는 자가 있겠습니까?

허적이 왕과 신하 사이로 문서를 가지고 오가는 승전색 조희맹에게 "비망기 안의 '역逆' 자를 '중重' 자로 고치시라는 뜻으로 아뢰라"고 했는데 조희맹이 번개처럼 도로 가지고 온 왕의 비망기에는 '역률' 두 글자가 '일죄一罪'로 고쳐져 있었다. 허적이 또 이를 돌려보내면서 "일죄는 역률과 다름없으니 '논죄論罪'로 하신다면 승정원이 마땅히 봉행할 것입니다. 전하의 잘못된 처분에 대해 노신이 말하지 않는다면 실

174

로 죄가 되겠기에 감히 다시 아룁니다"라고 했다. 마침내 왕이 '중률'로 고쳐서 빈청으로 내려보냈다. 그렇게 승전색이 콩 튀듯 바쁘게 오락가락하며 하루하루가 저물었다.

얼마 뒤 충청도 이산 출신 유생 이필익 등 이십여 명이 연명으로 상소해서 박세권을 먼 변방으로 귀양 보내고 송시열을 정성과 존경, 예우를 더해 불러들여 임금의 곁에 두고 보도輔導하게 할 것을 청했다. 이에 왕이 "예법을 바로잡은 것과 관련하여 소를 올리는 자는 마땅히 중률로 다스리겠다고 과인이 금방 하교했음에도 거리낌없이 소를 올렸으니 이들을 모조리 귀양 보내라"고 명했다. 이에 이필익을 함경도 경원에 정배했는데 노정과 배소에 도달하는 날짜를 낱낱이 계산해서 보고하게 했다. 대사간 정석, 정언 송최, 우상 김수항 등 서인 신하들이 이필익을 구하려고 백방으로 힘썼으나 무위로 돌아갔다. 성균관 유생 이윤악 등 구십여 명이 이필익이 죄가 없다고 아뢰며 성균관을 비우자 임금이 거듭 타일러 돌아가게 했으나 이필익의 유배는 풀어주지 않았다. 왕은 이미 호랑이 등에 올라탄 셈이었다.

왕이 일하는 방식을 보고 오히려 내가 많이 배운 느낌이 들었다. 열네 살짜리 왕의 처분이라는 것을 잊을 때가 많았다.

모든 일이 다 결정난 뒤 늙은 구렁이처럼 느릿느릿 나타난 허적이 이필익이 추운 지방으로 귀양을 가다가 죽기라도 하면 성덕에 누가 되리라고 하면서 조금 더 가까운 곳으로 유배지를 옮겨달라고 청하여 그리하도록 했다.

15장 습격

　날이 부쩍 추워졌다. 여막에 거처하기가 불편해서 왕은 전각 내에서 기거하고 있었다. 편전인 선정전에는 선왕의 빈전이 차려져 있어 종일 촛불과 향연이 꺼지는 법이 없었다.

　왕은 불과 두 달 사이 홀쩍 자란 것처럼 보였다. 상주 노릇을 하느라고 몸은 비쩍 말랐으며 침수가 불편하여 자주 아기처럼 늘어져 있었고 눈에는 정기가 없었다.

　"불이야! 불!"

　날이 바뀌기 전인 이경밤 9시~11시, 캄캄한 한밤중에 인정전 근처에서 불길이 일어났다. 불을 낸 자로는 숙위를 하던 별감이 지목되었다. 중요한 건 임금이 거처하는 인화문 안의 별실에서 그리 멀지 않은 데서 불이 났다는 것이었다. 더 중요한 건 궁중의 금군, 파총, 호위군관, 초관, 숱한 별감과 수직 군사들이 우왕좌왕하며 불을 제대로 끄지 못해 왕이 침소 밖으로 뛰쳐나와 불이 꺼질 때까지 밖에서 떨고 있었다는 사실이었다.

별감 하나가 추위를 면하기 위해 곁불을 쬐려고 궁궐 뜨락을 밝히는 유등의 불을 키우다가 기름이 쏟아지면서 마른풀에 불이 옮겨붙었다고 했다. 때마침 불어든 강한 바람에 불길이 강해졌다. 몇 달 동안 비다운 비가 오지 않은 탓에 나무며 풀이 바싹 말라 있어 불이 바람을 타고 원숭이처럼 이리저리 뛰어다니는 듯했다. 때마침 내가 수직을 서고 있었던 터라 불이 났다는 소리를 듣자마자 왕의 침소로 달려갔다. 소매 속에 '멍텅구리'라고 이름 붙인 쇠뭉치를 넣은 채로.

왕이 침소로 쓰고 있는 별실 밖으로 나와 웅크린 채 앉아 있는 게 보였다. 내관들조차 어디로 갔는지 보이지 않았다. 낯익은 대전상궁과 나인들이 멀찌감치 엎드려서 않는 소리를 내고 있을 뿐이었다. 이럴 때 악심을 품은 놈이라도 달려든다면 정말 속수무책이 아닌가. 내 수사에서 조총을 들고 나오지 않은 게 후회가 되었다. 들고만 있어도 누구든 범접을 하지 못할 건데.

"에라, 이러니까 내가 마음먹은 대로 해야 된다니까. 딴 놈 말 곱게 들어서 되는 일이 없어, 넨장맞을."

왕에게 내가 왔다는 걸 알리기 위해 소리를 쳤다. 그러자 왕이 떨리는 목소리로 조그맣게 대꾸하는 소리가 들렸다.

"형은 좋겠다. 뭐든 뜻대로 할 수 있어서. 나는 그게 안 된다고, 제기랄."

"어떤 우라질 놈이 대궐에 불을 내나? 사람 잠도 못 자게. 날 새고 나면 이것들 싹 다 모가지를 날려버려야 돼."

내관 김현이 종종걸음으로 달려오고 있어서 말을 멈추었다. 도대체

왕의 지척에서 시중을 들어야 할 근시들은 다 어디를 다녀오는 것인가. 김현이 오는 방향에서 승지와 사관이 어른거리고 있었다. "어이구 저이구" 해가며 허둥지둥 발을 구르기만 했지 불을 끄는 데는 도움이 되지 않았다. 불은 점점 기세가 사나워지고 있었다.

사람 머릿수는 많았지만 불을 끄는 도구를 챙겨온 사람이 없었다. 궁궐 안에는 우물이 몇 없어서 무수리들을 시켜 밖에서 물을 길어다 먹는 게 상례였으니 불을 끌 물을 쉽게 구하지도 못했다. 맨손으로 불을 끌 수도 없는 노릇이고 "불이야! 물 가져와!" 하고 서로 마주보며 소리를 질러댈 뿐이어서 지켜보고 있자니 복장이 터질 노릇이었다.

빈청에서 수직하던 좌의정 김수항이 뒤늦게 모습을 드러냈다. 병조와 오위도총부, 홍문관의 여러 입직 관원들이 모였지만 뾰족한 방법을 아는 사람이 없었다. 왕은 창백한 얼굴로 복제를 논할 때는 그리도 박식하고 제 당의 인물을 변호할 때 그리도 유능하던 훌륭한 신하들이 어쩌는지를 지켜보고 있을 뿐이었다.

김수항이 목청을 돋워서 "바깥에서 사람을 끌어들여와야 불을 끌 수 있을 텐데 궁문을 열라는 표신을 어떻게 청하여 내오나?" 하자 김현이 물새처럼 이리저리 폴짝거리며 뛰고 있던 조희맹을 시켜서 표신을 가져오라고 했다. 조희맹이 개문 표신을 가지고 온 뒤에야 겨우 금호문이 열렸다. 이어 돈화문, 경추문, 단봉문의 입직 군사들까지 몰려들어 궁궐 뜨락이 온통 시장 바닥처럼 변했다. 비변사에서 숙직하고 있던 허적이 왔지만 무리를 전혀 지휘하지 못했다. 왕이 내관을 시켜 인화문 앞으로 대신들을 불러오게 했다.

"불이 난 지 이리도 오래되었는데 아직도 끄지 못하니, 만약 불길이 한번 더 치솟으면 지붕에서 지붕으로 불이 날아가 옮겨붙을지도 모르오. 선정전에 있는 선왕의 재궁을 옮겨야 하지 않겠소?"

허적이 할일이 생겼다는 듯 냉큼 머리를 조아렸다.

"만에 하나라도 그같은 일은 없겠지만 바퀴 달린 가마를 이미 준비해두었습니다. 지금처럼 대궐 안에 변이 있으면 두 대장을 부르지 않을 수 없으니, 훈련대장 유혁연을 궁중에 들어와 시위를 하게 하고 포도대장 신여철은 군병을 거느리고 금호문 밖에서 지키게 하십시오."

"그리하도록 하세요."

왕은 시선을 불길에 둔 채 말했다. 대신들은 수염을 흩날리며 흩어졌고 내금위 군인 두셋이 인정전 서까래를 잡고 지붕으로 올라가서 기와를 걷었다. 옷을 물에 적셔서 긴 장대에 매달고 불길을 쳤지만 불은 좀처럼 기세가 수그러들지 않았다.

마침내 불이 인정전 뒤편 지붕으로 옮겨붙었다. 그대로 두었다가는 법궁 창덕궁의 정전이 불에 타 없어질 판이었다.

갑자기 우와아, 하는 함성이 들리더니 "멸화군이다!" 하는 외침과 함께 수십여 명의 군사들이 몰려왔다. 도끼와 쇠갈고리, 동아줄 따위를 가지고 왔는데 불 끄는 데 귀신들이라고 했다.

"저런 게 있다는 걸 내 오늘 머리털 나고 처음 알았구나."

왕이 중얼거렸다.

"운종가 종루에서 매일 어디서 불이 나나 기찰하고 있다가 불나면 달려가 숙련된 솜씨로 금방 꺼준다지요."

내가 말하자 왕이 기운 없이 답했다.

"그런데 대궐에서 불이 났는데 도대체 어디에 있다 이제야 오는 거야. 이것만 봐도 지금 임금이 어떤 지위인지 알 만하구나."

멸화군들이 일사불란하게 일을 처리하는 것을 보니 뭔가 신나고 재미있어 보였다. 나도 멸화군을 시켜달라고 할까? 기왕이면 대장을? 머리를 굴리고 있는데 왕이 승지를 시켜 멸화군을 지휘하는 수성금화사 당상을 들여오라 했다. 마침내 내금위, 우림위, 겸사복 등 금군은 물론이고 훈련도감에 내병조와 액정서 이속과 군교들까지 합세했다. 멸화군 중 군사 서넛이 인정전 지붕으로 용감하게 올라가서 본격적으로 불길을 다잡기 시작했고 바람이 조금씩 잦아들면서 불길이 사그라들었다.

"뭐니뭐니해도 불구경이 제일 재미지다고 하더니 내 집만 아니면 재미지기는 하겠네."

왕은 내게 속삭였다.

"새 집터에 자기 살 집을 짓기를 세 번은 해야 남아 대장부가 된다고 합니다."

나는 한미한 벼슬자리를 지내면서 이사만 열 번 했다는 시봉 스승의 가르침을 왕에게 전해주었다. 뒤늦게 소식을 들은 이품 이상의 관원들이 입궐하기 시작했다. 어수선하면서도 시끄러워서 누가 누구인지 잘 구별이 되지 않았다.

그때였다. 시커먼 그림자 서넛이 다가오는 것이 보였다. 복색은 불을 끄던 멸화군 군사들과 같았는데 모두 얼굴을 반 이상 가리고 있었다. 가려지지 않은 얼굴도 어두워서 식별되지 않았다.

"누구냐! 멈춰라!"

오별감의 목소리가 울려퍼졌다. 그럼 그렇지. 나는 가슴을 쓸어내렸다. 오별감이 암중에 호위를 하고 있다는 걸 잠시 잊고 있었던 것이다. 하지만 오별감의 제지에도 상대는 멈추지 않았다. 마치 바람처럼 왕과 내가 서 있는 곳으로 빠르게 접근해왔다. 갑자기 소매 속에서 멍텅구리가 꿈틀, 했다. 내가 멍텅구리의 자루에 매놓은 줄을 손으로 더듬어 확인하고 있는데 거짓말처럼 삼십여 보 앞에서 차창, 하는 쇳소리와 함께 불꽃이 튀었다.

"뒤로!"

나는 본능적으로 왕의 손을 잡아끌어서 내 뒤에 붙어 서게 했다. 쓱쓱, 하고 칼이 바람을 가르는 소리가 나고 칼끼리 부딪치며 붉고 흰 불똥이 튀었다. 평소에는 잠복해 있던 무예별감들이 모두 모습을 드러내고 칼을 뽑아들어 검진劍陣을 형성했다. 잠시 꿈인지 생시인지 구별이 가지 않았다.

내 손에 쥐어져 있는 멍텅구리가 요동쳤다. 어째서 그러는지 갓 잡은 생선처럼 내 손안에서 벗어나려 날뛰고 있었다. 내 성급한 성질이며 주제 모르는 손이 그렇게 만드는 건지 모르겠지만. 나는 왼손으로 오른팔을 꽉 누른 채 눈앞에서 벌어질 활극을 기다리고 있었다.

"전하, 불구경이 끝나려고 하니 훌륭한 칼싸움 구경이 이어지려나 봅니다. 오늘밤은 구경 풍년이 든 모양……"

내가 말을 마치기도 전에 싸움판 너머 다른 방향에서 다가오고 있는 군사들이 보였다. 그들은 눈앞의 싸움에는 관심이 없었다. 찾는 사람이 따로 있을 거라는 직감이 왔다. 머리가 쭈뼛하고 곤두섰다.

나는 요동치는 멍텅구리를 다잡았다. 일단 왕을 피신시켜야 했다.

"전하, 제 뒤를 따르소서!"

내가 말하자 왕이 군말 없이 나를 따랐다. 내시 조희맹과 김현, 상궁들이 벌벌 떨면서 뒤를 따라오길래 가차없이 딴 데로 쫓아 보냈다. 내시와 궁녀는 위험을 막는 데는 별 보탬이 되지 않으면서 왕이 있다는 표시를 내기에는 딱 좋았다. 군더더기를 떼내고 나서 우리는 예전에 그랬듯이 달리기 시작했다. 나도 빨랐지만 왕은 더 빨랐다. 두 주먹을 쥐고 뛰기 시작하더니 삽시간에 나를 추월했다. 방향을 몰라 같은 길을 뱅뱅 돈다는 게 문제였다. 한참을 달리고 난 뒤 나는 왕을 붙들었다. 구석구석 깊은 어둠 속에 무엇이 있는지 살폈다. 사방이 조용한 중에 왕이 숨찬 목소리로 수선을 피웠다.

"오별감이 칼을 뽑는 건 처음 봤네. 아까 그 수상쩍은 놈들은 오늘 조선에서 누구의 무예가 제일인지 겨뤄보러 온 건가?"

대꾸를 해주지 않으면 무안해할까봐 한마디 보태주었다.

"그럴 거면 낮에 좀 오지, 제가 보고 좀 배우기라도 하게 말이죠."

말을 하며 인화문을 지났을 때였다. 담장 아래서 무엇인가 비호처럼 솟구쳐오르며 칼을 쭈욱, 내밀었다. 예기치 못한 암습이었다. 나도 모르게 그 물체와 사람을 막아섰다. 거의 동시에 멍텅구리가 요동치며 앞으로 뻗어나갔다. "짝!" 소리가 나면서 상대의 칼이 반동강 났다. 그 한 수의 검술은 다급한 나머지 순간적으로 발출된 것일 뿐, 내게 그런 실력이 있는지 전혀 모르고 있었다.

복면을 한 상대는 반토막 난 칼을 보며 한동안 말을 잃었다가 "으흐흥!" 하는 비웃음소리와 함께 나뭇가지를 꺾어 들었다. 그것만으로도 나를 충분히 감당할 수 있다는 뜻 같았다. 그사이 나는 한 발로 왕을 슬쩍 떠밀어서 담벼락 아래 빗물이 고였다 빠졌다 하는 우묵한 구덩이 자리로 집어넣었다. 눈치가 빠른 왕은 칼이 칼집에 들어가기라도 하는 듯 그 자리에 쏙 들어가 숨었다.

나뭇가지와 멍텅구리가 부딪치자 나뭇가지는 둘로 갈라지며 내 가슴을 때렸다. 보잘것없는 나뭇가지임에도 고수가 발출할 수 있는 강력한 내공이 실려 있었다. 맞은 부분이 낙인이 찍힌 듯 뜨거웠다. 나는 앞으로 엎어지며 "꾸애애애액!" 하고 소리를 질렀다. 이 정도 큰소리라면 하늘은 몰라도 궁궐 담장 정도는 무너지지 않을까 싶었는데 다시 나뭇가지가 집안의 대를 잇는 데 가장 중요한 역할을 하는 급소로 엄습해 들어왔다. 사타구니를 오므리고 엉덩이를 내주며 다시 돼지 먹따는 소리를 질렀고, "여기 성씨 집안 이대 독자가 장가도 못 가고 죽네!" 하는 소리를 내며 도망을 쳤다. 네번째로 엉덩이를 두들겨 맞았을 때는 "깩!" 하는 소리와 함께 자빠져 죽은 시늉을 하며 숨을 쉬지 않았다. 두툼한 손이 내 생사를 확인하기 위해 손목의 맥박을 짚으려 했으나 그가 창졸간에 잡은 건 멍텅구리의 칼집이었다. 꼭꼭 숨어버린 왕을 찾지 못하고 사람들이 몰려오는 기척에 그는 비호처럼 몸을 날렸다. "행"인지 "불"인지 하는 소리를 남겼는데 무슨 뜻인지 알 수 없었다.

심장이 갈빗대를 뚫고 밖으로 뛰쳐나오려는 것처럼 두근거렸다. 머리에 털 나고 그토록 무섭기는 처음이었다. 나는 실상 무기력했으나 멍텅구리가 상대의 공격이 날아드는 곳에 때맞춰 있으면서 치명상을 막아주었다.

나는 옷자락으로 왕의 머리를 덮고 그 위에 누웠다. 행여 적이 돌아온다면 내가 왕인 척하고 칼에 맞아 죽어야 할지도 몰랐다.

생각해보니 오별감의 호위대와 맞닥뜨린 자들은 진짜 자객이 아니 있다. 진짜와 연통을 해서 바람을 잡는 역할을 했는지는 몰라도. 정작 내가 왕을 진짜 위험이 잠복해 있는 곳으로 이끌어 절체절명의 위기 에 빠뜨렸던 것이다. 진짜 고수는 왕이 여러 사람과 떨어져서 혼자가 되기를 기다렸다가 결정적인 암습을 가해왔다. 내가 먼저 죽은 척하 지 않았더라면, 명텅구리가 아니었더라면 왕은 죽었거나 치명상을 입 었을지도 모른다.

왕, 왕이라는 자리, 왕이 가지는 힘은 누구든 가지려고 하는 것이라 왕은 언제나 수많은 사람의 표적이 될 수밖에 없었다. 암중에 칼날이, 화살이, 총탄이, 명분이며 도리라는 말 폭탄이 왕을 노리고 있는 것이 었다. 나라면 천리만리 도망쳐버리고 말 자리였다. 내 아우가 그러지 않는다는 게 문제였다.

왕에게 위해를 가하려 한 자는 누구인가. 왕이 다치거나 죽었을 경 우 가장 좋아할 만한 놈은? 역적, 누대로 깊은 원한이 있는 자, 서인 과 남인, 왕위를 계승할 수 있는 자들, 왜국 청국에서 보낸 첩자, 이씨 에게 저희 자리를 빼앗겼다고 생각하는 무리들, 그저 아무 이유 없이 미친 놈…… 주인의 머릿속이 얼마나 뜨거운지 모르고 명텅구리는 내 소매 속에 얌전하게 잘 들어와 있었다.

"아아 형, 형님! 형님아! 안 다쳤어?"

"뭐 여기저기 조금 멍들고 아픈 것 말고는 멀쩡하네요."

"정말 괄목상대해야겠는걸. 언제 이렇게 무예를 배웠어?"

왕의 감탄에 나는 목소리를 깔아서 응대했다.

"신룡은 꼬리를 쉽게 드러내지 않는 법이니 능력이 감춰져 있었을 뿌이지요. 오늘처럼 좀 특별한 상황이 아니면 제가 나설 일이 없을 거예요. 아마도 영원히."

"금방 잘난 체하는구나, 좀 치켜세워줬더니. 암튼 고마워, 형. 내 형님."

"아 뭐, 옛날 송동에서 똥 먹고 더러워 죽을 뻔했던 신세를 좀 갚았다고 생각해주면 제가 고맙지요."

녹봉이나 자급도 좀 올려주고, 조금 더 고마우면 멸화군 대장을…… 막 말을 덧붙이려는데 내관, 사관, 승지 들이 "전하, 저언하아!"를 합동으로 외쳐 부르는 소리가 들렸다. 담장 너머에서 등불이 어른거렸다. 위험은 사라진 듯했다. 왕이 말했다.

"나 숨 좀 쉬게 해줘."

왕을 자객의 손에서 구해낸 건 맞지만 하마터면 내 엉덩이로 깔아죽일 뻔했다는 것을 그때 깨달았다. 왕은 내 방귀와 구린내에 질식하여 역대 어떤 왕도 겪어보지 못한 우습고도 슬픈 죽음을 맞을 뻔했다.

"오늘 액땜을 했으니 아우님은 조상 할아버지 그 누구보다 훌륭한 임금이 되실 거요. 그때까지는 제가 목숨을 걸고라도 꼭 지켜드리죠."

나는 왕을 구덩이에서 꺼내고 옷을 탈탈 털어준 뒤 밖으로 데리고 나갔다. 인화문의 빗장을 열자 훈련도감의 장교들과 금위군 무리들이 다가왔다. 멍텅구리가 아무런 반응이 없어 안심하고 그들에게 왕을 인계했다.

호위대와 승지와 사관, 내관, 별감, 궁녀 들의 무리가 왕을 둥글게 둘러싼 채 침소로 향했다. 침소로 들어간 왕이 긴 한숨과 함께 쓰러지는 소리가 들렸다.

도대체 나는 앞으로 어찌되려나. 흥분이 가라앉지 않은 채 멍텅구리와 함께 하얗게 밤을 새웠다. 나는 계륵이었다. 왕이 한때의 치기로 형제의 인연을 맺었으나 드러낼 수도 입을 막기도 애매모호한. 차라리 가까운 곳에 두어서 형편을 보아가며 처분을 하고자 했는데 내가 뜻밖의 공을 세운 셈이었다.

하마터면 궁궐이 불타고 자신도 죽을 뻔했다는 것이 왕을 근본적으로 달라지게 만들었다. 죽을 수도 있다는 위험이 살아남기 위한 과감한 행동을 촉발했다.

우리 둘 다 하룻밤 사이에 몇 년을 보낸 듯 달라졌다. 진정한 왕의 친정親政이 궁궐 화재를 계기로 시작된 셈이었다. 그래도 여전히 열네 살이었다.

16장 밀지

이조 참판이 된 김석주에게 비밀리에 다녀오라는 왕의 명에 따라 목멱산 북쪽 기슭에 있는 회현동으로 갔다. 김석주는 어릴 때부터 호랑이를 닮은 상을 하고 있었으므로 호랑이는 산에 있어야 한다는 의미에서 자신의 택호를 '재산루在山樓'로 지었다. 내가 보기에 커서는 호랑이보다 호랑이의 밥인 멧돼지에 훨씬 더 가까워졌지만. 자신이 태어난 곳이기도 한 그 집은 할아버지 김육이 석 자 항렬인 여러 손자 중 맏손자인 김석주를 '석아錫兒'라고 부르며 애지중지 양육하던 곳이었다. 김석주의 이름 중 '주胄'는 맏이, 우두머리라는 뜻이라 했다. 같은 집에서 살았던 김육과 김좌명 이 대가 모두 명재상으로 이름을 떨쳤고 김석주 또한 명재상은 몰라도 재상은 확실히 될 것이어서 그 집 터가 명당이 되는 것은 떼놓은 당상이나 다름없었다.

김석주는 문무겸전에 머리가 비상하며 여러 면에서 기량이 탁월해 왕의 훈척 중에서도 단연 돋보이는 인물이었다. 당장은 산당 신하들에게 열세인 왕에게는 힘과 의지가 될 훈척이 꼭 필요했다. 어떤 경우에도 왕을 수호하며 영화와 환란을 함께할 훈척이 귀하긴 하다. 그게 김석주라고 왕은 생각했다. 김석주가 이조 참판이 되는 바람에 그전의 이조 참판이던 남구만이 밀려날 수밖에 없었다. 내가 왕이라도 조정의 인사를 좌우하는 이조 참판 자리는 별 상관이 없는 신하보다는 팔이 안으로 굽는 훈척에게 맡길 것이었다.

"누가 왔느냐?"

청지기를 따라 중문을 들어서자마자 문을 열고 밖을 내다보고 있던 김석주의 모습이 눈에 들어왔다. 개도 제집에서는 짖는 소리가 커진다더니 목소리가 대궐에서 듣던 것보다 훨씬 까랑까랑했다. 김석주가 앉아 있는 사랑채를 둘러싸고 열아홉 번 꺾어진다는 폭포가 만들어져 있었고 허리 굽은 노송이 주인과 함께 바깥에서 들어오는 손님을 내려다보고 있는 형세였다. 사시사철 찬물만 나온다는 샘이 있고 그 위에 석벽이 있었으며 김석주가 직접 썼다는 '창벽蒼壁'이라는 글자가 새겨져 있었다. 관원들이 퇴궐하는 유시오후 5시~7시가 넘어 날은 이미 어둑어둑했다.

"대궐에서 나왔다 합니다."

청지기가 아뢰자 김석주의 표정이 복잡해졌다. 왕이라면 내관이나 사관, 승지를 보냈을 텐데 나는 원래 그런 쪽하고는 인연이 먼 생김새에다 집에 가서 기생 서방에게나 어울릴 옷으로 갈아입고 와서 당장 알아보기가 쉽지 않을 것이었다. 김석주와 사촌지간인 대비가 뭔가 볼일이 있다 하더라도 숙부 김우명을 통하지 않고 자신에게 직접 사람을 보냈을 리는 없을 것이다. 명민한 김석주는 얼마 지나지 않아 내가 누구인지 기억해냈다.

"성별감이라 했던가? 이리 가까이 오라."

청지기와 함께 문객인 정원추라는 자가 칼을 들고 내 뒤를 따라왔는데 김석주의 말이 떨어지자마자 칼 손잡이로 등을 쿡 찍으며 떠밀었다. 발걸음에서 소리가 나지 않고 몸이 나뭇잎처럼 가벼운 것으로 보아 무예에 달통한 고수임이 분명했다. 시비를 벌이고 싶지 않아 잠자코 사랑채 앞으로 다가갔다. 그새 김석주가 마루에 나와서 시렁줄을 잡고 섰다가 정가에게 눈짓을 했다. 갑자기 소매 속에서 명텅구리가 발동하더니 따악, 소리가 났다. 정가의 칼이 명텅구리에 맞아서 튕겨나간 것이었다. 그자의 칼이 칼집에 들어 있었기에 망정이지 칼끼리 부딪쳤다면 단번에 부러지고 말았을 것이었다.

"무슨 짓이오!"

놀란 척했지만 정작 놀란 건 김석주였다.

"궁궐에 화재가 났을 때 잠시 혼자서 주상을 보위했다 하더니 무예가 상당하구나."

왕과 나만 알고 있을 줄 알았던 비밀이 김석주에게 약간은 새나간 것 같았다.

"잘못 알려진 것이오. 전하를 호위하는 내금위 군사들이며 정예 무예별감까지 수백 명인데 저 같은 얼뜨기 별감이 뭘 할 수 있었겠습니까?"

"네가 뭘 했든 뭐라고 하든 간에 앞으로는 그럴 일이 결코 없을 것이다. 화재 진압에 공을 세운 신하와 장신들을 포상하면서 전보다 몇 배로 시위를 강화하였으니. 하여튼 넌 도대체 누구에게서 검술을 배웠느냐?"

"묘향산에서 온 노승에게 배웠소이다."

배알이 틀려 그런지 속이 싸르르, 하다가 뿌우웅, 하고 방귀가 비어져 나왔다. 김석주는 눈살을 찌푸린 채 다시 물었다.

"근년에 무예가 뛰어난 중 이야기는 들은 적이 없다. 이름이 무엇이냐?"

"모릅니다. 스님이 밥을 많이 먹었다는 것밖에는 아는 게 없소이다. 제가 열 살도 되지 않았을 때 기생방에 기거하며 검술을 가르쳤으니까요. 제가 기억하는 건 몇 마디 주문밖에 없습니다."

그건 사실이었다. 할머니가 목탁 소리를 듣고 문간에 나갔더니 허기져 죽어가며 누워서 목탁을 치던 스님이 있었다. 죽게 버려둘 수는 없어 밥을 주자 자꾸 더 달라고 해서 밥 한 솥을 다 먹고는 이레를 굶었다고 이야기하더라는 것이었다. 밥값을 한다고 몇 달을 머무르면서 온종일 천둥벌거숭이처럼 뛰어다니던 내게 검술을 가르쳤다고 했다.

나는 배운 기억이 나지 않았다. 아마도 열병으로 천치가 되었을 때여서 그랬을 것이다. 하지만 멍텅구리와 죽이 맞으면서 스님이 가르친 검술의 오묘한 점이 조금씩 발휘되는 것을 느끼고 있었다. 그것은 단 한 번의 주먹질로 가장 빠르고 무자비하고 낭비 없이 상대의 목숨을 좌우하는 급소에 치명타를 가하는 것과 비슷했다. 곧 어린아이도 배울 수 있는 단 한 수의 초식인데 어린아이라 지루해하지 않고 반복적으로 연습하여 몸에 완벽하게 배게 한 뒤 유사시에 본능적으로 튀어나올 수 있게 한 검술이었다. 몸에 있는 모든 기운과 잠재력을 결집한 그 수가 실패하면 다음은 없었고, 그 수를 견뎌낸 강한 상대에게 당하는 수밖에 없었다. 하지만 실패한 적이 없어서 그다음이 없다는 게 탄로나지는 않았다.

스님은 기생들에게도 허물없이 대하면서 업장을 소멸할 수 있는 진언을 가르치기도 했다 전해들었다. 그것을 배운 기생이 대를 물리듯 다음 기생에게 가르쳐 나 또한 그 진언이 입에 붙었다. 화를 부르는 입을 깨끗하게 하는 진언이 '수리수리 마하수리 수수리 사바하'였다. 살생, 도둑질, 음탕함, 거짓말 등 여러 죄업을 씻는 진언은 '옴 사바바바 수다살바 달마 사바바바 수도함'이고 죄를 뉘우쳐 씻는 진언은 '옴 살바 못자 모지 사다야 사바하'이다.

내가 이어지는 방귀 소리를 감추려고 진언을 줄줄 읊어대자 김석주는 입맛을 다셨다. 군이 캐물을 생각은 없는 모양이었다. 기생방 출신 파락호에 종구품 별감과 많은 말을 하는 게 내키지 않는 것이었다. 그럴수록 상대의 심사를 거스르는 게 내 장기였다.

"정식으로 배운 건 아니라도 매죽헌 스승에게 말타기와 활쏘기는 배웠지요. 스승께서는 천군만마를 호령하는 대장군이 되기를 바라셨지만 아비가 서출인 제가 무슨 수로 대장군이 되겠습니까. 대전별감이라도 된 건 정말 운이 좋아서지요."

김석주는 성긴 턱수염을 쓸고 나서 말했다.

"매죽헌이라면 올여름에 돌아가신 이완 정승을 말함이냐?"

"그런 줄로 알고 있습니다."

"매죽헌에게 제자가 있었다는 말은 금시초문이다. 박탁이라는 산적을 감화시켜 장수감으로 만들었지만 효종대왕께서 갑자기 승하하시는 바람에 대의를 이루지 못했다고 들었다만."

그건 김석주가 잘못 알고 있는 것이었다. 매죽헌 스승이 감화시킨 산석의 이름은 알려져 있지 않고 나중에 포도대장을 하던 스승에게 붙잡힌 뒤 개과천선하여 병사까지 지냈다는 소문이 있을 뿐이었다. 박탁은 웅장한 체구에 밥통이 특별히 큰 위인인데 용인의 주막에서 스승이 보고는 북벌의 대업을 이룰 인재로 효종 임금에게 추천했다. 기해년에 효종 임금이 돌연 승하하고 나서 박탁이 스승을 찾아와 "이 제 만사가 끝났으니 노모에게 돌아가 효도나 하려 합니다"라고 하여 서로 껴안고 눈물로 이별했다고 한다. 굳이 이야기를 바로잡아줄 생 각은 들지 않았다.

"글은 어디까지 읽었더냐?"

"수박 겉핥기로 무경칠서 껍데기는 읽었습니다."

무경칠서 중 『손자』는 대충 넘겨봤고 『육도』 『삼략』 등 다른 책들은 정말 표지만 보고 말았는데도 김석주는 더 따지지 않고 장죽을 들었 다. 정가가 불을 붙이러 다가들었다. 연기를 뿜는 김석주에게 말했다.

"긴히 드릴 말씀이 있어서 왔으니 좌우를 물려주십시오."

"궁중에서 별감이 나왔는데 일 없이 왔겠느냐. 하지만 저 사람들은 네가 꺼릴 바도 없고 상관할 바도 아니다."

제 수하는 사람으로 알면서 나는 여전히 말하는 짐승 취급이었다.

"전하의 밀지를 받잡고 왔습니다."

김석주는 믿을 수 없다는 표정으로 물었다.

"승전색은 어디를 갔다더냐?"

"조내관이 알 일이 아닙니다. 이조의 인사에 관한 일이니까요. 조 내관은 상벌과 인사에 관여하는 일이 많다는 물의가 있어 전하께서

192

특별히 조내관 모르게 다녀오라 하셨습니다."

그제야 김석주는 좌우를 물렸다.

"밀지가 어디 있느냐?"

"구전口傳, 말로 전하는 것입니다."

김석주는 여전히 반신반의하는 얼굴이었다.

"내가 자리 깔고 무릎이라도 꿇어야 할까?"

"서서 말씀드리겠습니다. 헌부 헌장사헌부 대사헌 천망에 미수 허목 영감을 넣으라 하셨습니다. 가급적 빠른 시일 안에."

"미수? 영감? 미수가 언제 영감이 되었더냐?"

"올해 연세 팔십이 되어 통정대부를 가자받고 영감이 되셨습니다."

"네가 그걸 어찌 세세히 잘 아느냐?"

"제 스승이시니까요."

"뭐라고? 너는 도대체 스승이 몇이나 되느냐? 꼬리 여럿 달린 여우도 아니고."

그럴 줄 알았다. 하지만 나는 알려줄 생각이 전혀 없었다. 다시 한 번 왕명을 입으로 반복했다. 김석주는 턱을 고이고 있다가 물었다.

"인선왕후 국상 때에 대구 유생 도신징이 상소를 올려 기년복을 입어야 한다고 했는데 미수가 이를 사전에 알았다더냐?"

"저는 모르는 일입니다. 스승께서는 제가 불학무식하고 우둔해서 글로는 성취가 없을 것이라 하시면서 시사에 대해서는 일절 말씀이 없으셨습니다."

김석주가 고개를 들더니 나를 정시했다. 들여다볼 수 없는 깊은 물처럼 어두웠다. 불을 켤 때가 되었는가, 생각하다보니 군불을 때는지 굴뚝에서 연기가 피어오르고 있는 게 보였다.

왕에 관해 김석주가 모르는 부분이 많을수록 좋았다. 김석주 말고도 왕을 지지하고 충성을 다하는 사람들이 무수히 있으며 김석주는 그들에 의해 언제든 대체될 수 있다고 한다면 김석주도 떨려나지 않으려고 힘을 다할 것이었다.

마침내 김석주가 자리에서 일어나 내게 정중하게 몸을 굽히고 고개를 조아렸다. 왕명을 받든다는 뜻이었다. 명문가의 적손이며 문과의 장원급제자에 나보다 열네 살이나 많은 아경亞卿, 정경인 판서에 버금가는 참판 등을 이르는 말의 예를 받으니 기분은 매우 좋았다. 이런 맛에 왕 노릇을 하는구나, 싶었다.

17장 행장

　11월 1일, 왕명에 따라 대제학 이단하가 입궐했다. 날씨는 맑았고 왕은 빈전에 있었다. 승정원에는 김석주 대신 새로 도승지가 된 남인 조이수가 자리에 앉아 있었다. 이단하는 승정원에 자신이 지어온 선왕의 행장行狀, 죽은 사람의 일생과 행적을 적은 글을 봉입한 뒤 왕명을 기다렸다.

　선왕이 승하한 지 한 달쯤 지난 9월 하순에 원상 허적이 선왕의 시장은 김석주에게, 행장은 이단하에게 짓게 하라는 주청을 올려 왕의 윤허를 받았다. 선왕에 관한 글은 행장, 시장, 비문, 지문, 애책문 등 여러 가지인데 그중에서도 선왕의 업적과 행적을 집대성한 행장이 가장 중요했다. 따라서 행장은 한 나라의 문장을 대표하는 대제학이 짓는 게 마땅하지만 김만기가 대제학에서 물러난 뒤 아직 후임이 정해지지 않았던 터라 문장으로 이름이 있는 이단하가 맡은 것이었다. 이단하의 아버지는 당대 최고의 문장가로 손꼽히던 이식으로 인조 때에 세 차례나 대제학을 지냈다. 10월 10일, 이단하는 정삼품 이조 참의에서 품계를 훌쩍 뛰어넘어 정이품 대제학에 임명되었다. 행장을 짓는 데 걸맞은 지위를 특별히 부여한 것이었다.

11월 1일 이단하가 지어 올린 현종대왕의 행장 초본 가운데 주요한 대목은 이러했다.

—갑인년 인선왕후의 초상에 예관이 먼젓번의 상사기해년 효종 승하 때에 국전國典, 조선의 법전을 준용한 본뜻은 모르고 임금께 먼저 품의하지도 않은 채 대공복을 대왕대비의 복제로 삼았다. 임금께서 이르기를 '기해년 예송 때 내가 택한 것은 국전에 나와 있는 대로 어머니가 아들의 상에 기년복을 입는다고 한 것뿐이다. 그 아들이 굳이 장자인지 중자인지를 분별할 것 같으면, 선왕은 대비에게 예경의 주소註疏에 일컬은 제이장자의 경우가 되니 또한 장자라고 하는 것이 당연하다. 그러니 지금 또한 국전의 장자부長子婦, 맏며느리의 조문에 따르는 것이 마땅하다' 하고 특별히 기년복으로 고칠 것을 명했으며, 또 먼저 품의를 하지 아니하였다 하여 예관의 죄를 물은 연후에 국가의 전례가 비로소 정해졌다.

왕이 이를 읽어본 뒤에 승전색 조희맹을 통해 전교를 내렸다.

—선왕께서 지난번 인선왕후 상사 때에 복제를 잘못 적용했음을 통촉하시고 이를 정한 대신과 예관의 죄를 처벌하셨는데, 지금 이 행장에는 예관에게 죄를 물은 연후에 국가의 전례가 비로소 정해졌다고 말했으니 뜻이 매우 몽롱하다. 실상에 따라 명백하도록 고치라. 고친 연후에도 다시 문장이 미진하면 행장을 집필한 자가 죄를 면하기 어려울 것이다.

이단하가 승정원에서 다급히 붓을 달려 문장을 첨가하고 보충해서 다시 올렸다. 왕이 이를 보고 나서 "근근이 책임만 메우려 할 뿐 여전히 문맥이 분명하지 않으니 심히 통탄스럽다. 이단하를 우선 엄중하게 추고推考, 벼슬아치의 허물과 죄를 추문하고 샅샅이 살핌하라"고 명했다. 이단하가 놀라 어찌할 줄 모르고 조이수에게 영문을 물었지만 조이수는 고개를 흔들며 알지 못하겠노라 하고 다른 승지들도 묵묵부답이었다.

이단하를 추고할 겨를도 없이 조희맹이 또다른 전교를 들고 승정원에 도착했다. "선왕께서는 친히 예경의 본뜻을 자세히 살펴보시고서 철저히 예경에 의거하여 복제를 바로잡으셨다. 지금 이 행장에는 마치 선왕께서 예경에 의거치 않고 억지로 정한 것처럼 되어 있으니 속히 고쳐서 올리라"는 내용이었다. 이단하가 이에 다시 행장을 고쳐서 올렸다.

왕이 다시 승전색을 보내 "당시 수상首相, 영의정 김수홍이 틀린 예론을 붙좇았기附託 때문에 죄를 주었다고 해야 할 것을 여기서는 단지 실대失對, 대답을 잘못함해서 처벌했다고 하였으니 특히 마음이 편치 않다. 당장 뜯어고쳐서 올리라"고 명했다. 드디어 왕의 진의가 무엇인지 드러나기 시작했다.

'틀린 예론'이라는 것은 효종이 장자가 아닌 중자, 서자라고 주장한 송시열의 잘못을 이르는 것이었다. 이단하는 송시열의 제자이니 제자로 하여금 스승의 잘못을 논하게 한 것이었다. 예론을 빙자하고 있지만 아들이 아버지의 등에 비수를 꽂는 것과 같았다.

이단하는 사색이 되었으나 그렇다고 쉽게 무너질 인물은 아니었다. 그가 뼈아프게 뉘우치는 것은 그런 의도에 휘말린 것도 모르고 문장이 뛰어나다 하여 행장을 쓰도록 뽑힌 것이나 가문에서 양대에 걸쳐 대제학이 나온 것을 기뻐한 일이었다.

왕이 혼자 이런 계획을 세우고 실행했을 리는 없었다. 이단하는 선왕의 시장 집필을 맡은 김석주를 찾았다. 김석주 역시 한때는 이단하와 함께 송시열의 문하에 있었고 그와 가까이 지내기도 했었다.

하지만 김석주가 어디 있는지 알게 되자 이단하는 다시 스스로 어리석음을 한탄해 마지않았다. 김석주는 대비와 함께 왕의 지척에 머무르고 있었던 것이다. 예문관에서 작성하는 왕의 전교까지 입맛에 맞게 쓰게 하는지는 알 수 없었지만 왕의 뜻과 김석주의 뜻이 같다는 것은 명백했다.

이단하가 탄식을 하든 스스로를 천치라고 자책하든 말든 왕의 독촉은 빗발처럼 이어졌다. 이단하는 행장을 더 고치는 대신 급히 소를 써서 올렸다.

─수상이 틀린 예론을 붙좇았다는 것은 신하된 자로서 차마 들을 수 없습니다. 올해 8월 3일 제가 선왕을 뵈었을 때에 우승지 김석주와 함께 입시했는데, 김석주가 선왕의 전교에서 수상이 틀린 예론을 붙좇았다는 등의 말씀을 도로 거두어주실 것을 청했더니 선왕께서 그 청이 잘못되었다고는 하지 아니하시고 다만 '여러 신하들이 그 말을 없앤 뒤에 들어오려고 하느냐?'고 하셨습니다. 신의 망령된 생각으로 선왕께서는 수상이 틀린 예론을 구했다 하여 죄주신 것이 아니었으므로 감히 실대하였다고 말을 만들었습니다. 행장은 후세에 길이 남을 기록인데, 만약 명하신 대로 쓴다면 혹 선왕의 뜻에 어긋남이 있을까 염려되므로 죽음을 무릅쓰고 진달합니다.

상소의 비답이 즉시 내려왔다. 비답이 즉각적이라는 것에서도 문장을 빨리 쓰기로 유명한 김석주의 그림자가 어른거리고 있었다.

　─말뜻은 알겠으나 실대라는 두 글자가 매우 온당하지 못하다. 속히 고쳐서 들이라.

　이단하가 '실대'라는 단어를 빼고 '대신김수흥이 예경을 잘못 인용하여 직임을 잘못 행했다'는 뜻으로 고쳐서 올렸다. 이에 왕은 "대신이 선왕의 은혜를 망각하고 틀린 예론을 붙좇았다는 말이 당일 『승정원일기』에 실려 있는데 지금 이 행장에는 실려 있지 않으니, 이는 무슨 뜻이냐?" 하고 물으며 그 문안을 똑같이 넣으라고 재촉했지만 이단하는 결단코 그렇게 고칠 수 없다고 버텼다. 당시 김수흥이 틀린 예론을 따랐다는 것을 인정하면 스승인 송시열이 명백하게 틀린 예론을 낸 게 되기 때문이었다. 그렇게 이단하가 죽을 지경에 다다르게 되는 것을 보면서도 중간에서 눈치만 보고 있던 허적이 의견을 내놓았다.

　"인선왕후 상사에 대왕대비의 복제에 관한 예론을 잘못 적용한 것을 선왕께서 통촉하시고 바르게 다스려서 전례가 올바르게 된 것이니 선왕의 행장에서 그를 찬양하는 것이 진실로 마땅합니다. 그런데 이를 이단하가 지나치게 소략하게 언급하였으니 주상께서 여러 번 분명하게 고쳐서 올리라 명하신 것 또한 명명백백 지당합니다. 김수흥에게 벌을 내린 이유가 실대했기 때문이라고 하는 것이 충분치는 못하지만 선왕의 은혜를 잊고 틀린 예론을 붙좇았다고 고쳐서 보탠다면 그것 또한 꼭 옳은 일일지 모르겠습니다. 당시 『승정원일기』에 있는 선왕의 전교는 다만 공사公事의 기록일 뿐인데 행장처럼 금석에 새겨 후세에 남기는 글에 그대로 가져다 쓰는 것은 합당하지 못합니다. 또 지금 그렇게 쓴다고 하더라도 후세 사람들이 틀린 예론이 누구의 예론을 말하는 것인지 어떻게 알겠습니까?"

후세 사람이 누구의 예론인지 모를 수도 있다는 것은 결국 그게 누구의 예론인지 명백히 밝히게 하라는 조언이었다. 왕이 그를 모를 리 없었으나 내색하지 않고 "행장에 선왕의 본의를 어찌 쓰지 아니할 수 있소?" 하자 허적은 미꾸라지처럼 슬쩍 빠져나갔다.

"행장에서 이미 예경을 잘못 인용해 대신의 직임을 잘못 행하였다고 일렀으니 그 자체에 김수홍을 비판하는 뜻이 있고 틀린 예론을 붙좇았다는 뜻도 자연히 그 가운데 있습니다. 만약 선왕이 전교하신 그대로 행장에 쓰면 선왕께서 이 사안을 두고 화를 내며 목소리를 높이신 게 됩니다. 당시 논의에 관여했던 여러 신하들이 지금 비록 조정에서 일을 하고 있지만 거개가 그 일로 편치 못한 심정이라 만약 다시 이 말을 행장에 거론하여 후세에 남기게 한다면 반드시 자리에서 물러나게 될 것입니다. 선왕께서 뽑고 골라 등용한 신하들이 일시에 물러간다면 국가의 손상이 너무나 큽니다. 만일 그들이 모두 물러나고 나면 늙고 정신이 혼미한 소신이 어찌 홀로 국사를 담당하겠습니까?"

이 말을 듣고 왕이 다시 명을 내렸다.

"영상의 말이 거기까지 이르니 따르지 아니할 수 없으나, 비록 '붙좇았다'는 말을 쓰지 아니한다 하더라도 반드시 잘못된 예론을 따랐다는 뜻으로 고치는 것이 옳다."

드디어 이단하가 '예경을 따르지 아니하고 타인의 예론을 따랐기 때문에 수상을 죄주었다不從禮經而從他人之議罪首相'는 열세 자를 행장에 보태어 써서 올렸다.

나로서는 누구의 말이 옳고 그른 건 고사하고 무슨 말인지 알 수도 없이 구구하고 복잡한 예론을 왕은 완벽하게 소화하고 자신의 무기로 만들었다. 하지만 그것은 시작에 불과했다. 이단하 뒤에는 예론과 유학의 종장이라는 송시열이 구름 위의 거봉처럼 솟아 있었다.

18장 미수와 백호

"이제 대사헌 임명 교지가 내릴 때까지 고향집으로 가서 잘 계시다가 어명이 내리면 못 이기는 체 오시면 돼요."

내 말에 스승은 어리둥절한 표정으로 되물었다.

"왜 그리해야 되느냐? 여기서 어명을 기다리면 될 것을 굳이 연천 향리까지 왔다갔다할 게 무어란 말이냐? 나도 근력이 예전 같지 않아서 가마도 아닌 말을 타고 연천에서 도성까지 오가기가 쉽지 않다. 지난번에 올라올 때에도 이제 도성 가면 언제나 다시 돌아올까, 내가 살아서 몇 번이나 도성과 향리를 오갈 수 있을까 점까지 쳐봤더니라."

"그래서 점괘에 몇 번이 나왔는데요?"

"두 번이다."

"이번에 내려가셨다 다시 올라오시면 다음번이 마지막이겠네요."

"그러니까 별다른 이유도 없이 얼마 남지 않은 운수를 까먹기 싫다는 것이다. 승정원에 대사헌 임명 교지를 여기로 바로 보내라고 일러

라. 멀고먼 연천까지 보낼 게 뭐가 있느냐?"

"아 참 답답하셔. 도성에 계셨다는 것이 알려지면 지금까지 암중에 국세를 움직인 게 누군지 드러나잖아요. 연천에 계실 때 삼복 같은 공경 자제들이 끊임없이 찾아가서 제자 노릇을 했다면서요? 세상사에 관심을 끊고 계속 시골에 계시면서 후학을 배양하고 학문에 정진하셨다고 하면 모양도 좋지요."

"내가 요 얼마간 한양에서 뭘 했는지 알 만한 사람은 벌써 다 알고 있대도 그러는구나. 내 말도 많이 늙어서 두 번씩 연천을 오갈 수 있을 것 같지 않다."

나는 가슴을 쳤다.

"알기는 누가 안다고 그러셔요. 안다고 한들 함부로 입을 놀리는 게 쉽겠어요? 구슬도 꿰어야 보배이거늘 처음부터 무슨 의도가 있어서 한양에 계셨다는 걸 아무도 알 수는 없잖아요. 그건 스승님도 잘 모르시잖아요. 알지 못하는데 무슨 말을 하겠느냐고요?"

스승은 한 치가 넘게 뻗은 흰 눈썹을 꿈틀거리며 가타부타 말이 없었다. 세상일이 계획대로 되는 게 얼마나 되며 뜻대로 되는 것은 또 얼마인가.

"스승님이 이번에 대사헌 되시면 조선 역대 대사헌 중에 제일 연로한 대사헌으로 기록되겠네요."

"이 나이에 무슨 벼슬을 하든 아니 그러하냐? 늘그막에 정신 사나운 제자 놈 때문에 일복이 터졌나보다."

"제가 대사헌 하시라는 게 아니잖아요. 주상께서……"

"엎치나 메치나 매한가지인 게지."

"저는 대사헌이 무슨 일을 하는지도 모릅니다."

"되었다. 말이나 길 잘 들고 튼튼한 놈으로 한 마리 달라고 여쭈어라. 내 말은 이참에 타고 내려가서 저 태어난 마구간에서 편안히 고종명하게 두고 오리라."

한번 더 김석주에게 다녀올 수밖에 없게 되었다. 대사헌 임명 교지와 함께 타고 올라올 젊은 말을 한 마리 보내달라고. 정말 그 말대로 되었다.

11월 2일, 스승에게 왕의 특지로 대사헌이 제수되었다. 왕은 튼튼하고 길이 잘 든 말을 한 마리 신임 대사헌에게 보내어 속히 향리에서 올라오도록 하라고 명했다.

사헌부는 언론을 담당하고 백관을 규찰하며 풍속을 바로잡고 원통하고 억울한 일을 풀어주는 일 등을 하는 부서이고 왕의 언행에 잘못된 일이 있을 때 사간원과 마찬가지로 간쟁을 할 수 있었다. 조정의 각사各司나 지방 관아에 감찰을 파견하여 부정을 적발하고 그에 대한 법적 조치를 취하는 등 강력한 힘을 행사했다. 임금이 임명한 관원의 자격을 심사하여 동의와 부동의를 결정하는 서경署經 기관이기도 하니, 이렇듯 시정·풍속·관원에 대한 규찰, 간쟁, 인사까지 관할하는 막강한 권능을 지닌 사헌부 앞에서는 출세와 가문의 영광을 기약하는 벼슬아치라면 누구든 설설 기지 않을 수 없었다.

새 대사헌이 오기도 전에 조정이 서리라도 내린 듯하여 사헌부의 다른 이름인 상대霜臺가 이름값을 하는 것 같았다. 스승이 대사헌으로 임명되던 그날 당장 사헌부에서는 박세권을 귀양 보낼 것을 주청하던 일을 정지했다. 사헌부 내의 남인 김빈, 목창명이 주도한 일이긴 했으나 한번 방향을 돌린 흐름이 돌이킬 수 없게 되었다는 것은 명약관화했다.

사헌부에 이어 사간원에서도 박세권에 관한 논계를 정지했다. 사간원 정언 송최가 박세권에 관한 논의를 정지하는 것이 부당하다는 상소를 올렸으나 곧바로 직위를 해제당했다.

스승은 교지를 받고도 당장 출사하지는 않았다. 한 달 정도 시간을 끌다가 11월 말일에 조정에 들어가 왕에게 사은하고 직임을 받들었다. 왕은 신임 대사헌이 도성에서 새로 살림을 하는 데 보태 쓰라고 양식과 반찬, 땔감을 대주게 했다. 다른 사람도 아닌 나를 특별히 스승에게 보내서 불편한 건 없는지 묻게 했다. 갈 때 담비 털로 만든 모자와 타락죽을 갖다주라 했는데 내가 좋아하는 타락죽을 내린 것은 나보고 먹어보라는 뜻인 것 같아서 내가 거의 다 훔쳐먹었다.

스승이 조정에 들어옴에 따라 이번에는 윤휴에게 사람들의 이목이 쏠렸다. 어떤 벼슬이 제수될지 관심거리였는데 이조 참판 김석주가 정해 올린 벼슬은 사헌부 장령이었다. 두 호랑이를 하나의 동산에 풀어놓은 격이었다.

윤휴는 임명 교지가 내려오자마자 즉각 소를 올려 사직을 청했다. 11월 23일의 일이었다. 바로 다음날 왕이 비답을 내려서 "이번의 임명은 우연한 게 아니니 물러간다는 말을 하지 말고 속히 자리에 나와서 조정의 기강을 바로잡으라"고 했다. 그날 곧바로 다시 사직을 청하는 소가 올라왔으니 "만 번 죽어 마땅한 죄를 무릅쓰고 다시금 자리를 물러주실 것을 청하오며 부르심에도 나아가지 못한 죄가 이미 있으니 직임을 받들 수 없습니다"라는 내용이었다. 다음날 왕이 다시

"이미 전의 비답에서 나의 뜻을 다 밝혔으니 속히 직임을 맡으러 나오라"고 답했다. 같은 날 승정원에 윤휴를 패초牌招, 임금이 비상시나 야간에 패를 보내 신하를 입궐하게 하는 일하게 하고 윤휴가 나오지 않았다는 보고에 다시 패초를 하라 명했다. 그날 윤휴는 "신이 두 번씩 패초로 부르심을 어겼고 부득이 사헌부의 일을 받들 수 없사오니 부디 파면해주소서"라고 상소를 올렸고, 다음날 왕은 "속히 자리에 나오라"고 비답을 내렸다.

내가 보기에는 오기 싸움이었다. 윤휴에게 처음부터 좀 높은 벼슬을 주든지, 스승이 수장인 사헌부 아닌 다른 곳에 있는 자리를 주든지 하면 될 텐데 각각 딴전을 피우며 먹과 종이만 낭비하고 있었다.

12월 1일, 윤휴는 보란듯 상소와 함께 밀봉한 책자를 올렸는데 청나라에 대한 복수와 정축년 호란의 수치를 씻을 계책에 관해 논한 것이었다. 왕이 답하기에 따라서 제 갈 길을 가겠다는 뜻이었다. 왕이 고심 끝에 "상소를 잘 읽었으며 책자는 궁중에 남겨두겠다"고 비답을 한 뒤 대신들과 만난 자리에서 "윤휴의 이번 상소가 청나라에 알려지면 공연히 화를 불러일으키지 않겠소?" 하고 물었다. 허적이 답했다.

"윤휴가 상소에서 언명한 바는 이 나라 군신 상하가 결코 잊을 수 없는 것이지만, 지금의 사세와 힘으로는 미칠 수 없으니 다만 마음속에 둘 뿐입니다. 만약 이런 내용이 퍼져 청나라에까지 들어간다면 뒷감당을 할 수 없을 것입니다. 윤휴는 선왕께도 이러한 상소를 올린 적이 있어서 당시에 대신 정지화가 통렬히 배척했고 승정원에서 이런 상소를 받아들인 것을 나무랐습니다. 신 또한 정지화와 생각이 같습니다."

윤휴가 계속해서 사헌부 장령을 마다하고 왕은 빨리 출사하라고 답하는 일은 12월에만 세 번 더 반복되었다. 해가 바뀌고 난 뒤에도 두 번 거듭되었는데 윤휴를 경연에 참석시키도록 방침이 정해지고 나서야 비로소 윤휴가 조정에 나왔다. 1월 7일의 일이었다. 1월 9일 성균관에서 유생들을 지도하는 사업司業 벼슬을 겸하게 되자 윤휴는 잇몸이 다 드러나도록 기뻐했다. 빠진 이 안쪽으로 윤휴의 속이 들여다보일락 말락 했다. 그때 내 스승은 이미 사헌부를 떠나 이조 참판으로 옮겨간 뒤였다.

19장 대제학을 이기다

어느 날 왕이 말했다.

"멀리 떨어진 송시열의 불꽃같은 기운이 조정 안 뭇 신하들의 뜨뜻미지근한 충성보다 백배는 더 사납게 느껴져. 송시열이 무슨 생각을 하는지 뭘 하고 있는지 궁금한데 실상을 제대로 알려주는 사람이 없어."

나보고 송시열에게 가서 밀서의 소재와 근황을 염탐해오라고 하는 것과 다름없었다. 충청감사가 송시열이 진천으로 물러나 대죄하고 있다고 보고를 올린 다음이었다.

"임금이 관찰사를 못 믿으면 누구를 믿습니까? 벼슬 이름이 관찰사인데 오죽 잘 관찰하고 고하였겠습니까?"

"근자에 이 나라 조정처럼 이름이 실질과 따로인 데는 없다는 걸 알게 됐어. 이단하의 예를 보더라도 군신 간의 도리는 없고 당만 있으니 군신지간보다 사제지간이 더 의리가 있는 나라야."

"못 믿겠으면 어사를 보내보시든지요. 그래, 바로 이럴 때 암행어사를 써야지요."

"어사로 보낼 만한 인물이 다 송시열의 제자 아니면 같은 당 떨거지인데 누구를 믿고? 송시열의 제자를 칭하는 자가 조선에서 가장 큰 사문師門을 이룬 퇴계의 이백여 명보다 두세 배 더 많아. 거기다 같은 당의 패거리까지 합치면 수천을 헤아릴 테지. 과거에 응시하는 유생이 대략 오만인데 그중 태반은 송시열을 지지하는 인물들인 것이, 시관이 송당이고 선배도 송당이며 조정을 지배하고 일신의 출세를 좌우하는 것도 송당이기 때문이지."

"송당이고 퐁당이고 상관없이 저를 어사로 보내주시면 간단할 텐데요."

왕은 어사를 보내는 일이 그리 간단하지 않다고 어이가 없어하며 웃었다. 그나마 오랜만에 보는 웃음이라 반가웠다.

"기왕이면 말이 다섯 마리 그려진 마패 들려서 보내보시라고요. 탐관오리를 싹 때려잡고 가난 구제하여 백성들이 모두 일어나 우리 임금 천세 만세 하시라 축수를 드리게 할 텐데요. 제 조부가 그러셨듯이."

왕은 더는 웃지 않았다. 물론 나를 어사로 임명하는 일은 일어나지 않았다.

행장을 써서 바친 뒤 한 달 만에 이단하가 왕에게 면대를 청했다. 김석주가 뒤에서 도와주지 못하게 왕과 직접 대면하려는 것이었다. 왕은 그 뜻을 잘 알면서도 이단하를 편전에 들게 했다. 편전에는 두 사람 말고는 승지, 사관과 내관뿐이었다.

왕은 엄동한설임에도 문을 활짝 열어두게 했다. 궐내 각사에 있는 옥당, 승정원, 정청 등을 채우고 있는 신하들이 군신 사이에 오가는 뜨거운 쟁론을 보고 들을 수 있을 텐데도 전혀 거리낌이 없다는 당당한 태도였다. 문 바깥에는 내가 시립하고 서 있었고 기둥 뒤에는 호위와 별감이 섰다.

이단하가 새로 올린 행장을 읽고 난 임금은 오히려 "선왕의 뜻은 판중추부사송시열가 예경을 그릇되게 논했다고 여기신 것인데, 어찌하여 행장에는 송시열이라는 이름을 넣지 않았소?" 하고 태연하게 물었다. 이단하로서는 혹 떼러 왔다가 혹을 붙일 판이었다. 이단하가 자리에 엎드려 목이 쉬도록 상언했다.

"선왕께서 수상을 벌하라는 전지에 틀린 예론을 붙좇았다는 하교만 있었고 당초에 그 사람송시열의 이름은 굳이 말씀하지 아니하셨습니다. 지금 제가 만약 그 사람을 지명하여 말한다면 선왕의 전지와 다르니 어떻게 감히 그렇게 하겠습니까? 신이 『승정원일기』를 자세히 찾아보니 기해예송 당시에 그 사람이 어전에서 죄를 청한 데 대해 선왕께서 '대충 일하지 않고 옛 전거를 많이 인용해 그 뜻을 밝혔으니 더욱 경의 충성스러운 마음을 볼 수 있다'고 답하셨고, 그 사람이 사종설[26]에 관해 헌의하기는 했지만 이는 삼년복에 의혹이 있다는 것일 뿐 끝내는 풀 수 없는 의문으로 돌렸습니다. 『대명률』과 『경국대전』의 법률이 의심할 여지가 없이 명명백백하였다면 어찌 그 사람이 자신의 의견만을 주장하여 시행하려 했겠습니까? 인선왕후의 초상 때 복제에 관한 일은 조정 바깥에 있던 그 사람은 알지 못하는 것입니다. 지금 신으로 하여금 그 사람의 이름을 지적하여 쓰라고 하시니 쓰는 것이 또한 무엇이 어렵겠습니까만 선왕께서 굳이 그 이름을 언급하지 않으셨던 것은 효종, 현종 두 임금께서 빈사賓師, 스승로 융숭하게 대우하시던 신하인지라 차마 갑자기 물리치려는 뜻을 나타낼 수 없었기 때문이 아니겠습니까? 비록 그 사람의 이름을 쓰지 아니한다 하더라도 후인이 어찌 이 일을 알지 못하겠습니까? 선왕의 포용하시는 덕이 더욱 빛날 것입니다. 신이 끝내 명을 받들지 못하는 것은 이 때문입니다."

왕은 분명한 어조로 답했다.

"삼년복을 입어야 할 것을 기년복으로 낮추었기 때문에 선왕께서 그 잘못을 아시고 고치신 것이오. 경은 어찌 선왕께서 바로 고치신 성절을 도리어 가리려 하오?"

이단하의 목소리가 낮아졌다.

"선왕의 전지 가운데 없는 문자를 신이 어찌 감히 고쳐 넣어서 선왕의 하교가 있던 것처럼 하겠습니까? 행장은 다른 사람이 다시 짓도록 분부하시기를 간곡히 청합니다."

임금이 엄한 낯빛으로 승지에게 명했다.

"송시열이 나라의 전례를 그릇되게 논했기 때문에 선왕께서 특별히 바로 고치시고 그뒤에 수상이 송시열의 뜻에 따랐다는 이유로 죄주신 것이니, 이러한 뜻으로 고쳐서 행장을 만들어 들이게 하라."

이단하가 승지를 돌아보고는 한숨을 쉬며 말했다.

"어명이 눈앞에 닥쳤는데 감히 강변할 수가 없소. 마땅히 물러가서 다시 생각하고 오겠소이다."

일단 궐 밖으로 나간 이단하는 다시 상소를 올려 행장을 짓는 일을 사퇴하고 다른 사람에게 행장을 쓰도록 명할 것을 청했다. 왕의 비답이 화살처럼 빨리 돌아갔다.

─행장 속의 잘못된 문장을 고쳐서 올리라는 뜻을 거듭 밝히고 과인이 직접 면대해서 낱낱이 타일렀음에도 글을 짓는 책임을 다른 사람에게 미루고 바로 고쳐서 올리지 않으니 극도로 해괴하다. 이것은 모두 내가 어린 임금이라고 억누르려 하는 데서 나온 소치이니 심히 마음이 아프고 슬프다. 마땅히 중형으로 다스릴 것이나, 먼저 승정원에서 이단하를 패초하고 행장을 고쳐 들이도록 하라.

승정원에서 어전으로 올린 차자는 이러했다.

─이단하가 패초를 받고 들어와서 '말씀하신 뜻이 지극히 준엄하시니 신은 즉시 땅을 뚫고 들어가고 싶을 뿐입니다. 다만 이전에 고친 것이 아직도 자세하지 않고 극진하지 않아서 이전의 모든 문서를 다 읽고 참고해서 차례로 지어 올리도록 하려 하니 시일이 늦어질 것 같습니다'라고 하였습니다.

임금이 "송시열이라는 이름 하나 써넣는 데 무슨 어려움이 있어서 꼭 이전의 문서를 자세히 살피는가? 살펴보고 불미스러운 부분이 있으면 어떻게 하겠느냐?"라며 내관을 연락부절로 승정원으로 보내 독촉했다. 마침내 이단하가 견디지 못하여 '왕이 공경에게 명하여 모여서 의논했다. 공경들이 『의례』의 사종설로 대답하니, 이는 본래 송시열이 인용한所引 말이다'라고 고치고 또 당시 빈청에서 모여 의논할 때에 선왕이 내린 비망기를 첨부하여 들였다.

왕이 다시 전교를 내렸다.

─지금 고쳐서 올린 문장에는 송시열의 '소인'이라고만 말하였으

니 고쳐 넣은 뜻이 보이지 않는다. 소인을 '오인誤引, 잘못 인용함'으로 고치는 것이 옳다.

이에 이단하가 드디어 '소인'을 '오인'으로 고쳐 넣었다.

달이 바뀌고 12월 18일에 이단하의 소가 올라왔다.

—신은 송시열의 제자입니다. 선왕의 행장을 쓰면서 성상의 엄명과 독촉으로 송시열이라는 이름을 쓰고 그 아래에 '잘못誤'이라는 글자를 썼습니다. 그때 마땅히 제자의 의리로 이를 기피하였어야 할 것인데 그리하지 못하였으니 후회막급일 뿐입니다. 지금 간관의 논의를 읽어보니 제가 지은 행장을 국시로 정하도록 주상께서 명하셨다 합니다. 행장을 짓고 편집하는 것은 금석에 새기는 것과 다름이 없습니다. 신이 스스로 스승을 배척하여 이러한 의론이 나오게 된 것이니, 한시라도 빨리 신에게 죄를 주도록 명령하셔서 사제지간의 도리에 관한 세상의 가르침을 바르게 하소서.

왕은 엄한 질책과 함께 상소를 도로 돌려주게 했다.

—이단하가 감히 이미 정해진 의례를 가지고 장황하게 말을 늘어놓은 것을 보니 교묘하게 꾸미지 않은 것이 없다. 과인의 엄명에 핍박받아서 본의 아니게 '오誤' 자 한 글자를 송시열의 이름 아래에 써넣었다고 말한 것은 제 스승만 알고 임금이 있음은 알지 못한 것이니, 신하로서 임금을 섬기는 도리가 이와 같아서야 되겠는가. 진실로 매우 심히 괴이하다. 이단하를 당장 파직하고 앞으로도 관직에 서용치 말게 하라.

결국 이단하는 행장을 쓰기 전에 비할 수 없이 훨씬 혹독한 처지로 돌아갔다. 정녕 땅을 파고 들어가 눕고 싶었으리라.

열네 살짜리 소년이 정승 둘하고도 안 바꾼다는 대제학과 논리와
이치로 싸워 끝내 이기다니. 왕은 다시금 눈을 비비고 볼 수밖에 없도
록 달라져 있었다.

20장 귀양

12월 13일 선왕의 유해를 숭릉에 모셨다. 인산이 끝나자 선왕을 추모하느라 잠시 주춤하던 남인들의 공세가 다시 시작되었다.

미수 스승의 천거에 의해 조정의 공론을 움직이는 대간과 청요직이 대거 교체되었다. 삼정승 가운데 좌상 정치화는 왕실의 척족이고 서인 우상 김수항은 형 김수흥과 스승 송시열 때문에 손발이 묶인 것이나 다름없었다. 형조는 남인 조성창이 판서를 맡았는데 그는 삼복의 외숙이었다.

마침내 송시열을 파직하라는 상소가 들어왔다. 12월 18일에 사헌부 장령 남천한, 지평 이옥, 사간원 헌납 이우정, 정언 목창명이 연명한 것이었다.

―송시열은 기해년의 대상을 당하여 효종대왕을 두고 '대위는 이어받았으나 적통이 아니다體而不正'라는 예경의 조목을 억지로 끌어다 맞추고 대왕대비의 복제를 서자의 상에 준하는 것으로 끌어내려서 기

년복을 입으시게 하였습니다. 효종대왕을 인조대왕의 적통이 아닌 어러 아들 중 하나라고 해도 그릇되지 않는다고 하고 차장자를 장자라고 이름하여 복을 입게 하면 적통이 흐트러진다고 하여 임금의 지위를 낮추고 손상하려 했습니다. 이제 국가의 전례가 바르게 되었고 국시가 이미 정해졌으나 잘못된 예론을 주도하여 예법을 무너뜨린 사람에게 죄를 묻지 않았으니 송시열을 파직하소서.

왕이 즉각 "아뢴 대로 하라"고 답하여 송시열에게 남아 있던 판중추부사 벼슬이 바로 떨어졌다.

12월 26일에 양사兩司, 사헌부·사간원의 남천한과 이옥, 이우정과 목창명이 다시 연명하여 소를 올렸다.

―주상께서 송시열이 범한 용서할 수 없는 죄를 이미 환하게 꿰뚫어보신 바인데도 그를 비호하려는 의론이 아직도 이어지고 있어 전하의 총명을 어지럽히고 있으니, 이는 송시열의 당에는 목숨을 바치는 자가 있으나 전하께는 충신이 없는 것입니다. 송시열은 잘못된 예론으로 국가에 재앙을 만들었으며 자신과 다른 주장을 하는 사람은 반드시 유배하거나 좌천시켰습니다. 송시열의 죄는 결단코 파직에만 그칠 수 없습니다. 삭탈관직削奪官職, 벼슬과 품계를 빼앗음하고 문외출송門外黜送, 도성 문밖으로 내쫓음하소서.

왕이 즉각 "윤허한다"고 답했다. 송시열이 잘못된 예론으로 선왕에게 죄를 지은 것이 움직일 수 없는 사실이 되었으므로 어떤 명분으로도 상황을 뒤집을 수 없으리라는 확신이 있었기 때문이었다.

송시열을 비호하는 파당의 저항도 끈질겼다. 12월 27일에 왕이 즉위한 뒤 처음으로 경연을 열었는데 『논어』를 강하고 나서 시독관인

교리 윤지완이 입을 열었다.

"근일에 성상께서 여러 신하들을 붕당을 두둔하고 비호한다고 의심하시고 매번 견책과 징벌을 내리셨습니다. 지금 여러 신하들이 줄이어 간쟁하는 것은 한 어진 사람을 무함하는 것을 방관했다는 비판을 면하려는 것이니 당에 치우쳤다고 할 수는 없습니다. 신은 당장 송시열이 죄를 무겁게 입는다 하더라도 후세에서 어떻게 이를 평가할지 정하기는 어렵지 않을까 합니다."

이에 왕이 전에 없이 큰 목소리로 "신하들이 국사는 생각하지 아니하고 오로지 송시열만을 옹호하니 당에 치우친 것이 아니고 무엇이오. 송시열이 예를 잘못 논한 데 대한 죄를 묻는 게 잘못이라고 하니 더욱 통탄스럽소"라고 했다. 윤지완이 꺾이지 않고 "예를 논의한 것이 그릇되었어도 무심중에 나온 것인데 어찌 큰 죄가 되겠습니까? 근일에 대간들의 상소가 점점 위험성이 높아지고 있으니 신은 이로 인해 국사가 그릇될까 걱정스럽습니다"라고 맞받았다.

왕이 "논사論思, 간쟁하는 신하란 언사가 마땅히 정직해야 하는데, 윤지완이 감히 송시열을 두둔하고 비호하려 하면서 국사를 운운하는 것으로 속이려 하니 당장 직책을 갈아치우라"고 명했다. 서인인 동지사 남구만이 "주상께서 오늘 즉위 후 처음으로 경연을 열었는데, 유신이 언사로 인해 배척당했으니……" 하고 말을 채 마치지도 못했는데 왕이 본분을 넘어선 말이라고 엄히 질책했다. 참찬관 정중휘가 말을 돌려 "성균관 유생 이만겸 등이 연일 와서 송시열이 죄가 없다고 호소하는 소를 올리고 있으나 소를 올리지 말라는 금지령이 있기 때문에 감히 들이지 않았습니다"라고 했다. 왕이 "이미 그따위 상소를 받지 말라고 명하였는데 또 무엇 때문에 다시 아뢰는가?" 하고 엄한 표정으로 되물었다. 검토관 이유가 구구절절 뜻을 밝혔다.

"근일에 성상께서 기뻐하시고 성내시는 것이 지나치게 강하여 말씀과 거조가 중용의 도를 지나친 듯합니다. 지난번 성균관 유생들의 상소에 대해서도 죄를 주어야 할 일이 있으면 그 죄목을 들어서 벌주시면 될 것인데, '어린 임금이라고 만만히 아는 것'이라고 말씀하셨다고 하니 이는 신하된 자로서 차마 들을 수 없는 것입니다. 마땅히 마음을 평안하게 가지시고 조용히 궁구하셔야 합니다."

이에 왕은 단 한 마디 대답조차 하지 않았다. 말한 사람과 꿇어 엎드린 사람들을 냉엄한 얼굴로 굽어볼 뿐이었다.

해가 바뀌고 정조제를 지낸 다음날인 1월 2일 사헌부 장령 남천한과 사간원 정언 이수경이 송시열을 나라 끝으로 귀양을 보내라고 상소했다. 또한 이미 죽은 송준길을 삭탈관직하고 두 사람과 동문수학한 이유태를 처벌하라고 청했다. 바로 그날 이유태가 신임 대사헌으로 임명되었고 사간원 수장 또한 서인 이홍연으로 바뀐 터였다.

—송시열, 송준길, 이유태 이 세 사람은 붕당을 만들었고 문하에서 길러낸 자를 조정 요로에 가득 채웠으며 뜻을 달리하는 자는 사적인 원수처럼 무자비하게 공격하였습니다. 벼슬의 진퇴는 모두 그들의 명령에 따랐고 사헌부와 사간원의 탄핵은 죄다 그들의 지휘로 이루어졌습니다. 송시열은 평생에 죄지은 것이 이루 말할 수 없이 많고 천륜을 어기고 강상을 어지럽혔으며 효종대왕을 서자로 낮추어 부르고 적통이 분명하지 않다 하였습니다. 이 나라가 건국한 이래 종사를 십 년 동안 맡은 임금을 적통으로 인정하지 않은 자는 송시열뿐입니다. 송

준길과 이유태는 송시열의 흐리멍덩한 의론을 본떠 서로 호응하여 합세하고 도와서 사람들의 입을 막고 온 나라 안 사람들을 저희 뜻대로 몰아갔습니다.

왕이 이미 송시열의 벼슬을 빼앗은 것으로 충분하니 귀양 보내는 것과 나머지 사람들의 처벌은 윤허하지 않겠다고 했다. 효종 임금이 송시열에게 보낸 밀서를 의식한 처사였다. 왕은 송시열이 밀서를 공개하지 않은 채 어느 정도까지 참을 수 있는지 항상 가늠하고 있었다. 송시열의 처벌에 관해서도 신하들의 소청을 받아 그때그때 대응할 뿐 먼저 벌하겠다고 나서지 않는 것은 이 때문이었다. 하지만 1월 3일 밤 신하들을 만난 자리에서 서인 임상원이 송시열, 송준길, 이유태를 변호하는 말을 하자 "송시열이 효종대왕을 서자라고 깎아내렸는데도 죄를 전혀 묻지 않을 수는 없다"고 입장을 명백히 했다.

1월 7일에도 송시열의 귀양을 청하는 상소가 다시 올라왔으나 왕은 윤허하지 않았다. 1월 8일에는 영의정 허적이 송시열을 위해 변명을 하는 듯하다가 송시열의 잘못을 일일이 열거하고는 그럼에도 나이가 많고 전조에 공이 있으니 용서해주기를 바란다는 뜻으로 말해 서인들의 격분을 샀다.

1월 12일이 밝았다. 그동안 상참常参, 매일 신하들이 임금에게 정사를 아뢰는 일과 경연을 정지시켰던 왕이 주강晝講에 나아갔다. 이에 특진관 이원정이 『서경』을 인용하여 '죄수의 정상을 살펴서 죄가 많은 자를 죽인다'고 하고 '상홍양을 삶아 죽이면 하늘이 비를 내릴 것'[27]이라고 한 한나라의 고사를 들어 죄지은 자를 반드시 처벌해야 함을 역설했다.

그날 양사에서 총력을 다한 공격으로 송시열의 정치적 생명을 끊을 준비를 했다. 사간원 사간 김빈, 헌납 이우정, 정언 목창명에 삼복의 외숙인 조성창이 청대하여 입시했다. 이들은 전에 아뢴 것처럼 송시열을 멀리 귀양 보낼 것과 대사헌 이유태의 관작을 삭탈하여 문외출송할 것을 청하며 허락이 내릴 때까지 결코 물러나지 않을 강경한 태도를 보였다. 이들은 조정을 안정시키고 총력으로 서로 도와 민생을 일으키기 위해서라도 왕권을 손상하고 기강을 어지럽힌 송시열을 벌해야 한다고 거듭해서 아뢰고 또 아뢰었다. 그러다 왕이 문득, "그러면 송시열을 귀양 보내도록 하라"고 윤허했다.

그날로 송시열은 함경도 덕원으로 귀양을 갔다. 그는 생애 처음으로 형벌을 받은 것이었고 그때 나이 예순아홉 살이었다.

예상했던 대로 송시열은 밀서를 꺼내들지는 않았다. 송시열 역시 밀서의 내용에서 거리끼는 바가 있을 법했다. 아니면 워낙 급속한 사태 진전에 겨를이 없었거나 나중에 결정적인 때를 대비해 아껴놓고 있을 수도 있었다. 귀양은 마지막이 아니었다. 죽기 살기로 겨뤄야 하는 형세가 아니면 마지막 패를 꺼낼 리가 없었다.

궁궐 뒤뜰에서 조용히 혼자 천세, 만세, 억세를 외쳤다. 가슴이 터질 듯 벅찼다.

"이건 아무것도 아니야. 모두가 내 뜻대로 된 것도 아니고."

왕은 말했다.

"내가 한 게 아니라 그렇게 하기를 바란 사람들이 하고 싶은 대로 한 거지. 나는 허울 좋은 꼭두각시나 다름없었어."

"이러건 저러건 송시열의 억센 기세를 꺾고 귀양 보냈으면 바라는 대로 됐지요, 안 그래요?"

왕은 고개를 흔들었다. 코밑이 거뭇거뭇해진 모습이었으나 아직 소년의 태가 많이 남아 있었다.

"내가 하고 싶은 것을 내가 원하는 방식으로 해야 그게 진짜지. 처음부터 끝까지 내 뜻대로 하는 것, 그게 당당한 대장부가 취할 행동이야."

나는 왕이 진짜배기 임금이 되려면 송시열을 죽여버려야 하나, 하고 단순하게 생각했는데 왕의 고민은 그게 아니었다. 송시열을 죽이든 살리든 간에 모든 신하들이 감히 넘볼 수 없는 왕권을 확립하려는 것이었다. 문무백관과 수령과 만백성 모두가 왕을 우러러보고 진심에서 우러난 충성을 바치게 하는 것, 그게 중요했다.

송시열이 귀양 간 그날 유성이 땅에 떨어진 것을 시작으로 14일에 유성이 또 떨어졌고 8일에 이어 15일에 다시 흰 무지개가 해를 꿰뚫었다. 송시열의 힘이 천재지변을 일으킬 정도로 대단했던가 하는 생각이 든 것은 나 하나뿐만이 아니었다. 송시열을 놓아주라거나 송시열에 대한 처사가 잘못되었다고 주장하는 상소가 물밀듯 들어왔으나 왕은 움직이지 않았다.

그새 갑인년이 지나고 을묘년1675년이 왔다. 갑인년 선왕 때에 시작된 예송이 신왕 원년에 마무리된 셈이었다. 왕은 열다섯 살이 되었다.

해가 바뀌고 나서 한 가지 문득 깨달은 게 있었다. 나이는 문제가 아니라는 것, 열 살이든 스무 살이든 생업을 시작하는 때가 제가 스스로에게 책임을 지는 어른이, 왕의 말마따나 대장부가 되는 때라는 것. 그래서 열다섯 살짜리 왕도 어른이나 다름없고 부모 슬하에서 호의호식하다 스무 살에 처음으로 거지가 되면 그때부터 진짜 거렁뱅이로서 살게 되는 것이었다. 나는? 이것도 저것도 아닌 채 여기저기 발을 걸치고 산다면 영영 어린아이를 벗어나지 못할 것이었다.

멍텅구리를 거머쥐고 봄기운이 희미하게 돋아오는 삼청동으로 나섰다. 북풍은 여전히 잉잉대고 있었으나 스승에게서 훔쳐온 담비 털로 만든 털모자를 썼더니 춥지 않았다.

21장 활인검

어디서 어떻게 누구를 부모로 하여 태어나는지는 내가 어쩔 수 없는 노릇이다. 하지만 철들면서 만나는 사람은 내 마음대로 정할 수 있을 줄 알았다. 좋으면 친구가 되고 싫으면 안 만나면 되고. 이럴 때 스승이란 애매모호하다. 내가 좋다고 스승을 삼을 수 없고 싫다고 사제 지간의 정리를 모른 체할 수 없으니까. 내가 어려서 기억도 하지 못하는 때 내 조부나 할머니가 내 손을 잡아끌어서 억지로 스승으로 모시게 된 분들은 어쩔 수 없다 하더라도 내가 새로 스승이 되어달라고 무릎을 꿇을 일이 있을 줄이야.

멍텅구리는 날마다 손에 익어갔다. 아니, 멍텅구리가 하루도 빠짐없이 나를 제 주인으로 만들기 위해 조련했는지도 모른다. 대궐에 화재가 나던 날 왕을 지키기 위해 돌연히 발출되었던 단 일 초의 검법을 하루에도 수십 번씩 연마했다. 한 초식이지만 상대에 따라 수없이 많은 변화를 일으킬 수 있었고 내가 모를 어린 시절부터 단전에서 만들어진 기가 멍텅구리에 제대로 흘러들어가면 막강한 위력이 뿜어져나왔다.

초식이 하나뿐인 까닭에 인적이 드문 곳이면 얼마든지 연습을 할 수 있었다. 마음속으로도 초식의 변화를 그리며 칼을 뽑고 제자리로 돌아가기까지의 과정을 반복했다. 이것이 말로만 듣던 심검心劍의 경지인가 싶어 우쭐하기도 했다. 오별감이 검을 연습하는 걸 보니 전에는 전혀 알 수 없던 허점이 느껴졌다. 말을 해봤자 좋을 게 없어 그냥 두었다. 어찌되었든 하나의 초식에 거의 달통하고 나니 다른 것도 더 배우고 싶다는 생각이 일어났다. 늦게 배운 도둑질에 이슬 젖는 줄 모른다더니.

"칼질이 너무도 무정하고 살기가 어려 있구나."

삼청동 계곡에서 칼을 휘두르고 있는데 어디선가 나이든 목소리가 들렸다. 계곡 맞은편에서 백발의 무인이 말을 타고 나를 굽어보고 있었다. 훈련대장 유혁연이었다. 무과 출신이면서 북벌을 도모한 효종 임금에게 승지를 제수받아 측근으로 활약했다. 내 스승인 이완 장군 또한 무인 승지를 역임했는데 유혁연은 스승이 발굴한 인재였다.

스승 이완 장군의 만년에는 두 사람의 사이가 그리 좋지 않았다. 유혁연은 남인이었고 조정 내의 소수 세력인 남인들을 은연중에 무력으로 뒷받침했다. 그게 두 사람 사이를 나쁘게 한 결정적인 이유는 아니었다.

스승은 한양 동부 낙산 아래에 살았는데 도성과 궁궐을 수호하는 훈련도감의 훈련대장으로 임명되자마자 급히 안국방으로 이사를 했다. 한동네에 왕실 지친 인평대군이 살고 있었기 때문이었다. 무관으로는 최고의 자리인 훈련대장에 오르게 해준 명당을 버리고 이사한 이유를 묻는 친구에게 스승은 "병권을 가진 신하가 왕자와 한마을에 사는 것은 옳지 않다"고 대답했다. 반면 유혁연은 바로 그 인평대군의 맏아들 복녕군과 사돈을 맺어 '무벌武閥'이라는 말까지 듣고 있었다.

"과찬이십니다. 보잘것없는 재주올시다."

"젊은 놈이 속에 없는 소리 하면서 꼴값을 떨고 있구나. 보아하니 너의 그 일검은 조선에서는 짝을 찾기 힘든 무공이다. 하지만 네 재주가 메주이고 단 한 수만 되풀이할 뿐 뒤가 이어지지를 않으니 너보다 강한 상대를 만나면 살아날 길이 없을 것이다. 도 아니면 모지."

언제 봤다고 계속 반말이었다. 상대가 아니꼬울수록 겉으로는 공손하게 대하는 것이 나의 타고난 버릇이었다.

"자나깨나 손에 칼을 쥐고 사는 자라면 누구든 자신보다 강한 상대를 만나면 죽기는 매한가지 아닌가요? 얼마나 더 오래 살 수 있을지 모르지만 금방 죽는 것보다 더 고통스러울 수도 있지요. 사는 게 고해라는 말도 있지 않소이까."

유혁연은 마상에서 껄껄 웃더니 채찍을 가볍게 휘두르며 말했다.

"네 검술보다 주둥이에서 나오는 잡소리가 훨씬 날카롭구나. 가히 무형검이요, 주둥이 신공이라 하겠다. 천군만마를 이끄는 대장군한테 주둥아리를 놀려 지지 않으려는 것은 폭포 앞에서 오줌 누는 꼴이요 눈사태 앞에서 똥 싸는 격이다."

"대장군들은 어떤 고명한 무학을 지니고 계신지 옛적부터 궁금했습니다만."

"오냐, 네가 내 호승심을 자극해보려는 모양이구나."

유혁연은 말에서 훌쩍 뛰어내려 바위와 돌멩이를 디디며 순식간에 내 면전에 다다랐다.

"이것이 풀 위를 날아간다는 경신법이다. 우매한 백성들이 도술이 니 축지법이라고 부르기도 하지."

나는 유혁연의 거대한 몸집에 비례하게 큰 침방울이 날아오는 것을 피하느라 몸을 비틀었다.

"도망질로는 훌륭한 수법이 되겠네요."

"어허허허, 한마디도 지지 않는구나. 하지만 주둥아리로 나를 이기 려 하는 것은 아무 소용이 없다. 주둥아리로는 사람 목을 칠 수도 없 고 염통을 찌를 수도 없는 법이니."

유혁연은 임금 앞에서조차 시정잡배처럼 천한 말투로 떠들고 대신 들에게 예의를 차리지 않는다고, 아니 예의를 차릴 줄 모른다고 서인 들이 탄핵을 해서 한직으로 밀려난 적이 있다지만 내게는 그리 비루 하게 들리지 않았다. 대충 나와 비슷한 수준이라는 느낌이 들었다. 같 은 파락호라기보다는 배짱이 좀 맞는 정도로.

갑자기 유혁연이 칼을 뽑아들었다.

"길고 짧은 건 맞대어봐야 안다 했다. 근래 군사들이 삼척짜리 환 도를 주면 무겁고 거추장스럽다 하여 짧게 갈아서 쓰는 바람에 실제 전장에서는 제 몸조차 못 지키게 생겼는데, 너의 못생긴 칼은 오합지 졸들이 쓰는 칼보다 짧으니 쥐새끼 잡는 데나 쓰면 되겠다. 어디 한번 내 앞에서 장난질을 해보려무나."

바람이 불었다. 아직 봄이 오지도 않았는데 어쩐지 훈기가 느껴졌 다. 내 콧김 같기도 했다. 내가 유혁연의 일언일동에 자극을 받는 것과 달리 멍텅구리는 별다른 반응이 없었다.

"좋소이다. 그럼."

나는 호흡을 가다듬고 혼신의 기를 칼에 집중했다. 나와 칼이 하나가 되었다는 느낌이 들기까지 몇 번의 호흡이면 충분했다.

"내 칼을 받아라!"

보기 좋게 유혁연의 보검을 부러뜨려서 개망신을 줄 심산이었다. 제가 아무리 수십 년을 전장에서 굴러왔다 한들 멍텅구리의 위력을 알겠는가.

착, 하는 소리가 났다. 멍텅구리가 막힘없이 앞으로 쭉 뻗어나갔기에 유혁연의 칼이 부러졌을 것이라 생각했는데 그의 칼은 약간 옆으로 누웠을 뿐 손상이 없었다. 이게 웬일인가.

"오너라!"

유혁연이 귀청이 터지도록 대갈일성하며 기합을 내뿜었다. 정신을 차리고 다시 멍텅구리를 세웠다. 호흡을 가다듬은 뒤 아무 말도 하지 않고 있다가 느닷없이 돌풍처럼 달려들었다. 똑같은 검법이지만 전보다 빨라지고 위력이 약간 떨어졌다. 유혁연은 칼을 비스듬히 눕히고 멍텅구리에 밀착하여 매끄럽게 밀어냈다. 그 동작은 마치 새의 날갯짓처럼 가벼웠다.

"오너라!"

약이 올랐다. 이번에는 느리지만 있는 힘을 다 결집해 멍텅구리를 휘둘렀다. 유혁연은 성급한 아이를 놀리듯 가볍게 멍텅구리의 검세를 흩뜨렸다. 몸놀림이 산수화를 그리는 화공의 손처럼 가벼웠다. 큰 덩치가 바람에 꽃이 흔들리는 것처럼 부드럽게 움직였고 희멀건 장검이 물에 젖은 무명처럼 질겼다.

나는 지쳐 떨어질 때까지 수십 번을 덤벼들었다. 멍텅구리도 내 기분을 알았는지 한몸처럼 움직였다. 하지만 유혁연의 옷깃조차 건드릴 수 없었다.

"비겁하오! 피하기만 하고 공격은 안 할 겁니까?"

유혁연은 징이 깨지는 듯한 웃음을 터뜨렸다.

"내가 공격을 할 줄 몰라서 피하는 줄 아느냐? 마음만 먹었으면 진작에 네 모가지는 날아갔다. 더없이 패도적인 네 검술의 연원을 찾고 있는 중이다. 자, 기운이 돌아왔거든 다시 오너라!"

나는 다시 덤볐다. 결과는 마찬가지였다. 백 합이 넘었다. 유혁연은 고양이가 쥐를 놀리듯 나를 가지고 놀았다. 기운이 떨어지자 검초는 평범해졌다. 유혁연은 언제든 내게 참패의 수모를 안겨줄 수 있었다. 하지만 그는 빙글빙글 웃으며 마지막 순간에 칼날을 다른 데로 돌렸다.

인정할 수밖에 없었다. 멍텅구리와 함께한 이후 첫 패배였다. 아니, 내 인생 처음으로 패배한 것이었다. 그전에는 무릎을 꿇고 머리를 조아리고 말똥에 얼굴을 처박고 남의 가랑이 사이를 기어간다 해도 졌다고 생각하지 않았다. 살아남아 다음을 기약하기 위한 내 나름의 재간이라고 생각했으니까. 그런데 유혁연에게는 완벽하게 져버렸다는 느낌이 들었다.

얼어 있는 계곡 바닥에 무릎을 꿇고 숨이 턱에 닿은 채 하늘을 원망했다. 빌어먹을, 하늘이 재주를 주었으면 천하무적의 것을 주지, 이토록 허무하게 져버릴 재주를 주었던가. 서출인 아버지, 타고난 파락호

228

라고 자조하며 그냥저냥 벌레처럼 살아온 인생, 뭘 하든 타고난 신분과 핏줄을 벗어날 수 없는 신세가 새삼 떠올랐다. 이렇게 너절하고 누추하게 산들 사는 것이라 할 수 있는가.

"에라이, 죽어라!"

나는 멍텅구리를 들어서 내 목을 찔렀다. 단 한 수로 남을 무찌르던 살기 어린 검술이 나를 공격했다. 어쨌든 세상에서 가장 빠르기는 할 것이었다. 싹, 하는 소리가 났다. 이게 멍텅구리가 남의 살과 뼈, 염통을 파고들 때 나는 느낌이겠구나. 나는 눈을 감았다. 고맙다. 멍텅구리.

"내게 고맙다 하지 않느냐?"

눈을 떴다. 유혁연의 넙데데한 칼이 멍텅구리를 간발의 차이로 막아냈다. 그 크고 무거운 장검이 무엇과도 비교할 수 없이 세밀하고 부드러웠다.

"칼은 사람을 죽이기도 하지만 살리기도 한다. 이것도 인연이니 네게 내 무영검법을 전수해주겠노라. 전가지보인 이 검법이 내 대에서 끊어지기를 바라지는 않는다."

결국 나는 유혁연의 제자가 되었다. 스승이 되었으니 이름을 부를 수는 없었다. 스승의 호는 야당野塘이었다. 야당 장군. 조선에서 따를 자가 없는 검술의 최고수.

22장 허교

할머니의 기생방은 운종가 뒷골목 수십 개의 기생방 중에서 가장 끄트머리에 있었다. 긴 대의 끝에 제등提燈을 달아서 세운 다른 술집과 달리 아무런 표식이 없어서 모르는 사람은 찾기도 힘들었다.

운종가 뒷골목에 즐비한 기생방들은 대부분 효종 임금 연간에 오가는 사람의 재주와 기상을 탐지하여 북벌을 위한 인재를 찾는다는 명목으로 만들어졌다. 객줏집이나 주막은 출입구 옆에 하얀 종이술을 만들어서 장대 끝에 매달았고 늙수그레한 주모가 탁주와 국밥을 주로 팔았지만 기생방에서는 고급 안주와 청주, 소주를 냈다. 원나라에서 유래한 독한 소주를 마실 때에는 작은 소주잔을 썼다. 무엇보다 아리따운 기생이 있다는 게 달랐다.

정작 효종 임금 자신은 북벌을 위해 근신을 한다는 의미에서 술을 끊었다. 처음의 뜻과는 달리 기생방을 찾는 권세 있는 귀한 집 자제들은 풍류에 빠져들어 공부를 그르치기 십상이었고, 주색에 곯은 한량

230

들 가운데 오랑캐를 무찌르고 지난날의 수치를 설분할 장재를 찾기란 모래밭에서 바늘 찾기나 매한가지였다. 결국 기생 서방들인 포도청 군교, 의금부 나장, 궁전의 별감, 세력 있는 대감 댁과 궁가의 청지기들만 살판이 났다.

김만중과 이유명이 평소에 어떤 사이인지는 몰랐지만 한 가지는 알 수 있었다. 그들은 운종가 뒷골목을 따라 내려오며 뭔가를 찾고 있었다. 그들이 미리 약속을 하고 온 것 같지는 않았다. 나란히 걸어내려 오고 있긴 했지만 서로 모르는 사이처럼 시선을 마주치지 않았다. 어찌됐든 당금 최고 명문가의 촉망받는 정예, 혹은 조정의 신진기예가 육조거리 동쪽에서 향교동까지 붉은 등롱을 밝히기 시작한 기생방들을 기웃거리며 내려오고 있었다. 보교도 타지 않고 수종조차 없이, 겨울에 부채를 들고 얼굴을 가린 채.

그들의 일거수일투족은 일찌감치 기생 서방들과 그의 수족, 이목에 의해 포착되었다. 하지만 아무도 그들을 냉큼 제집으로 끌고 가려 하지 않았다. 조정 벼슬아치의 직급에 종구품부터 정일품까지가 있듯이 기생 서방에도 서열이라는 게 있어서 손님이 돈 좀 있어 보인다고 해서 아무나 먼저 끌고 들어갈 수는 없었다. 할머니의 기생방 사업을 막 물려받은 나는 그 서열에서 맨 바닥에 있는데다 그 짓 안 하면 못 먹고 못 사는 것도 아니니 손님이 오면 오고 말면 말고 되는대로 버려두라 일렀다.

국상이 이어지며 기생방들도 예전에 비하면 파리를 날리는 형편이었다. 원래 사대부들은 기생방을 드나드는 게 국법에 어긋나는 일이었는데 관원 가운데 그나마 기생방을 드나들던 호걸들조차 근래에는 발길이 뜸해졌다. 하지 말라는 것은 골라서 하는 한량이나 장사로 배가 부른 부자들만 중문간에 쳐진 거미줄 아래로 살금살금 쥐새끼처럼 드나들 뿐이었다.

몸이 단 것은 기생들과 기생방 식구들이었다. 특히 지방에서 번을 들러 와서 주어진 일 외에 가진 자색이며 재주로 한몫 단단히 잡을 심산으로 기생방에 몸을 맡긴 기생들이 보통 불만이 아니었다.

"아니, 연전에 왔던 나주 기생 부용이, 충주 기생 난향이는 이 집에서 천금을 벌어 나가서 면천을 하고 고을 부가옹 첩실로 들어가 팔자를 싹 뜯어고쳤다는데, 이년의 신세는 시집가는 날 등짝에 등창 난 꼴이 아닌가. 이런저런 국상에 인산 날 때까지는 그렇다 치고 지금까지도 손가락만 빨고 있으라는 건 뭐야. 옛 주인이고 새 주인이고 간에 불쌍한 기생년들이 시골서 눈 빠지게 기다리는 기생 어멈에게 비단옷 하나 사다주려는 마음을 이리 모르나? 한양에 천년만년 있을 것도 아닌데 이때 한몫 잡지 않으면 뒷날 병들고 썩어진 몸으로 누구를 원망하리."

귓등으로 들어 넘기고 있는데 행랑의 장서방이 들어왔다. 기생 서방 사이에서 우두머리로 통하는 좌포청 포도부장 오기남이, 누가 봐도 조정의 현직 사대부인데 아닌 척하며 오고 있는 손님 둘을 내게 넘기라 했다는 것이었다. 그게 김만중과 이유명이었다.

아직 선왕의 소상小祥, 사람이 죽은 지 1년 만에 지내는 제사이 끝나지도 않았는데 조정의 청요직에 있는 사람이 기생방을 출입했다는 게 사헌부에 알려지면 당사자는 둘째 치고 그 기생방은 폭풍 속의 민들레 씨앗처럼 날아가버릴 것이다. 한마디로 계륵 같은 손님을 내 기생방에 넘겨서 신참인 나를 시험하고 경우에 따라서는 콧등에 침을 한 방 놓으리라는 심사도 있을 것이었다.

"그냥 지나가도록 버려두게."

뒤가 어찌되건 말건 나는 뜨듯한 방바닥에 등을 대고 누워서 일렀다. 그런데 갑자기 왕이 동평위 정재륜에게 한 말이 명치를 콕 찌르는 듯 아프게 느껴졌다. 내 이야기를 많이 듣다보니 귀에 더러운 때가 끼었다고 한 그 말. 그 말이 부러진 낫 끝처럼 가슴 한켠에 박혀 있다가 바로 그때 비수처럼 심사를 후빈 것이었다.

"장서방! 장서방!"

저희들은 도대체 명주 비단 겹겹이 두른 몸 한가운데에 얼마만한 뭘 가지고 있는지 어디 한번 보자는 생각이 들었다. 낮에는 궁중의 별감이었다 날 저물면 기생 서방 노릇을 하는 나를 알아볼지도 궁금해졌다.

"은밀하게 가서 아무도 모르게 모셔들 오게."

말하면서도 웃음이 났다. 누가 어느 기생방에 들었다는 건 화류계에서야 다 알 일이니 은밀할 리가 없지 않은가. 하지만 이 바닥에는 그 나름의 신의가 있었다. 목에 칼이 들어와도 손님에 관한 비밀은 엄수한다. 그게 안 되면 이 바닥을 떠야 하는 건 물론이고 영영 이승을 뜨게 될 수도 있다.

"상등방에 모셨습니다."

말을 듣고 나서 얼굴에 누런 물감을 좀 발랐다. 벗어두었던 탕건을 쓰고 갓을 머리에 얹은 뒤 쥘부채를 들었다. 그들에게 진흙 속에 숨어 있는 진주를 찾는 지인지감知人之鑑, 사람의 됨됨이와 감춰진 재능을 알아보는 능력이 있는지 궁금했다. 왕은 나를 알아보았다는데 당신들은 어떤가.

"여기가 말로만 듣던 운향각이구나."

김만중이 장죽을 털고 나서 입을 열었다. 십 년 전 문과에 장원급제한 이후 지평, 정언, 수찬, 교리 등 청요직을 거쳐 왕이 새로 등극한 뒤 홍문관 응교가 되면서 창창한 앞날을 예약해둔 왕의 처숙이었다.

제아무리 정승 판서 할아버지라 해도 조선 최고의 기생방 하고도 웬만한 사람은 있는 줄도 모르는 비밀의 방에 들어오면 주눅이 들게 되어 있었다. 바깥에는 구슬발이 쳐져 있고 안은 비단 휘장으로 가려져 있었으며 은은하게 감도는 침향 냄새에 당대 최고의 화가가 그린 그림과 글씨가 벽을 채우고 금박 병풍이 세워져 있었다. 주안상인 자개 통영소반이며 주칠을 한 대원반, 문방사우가 갖춰진 경상에 명장이 만든 타구, 장고와 거문고, 벽옥으로 만든 재떨이, 바닥에서 천장과 벽과 문까지 어느 하나 범연한 것이 없었다.

김만중은 나보다 열한 살 많은 정축생이었다. 아버지 김익겸이 청군에 의해 강화성이 함락될 때 김상용과 함께 화약을 터뜨려 자결하여 유복자로 태어났고, 어려서부터 어머니 해평 윤씨로부터 엄한 훈육을 받았다. 그의 어머니는 어려운 형편에도 김만기, 김만중 형제의 교육에 모든 힘을 쏟았는데, 어린 김만중이 집안 살림을 걱정해 보고 싶은 책을 사지 않자 회초리를 치면서 자기가 하루종일 짠 옷감 절반을 뚝 잘라 줬을 정도였다고 했다. 김만중은 한양의 기생방에 드나들어본 경험이 별로 없는 듯했지만 몸가짐은 태연했다.

이유명은 나보다 다섯 살 위였다. 그 역시 문과에 장원급제를 했으나 장원급제자라고 피가 한창 끓을 나이를 그냥 지나보낼 수 있는 건 아니다. 그렇다고 뜨거운 피를 가라앉히기 위해서 어둡기도 전에 기생방을 찾아들었다고 하기에는 눈이 너무 맑았다. 볼 때마다 준수하게 잘생기기도 했다.

아직 본격적으로 장사를 하기에는 이른 시간이었다. 한양에서는 기생 하나가 손님을 여럿 상대하는 일이 많았다. 황해도 기생들은 손님이 둘만 되어도 그날 문빗장을 걸어 잠그고 수절열녀처럼 지극정성을 다한다는데, 한양에는 기생을 찾는 사내들이 넘치고 그 사내들 모두 어디서나 볼 수 있는 흔한 기생이 아니라 최고의 기생을 만나고자 했으므로 잘난 기생은 하룻밤에 일고여덟까지 한꺼번에 상대했다.

장안에서 가장 어여쁘고 낭창낭창 춤 잘 추고 노래 잘하는 장악원 기생 추월이를 대령시켜놓은 뒤 큰 방에 두 사람을 좀 떼어서 앉히고 반과상盤果床부터 들이게 했다. 국수가 있어서 면상麵床이라고도 하는 큰 주안상에는 약과, 시루떡, 과일, 계란찜에 술과 술잔을 놓았다. 장고와 거문고가 오고 화로가 훈기를 뿜었다. 특별히 너비아니와 꿩 조치, 숙채를 더 들여오게 했다.

원래 기생방에서는 서자고 적자고 고관대작이고 왈짜고 간에 웬만하면 서로 '하게'를 하는 경우가 많았으니 말 또한 쉽게 놓았다. 또 기생방 나름의 격식과 법도가 있어서 이를 잘 모르면 망신을 당하기 일쑤이고 기생 서방 같은 왈짜패한테 두들겨맞기까지 했다. 두 사람이 기생방의 진정한 환락을 맛보려면 내 도움 없이는 턱도 없을 것이었다.

"기생방에 기생이 하나밖에 보이지 않으니 이게 웬일이냐. 당장 노래 잘하고 춤 잘 추는 아이를 모조리 들게 하여라."

김만중이 호기롭게 입을 열자 이유명이 대꾸했다.

"세상이 서포西浦, 김만중의 호를 준격한 언론과 빼어난 문장으로 칭송하고 있는데 풍류에도 영웅의 기상이 있으십니다. 앉자마자 성색聲色, 노래와 여색을 찾으시니."

김만중은 언관으로 대각에 있은 이래 지위 고하를 막론하고 비위와 잘못을 공격하는 것으로 유명했다. 현 영상 허적, 전 영상 김수흥도 그의 칼날을 피해가지 못했다. 반면 너무 강하고 엄격한 논척을 지속하다 본인이 파직되고 귀양을 간 일조차 있었다. 이유명의 자극에도 김만중은 표정에 변함이 없었다.

"군자는 때와 장소에 맞게 처신을 하는 법이니 기생방에서 무슨 인의니 예의염치를 가리겠는가. 나는 오랜만에 시중의 청가淸歌, 적나라하고 솔직한 애정 표현을 담은 시가와 노래를 듣고자 왔을 뿐이네. 사휘士輝, 이유명의 자에게는 뭇 영웅호걸이 출셋길을 마다하고 달려가 엎드릴 장안 제일의 미녀가 지극히 가까이 있다고 들었는데 기생방을 찾아오다니, 그 이야기는 그저 헛소문일 뿐이었나?"

각기 서인과 남인으로 당색이 다르면서 말싸움으로는 당대 최고수들끼리의 불꽃 튀는 대결이 기생방에서 펼쳐지고 있었다.

이유명은 한때 복창군 이정의 비부婢夫, 남의 집 여종의 남편가 되었다. 사대부 집안 출신의 젊은 선비가 공부를 전폐하고 일개 여종의 배필이 된 것은 웬만한 사랑이 아니고서는 어려운 일이었다. 그뒤로 이유명은 대낮부터 여종과 함께 술에 취해 있는 일이 잦았는데 한번은 술에 취하여 복창군의 아내가 누워 있던 안방으로 들어가고 말았다. 복창군의 아내 역시 보통의 미인은 아니었고 군부인으로서 외명부 정일품의 품계를 지닌 여자였다. 무슨 일이 생기기 전에 복창군에게 발각되었기에 망정이지 무슨 일이 생긴 연후였다면 그냥 그 집에서 쫓겨나는 것으로 그치지는 않았을 것이었다.

그 일 때문은 아니겠지만 이유명은 정신을 차리고 공부를 재개해 대과에 합격했다. 그것도 장원급제로 어사화를 머리에 꽂고 풍악을 울리며 도성 이곳저곳을 유가하는 광영을 입었다. 그런데 장원급제자를 태운 말이 복창군의 집 앞에 이르자 더이상 움직이려 하지 않았다. 마치 먼 옛날 신라의 장군 김유신의 말이 기생 천관의 집 앞에 저절로 가서 섰던 것을 연상케 하는 광경이었다. 이에 이유명이 말에서 내려 집 앞에서 간곡하게 복창군을 뵙고자 청했다. 집밖으로 나온 복창군에게 이유명은 과거에 있었던 취중 안방 난입에 대해 다시 한번 극진하게 사죄하고 나서 한때의 정인이었던 여종을 만나게 해주면 은혜가 백골난망이겠노라고 했다. 복창군이 선선하게 여종을 나오라고 했고 이유명은 수많은 사람이 지켜보는 가운데 여종과 함께 풍악에 맞춰 기쁨의 춤을 덩실덩실 추면서 즐겁게 놀다가 돌아갔다. 그리하여 조선 최고의 풍류남아로서 한양 도성은 물론 조선 팔도에서 더이상 유명해질 수 없도록 드높은 명성을 얻었다.

혹여 싸움판이라도 벌어지면 기생방 주인만 손해가 날 것이라 내가 두 사람 사이에 끼어들었다. 사대부들이 초대면하면 그러듯이 내 성명과 현달한 친인척, 나이, 출신, 사조, 내외향內外鄕, 부모의 고향을 여쭙는데 내가 문무 양과에 응시했었다는 말을 듣고는 김만중이 나를 대하는 태도가 조금 달라졌다.

"한성부 초시를 통과하고 회시를 궐하였다? 그때 나이가 몇이나 되었던가? 약관의 나이가 아니었나?"

"식년시 과거에 응시하는 사람이 오륙만이고 삼 년에 한 번 뽑히는 인원이 서른세 명인데 제가 무슨 재주로 회시까지 가겠습니까? 그저 영감하永感下[28]로 향시에 턱걸이한 것만으로도 과람하다 여겼습니다."

그건 모두 할머니가 결정한 일이었다. 할머니의 능력이라면 시험을 세 번 치르는 식년시 문과는 몰라도 한 번으로 당락을 결정하는 별시, 정시庭試에는 거벽巨擘, 과거 시험을 대신 봐주는 사람과 서수書手, 과거 시험장에서 답안의 글씨를 대신 써주는 사람를 써서 얼마든 합격하게 할 수도 있었을 것이다. 과거 응시자가 까막눈이라고 하더라도 수종꾼을 데리고 들어가서 글을 베껴 쓰게 하고 글씨까지 써주니 합격은 쉬웠다. 과장에서 제 손으로 직접 문장을 짓고 글씨까지 써서 답안을 내는 경우는 일할밖에 되지 않는다는 말까지 있었다. '과시는 문과 사詞의 아름다움과 나쁨에 관계된 것이나 정작 그 아름다움과 나쁨과 관계가 없는 것은 송사가 옳고 그른 것과 관계없이 세력 있는 쪽의 입맛에 따라 멋대로 처결되는 것과 마찬가지다'라는 것은 상식이었다. 심지어 과거 시험장에서 말 안 듣는 시관에게 시비를 걸고 두들겨패는 일까지 있었다. 하지만 무과는 달랐다.

"그때 무과에서는 사백 하고도 스물여섯 명을 뽑았습니다."

"방목에 들었던가?"

"그때 무과에 뽑힌 사람치고 별장 소리 듣는 사람 하나 없지요. 무과를 빙자하여 변방을 지킬 군사를 뽑은 것이라고 원망이 자자했으니까요. 끝에 상으로 받은 각궁 하나만 남았을 뿐입니다."

"각궁이라? 말 한 마리도 아니고?"

238

"뒷간에서 파리를 쫓을 때는 그 각궁이 한동안 요긴하게 쓰였습니다."

김만중이 호탕하게 웃음을 터뜨렸다. 나까지 속이 시원해지는 웃음소리였다. 워낙 집안의 안쪽 깊은 곳에 있는 방이라 소리가 새나갈 일은 없었다.

"응교 나리께서는 어사를 하셨지요?"

"그랬지. 사 년 전에 경기 어사로 나갔었다."

"지방으로 나가신 게 처음이었을 텐데 아리따운 기생들 구경은 많이 하셨겠지요?"

"기생이 뭔가. 백골을 파먹는 까마귀 울음소리가 낭자하였을 뿐이라 잠을 이루지 못한 날이 얼마인데. 때는 경신대흉[29] 끝 무렵이라 백성들이 굶어죽고 병들어 죽고 서로 잡아먹는다는 소문이 돌았는데 보는 것은 그보다 더 참혹하였다. 겨우 두어 달 사이 수령들을 염찰하고 잘잘못을 문서로 아뢰어서 명이 내려오는 대로 처결하였을 뿐이지만 그 참상은 죽을 때까지 잊지 못할 것이다."

그런 사람이 오늘 기생방에는 왜 왔는가? 눈을 빤히 바라보며 묻고 싶었지만 이유명이 자신도 거기 있다는 걸 알리듯 대신 입을 열었다. 과거 자신의 일보다 한창 화제가 되었던 숙정공주의 서시모에 관한 이야기였다.

"동평위 정재륜의 양부 정치화 대감, 정정승이 인조대왕 말년에 평안감사를 지냈는데, 그때에 관서의 기생이 당하기 힘들게 아름답다는 것을 잘 알게 되었거니와 주색을 진실로 경계했다 하네. 그런데 사람의 일이라는 게 알 수가 없어 현종대왕 초년에 의주 관아 기생을 알게 되었지."

남인인 이유명은 정치화와 같은 서인이자 연장자인 김만중과 이야기를 나누기가 불편하여 그 자리에 나만 있는 것처럼 말했다. 듣다보니 기가 막힌 이야기였다.

인조, 효종, 현종 삼조 수십 년 사이 정태화, 정치화 형제가 정승을 지냈고 종형제인 정지화 역시 판서를 역임한 바 있었으며 정태화의 소생인 정재륜이 효종의 부마가 되었으니 조선은 정씨가 움직인다는 말이 나올 정도였다. 정치화가 정승이 되기 전에 평안도 의주 관아의 기생 한계를 만났는데 한계가 효심이 지극하고 문장과 풍류를 알아서 곧 사랑하게 되었다. 한계는 관아에 속한 노비였고 번을 들러 가는 경우 외에는 평안도 지경을 벗어날 수 없는 게 국법이었다. 정치화가 한계를 기적에서 빼내고 해방시켜서 소실로 데리고 온 것이 쉰일곱 살때로, 당시는 이미 양자 정재륜이 효종의 부마가 된 지 아홉 해가 되던 때였다.

며느리인 숙정공주가 스물한 살이었는데 명분상 서시모인 한계의 나이가 스물셋이었다. 기생 출신 서시모로서 공주 며느리를 대하기가 얼마나 힘들었을지 짐작조차 가지 않았다. 시아버지 또한 체모를 돌보지 않고 기생첩을 들였을 때는 한계에 대한 사랑이 얼마나 극진했을지 알 수 있었다.

정치화의 집에 들어온 한계는 정성을 다해 윗사람을 받들고 예의를 갖추어 아랫사람을 대하여 집안에 화기가 넘치게 하고 주변 사람에게 큰 사랑을 받았다. 무심하게 세월이 흘렀다. 시아버지 정태화의 머리에서 이를 잡아줄 정도로 다정다감하던 숙정공주가 스물넷의 나이에 세상을 버리고 온 집안이 애통함과 슬픔에 싸여 거상을 하던 때에 청천벽력 같은 나라의 명이 떨어졌다. 평안도 일대에 사는 인구가 자꾸만 줄어들고 있다 하여 평안도 소속 노비를 원래의 자리로 돌려보내기로 했다는 것이다. 평안도 출신으로 양반들이 첩으로 삼아서 한양으로 데리고 온 관기, 비록 속량을 했더라도 한때 노비였던 사람이 모두 해당이 되었다. 정승으로서 솔선수범해야 했던 정치화는 한계에게 "너도 의주 관아로 되돌아가야 하나 나 때문에 잠시 늦추어두었다. 더이상 미룰 수는 없겠다" 하고 일렀다.

이에 한계는 명을 받들겠다면서 돌아가는 날이 될 때까지 전과 다름없이 윗사람과 남편을 잘 떠받들고 집안일을 성실히 해나갔다. 하지만 의주로 되돌아가면 다시 관기가 되어야 하고 한 남자의 여자로서 절개를 지킬 수 없게 된다는 것은 너무도 분명했다. 마침내 돌아갈 날이 하루 앞으로 다가오자 한계는 목욕재계하고 주변을 정돈한 뒤에 집안사람들과 일일이 작별의 인사를 나누었다. 밤이 지나고 나서 인기척이 없어서 사람들이 한계가 거처하던 방의 문을 열어보니 이미 약을 먹고 목숨을 끊은 뒤였다. 그녀의 곁에는 늙은 지아비에게 남기는 유서가 놓여 있었다.

—소첩은 본디 미천한 신분이나 상공의 보살핌으로 한양 도성에 와 재상의 소실까지 되었습니다. 오늘 만약 이 문을 나서면 사람들은 필시 예전처럼 천한 기생으로 저를 대할 것입니다. 어찌 이 욕됨을 당하며 살아갈 수 있겠습니까? 차라리 목숨을 끊어 아래로는 제 몸과 마음을 온전히 하고 위로는 상공의 은혜에 보답하여 지하에서라도 부끄러움이 없고자 합니다.

이유명은 이를 슬퍼한 정치화가 정지화에게 부탁해 한계의 묘표를 써달라고 했다는 것으로 이야기를 맺었다.

"묘지문 제목을 '의랑 청주 한별실지묘'라고 했다지. 기녀 출신 첩실이긴 하지만 의로운 여자라는 호칭을 붙여서 열녀와 같은 절개가 있음을 세상에 알리려 한 게야."

나는 별달리 할말이 있을 리 없어 잠자코 앉아 있었다. 갑자기 문이 벌컥 열렸다.

"듣자 듣자 하니 귀에 대못이 박히는 듯하여 참고 있을 수가 없네. 공자는 뉘 댁 자제요?"

낮술에 취한 듯 모주꾼처럼 비틀대며 방에 난입한 사람은 할머니였다. 이유명은 깜짝 놀라며 뒤로 물러났는데 서 있던 사람이라면 나자빠져서 뒤통수를 깨고도 남을 형세였다. 반면 김만중은 꼿꼿이 자리를 지키고 있다가 물었다.

"뉘가?"

나 대신 할머니가 눈을 부릅뜬 채 대답했다.

"이 기생방을 만든 사람이외다."

나는 할머니를 붙들어 앉혔다.

"할머니, 도대체 왜 이러시는 거요? 이분들은 일찍이 문과에 장원 급제하여 유가를 돌기까지 하신 분들로 당금 조정의 정채로 꼽히는 분들이시라오. 장차 정승 판서는 거뜬히 하실 분들이시지요."

"정승들은 인두껍을 쓰기만 했지 사람도 아닌가? 사람으로서 어찌 속량시켜 데려온 첩더러 도로 관기로 가라고 내쫓는단 말이냐? 그게 나가 죽으라는 소리가 아니고 무엇이냐? 젊디젊은 시첩의 온기에 늙은 몸을 덥히고 다디단 웃음에 주름을 펴며 춤과 노래에 재주를 향락하여 단물을 실컷 빨아먹고는 제 한몸에 누가 될까 싶어서 다시 이놈 저놈에게 몸시중을 드는 관기로 내쫓다니, 그게 어디 정승이 할 짓이더냐. 한낱 미천한 시정잡배조차 그리할 수는 없다. 그런 것들이 사내라면 양물을 다 떼어다가 개나 주는 게 옳으리라."

"아니, 그건 이분들 이야기가 아니고 공주의 시아버지인……"

말리려 했으나 소용이 없었다. 할머니가 이팔의 나이에 동갑내기 양반 자제였던 할아버지를 만난 이래 단지 타고난 신분 때문에 겪은 억울한 일들로 인해 쌓인 설움과 분노가 한꺼번에 터져나온 것 같았다.

할머니는 기생이었다 속량하여 양반의 첩이 된 어머니의 딸이지 기생 출신이 아니었다. 나 또한 서출인 아버지에게서 났을 뿐 내가 서자인 건 아니었다. 야속한 세상인심은 그런 걸 분별하려 하지 않았다.

이유명은 눈을 둥그렇게 뜨고 부채질을 해대고 있을 뿐이었다. 덥기는커녕 밤에는 솜이불을 덮고서도 한기에 잠을 설칠 시절이었다. 김만중은 호기심 어린 시선으로 할머니를 이리저리 살펴보고 있다 건드리지도 않던 술잔을 들어 단숨에 쭉 들이켰다. 이어 연거푸 두 잔을 따라 각기 한 모금 만에 마셔버렸다.

"말을 해보시오, 공자. 그게 어디 사내가 할 일이라 하겠소이까?"

할머니를 대신하여 내가 무릎을 꿇었다.

"나으리, 부디 용서하십시오. 미천한 제 조모인데 정언께서 하신 이야기에 관기로 있다 면천한 어머니 생각이 났나봅니다. 평소에는 안 이러는데 낮술을 하면 에미 애비도 몰라보는 성정이라…… 연이은 국상으로 기방에 객들이 끊어지는 바람에 대낮부터 기생들과 소주

잔 돌리기 놀이를 하며 감로주ㅐ露酒, 소주에 용안육, 대추, 포도, 살구씨, 구기자, 두충, 숙지황 등을 넣어 만든 술를 들이켜나 싶더니 이런 꼴을 보여드렸습니다."

귀한 집안에서 태어나 크나큰 곡절 없이 살았을 이유명이었으나 한마디하는 건 잊지 않았다.

"아니, 내가 뭐 기생 축첩을 한 것도 아니고 정정승 또한 사세가 부득이해서 그리하신 것인데 어찌 그런 막말을 해댄단 말이냐."

김만중은 그의 말을 끊고 나를 똑바로 바라보며 말했다.

"그래도 궁금하긴 하구나. 관기 출신 어미에게서 난 딸이 조선 제일의 기생방 주인이 되다니."

그제야 나는 김만중이 왜 왔는지, 그에게 어떤 선물을 줄 것인지를 깨달았다. 그는 패관잡기소설를 쓰는 사람이었던 것이다. 다시 술상을 봐 오라 이르고 눈이 감기는 할머니를 부추겨 이제껏 살아온 이야기를 조금 해보라고 청했다. 할머니는 백낙천의 「비파행」에 나오는 나이든 기생처럼 지나온 날들에 대해 조곤조곤 이야기하기 시작했다.

포악한 신관 사또가 구관 사또 외동아들 정인이 있는 처녀에게 수청을 들라 하니 처녀는 이를 단호하게 거절하고 옥방에 갇혀 쑥대머리로 죽을 날만 기다리는데, 걸인 하나가 누더기옷에 부서진 갓을 쓰고 비척비척 찾아들어 '내가 네 사랑이로다, 배고파 여기까지 찾아왔노라' 하매 처녀가 기가 막혀 울고 또 울다가 어머니에게 정성껏 진지밥이나 해 먹여 보내라고 하는 대목에서 나는 언제나 눈물을 찔끔 흘렸다. 내 조부가 신관 사또의 생일날 인근 고을 수령들의 시 짓기 놀이에 끼어들어 읊었다는 시는 언제 들어도 감동이 밀려왔다.

금동이의 아름다운 술은 일천 백성의 피金樽美酒千人血

옥소반의 아름다운 안주는 일만 백성의 기름이라玉盤佳肴萬姓膏

초에서 촛물이 떨어질 때 백성 눈물 떨어지고燭淚落時民淚落

노랫소리 높은 곳에 원망 소리 드높아라歌聲高處怨聲高

　이 시를 들은 사람 중 눈치 빠른 고을 수령은 암행어사가 온 줄 알고 재빨리 달아나고, 다른 관속들은 서로가 서로를 살피며 사치와 향락을 부끄러워하여 크게 뉘우친 뒤에 억울하게 옥에 갇혔던 처녀를 놓아주었더라는 이야기다. 다 믿을 수는 없지만 들을 때마다 재미있으니 그만이 아닌가. 그 이야기가 인구에 회자되어 종로 시전이며 칠패며 배오개의 난전에 전기수의 이야깃거리로 사람을 불러모으고 있었으나 정작 할머니가 주인공 줄 아는 사람은 아무도 없었다.

　내 조부는 일생에 암행어사를 네 번, 고을 관장을 여섯 번 역임하셨는데, 암행어사로 준행하실 때는 부정부패와 탐관오리를 가차없이 척결해서 호랑이 같은 위엄을 떨쳤고 지방 관장을 지낼 때는 세를 감하고 부역을 줄여주어 백성들에게 '활불活佛, 살아 있는 부처'이라는 칭호를 받았다. 그 호랑이, 활불이 어찌하여 집안에서는 할머니에게 그리 섭섭하게 하셔서 돌아가신 지금도 원망을 듣고 있는가.

　하지만 그건 내 조부의 죄인 것만은 아니다. 할머니가 조부에게 정실의 자리를 바란 것도 아니었다. 할머니는 조부의 뒤를 따라 한양으로 오면서 이리 말했다 한다.

　"도련님은 재상가의 요조숙녀 가려 혼인하여 부모님에게 효도하더라도 나를 아주 잊지나 마오. 도련님 과거 급제하여 벼슬 높아 외직으로 나갈 때 마마벼슬아치의 첩로 내세우면 무슨 험담이 나오리까."

한양에 가서도 첩실로서 딴 집에 숨어살 터이니 외직에 나갈 때나 데려가라고 했던 것이다. 실제로 내 조부는 열여섯 나이에 한양에 와서 소과에 합격해 진사가 된 뒤 증조부에게 기생의 딸을 데려오겠다고 말을 꺼냈다가 미치광이 취급을 받았다. 어찌어찌 할머니를 한양으로 데리고 오기는 했지만 이미 부모가 정혼하여 맞아들인 정실이 있었고 할머니는 할아버지가 서른세 살에 대과에 합격하기까지 딴 집에 숨어살아야 했다. 증조부가 돌아가신 뒤 상기가 지나고 나서 할머니를 첩실로 들이겠다고 정식으로 공포했지만 이번에는 할머니가 참지 않았다.

"모질도다 모질도다 도련님이 모질도다. 독하도다 독하도다 한양 양반 독하도다. 원수로다 원수로다 존비귀천 원수로다. 이렇듯 독한 양반 이 세상에 또 있을까. 애고애고 내 일이야. 여보 도련님, 어머니가 관기였다 하여 내 몸마저 천하다고 버리셔도 그만인 줄 알지 마오."

열여섯 나이에 남원에서 헤어질 제 할머니가 할아버지에게 한 말이 이십여 년 뒤에 사실로 실현되었다. 아니, 거꾸로 되었다. 도련님이 아가씨를 버린 게 아니라 첩실이 남편을 버리고 집을 나간 것이다. 그만한 재예와 국량이 있었기 때문에 할머니는 오늘날 숱한 사내를 거느리는 인중여걸로 몸을 일으켜세웠다.

정작 이유명이 혼이 나간 듯 이야기에 홀려 있었다. 그럴 줄 알았다. 불쾌해진 김만중은 하하하, 하고 내 손을 붙들고 한참을 흔들었다. 그럴 줄은 몰랐다.

각시네 옥 같은 가슴에 어찌하면 대어볼까.

토면주土綿紬 자지紫芝 작저고리 속에 깁적삼 안섶이 되어 쫀득쫀
득 대고지고.

이따금 땀나 붙어다닐 제 뗄 줄을 모르리라.

이경이 되었을 무렵 마침내 세 사내가 추월이의 청가묘무에 녹아나
집이 떠나가라 노래를 따라 부르며 의기투합하였고, 대취하여 빈부귀
천과 당색과 벼슬에 일절 구애받음이 없이 벗으로 허교할 것을 맹약
하였으니 그 또한 할머니의 덕택이었다.

23장 삼복의 여인

송시열이 귀양을 가고 나니 온 세상이 조용해진 것 같았다. 하지만 실상은 전혀 그렇지 않았다. 마치 깊은 강이 늘 같은 모습으로 흐르되 같은 물방울 하나 섞이는 법이 없듯이 세상은 늘 바뀌고 있었다. 세월은 조정에서만 흘러가는 것도 아니고 내 주변에서만 흐르는 것도 아니었다.

나의 일상은 언제나 비슷했다. 할머니의 사업을 나누어 맡은 기생 추월이와 장서방, 지방의 전장을 맡은 조도사가 찾아와서 수결手決을 받을 장부와 표지標紙, 금전 증빙문서로 수표에 해당함를 내밀었다. 내가 그것들을 확인해주고 나자 그들은 내게 고개를 숙이고 할머니에게 하던 것처럼 하겠노라고 충성을 다짐했다. 그러니 할머니가 사업을 주장하던 때와 마찬가지로 내가 당장 나서지 않고 그들이 부지런히 가져다주는 꿀이나 빨아먹어도 되었다. 하지만 세상 사람이 다 나같이 팔자가 좋은 건 아니었다.

왕이 그랬다. 왕의 팔자는 의례, 세도, 공론, 전례 따위에 친친 매여 있었다. 새벽부터 한밤중까지 경연, 조참, 조회, 주강, 야대에다 수시로 닥쳐드는 정사와 상소가 꼬리를 물고, 제왕학의 도리와 요체를 담은 『대학연의』를 끼고 살면서 성인 군주, 호학, 계지술사繼志述事[30], 격물치지, 성의정심, 수신제가 치국평천하니 하는 잔소리에 절여진 굴비 신세가 되었다. 임금이 임금답지 않다고 덤벼드는 간관들, 뒷방살이하다 일 있으면 기어나오는 노신들, 그들을 추종하는 젊은 신하들에 때로는 죽은 사람들까지 거들어 날마다 골머리 터지게 싸워댔다.

권력을 탐하고 부귀영화를 누리려는 자는 누구나 왕을 사이에 두고 저희끼리 물고 뜯고 싸우며 전리품을 나눠 가졌다. 왕은 자주 무기력해했고 외로워했으며 심신이 편치 않았다. 그런 왕을 진정으로 지켜주고 보호해줄 사람은 아무런 이해관계가 없이 그저 정과 의리로 뭉친 나밖에 없을 것 같았다. 나는 세상에 단 하나뿐인 왕의 형이었으니까. 그러나 왕의 형도 노느라 바빴다. 주로 여인들과.

왕은 열한 살에 혼례를 올렸는데 배필인 김만기의 딸 광산 김씨는 동갑이었다. 아무리 대왕대비전, 대비전의 기대가 크다 해도 왕이 열다섯 살 이전에 자식을 얻을 수는 없었다.

대개의 왕은 부왕이 죽은 뒤 삼년상을 치르고 나서, 시간으로는 이년 하고도 석 달 정도가 지난 뒤에야 장례를 완전히 마무리할 수 있었다. 그동안은 상주의 몸이므로 원칙적으로 채소만 먹고 씻지도 못하며 여색을 가까이할 수 없었다. 그렇지만 지존인 임금이라서 어서 대군이나 왕자를 낳고 대를 이어 종묘사직을 튼튼히 하는 게 장려되었다. 침전에는 나이 많은 상궁이 배치되어 있어서 잠자리까지 보살폈다. 그런다고 우물에서 숭늉을 찾을 수는 없는 노릇이어서 세월이 흐르기를 기다려야 했다. 왕의 후사를 낳지 못하는 한 왕비라 한들 가시 방석을 면할 수 없었다.

"계해년인조반정 이후 궁궐에서 편하게 발 뻗고 잔 임금은 없을 것"이라고 왕이 한숨을 쉬며 말했는데 그건 정말 빈말이 아니었다. 증조부인 인조대왕은 원래 제왕이 될 수 있는 신분, 즉 대군이나 왕자로 태어나지 않았다. 물론 왕이 될 생각을 하지 않았고 할 수도 없었다. 시정에서 말채찍이나 휘두르고 다니던 한량이었으며 밤낮없이 파락호들과 어울린다고 비난을 받기도 했다.

하지만 때가 무르익어 계해년에 반정의 기치를 높이 세워 왕위에 올랐다. 인륜과 의리를 복원하자던 군신의 맹약은 참신했다. 하지만 세월이 흐르며 일신의 이익과 생존을 위한 암투가 처절하게 벌어졌다. 군신 모두에게 스스로의 이름과 몸뚱이, 가솔과 친척이며 후손이 있었고 그 후손의 후손까지 영달을 이어가게 하리라는 욕망은 누구라 할 것 없이 뜨거웠다. 거룩한 경전을 달달 외고 공맹의 도를 외쳐도 사람이 쉽게 바뀌지는 않았다. 이른바 사대부며 군자, 유자라 하는 것들이 살아생전의 제 명성과 피를 만대에까지 전하려 하는 욕심이 더했다.

인조대왕의 혈맥이 지존의 지위를 계승하기 시작한 이래 날씨는 고르지 않았고 천재지변이 잦았다. 임금은 언제나 땅의 재변과 하늘의 징조를 살펴야 했고 재앙과 이변이 일어나면 자신이 덕이 없는 탓이라 하여 근신을 했다. 스스로 음식을 줄이고 잔치를 없앴으며 금주령을 내리고 죄수를 방면했다. 언로를 열어 어진 선비들의 의견을 구했다. 역사를 상고해 억울한 일로 죽은 사람이 없나 살펴서 신원시키기도 했는데, 사람들의 원한이 하늘에 닿으면 재앙으로 귀결된다고 믿어서였다.

그 와중에 봄이 왔다. 만물이 생동하는 중에 삼복이 부지런히 움직이고 있었다. 그들은 엄동설한에도 한가한 적이 없었다. 선왕의 빈전이 차려져 있을 때조차 궁궐을 제집처럼 드나들며 나비가 꽃을 찾듯 바빴다. 내가 후원에 숨어서 장옥정을 만날 때에 그들은 궁궐 내를 휘젓고 다니며 꽃을 탐했다.

궁궐 모든 여인들의 주인이라 할 왕은 어리고 여러 가지로 몸을 삼갈 수밖에 없었지만 삼복, 특히 복평군은 거리낌없이 궁녀들을 만났고 하고 싶은 걸 했다. 봄이 오니 더욱 심해졌다. 때와 장소를 가리지 않고 나인들을 덮친다는 소문이 돌았다.

내가 직접 목도하기도 했다. 비록 옷을 입은 채 내려왔지만 나인과 복평군 둘 다 숨이 가쁜 것으로 보아 심상치 않은 일이 벌어진 게 분명했다. 복평군은 눈을 게슴츠레하게 뜨고 나 같은 별감 나부랭이는 보이지도 않는 것처럼 아예 무시한 채 창경궁 쪽으로 향했다. 그게 그렇게 기분 나쁘지는 않았다. 나는 그에게 사람으로 보이지 않을 테니까. 다만 통명전 쪽에서 내려오고 있는 장옥정을 눈여겨보았다는 것이 기분이 나쁜 정도가 아니라 근심스럽고 불안했다.

장옥정은 서너 명의 궁녀들과 함께 저승전 쪽으로 가고 있었다. 상궁이 공경스레 들고 가는 것은 약이었다. 궐내에서 누군가 앓고 있고 누군가 약을 보내주는 건 드문 일이 아니었다. 장옥정은 곁눈질도 하지 않은 채 내 앞을 지나갔다. 가슴이 떨렸다. 장옥정 때문이 아니고 복평군 때문이었다. 수염을 꼬며 상궁을 따르는 궁녀들을 향해 기생방에서 간색을 하듯 음흉스러운 웃음을 짓고 있었다.

맏이인 복창군 이정이 동지사 겸 사은사로 북경에 갔다가 돌아온 뒤 왕을 알현하고 나서 삼복 형제가 동궁 옆 연못가에서 만났다. 그들의 말소리가 바람을 타고 날아와 내 귀에 들린 것은 운명이라고 할 수밖에 없었다.

"역시 역관 장현이 가장 쓸 만한 인물이다. 이번에도 인삼 밀무역으로 쌀 수천 석은 됨직한 재물을 만들었다. 사행에서 나를 알뜰하게 잘 모시기에 그냥 눈감아주었으니 머지않아 조선에서는 보기 힘든 보배를 집에 가져올 것이다."

복창군의 말에 복선군이 "형님, 장역의 재물은 받으시면 안 됩니다. 그 사람의 재산은 달리 크게 쓸 일이 있습니다" 하고, 복평군이 "근자에 보니 장역의 조카딸 자색이 진정 월궁항아와 같습디다" 했다. 복창군이 웃으면서 "장역의 조카딸이 뭐란 말이냐. 장역의 친딸이 이미 십수 년 전 내가 깔고 자는 깔개나 다름없이 되었느니라" 하는 데서는 치가 떨렸다.

"형님 솜씨는 제가 익히 알지만 이 아이는 그 아이와 다릅니다. 지금 겨우 열예닐곱이올시다."

"호오, 그러하냐? 네가 나 없는 사이 눈여겨본 것이 있는 모양이구나."

"궁궐 제일 깊은 곳 대왕대비전에 있어 눈에 띄지 않았던 게지요. 아직은 익어 벌어지지 않은 석류처럼 미색이 다 드러나지 않았으니 주상이 알기 전에 빨리 손을 써야 합니다."

"주상보다 여수녀麗水女가 걱정이다. 요즘 동정이 어떠하냐?"

"형님, 쇠와 나무가 들어가는 성씨가 한집에 있으면 상서롭지 않다는 술사의 말을 듣지 못하였소? 주상과 여수녀가 앞서거니 뒤서거니 않는 게 그 때문이오. 곧 좋은 기회가 올 것이오."

도대체 무슨 말인지 알 수 없었지만 수상쩍고 밉살스럽다는 건 틀림없었다. 복창군은 궁궐이든 길거리든 술집이든 반반한 여자만 있으면 데리고 가서 종을 삼거나 첩을 삼아 장안의 어여쁜 여자는 다 제집에 둔다는 소문이 자자했다. 정말로 그렇다면 장옥정이 위험한 것은 물론이고 기생방을 운영하는 사업에도 차질이 생길 수 있었다.

왕에게 가서 삼복 형제들이 시중에서 물의를 일으키고 있다는 이야기를 전해주었으나 왕은 대뜸 싫은 표정을 지었다. 여기저기서 귀가 따갑게 비슷한 이야기를 들었으나 왕에게서 몇 안 되는 지친을 갈라놓으려는 책동이라는 것이었다. 대전과 대비전의 내관들이나 궁녀들 가운데 삼복과 기맥을 통하는 이들이 많았고, 특히 조희맹과 김현 모두 삼복의 끄나풀이어서 극도로 언행에 주의해야 했다.

열 번 찍어 안 넘어가는 나무가 있을까. 계속해서 삼복에 대한 갖가지 추문과 험담을 마치 눈앞에서 벌어진 일인 양 실감나게 이야기해주었으나 왕은 끄떡도 하지 않았다. 열 번 아니라 열두세 번은 찍어야 할 것 같았다. 마지막은 좀 세게.

미수 스승을 찾아가서 세게 찍을 방법을 물었다. 그런데 스승 또한 내 말을 듣기 싫어하는 표정이었다. 별다른 증거가 없이 소문을 퍼뜨렸다가는 내가 죄를 홀라당 뒤집어쓸 것이고 억울한 사안을 만들어내면 반드시 벼락에 급살을 맞을 것이라는 말도 했다. 내 스승이 맞나 싶을 정도였다. 이 어르신도 삼복에게 뭘 받아먹은 게 있나 싶다가 내가 훔쳐간 담비 털 모자 때문이라는 생각이 들면서 제 발이 저렸다.

마침 궐내에서 김만중을 만났기에 몹시도 궁금한 척하며 물었다.

"응교 나으리 형님, 여수녀가 무슨 말입니까? 쇠가 들어가는 성씨와 나무가 들어가는 성씨는 원래 한집안에서 사이가 좋지 않은가요?"

김만중은 깜짝 놀라 내 소매를 끌고 궐내 옥당 뒤 담 아래로 가서 자세한 것을 캐물었다.

"여수녀란 김씨 성의 여자라는 말이다. 오행에 나오는 말로 천자문에도 금생려수金生麗水라는 문자가 있지 않으냐. 여수라는 말은 김씨 성을 은휘한 것이지. 쇠가 들어가는 성씨는 나 같은 김가다. 나무가 들어가는 성씨는 여럿이 있지만 흔한 게 박朴이고 유柳씨, 이李씨이며……"

그 말을 듣고 나서 장안에서 가장 이름난 점쟁이와 무당들을 찾아나섰다. 김진발이니 정원로, 최만열 같은 이름을 따라가다가 '쇠와 나무가 들어가는 성씨가 같이 있으면 상서롭지 못하다'는 말의 연원을 캐고 보니 뜻밖에도 대비가 가장 신임하여 무시로 대궐을 출입하는 무당 막례였다. 내가 다그쳐 묻자 "삼복이라는 나무를 자르고 뼈개며 뿌리를 파헤쳐 없이 할 사람은 오로지 쇠가 들어가는 김씨뿐이오"라는 것이었다. 귀에 걸면 귀걸이, 코에 걸면 코걸이라더니 바로 그 짝이었다.

장옥정을 보호하기 위해서든 내 사업을 위해서든 왕을 지키기 위해서든 삼복을 그냥 둘 수는 없었다. 막례에게 물어보니 삼복과 나는 같은 시기에 같은 하늘 아래 살아가기 곤란한 팔자였다. 나는 창이고 삼복은 사슴이라 했다. 그놈의 사슴들은 살이 피둥피둥 올랐지만 못생기고 밉살스러워서 잡아먹고자 하는 마음은 생기지 않았다. 그저 슬금슬금 뒤로 다가가서 심장을 푹 찌르되 찔린 놈이 누구에게 찔린 줄도 모르게 나자빠지게 하는 게 사냥으로는 상책이었다. 사냥이 끝나고 그놈의 사슴을 먹고 싶어하는 사람이나 개가 있으면 던져주면 그만이었다.

막례에게 구렁이알같이 토실한 금덩어리를 쥐여주자마자 순식간에 사라져버렸다. 약발이 빨리 먹혀서 이레 만에 도끼날처럼 서슬 푸른 김우명의 소가 올라왔다.

24장 야대

인조 임금 때 궁인으로 성이 윤씨인 보모상궁이 있었다. 인조 임금의 소생, 특히 아들들을 잘 돌보았는데 인조 임금이 말년에 총애한 조귀인의 참소를 받아 궁궐에서 쫓겨났다. 그뒤로 인조 임금의 셋째 아들 인평대군의 집에 살면서 삼복을 제 아들처럼 키우다시피 하며 목숨을 보존했다.

당시 세자이던 봉림대군이 하루는 인조 임금에게 수라를 올렸는데 조귀인이 자신의 은비녀를 뽑아서 생선탕에 꽂으면서 "은이 탕에 들어가자 색깔이 변하니 매우 이상합니다" 하고 일러바쳤다. 이때 윤씨가 마침 궁에 들어왔다가 이를 보고는 "열을 받은 생선탕에 은을 담그면 빛깔이 변하는 법이니 다른 생선탕으로 시험하여보십시오" 하여 인조의 의심을 풀었고 그 덕분에 봉림대군은 무사할 수 있었다. 그뒤 임금이 된 봉림대군은 윤상궁을 궁으로 다시 불러들여 "내 만일 원손을 낳게 되면 반드시 너를 원손의 보모로 삼겠다"고 했다. 효종의 원손에게 실제로 젖을 먹인 유모는 따로 있었으나 이 일로 윤상궁 스스로 봉보부인임금의 보모로 젖을 먹여 키운 사람에게 내린 외명부의 종일품 작호을 자처했다. 혼인을 한 적도 아이를 낳은 적도 없고 누구라도 젖을 먹여 키운 적이 없음에도 그리했으니 자처라 할 수밖에 없는 것이었으나 기세는 조정의 육조 판서보다 대단했다.

윤상궁이 삼복 형제를 모두 키웠으므로 삼복은 윤상궁을 지성껏 위했고 왕 또한 윤상궁을 믿었다. 대비가 병이 잦자 궁궐의 내정을 윤상궁이 좌지우지한다는 소문이 돌았다. 궐내 깊은 곳 내간의 소문은 사실인 경우가 많았다. 갑인년부터 남인들이 대거 기용되어 서인들을 쫓아내고 정사를 좌우하게 되자 세상 사람들이 윤휴는 궐문 밖 빈청에서 정사를 좌지우지한다 하여 '외윤外尹', 윤상궁은 궐내의 권세라 하여 '내윤內尹'이라고 불렀다.

현종은 승하하기 전에 친동생인 공주들에게 "세자의 나이가 어리고 삼복은 여럿인데 나이까지 위이니 너희 자매들이 세자를 잘 도와주어야 한다"고 했다. 다른 두 공주는 시댁에 화가 미칠까 두려워서 감히 이야기를 못하고 유독 숙휘공주만 왕을 붙들고 울면서 삼복을 조심하라고 했으나 어릴 적부터 삼복과 친하게 지내온 왕은 듣는 둥 마는 둥 했다. 삼복이 뒤에 이 말을 듣고 숙휘공주에게 화를 내며 욕설을 퍼부은 뒤로 공주들이 모두 겁을 먹고 몸조심을 하여 감히 대궐에도 드나들지 못하는 형편이었다.

삼복은 군권을 장악하기 위해 선왕의 인산을 마치자마자 훈련대장인 야당 장군과 짜고 서인 어영대장 신여철을 직위에서 쫓아냈다고 했다. 제자인 내가 감히 야당 장군에게 소문의 진위를 물어볼 수는 없었다. 삼복이 하늘을 훨훨 날아다니는 솔개라면 나는 어미닭도 없이 바닥을 혼자 기어다니는 수평아리나 매한가지여서 궁궐 안팎에서 그들의 종적을 탐문하는 데 한계가 있었다. 속임수가 많으며 비밀스러워서 하는 짓이 뭔지 잘 알 수가 없었다. 결정적인 증거가 없이 그들을 함부로 뒤지거나 조사를 할 수도 없는 일이었다.

장옥정을 통해 알아보니 대비전에서는 이미 삼복에 대해 알 만큼 알고 있었다. 인조와 귀인 조씨 사이 소생으로 삼복의 서삼촌이 되는 숭선군이 왕에게 올리는 수라를 조심하라고 하여 대비와 왕비가 지밀 상궁 대신 먼저 수라 맛을 보아 독이 있는지 없는지를 판별한 뒤에 올리는 중이었다. 왕실에서 왕을 빼면 가장 적통에 가까운 그들을 의심하기 시작한 지 오래되었다는 뜻이었다. '여수녀'라는 말이 수라의 독을 검사한다는 것에 비하면 대단한 비밀은 아니었으나 삼복이 감히 대비를 그렇게 호칭한다는 것은 의혹을 사고도 남았다.

내가 궁궐에 출입하기 전부터 삼복은 언행이 허술하여 실수가 잦았다. 거기다 타고난 자만심 때문에 여기저기 크고 작은 문제를 일으키고 있었다. 복창군이 청에 사은사로 갔다가 봄에 돌아올 때 압록강을 건너면서 복선군에게 편지를 보냈는데 이 편지가 하필 김우명의 집으로 잘못 배달이 되었다. 그 편지에는 '한 가지 일은 도모했지만 두 가지 일은 아직 하지 못하였기에 빨리 들어와야만 했다'는 말이 있었다. 김우명이 이 때문에 의심을 가지고 있었는데, 복선군이 제 심복인 대전내관 김현에게 편지를 보내서 저의 외숙 조성위를 다음 사신으로 보낼 것을 주청하게 하여 성사시킨 것을 알게 되었다. 사신이 되면 하기에 따라서 엄청난 자금을 끌어모을 수 있었다.

복창군은 김우명에게는 생질녀의 남편으로 '이서방'이라고 부를 수도 있는 가까운 일가였다. 김우명이 소를 올리기 며칠 전 복창군이 대비전에서 나온 김우명을 보고 "대감의 조카 김석주는 이조 판서가 적임이고, 저처럼 풍채가 좋은 사람은 병조 판서를 시켜야 하십니다"라고 했다. 김우명은 울화가 치밀었으나 좋은 말로 자리를 벗어났는데 때마침 막례가 그의 집으로 찾아들었다. 막례는 내가 하라는 대로 귀걸이를 코걸이로 뒤바꾸는 재주를 부렸다.

"삼복이 먼저 궁궐 안에 계신 주상과 대비전 사이를 이간하기 위해 '김씨 성은 이씨 성을 이긴다金克木'는 말을 꺼냈습니다. 하지만 오늘날 대비전과 대전, 양전 사이는 뿌리와 가지로 화합하여 영원히 갈라질 수 없습니다. 올해는 궁궐 밖에서 김씨 성이 이씨 성을 이길 운인데 삼복 또한 이씨 성입니다."

대비전 주인인 딸처럼 술사의 말이라면 쉽게 믿는 김우명은 막례의 말에 마침내 삼복과 사생결단을 내기로 마음먹었다. 그리하여 왕의 외가와 친가 사이에 어느 쪽 하나가 물고가 나기 전에는 끝나지 않을 전쟁이 시작되었다.

왕의 외조부 김우명이 왕의 당숙인 삼복의 죄상을 낱낱이 논증하는 차자를 올린 게 3월 12일이었다. 영상 허적과 호조 판서 조성위가 입시한 자리에서 왕이 이들에게 김우명의 차자를 내보였다.

—근일의 일 중에 통곡할 만한 것이 한둘이 아니나, 그중에서도 더욱 급하고 중대한 것이 하나 있습니다. 밖에서는 소문이 자자하여 말하지 않는 사람이 없는데, 전하의 지극한 효성과 자성慈聖, 임금의 어머니인 대비. 자모, 자전, 성모 등으로 불림의 끝없이 자상한 인애로서도 사람들의

각박한 언사를 막지 못하니 신은 마음이 에이는 듯 아파서 더 살고 싶지 않습니다. 복창군 이정의 형제가 효종께 친아들과 같은 은혜를 받고 선왕에게서도 친동기와 같은 은혜를 입은 것을 어찌 헤아릴 수 있겠습니까. 그들이 금중禁中, 대궐 안에 출입하면서 추악한 소문이 밖에 자주 들리는데, 이것은 곧 선왕께서 깊이 근심하신 것이고 자성께서 처치하기 어려워 전하께 말씀하신 것이며 신이 일찍부터 이전의 자리에서 선처하시도록 청한 것입니다. 이 일은 작게는 집안의 문제에서 크게는 조정에까지 관계되는 것이므로 말로 다 할 수 없을 만큼 사체가 중대합니다. 이제 각전各殿의 홍수紅袖, '붉은 옷소매'란 뜻으로 옷소매 끝동에 자주색 물을 들인 젊은 나인을 지칭함가 삼복 형제들의 자식을 낳게 되었는데도 이를 막지 못했으니 이들이 전하의 가법을 무너뜨린 것이 어느 정도라 하겠습니까. 또 전하께서는 이들을 그대로 두고 앞으로 어떻게 이 나라 신민의 기강을 다스리시겠습니까. 전하께서는 이들에게 은혜를 베풀 생각을 미루고 당장 결단하여 법을 엄중히 적용하셔야 합니다. 그들을 적절히 처치하여 그들이 마음을 깨우치고 추악한 욕심과 행실을 고쳐 새로워지게 하십시오. 그러면 금중의 기강이 다시 맑아질 것이며 국가에 그지없이 다행한 일이겠습니다.

허적이 읽고 나서 "청풍부원군이 반드시 들은 말이 있어 소를 올렸겠지만 신은 까마득히 들은 것이 없습니다" 하고 책임을 회피하고 승지 정중휘는 "이것은 외신外臣, 궁궐 안 여인들이 있는 내간의 사정을 모르는 바깥의 신하이 듣거나 알아야 할 일이 아닙니다"라고 했다. 허적이 생각을 하던 끝에 다시 왕에게 진언했다.

"이 차자를 보면 복창군 형제라 하고 또 각전의 궁녀라 하였으니

한 사람이 아닐 것입니다. 전하께서 복창군 형제를 친애한다 하여 그저 덮어두시면 안 되겠습니다. 전하께서는 이미 사정을 어느 정도 아실 것이니 이 사안에 관해 상세한 내용을 신도 알았으면 합니다."

허적의 말에 왕이 "아이를 낳은 건 이미 궐 밖으로 내보낸 궁녀인 듯하오"라고 불분명하게 답했다. 허적이 복창군 형제 중에 죄를 범한 자가 누구인지 모르겠다고 하자 왕이 마지못해 복창군과 복평군 두 사람을 지목했고 허적의 주청에 따라 그 두 사람을 의금부에서 조사하여 법에 따라 처치하도록 명했다. 허적이 "그들과 관련된 궁녀들도 같이 죄주어야 마땅한데 자식이 있다는 말이 정녕 사실입니까?" 하여 왕이 그런 듯하다고 하자 정중휘가 복창군과 복평군, 그들과 관련된 여인을 잡아서 신문하라는 왕명을 담은 전지를 썼다. 삼복의 외숙인 호조 판서 조성위는 바닥을 보고 엎드린 채로 숨만 쉬고 있다가 사안이 다른 일로 넘어가자 재빨리 나갔다.

드디어 복창군과 복평군이 의금부에 갇혔다. 둘째 복선군이 의금부에 들어가서 두 형제를 만난 자리에서 "누가 김우명을 사주해서 이따위 치우친 소를 올리게 하였는가?" 하고 옥이 떠나가라 소리를 지르며 화를 냈다. 도둑이 제 발 저리다고 내가 그 짝이 나서 오금이 살짝 저렸다. 윤상궁은 왕을 대면한 자리에서 "어찌 분명치도 않은 죄로 사람들을 죽이려 하시나이까?" 하고 울고불고 소란을 피웠는데 다들 입만 벌리고 있을 뿐이었다.

복선군이 곧바로 왕에게 구구절절 오랜 세월을 같이해온 친족 간의 정과 의리를 늘어놓은 탄원서를 올렸다. 미수 스승과 윤휴는 복창군과 복평군이 갇힌 의금부에 직접 찾아가 걱정하지 말라고 위문하고 왕에게는 그들이 죄 지은 게 없다며 즉시 풀어줄 것을 청했다. 이에 왕이 순순히 복창군과 복평군을 옥에서 꺼내주라고 명하자 이번에는 김우명이 죄인의 복색을 하고 제 발로 의금부에 찾아갔다. 그들에게 죄가 없으면 자신이 무고의 죄를 범한 것이니 반좌율反坐律, 무고를 한 사람에게 피해자와 동일한 벌을 주는 법을 적용해달라고 자청했다.

3월 14일 밤 야대청에서 왕이 여러 신하들을 부르며 그 자리에 김우명을 패초했으나 김우명은 의금부에서 죄줄 것을 청할 뿐 오지 않았다. 영상 허적과 우상 권대운 등의 대신과 의금부를 관장하는 판의금부사 장선징, 지의금부사 야당 장군에 병조 참판 신여철, 대사헌 김휘, 대사간 윤심, 부응교 이하진 등 주요한 직책의 신하들이 모두 모였으나, 삼복의 외숙인 조성위와 그의 조카 조이수, 왕의 외당숙 김석주는 병이 났다 핑계하고 오지 않았다. 나는 야대청 바깥에서 숨소리를 죽이고 동정을 살폈다.

야대청은 방이 한 칸이고 마루가 세 칸이었다. 평소에 왕이 신하들을 불러 만날 때에는 문짝을 치우고 방안에서 남쪽을 향하여 자리했다. 이날은 왕이 문을 사이에 두고 마루에서 동쪽을 향하여 앉았다. 밖은 이미 캄캄해져서 촛불을 켜서 어둠을 밝혔다. 신하들이 들어가 각자 자리에 가서 엎드렸다.

갑자기 문짝 안에서 여인의 울음소리가 났다. 한밤중에 촛불이 일렁일 제 들려오는 여인의 비통한 울음소리는 귀신의 호곡인 양 음산했다. 내 머리털이 다 곤두설 지경이었다. 그래도 묵은 생강이 맵다더니 허적이 먼저 입을 떼었다.

"무슨 까닭인지요? 신들은 황공하여 어찌할 바를 모르겠습니다."

왕이 난처해하며 대답했다.

"과인은 내간의 일을 모르므로 자전께서 직접 복창군 형제의 일을 말하려고 여기에 나오셨소."

권대운이 목소리를 높였다.

"이것은 일상적인 거동이 아니니 외신들은 입시하지 말아야 하겠습니다."

노련한 허적이 반대 의견을 냈다.

"자전께서 하교하시려는 일이라면 신들이 들어야 마땅하나 먼저 전하께서 안에 들어가 자전이 울음을 그치시도록 하셔야 하겠습니다."

여러 신하들이 함께 아래로 물러가고 난 뒤 왕이 문안으로 들어가자 잠시 후 소름끼치는 울음이 그쳤다. 왕이 문밖으로 다시 나와 앉고 신하들이 제자리로 돌아오고 나서 비로소 대비가 거기에 나온 뜻을 밝혔다.

"미망인이 더는 살 뜻이 없어 늘 죽지 못한 것을 한탄하는데, 지금의 망측한 일이 선왕과 관련이 되었으니 대신들에게 말하지 않을 수 없소. 선왕께서 복창군 형제를 두텁게 사랑한 것을 내외 신하들이 모두 다 아는 바이오. 나 또한 선왕의 지극하신 뜻을 받아 선왕과 다름없이 복창군 형제를 대하였소. 이들이 범한 죄상을 내가 환히 알고 있으나 죄가 드러나면 그들이 곧 죽을 처지가 될까 몰라 내가 적당히 처리하려다 일이 잘못되어 이런 지경에까지 오게 되었소. 주상은 아직 어려서 곡절을 전혀 모르시오. 주상께서 동궁에 있을 때에는 오로지 학문에 부지런하였을 뿐이고 다른 일에 간여하지 않으셨으니 어찌 궁궐 구중심처 내간의 일을 아시겠소?"

그 대목에서 갑자기 웃음이 터져나와 참느라 애를 먹었다. 왕이 세자였을 때 나와 함께 기생방에 삼개의 객줏집, 주모와 주탕酒湯, 술국을 끓이는 일을 맡은 여종이 있는 역원에 가서 수작하고 청계천 깍정이패 움막, 칠패의 난전, 왕십리의 외밭까지 안 가본 데가 없었다. 어려서 남녀 간의 일에 대해서 곡절을 전혀 모른다는 건 어머니의 생각일 뿐 개, 소, 말이 길거리에서 흘레붙는 것을 남달리 유심히 쳐다보고 있다가 세세한 생김새와 동작이며 사람과 다른 점을 물어봐서 내가 민망해한 적도 없지 않았다. 내가 손바닥으로 입을 틀어막고 있는 사이에도 대비의 이야기는 계속되었다.

"선왕 때부터 있었던 나인 김상업은 인물이 본래 추악하고 성품이 칠칠치 않소. 인선왕후의 초상에 복창군 형제가 들어와 상사를 돌보았는데, 그때에 복창군과 상업 사이에 망측한 일이 있었으나 나는 병이 위중하여 미처 잘 알지 못하였소. 복창군이 입시했을 때 상업의 기색이 수상한 것을 보고 선왕께서 깨닫고 나에게 말씀하시기를 '남녀 간의 욕정은 남이 제지하기 어려운 것인데, 내가 보는 데서도 이러하니 뭇사람의 눈에 드러나게 되면 반드시 큰 앙화가 될 것이다. 이제부터 서로 가까이하지 못하게 해야 하겠다' 하셨소. 내가 늙은 상궁을 불러 '상업이 이상한 행동을 하지 못하게 네가 잘 살펴야 한다'고 단단히 조처하였소. 그뒤에도 자꾸 복창군이 들어와 상업을 찾았는데 상업이 복창군을 볼 때마다 낯빛이 불안스럽기 그지없고 복창군은 상업을 쳐다보느라 제 머리가 저절로 돌아가는 것을 깨닫지도 못하였소. 내가 복창군을 내치도록 여러 번 청하였으나 모후 인선왕후께서 복창군을 특별히 믿고 아끼셨던 까닭에 선왕께서 차마 그리하시지 못하였소."

대비는 이어 김상업이 궁 밖으로 나가서 복창군의 아이를 낳았다는 말이 나면서 덮어주기 어렵게 된 상황을 설명했다. 이어 대비전에서 직접 김상업을 잡아다 신문함에 따라 김상업이 진술한 내용을 밝혔다.

인선왕후가 승하하고 염습을 하게 되었을 때 복창군은 왕실의 지친으로 자리에 들었는데 그가 맡은 일은 시신을 감싸는 의대衣襨를 펴는 일이었다. 이때 김상업이 그 옆에 있었다. 감히 숨도 크게 내쉬지 못할 엄숙한 정황에서 복창군의 손이 김상업의 편으로 살그머니 뻗어갔고 김상업 또한 어둠 속에서 그 손을 꼭 잡았다. 그렇게 여러 차례 손이 내왕하다가 마침내 복창군이 정욕을 참지 못하고 치마를 들쳐 올리니 김상업이 그때서야 놀라서 손을 뿌리치고 자리를 피했다. 그뒤에 복창군이 김상업에게 "나는 너를 지극히 사랑하고 연연해하는데 너는 어찌하여 나를 보지도 않고 피하기만 하느냐?"고 간절하게 말하여 김상업이 결국 뿌리치지 못하고 몸을 내주게 되었다. 또 복창군이 쪽지를 떨어뜨렸는데 그 내용이 스스로 김상업을 사랑함이 극진하고 애타게 그리워한다는 것이었다. 대비는 선왕이 종형제인 삼복 형제를 아끼고 가까이하는 정이 지극하고 친족을 지켜주려는 의리가 지극해서 어떻게든 덮어주려 했으나 삼복의 음탕한 행실이 도를 지나쳐서 지금에 와서는 내막이 환히 드러나게 되었다고 말했다.

"내가 지금 당장이라도 숨이 끊어져서 이런 일을 몰랐으면 하오."

다시 귀신 울음소리가 터져나와 한동안 말이 끊어졌다. 한참 만에 울음이 그쳤고 삼복의 막내 복평군과 관계한 내수사의 종 귀례에 관한 설명이 이어졌다.

"상업과 같이 신문한 귀례의 일은 내 눈으로 직접 보지는 못하였으나 차마 내 입으로 말하기 힘든 더러운 말이 더 많소. 지난해 봄 내가 병이 위중하여 거의 죽을 뻔했을 때에 선왕께서 복창군 형제를 시켜 내 병의 차도를 알아보게 하셨던 까닭에 그들이 밤낮을 가리지 않고 내내 궁 안에 있었소."

말은 더러워서 못하겠다고 하면서 대비는 복평군의 죄에 대해 시시콜콜 자세히도 늘어놓았다. 복평군은 병구완을 핑계로 궐내에 들어와 내전을 스스럼없이 출입하면서 궁녀들에게 늘 차를 달라고 해서 마셨다. 궁녀들이 빈 찻잔을 가지고 가려 하면 주지 않고 두었다가 내수사의 여종 귀례가 오면 불러서는 손을 꼭 잡고 말했다.

"내 차를 왜 네가 직접 가져오지 않고 다른 사람을 시키느냐? 네가 직접 가져오면 내가 참 좋을 텐데."

이처럼 손을 주무르고 몸을 건드리며 희롱을 그치지 않았는데 귀례가 복평군이 바라는 바를 눈치채고는 "가까운 곳에 궁녀들과 보는 눈이 많으니 여기서는 뜻에 따르기가 어렵사옵니다" 하고는 적당한 곳을 물색하여 그곳에서 만날 약속을 했다. 두 사람이 자주 만난 곳은 경희궁 회상전의 월랑이었다. 그곳은 사람이 많지 않아서 두 사람은 거기서 여러 차례 관계를 가졌다.

"이런 사실은 선왕께서 직접 들으신 것이고 나 또한 잘 아는 것인데, 이제는 이 모두가 복창군 형제를 함정에 빠뜨려 해치려 한다는 무고죄로 내 부친에게 돌아가게 되었소."

대비의 울먹임이 다시 시작되었다. 모두들 꼼짝없이 대비가 하자는 대로 할 수밖에 없었다. 여염의 여느 젊은 과부의 한 맺힌 신세한탄이라도 들어주어야 할 판에 다른 사람도 아닌 대비의 말이니 누가 그를 그르다 옳다 시비를 할 것인가. 이제 밥이 다 익었으니 뜸만 들이면 된다! 속으로 외치며 나는 주먹을 불끈 쥐었다. 다시 대비의 목소리가 문 뒤에서 흘러나왔다.

"선왕께서 영상을 대우하신 것으로 말하면 내가 익히 잘 알거니와 믿고 존중하는 뜻을 늘 말씀하시고 이름을 직접 불러 '허적이 있으니 나에게는 근심이 없다' 하셨소. 지금 어린 임금을 돕고 조정 신료를 살펴서 내가 바라는 바에 어그러지는 일이 없게 하는 것은 오직 영상에게 달려 있소. 다른 신하들도 선왕께서 중책을 맡기신 분들이고 선왕의 녹을 먹었을 것이오. 대신과 삼사, 비변사의 신하들은 다 내 말을 들었으니 지금부터 죄다 소견을 말해야 할 것이오. 이 일이 과연 무고이며 지금의 내 거동이 지나친 것입니까? 선왕께서 붕어하신 뒤로 남을 대할 낯이 없었으나 복창군 형제의 추악한 일 때문에 선왕의 성덕에 누가 될까 염려되어 이제 신하들에게 밝히러 나오지 않을 수 없었소. 할말을 다 하였으니 당장 나가서 죽는 것이 시원하겠소."

허적이 일어나서 "자전의 하교는 신들이 감히 듣지 않을 수 없으나, 신들의 말은 감히 자전께 곧바로 아뢸 수 없으니 각각 생각한 것을 주상께 아뢰겠습니다. 자전의 어좌는 벽 하나로 막혔으니 들으실 수 있을 것입니다" 했다. 이어 목이 멘 허적의 목소리가 염소 울음처럼 야대청을 울렸다.

"신이 이토록 늙어서 죽지도 않고 이제까지 살아남았습니다. 이제 자전께서 선왕이 승하하실 적에 부탁하신 말씀까지 하시니 신이 아직도 죽지 못한 것이 더욱 한스럽습니다. 복창군 형제를 제대로 조사하기도 전에 방면하라 하신 전하의 이번 처사는 분명히 정당하지 못합니다.”

왕이 자신은 궁중 내간의 일을 잘 몰랐기 때문이라고 하자 허적이 대답했다.

“궁궐 깊은 곳의 일을 신들은 더욱 모르는 바이나, 지금은 복창군 형제의 죄상이 명백히 드러났으니 다시 물을 것도 없습니다. 전하께서 용서하려 하시더라도 나라에는 법이 있으니 반드시 법에 따라 처치해야 합니다. 복창군 형제가 저희를 아들처럼 기른 인선왕후의 초상에 그런 해괴망측한 일을 감히 저질렀으니 무지막지한 백성일지라도 그럴 수는 없습니다. 지난봄 자전의 병석 가까이에서 복창군 형제가 또 해괴망측한 음행을 저질렀다니 더욱 놀랍습니다. 지금에 와서 이 음탕한 남녀를 유사에 부쳐 법을 적용하는 외에 달리 무슨 도리가 있겠습니까?”

허적의 입에 침이 마른 듯하자 권대운이 거들었다.

“자전의 분부가 너무도 명백하신데 무슨 다시 물을 일이 있겠습니까?”

삼복과 적대적인 관계에 있는 서인 장선징과 윤심은 물론이고 남인인 김휘까지도 다 “일이 이미 밝게 드러났으니 법에 따라 처치해야 할 뿐입니다”라고 이구동성으로 입을 모았다. 대비가 못을 박았다.

“내가 부친에게 이러한 사정을 미리 알렸으니, 부친이 며칠 전 차자로 아뢴 것은 여기에서 연유한 것이오. 그런데도 주상은 남의 말만 믿고 내 부친이 복창군 형제를 망측하게 함정에 빠뜨리고 해하려 한다고 말씀하셨소. 내가 누구보다 잘 아는 것임에도 주상이 이처럼 의심하시는데 오늘 대신들이 앞에 있으니 이때에 말하지 않고 다시 어

268

느 때를 기다리겠소? 선왕께서 선처하지 못하시어 오늘의 일이 있게 되었으니 다시 무슨 말을 하겠소? 오직 대신들이 어린 임금을 잘 돕고 인도하여 나라의 일을 잘 다스리기를 바랄 뿐이오. 그러면 내가 지금 당장 죽는다 해도 한이 없겠소."

장선징이 승지로 하여금 왕의 뜻을 전지로 받아쓰게 했다.

—복창군 이정, 복평군 이연과 나인 김상업, 내수사의 종 귀례 등의 혐의는 비록 공초에서 진실하게 진술하지 않았더라도 죄상이 이미 환히 드러났으니 법에 의거해 처치하게 하라.

대비가 복창군 형제의 죄가 있지만 죽이지만은 말라고 당부해 결국 그들을 유배 보내는 것으로 결론지어졌다. 복창군은 영암에, 복평군을 무안에, 김상업을 삼수에, 귀례를 갑산에 귀양 보냈다. 이제 왕과 가까운 지친으로 왕위를 넘볼 수 있는 삼복의 날갯죽지를 묶은 셈이었다. 장옥정을 엿볼지도 모르는 엽색꾼들이 사라지게 된 것이 내게는 춤을 추고 싶게 좋았다.

복창군, 복평군이 귀양을 가던 날, 내 스승 야당 장군은 마상에서 그들을 전송하고 집으로 돌아와서 눈물을 펑펑 쏟으며 슬퍼했다. 삼복의 맏형인 죽은 복녕군의 딸이 야당의 외손부였다. 참 대단한 사돈 지간의 사랑이라고 아니할 수 없었다. 남들이 뭐라든 나는 스승의 그런 의리가 마음에 들었다. 아, 아름답구나.

사실 삼복 때문에 가장 큰 덕을 본 사람은 송시열이었다. 정권을 장악한 남인 가운데 특히 준격한 무리들이 어떻게든 죄를 더해서 송시열을 사사하려고 도모했는데 복창군 형제의 일로 논의가 멈췄기 때문이었다.

25장 남인 분열

원래 윤휴는 인평대군의 부인과 자신의 부인이 친척이었던 까닭에 삼복의 편이 되었다. 어렵던 시절 며칠씩 굶기까지 했던 윤휴는 왕의 부름으로 조정에 나오게 되면서 집 앞이 봉물封物, 지방에서 중앙으로, 아랫사람이 윗사람에게 올리던 물품으로, 물건을 봉해서 진상하여 봉물이라 함을 실은 수레와 인마로 문전성시를 이룰 정도로 큰 권세를 잡았다. 윤휴는 그때까지 대비가 수렴청정을 하듯 왕의 뒤에서 조정의 일에 간섭해오던 것을 못마땅하게 여겨오던 차에 대비가 야대청에 나와서 대신들에게 직접 삼복 형제의 잘못을 말하고 복창군, 복평군을 귀양 보내게 한 것을 두고 월권을 한 것이라 여겼다. 윤휴가 왕에게 '앞으로는 대비의 동정을 조관照管, 비춰서 살핌해야 한다'고 진언하자 왕은 그 말을 그때만큼은 충성스러운 간언으로 받아들였다. 이때 '조관'이라고 했는지 '관속管束'이라고 했는지 기록된 게 없어서 뒷날 여러 시비가 있게 되었다. 내게는 조관이나 관속이나 오십보백보 같았는데 그건 내가 무식한 소치였다. 조관은 그저 주의해서 보는 것이지만 관속은 강하게 단속하고 억제한다는 뜻이 들어 있다는 것이었다.

이어 부제학 홍우원이 윤휴에 동조하여 대비는 여인이니 정사에 간섭하지 말게 하라는 취지의 소를 올렸다. 문제는 나보다 무식한 최현이라는 유생이 6월 중순에 올린 소의 내용이었다.

─송시열은 임금이 안중에도 없는 부도한 원흉입니다. 새로 전하께서 왕위에 오르시고 송시열은 은혜로운 특전을 입었는데 요사스러운 마음으로 기뻐 날뛰고 손뼉을 치면서 임금을 속이고 아랫사람을 현혹게 하는 방법을 떠올렸습니다. 또한 아직 어리신 임금을 시험할 만하다 하여서 '선왕께서 의례에 관해 환하게 알게' 되신 것은 반드시 두서너 분의 공자公子, 삼복을 일컬음 덕분일 것'이라는 음흉한 말로 사람들을 오도했습니다. 송시열은 한 시대의 명류名流들을 일망타진하려고 팔을 걷어붙였으며 안으로는 자성의 마음을 놀라고 동요케 하였고 밖으로는 전하의 총명을 어지럽게 하였습니다. 송시열의 죄는 광해조의 정인홍보다 지나치나 정인홍은 꾀가 얕아서 사람들이 볼 수 있었고 송시열은 그 계획이 깊어서 사람들이 엿볼 수가 없습니다. 엎드려 원하건대, 전하께서는 인조께서 정인홍을 처벌하셨던 법을 그대로 따르시어 송시열을 처형하시고 그 죄를 낱낱이 종묘에 고하신 뒤 조야에 선포하소서. 그러고서 온 나라 안에 송시열의 죄와 죽음에 관해 반포하시면 전하께서는 비로소 정통을 잇는 군주가 되시어 사람들에게 두 마음이 없게 될 것입니다.

최현의 소가 들어오고 나서 송시열 때문에 '마음이 놀라고 동요했다'고 지목받은 대비는 바로 몸져누워 약방에서 약을 가져다 먹을 정도로 큰 충격을 받았다. 이에 영상 허적이 차자를 올렸다.

—최현의 소는 의심이 아니면 근거 없이 허물을 들춰내는 것이니, 진실로 나쁘고 또한 놀랄 만한 일입니다. 송시열이 전하를 저버린 것을 모르신 바는 아니오나 너그럽고 후하게 처분하신 뜻은 성덕이라 하겠습니다. 최현이 위와 아래의 노여움을 격동시킴으로써 기어이 송시열을 죽이려는 것이니 이는 무슨 뜻이겠습니까? '선왕께서 의례에 관해 환히 알게 되신 것은 반드시 두서너 분의 공자 덕분이다'라는 말은 아첨과 너스레에 불과하고 어디서 뭘 들었기에 그런 말을 썼는지 모르겠습니다. 송시열이 '자성의 마음을 놀라고 동요케 하였다'는 말은 더욱더 근거가 없는 것으로서 송시열 등의 죄를 엄하게 다스리라고 하심도 자성께서 일찍이 직접 하교하신 것입니다. 소인의 심장으로 방자하게도 참소하고 핍박하는 말을 존귀하신 자성께 더하였으니 불경스러움이 비할 곳이 없습니다. 소신이 들으니, 이 사람은 문자가 짧아서 과거에 응시해서도 글을 제대로 지을 수 없었다 합니다. 승정원에 불러들여 글을 지어보게 하면 진상이 반드시 드러날 것입니다.

결국 최현을 불러서 승정원에서 시험을 치게 했으나 해가 기울도록 글을 지어내지 못하다가 동부승지 조사기가 몰래 글을 지어 건네주어 제출했다. 왕은 처음에는 최현의 죄를 깊이 캐물을 생각이 없었다. 그러나 신문중에 최현이 다시 '선왕께서 복제의 참뜻을 깨닫게 된 것은 삼복 형제의 도움 때문'이라고 한 것과 '임금의 어떤 명령은 가까운 환관의 뜻에 따른 것'이라고 진술한 데 진노해서 결국 귀양을 보냈다.

'송시열이 자성의 마음을 놀라고 동요케 하였다'는 것은 내용이 없는 것으로 하고 넘어갔다. 놀라게 하거나 동요케 한 적은 없는지 몰라도 대비 쪽에서 먼저 송시열에게 한글 밀지를 보냈다는 걸 알 만한 사람은 알았다. 오히려 송시열이 그 밀지를 받고 놀랐을 수 있었다. 동요하지는 않았다 하더라도.

그러는 동안 대비와 김우명 등 왕의 외척들의 영향력은 급격하게 줄어들었다. 왕의 친가와 외가라는 두 호랑이가 싸워 결국 둘 다 큰 상처를 입은 셈이었다. 그건 또한 무슨 일이 있어도 왕을 지켜줄 세력이 약해졌다는 뜻이기도 했다.

복창군 형제가 귀양을 가고 나서 허적과 권대운 같은 대신을 비롯해 조정 안에서 뿌리를 내린 자들은 윤휴 같은 사람과 일을 같이하면 안 되겠다고 해서 '윤휴는 화란을 일으키기 좋아하는 사람이다'라고 하고, 윤휴는 '선왕 때부터 양지에서 볕을 쬐어온 벼슬아치들은 당색이 같더라도 모두 경계하고 막아야 한다'고 맞섰다. 이때부터 남인은 탁남濁南과 청남淸南으로 갈라졌다. 주요 관직을 차지하고 있으면서 온건한 입장을 취하는 허적, 권대운, 김휘, 심재, 김덕원이 탁남으로 한 패가 되었고, 삼복과 가까우면서 송시열과 서인에 대해 엄격한 태도를 가진 허목, 윤휴, 조성창, 이태서가 청남으로 한 무리를 이루었다. 뜻밖에도 기생방에서 나와 망년지교가 된 이유명이 탁남의 발톱과 이빨이 되어 선봉에 섰다.

이유명은 김만중과 기생방에 왔을 당시에 벌써 삼복에게서 벗어나 더 힘있는 말로 갈아탄 참이었다. 이유명에게는 자신보다는 덜 유명하지만 이진명, 이세명이라는 두 형이 있었고 삼 형제가 거의 매일 밤 허적의 집으로 가서 서자이자 외아들인 허견과 어울려서 침식을 같이했다. 허견이 없는 동안에도 허적의 집에서 잠을 자고 나갈 때가 있어서 웬만한 아들보다 낫다는 의미에서 사람들이 그들을 '허씨 집의 세 아들'이라고 불렀다. 이세명 또한 장원급제했으니 허적은 졸지에 장원급제한 아들 둘이 생긴 셈이었다. 처음 운향각에 왔을 때 이유명은 허견을 대신해서 놀 만한 곳인지 보러 온 것이었는데 그뒤로는 사흘이 멀다 하고 허견과 다른 동패를 이끌고 그곳을 출입하기 시작했다.

나를 남인이라고 생각하는 사람은 없었다. 별감 주제에 무슨 당색이 있단 말인가. 그래도 굳이 분류하자면 미수 스승을 따라 청남이 되어야 했겠으나 청남에 속한 인물들은 도대체 매사에 까탈스럽고 작은 일에도 목소리를 높여서 같이 있는 것 자체가 불편했다. 기방 출입은 커녕 시금털털한 탁주 한 잔도 쉽게 하지 않으려 하는 청남보다는 탁남의 벼슬아치들과 말이 잘 통했다. 특히 잘생기고 술 잘 마시고 놀기도 잘하는 이유명과 배짱이 잘 맞았다.

탁남 패거리들은 매일같이 추월이 경영하는 기생방에 들러서 중차대한 국사를 뒷방에서 처결했고 이어서 질탕한 술판을 벌이는가 하면 서로가 '구출신입舊出新入, 먼저 온 손님이 나가야만 새 손님이 들어올 수 있다는 규칙'이니 '후입선출後入先出, 나중에 온 손님이 들어오면 먼저 와 있던 손님이 나가야 한다는 규칙'이니 하면서 기생방의 질서를 잘 지켰다. 그들이 한결같이 아쉬워하는 것은 추월이의 절개를 어찌할 수 없다는 것이었다. 추월은 할머니의 조처로 기적에서 빠져나와 양인이 되었고 기생방의 경영을 맡겨준 은혜를 갚기 위해 내가 사람 노릇을 하기 전까지는 자신의 몸을 깨끗이 해야 한다고 맹세했다. 할머니의 눈에는 내가 여전히 사람으로 안 보이는 모양이었다. 그나저나 내게는 장옥정이 잡힐 듯 말 듯하게 멀어져가고 있다는 게 문제였다.

"김상업은 원래 선왕께서 사랑하시던 궁녀였어요. 복창군이 아무리 여색을 밝힌다 한들 임금의 승은을 입은 궁녀를 어떻게 넘볼 수 있었겠어요? 인선왕후가 돌아가실 적에 서로 마음이 통해 사통을 했느니 뒤따라가 겁간을 했느니 하는 건 대비전에서 죽도록 매를 맞으면서 나온 말일 뿐이에요. 김상업이 아기를 가진 채 출궁을 한 게 봄철인데 아기를 낳고 다시 돌아온 건 선왕께서 승하하신 여름이니 봄철 인선왕후의 상사 때에 처음 몸을 허락했다면 그사이에 어찌 아기를 낳을 수가 있겠어요? 김상업이 출궁 표신을 얻어 대궐을 나간 건 선왕께서 복창군에게 뒷일을 부탁해서라는 말도 있어요. 대비마마께서 김상업의 용모가 변변치 않다고 하셨지만 그게 아니라는 건 눈 뚫린 사람이라면 다 알 수 있지요. 선왕께서 대비마마가 워낙 엄하게 감시를 하시니 승은을 입은 김상업을 비상한 방법으로 탈출시키셨는데 다행인지 불행인지 김상업이 낳은 아기씨가 세상에 나와서 살지를 못했지요. 주상 전하께서는 그런 일을 다 짐작하고 계시니까 복창군 형제를 가볍게 벌하신 겝니다."

궁궐의 뒷방이라 할 대왕대비전의 궁녀에 불과한 장옥정이 대궐 용마루에 올라앉은 사람처럼 대내에서 돌아가는 사정을 훤히 꿰고 있었다.

"그러면 앞으로 우리는 어찌해야 하느냐?"

"우리라니요?"

"그러지 말아라. 너는 내 마음을 누구보다 잘 알지 않느냐?"

"제가 궁중에 들어온 건 별감 한 사람과 우리가 되려던 게 아니었어요. 또한 궁녀가 된 몸으로는 일평생 임금과 동궁 외에 다른 남자를 상관할 수 없지요. 두 사람에게 우리라는 앞날은 없어요."

"네가 자꾸 그러면 나는 저기 저승전 앞 큰 나무에 목을 매서 죽어버리겠다. 내가 혀를 빼문 총각귀신으로 밤마다 나타나서 네 이름을 부르면 너도 마음 편하게 잠을 잘 수 있겠느냐? 네가 내 말대로 하겠다고 하면 날마다 나라님 수라상 부럽지 않게 매일 일곱 끼의 반상을 받아먹고 보드랍고 고운 비단을 온몸에 감고 노리개 소리 쟁쟁하게 살게 해주마. 도성 아흔아홉 칸 집에 살면서 교자에 올라 궁궐을 내 집처럼 드나든다 해도 권불십년 화무십일홍이라, 송시열과 삼복 형제처럼 하루아침에 극변절도에 위리안치되기 십상이다. 네가 바란다면 금강산 일만이천 봉 깊은 산속 산동山東, 강원도의 명당 골라 세 겹 대문 내외 저택에 기름진 땅 수천 경을 일구어 무릉도원에서 백년해로 하고 지고. 묘향산이나 속리산 깊은 산중에 궁궐 부럽지 않은 암혈 속 복지동천에 아들딸 소복하게 낳아서 신선처럼 살게도 할 수 있다. 내 말이 어떠하냐."

장옥정은 입에 거품을 물고 떠들고 선 나를 잠시 올려다보더니 픽, 하고 웃었다. 힘이 죽 빠졌다.

"나는 다 싫소. 그런 허황된 큰소리, 되지 않을 약조도."

"안락과 호강이 싫단 말이냐, 금은보화 치장된 고루거각에 황촉불 비단 금침이, 묘향산 신선 같은……"

"나는 내가 하고 싶은 대로 할 거요. 살고 싶다면 살고 죽고 싶다면 죽는 게지."

"가히 장한 말이다. 그러나 그건 장부들이나 하는 것."

"장부라는 게 별거요? 나는 그 장부라는 것들을 내 아래에 모두 엎드리게 만들 거요. 그러지 못할 양이면 혀 빼물고 죽지 뭐."

딱 부러지게 제 생각을 말한 뒤 차갑고 도도한 얼굴로 돌아간 장옥 정에게 나는 할말이 없었다. 장옥정은 이미 자신의 운명을 내다보고 뭔가를 계획해두고 있었다. 거기에는 내가 들어갈 자리가 없었다. 나 같은 파락호가, 아무리 진정을 다해서 서로를 떠받들며 살자고 한다 하여도 장옥정은 그렇게 할 수 없다고 말하고 있었다. 내가 싫어서가 아니라 평범한 사람들이 꿈꾸는 평안하고 고귀한 자리에서 별일 없이 오래오래 잘살아가는 것이 싫은 것이었다.

"별감, 별감은 참 좋은 사람이오."

젠장맞을. 장옥정과 헤어져 편전 쪽으로 오는데 자꾸 눈물이 흘렀 다. 할머니, 어째서 하늘은 나와 장옥정을 한 시대 한 하늘 아래에 나 게 했을까요? 이토록 상심하고 슬퍼하게 만들진대 만나게 하지 않을 수는 없었던가요? 만날 때마다 속상하고 안 되는 줄 아는데도 멈출 수 없는 건 무엇 때문인가요? 언제나 이 저주스러운 굴레에서 벗어날 수 있을까요? 도대체 장옥정이 뭐길래 내 마음은 한없이 그쪽으로만 기울어지는 걸까요?

마른하늘에서 날벼락이 떨어졌다. 워낙 이변이 많은 날이 계속되고 있어서 그리 놀랍지도 않았다. 다만 그 속에서 할머니의 목소리가 들 려왔다는 게 신기했다. 네 애비한테나 가서 물어봐라.

26장 복을 가져오는 임금

조정의 요직, 중직은 대부분 남인이 장악했고 서인은 김석주, 김만기 같은 훈척과 김수항 같은 늙은 신하들이 조금 남아 있을 뿐이었다. 예송에서 왕권을 강화하려는 입장에 섰던 남인들이 권력을 쥔 뒤에도 군약신강의 형세는 당장 크게 바뀌지 않았다. 아직 왕은 어렸고 훈척들도 약했다. 청나라 사신이 접반사로 마중을 간 조이수에게 '조선은 내내 임금이 약하고 신하는 강하다'는 말을 했다 해서 논란이 된 것도 그 때문이었다.

남인들은 전에 맛보지 못했던 권력의 달콤한 꿀맛에 취해 있을 뿐, 이전에 자신들이 그리도 욕하던 서인들과 별다른 점을 보여주지 못했다. 민생은 말로만 중요할 뿐이고 백성의 살림은 여전히 나아진 게 없었다.

그런가 하면 선왕 재위시부터, 아니 내 머리에 털이 나기 시작한 인조 말에서 효종, 현종 임금 재위시를 통틀어 천재지변과 재앙은 끊일 때가 없었다. 전란이 없었다 하지만 이어지는 천재지변 속에서 살아남는 것 자체가 전쟁에서 이겨 죽음을 면하는 것이나 다름없었다. 재앙은 가장 흔한 것이 가뭄으로 효종, 현종 임금은 즉위 뒤 거의 매년 가뭄을 겪다시피 했다. 그러다 비가 한번 오기 시작하면 그치지를 않아서 홍수가 났고 비 그치기를 기원하는 제사를 받아먹고 나서야 비가 그쳤다. 역대 임금은 비 오기를 비는 기우제, 비가 그치기를 기원하는 기청제祈晴祭, 눈 오기를 비는 기설제祈雪祭를 상시적으로 지냈다. 지진, 곤충, 우박과 서리로 곡식이 모두 상하는 일도 흔했으며 가축전염병이 돌아서 말과 소를 도살해야 했고 못 먹어 허약해진 사람들은 작은마마홍역 또는 수두, 큰마마천연두, 여역癘疫, 전염성 열병, 창질瘡疾, 피부병 같은 전염병에 걸려서 앓고 죽었다. 물론 사람들에게 가장 무서운 적은 굶주림이었다.

불과 사오 년 전 있었던 경신대흉의 참변으로 근 백만의 백성이 죽었다 했는데, 집을 떠나 걸인과 도둑 등 유민이 되어 죽은 사람의 수는 그보다 훨씬 더 많다고들 했다. 아예 기록에 오르지 않은, 사람 취급도 못 받다 죽은 천민 또한 헤아릴 수 없었다. 그런 다음에도 정도의 차이만 있을 뿐 사정은 별반 나아지지 않았다.

왕이 즉위하던 해 가을에 안주 사는 어느 백성이 어느 날 집에 들어와서는 아내에게 "내년 봄에 굶어죽느니 차라리 오늘 자진하는 게 낫겠다" 하고 밖으로 나갔다. 나중에 보니 뽕나무에 목을 매서 죽어버렸다. 그의 아내가 머리를 풀고 울며 나가 관아에 절통함을 하소연했으나 죽은 사람을 다시 살릴 수는 없었다. 굶어서 죽기까지 겪어야 하는 고통이 얼마나 힘든 것인지를 알고 미리 황천으로 떠난 사람이 말한 이듬해 4월에 왕이 전교를 내렸다.

─임금이 믿는 것은 백성들이요, 백성들이 떠받드는 것은 하늘이다. 근일에 매서운 바람이 연달아 불어와서 비 올 기미가 아득히 멀어졌다. 이는 과인이 덕을 잃은 소치이니 백성들에게 무슨 죄가 있겠는가. 경전에서 오로지 백성이 국가의 근본이라 일렀으니 과인이 민본을 생각하여 낮과 밤으로 몹시 번민하고 있으나 어찌할 바를 모르겠다. 예관으로 하여금 길일을 가려서 정성을 다하여 비를 빌게 하라.

이어서 다시 대궐 안 각처와 금천교의 더러운 물건들을 속히 제거하고 정결하게 닦고 쓸도록 하라고 했다. 금천교의 모서리에 붙어 있는 귀면과 사람의 말을 알아듣는다는 해태의 먼지를 닦는 척 슬슬 쓰다듬다가 뺨을 때리다가 하면서 네가 정말 힘이 있거든 제발 비 좀 내려달라고 부탁했다.

윤휴가 왕의 전교에 맞장구치듯 소를 올려서 가뭄이 심하니 선왕이 하시던 예에 따라서 사직단에 나가서 흰옷을 입고 치성을 드릴 것을 청했다. 관리를 보내 제사를 올리는 것만으로는 하늘의 경고에 대응하는 도리로 부족하다는 것이었다.

기우제를 지낼 때 왕이 입을 옷은 윤휴가 말한 흰옷에서 과거 효종임금이 기우제 때 입었던 흑단령의 도포와 옥대, 검은 가죽신으로 바뀌었다. 법전에는 큰 제사에 음악을 쓰는 것이 분명히 기재되어 있으나 선왕의 소상이 끝나지 않았는데 음악을 쓰는 것이 가한지에 관해 티격태격하는 쟁론이 일어났다. 서인 좌상 김수항과 판중추부사 정지화는 음악을 써도 된다 했다. 남인 우상 권대운도 이의는 없으나 "예절에 정통한 유신이 조정에 있으니 의논하여 처리해야 할 것"이라고 했다. 유신으로 지목받은 미수 스승과 윤휴가 "음악을 쓰는 것이 좋겠다"고 하여 그대로 되었다. 서인 예조 판서 장선징은 모든 의례에서 두 사람에게 의논하자고 청한 적이 없었다. 유신으로 인정하지 않는 것이었다. 권대운이 일부러 두 사람을 거론한 것은 그 때문이었다.

기우제 하루 전날인 5월 5일은 단오였다. 단오제를 지내고 난 뒤 왕의 어가가 사직단으로 움직였다. 임금이 된 뒤에 궐 밖에 나가는 일은 처음이었으므로 가마에 오를 때 보니 왕의 표정에 설레고 들뜬 기색이 절로 드러났다. 이렇게 궐 밖에 나가는 것을 좋아하는데 내내 궁궐에 있게 하는 것은 천리마를 마구간에 가둬둔 것이나 다름없었다.

어가가 궁궐과 사직단을 오가는 길에 백성들 가운데 직접 왕에게 올릴 말씀이 있으면 받아들이라는 명이 있었다. 하지만 국가의 근본이라는 백성들 대부분이 파리하고 비쩍 말라 뼈가 가죽에 붙은 꼴이었다. 입을 열자마자 귀신의 호곡이 나와도 이상할 게 없는 사람들이 많았다. 어가의 행차 앞에 엎드려 있는 백성들 사이의 수군거림이 내 귀에 쏙쏙 들렸다. 일 년 전만 해도 그들과 별다르지 않은 처지였던 내 귀에만 들렸는지도 모르지만.

"아직 열다섯 살밖에 안 되셨다네."

"내가 열다섯 살 때에 염병으로 조실부모하고 일곱이나 되는 동생들 다 건사해서 한 놈도 죽지 않게 다 키워냈는데, 뭘."

"암튼 새 임금이 복 있는 임금이었으면 좋겠네. 이런 망할 놈의 날씨와 재변을 가져오지나 말고."

"새 임금이고 헌 신하고 간에 그저 아무것도 하지 말고 가만히만 있어주면 고맙겠어. 신역에 세금에 수령들 침학과 아전들 수탈로 자나깨나 들들 볶아서 사는 게 사는 것 같지 않게 해놓고는 말로는 백성들 위한다고 떠들어대느니. 잘하는 게 서인이니 남인이니 갈려서 저희끼리 피 터지게 싸우는 거밖에 더 있는가."

"그리 잘난 놈들이 귀에 화살을 꽂은 채 군기시 앞에서 목이 잘리고 늙어빠진 불기가 터져나가도록 맞은 뒤 수레에 실려서 귀양 가는 꼬락서니는 볼만하지 않던가. 요새는 왜 그런 구경거리도 잘 없나 몰라."

어가가 사직단에 도착했다. 약방과 승정원, 옥당 등에서 별일 없으신지를 여쭙고 천제를 지낼 제소를 깨끗이 했다. 제소와 왕의 막차幕次, 장막가 있는 곳 근처에서는 잡소리와 담배를 엄금하라는 명이 내렸다.

기우제를 지내기로 정해진 시각은 삼경 사점밤 12시 30분경이었고 문을 연 것은 이경 일점밤 9시경이었다. 기우제를 마치고 어가가 환궁한 시각은 인시 정삼각오전 4시 45분경이었다. 기우제청과 약방에서 왕이 안녕하신지를 묻고 승정원, 옥당, 이품 이상의 관원, 육조의 판서, 대사헌이 문안했다. 왕은 조금도 피로한 기색이 없었다.

궁에 돌아온 뒤에 기우제를 지낼 당시 일을 잘못 처리한 관원 전부와 음복할 때에 예를 어긴 집례관들과 예의사 장선징을 추문하라고 승정원에서 소를 올렸다. 왕이 등극한 뒤로 직접 기우제를 지내는 것이 처음이라 시행착오가 적지 않았다. 그러나 왕은 기우제 때의 실수와 허물을 모두 묻지 말라고 했다. 이날 오시오전 11시~오후 1시부터 비가 오기 시작해서 사소한 잘못을 모두 덮고도 남을 큰 기쁨을 주었기 때문이었다.

저녁에는 바람까지 불며 많은 비가 내렸다. 처마밑에서 비를 구경하고 빗소리를 듣느라 잠을 못 이루는 사람들이 많았다.

"첫번째 기우제치고 개시가 좋았습니다, 아우님 전하. 기우제를 자주 지내러 가야겠는걸요. 이 비를 보고 사람들이 재수좋은 임금이라고 하겠어요."

성덕이 지극히 높으시고 덕화가 하늘을 움직여 기쁨의 비가 왔으니 깊이 감축드리옵니다. 나는 그런 말을 할 줄 몰랐다. 내 말은 백성들의 마음이었다.

"재수좋다는 게 뭐야?"

"그건 말이지요, 도박판에서 옆에 어떤 놈이 앉느냐에 따라서 내가 한재산 따기도 하고 패가망신하도록 잃기도 하는 일 같은 거예요. 재수좋은 놈이 앉으면 내 운도 같이 좋아지는 거지요. 재수 옴 붙은 놈 옆에 있다가는 같이 똥벼락을 맞을 수도 있고요."

왕이 희우喜雨라는 글씨를 거듭 쓰며 조용히 기쁨을 삭이는 동안 나는 듣기 좋은 말을 덧붙였다.

"이 나라 백성들이 굶어죽고 얼어죽고 전염병으로 죽으며 집을 버리고 산천을 떠돌다 짐승의 밥이 되지 않게 하려면 엄청나게 재수좋은 복덩어리 임금이 꼭 필요하옵니다. 군대를 지휘하는 장수에 용장, 맹장, 지장, 덕장 등등이 있으나 가장 당할 수 없는 장수는 복장, 곧 운좋은 장수라 합니다. 지금처럼 재변이 멈추지 않는 때 필요한 군왕은 현군, 명군이 아니라 그저 복을 가져오는 임금이지요."

한성 서부에 사는 영정이라는 여자가 승정원에 찾아와 "성상께서 탄생하신 지 칠 일 만에 궁에 들어와서 젖을 먹여드리기를 칠십 일을 하였습니다" 하고 주장했다. 왕이 젖먹이일 때 젖이 나오지 않으면 피가 나도록 젖을 깨물어서 견뎌내는 여자가 없었다는 말을 듣긴 한 모양이었다.

"젖 먹인 건 보모인 윤상궁이 아니었나요? 자기가 종일품 봉보부인이 되어야 한다고 사방에 떠들고 다녔다더구만요."

내가 묻자 왕은 처녀인 윤상궁에게서는 자신을 먹일 젖이 아예 나오지 않았다고 했다.

"내가 실제로 내 어머니 젖을 먹은 게 겨우 이레뿐이라는 거군."

왕은 예조에 '영정의 공이 적지 않다'며 쌀과 옷감을 넉넉하게 주라고 일렀다. 그러자 궁궐 이곳저곳에서 궁녀와 무수리들이 나도 젖을 먹였다고 예닐곱 명이나 나섰다. 묻지도 따지지도 않고 상을 주고 무수리가 천인이면 자식을 면천하게 했다. 왕과 같은 젖을 먹은 사람이 천인이면 안 되기 때문이었다.

송시열의 유배지를 경상도 장기로 옮긴 후에 배소에 가시나무를 두른 것을 풀어주게 했다. 처음에 윤휴가 어전에서 "송시열을 이미 장기瘴氣, 습한 땅에서 생기는 독기가 없는 땅으로 옮겨주었으니, 위리圍籬, 가시나무를 둘러친 것를 걷어 없애는 것이 마땅합니다" 하자 왕이 윤휴가 본심으로 그러는지 의심했다. 윤휴를 정시하면서 "송시열은 마땅히 효종 임금의 은혜를 갚아야 함에도 갚지 아니하였소. 이로써 죽을죄를 면한 것만도 다행인데 무엇을 더 의논하겠소? 효묘의 죄인을 너그럽게 처치하면 비가 오지 않을 것이오" 했다.

윤휴는 처음과 다름없이 차근차근 말했다.

"웅천에 토질土疾이 있어서 장기로 옮겨주었다면, 위리를 가하는 것은 옳지 못합니다. 처음부터 위리를 하지 않으려는 것이 신의 뜻이었습니다."

왕은 이랬다저랬다 하는 것을 마땅치 않게 생각했지만 윤휴의 말대로 하게 했다. 윤휴가 송시열에게 관대한 처분을 내리게 한 것은 장차 삼복 형제를 귀양에서 풀어주기 위해 균형을 갖추려 한 것이었다. 서인들은 윤휴가 마음에도 없는 은전을 베풀게 해서 인망을 얻으려 한다고 욕했다. 윤휴가 이단하가 지어 올린 선왕의 행장을 고쳐 지어야 한다고 여러 차례 아뢰어서 왕이 결자해지 격으로 윤휴로 하여금 고쳐 짓도록 명했다. 윤휴가 거듭해서 사양하다가 왕이 계속해서 명하니 드디어 더 사양하지 않고 해를 넘겨가며 행장을 고쳐 지었다. 그리하여 윤휴의 문장이 후일 실록에 영원히 들게 되고 청사에 길이 남게 되었다. 물론 서인들은 윤휴가 지은 행장이 편파적이고 제 붕당을 엄호하는 데 힘을 다했다고 흉을 보았다.

공천, 사천을 막론하고 여종에게 장가간 자의 소생이라 하더라도 속을 바친 사람은 양인으로 하는 법을 정했다. 이유명이 좋아할 법했는데 아무런 내색을 하지 않았다. 윤휴가 좌참찬이 되었는데 출사하여 사은숙배한 지 다섯 달 만에 벼슬이 뛰고 뛰어서 정이품 벼슬에 임명되었으니 근년에는 없던 일이었다.

이어서 왕이 미수 스승을 우의정으로 삼았다. 스승은 정승이 되기 전에 내 귀띔으로 자신의 이름이 대배大拜, 정승에 제수되는 것의 천망에 오른 것을 알고 있었다. 그래도 혹시 결과가 달라질까 싶었던지 고금을 통틀어 최고로 일컬어지는 전서篆書로 『서경』의 '고요모' 편을 써서 왕에게 바쳤다. 그 글에는 '하늘이 죄 있는 이를 치고 예 있는 이에게 벼슬을 준다'는 말이 들어 있었다. 여든 살이 넘은 나이에 벼슬 욕심이 나서 그런다고 흉을 보는 사람이 수두룩했으나 스승은 전혀 개의치 않았다. 스승은 노직으로 영감 소리를 듣기 시작한 지 반년 만에 벼슬을 다섯 번이나 옮겨서 대광보국숭록대부 정일품 우의정의 지위에 이르렀다. 윤휴가 좌참찬이 되었을 때와 비교되어 이런 일은 전고에 없던 일이라 했다.

이 무렵 시정 골목에서 아이들이 부르는 동요가 있었는데 가사에 '허허 우습다許許又所多'라는 말이 있었다. 웃음笑을 '우습다又所多'라고 하므로 사람들은 허적, 허목 두 허씨가 나란히 정승이 된다는 말이 맞아떨어졌다고 신기해했다.

그런 와중에 왕의 외조부 김우명이 죽었다. 술을 지나치게 많이 마신 탓이라고 했다. 김우명이 삼복을 쫓아낸 뒤로 왕은 표현을 하지 않아도 외조부를 싫어하고 피하는 기색이 역력했다. 그 때문에 김우명은 자주 궁궐에 드나들지 못하게 되었다. 그로부터 식음을 전폐하고 조금만 마셔도 취하기 십상인 독한 소주를 작은 소주잔이 아닌 주발로 마셔대다 병이 났다. 왕은 소식을 들어서 알면서도 어의를 보내지 않았고 문병조차 하지 않았다. 김우명이 사적으로 어의에게 부탁해서 약을 빌어다 썼지만 소용이 없었다. 대비가 친부의 죽음에 애통하여 밤새도록 호곡하니 울음소리가 왕이 있는 바깥에까지 사무쳤다. 왕은 묵묵히 앉아 있을 뿐이었다.

대비가 아버지의 죽음에 충격을 받고 미음마저 들지 않아 곧 숨이 넘어갈 듯 위독하다 하여 약방에서 문후를 올렸는데 대비는 한글로 된 교지로 답했다.

─살아서 쓸모가 없고 죽어야 할 사람이 이제까지 살아 있는 것이 고통스럽다. 이제 나라의 일을 돌아보라고 말들을 하지마는 차마 들

을 수 없는 치욕이 선왕에게 미쳤고 나로 말미암아 주상의 성덕에 해로움이 많겠구나. 이제까지 살아 있는 탓으로 이와 같은 말을 들은지라 오직 속히 죽기로 정하였는데, 또 친상이라는 망극한 변을 만났으니 어떻게 마음을 정해야 할지 모르겠다. 정신이 혼미하여 오직 입을 다물고 말하지 않고서 죽기로 작정하였다.

이 글을 읽은 신하들은 낯이 잿빛이 되었다. 바깥에 알려지자 항간의 부인들이 읽고 모두 눈물을 흘렸다고 했다.

남인들은 김우명의 빈소에서조차 시끄럽게 떠들면서 좋아하는 기색이 역력했다. 미수 스승과 윤휴는 아예 조문을 하러 가지도 않았다. 그럭저럭, 아슬아슬한 태평성대가 시작되고 있었다. 에헤라디여.

"대왕대비전에 장옥정이라는 궁녀가 있어요."

나는 왕의 귀에다 대고 속삭여주었다.

"내수사로 날 보내주시오. 왕실 재산을 불이 일듯이 불려놓을 테니까."

왕은 대왕대비전에 문후를 다녀온 뒤에 승지를 불러서는 나를 일약 종육품 내수사 별제로 특진시켜주도록 했다. 별말이 없었지만 장옥정의 매력을 알아보고 마음에 들어했다는 건 짐작이 갔다. 그런데 별감을 아주 면해주지는 않고 별제를 겸하라는 것이었다. 다음 벼슬을 할 때는 별감이 떨어지겠지. 그땐 정삼품 당상관이 되려나.

27장 장현

"연행사는 요즘은 시도 때도 없소. 옛적에 명나라에 사신을 보낼 때는 조천사朝天使라 하여 대국에 입조한다는 뜻으로 썼지만 정축년 호란 이후에 청의 도읍이 심양이던 칠 년 동안은 동지사, 정조사, 성절사, 세폐사를 매년 네 번씩 정기적으로 보냈소. 청이 도읍을 연경으로 옮긴 뒤부터는 사신이 모두 동지사에 통합되어서 정기 사행은 일 년에 한 번뿐이나 임시 사행이……"

드디어 장현을 대면했다. 얼마나 벼르고 별렀던 일인가. 첫번째 만남에서 전부는 아니더라도 절반은 결정이 난다. 유리하게 담판을 지어야 했다. 나 자신을 비롯해 여러 사람의 커다란 이해가 걸려 있었다. 그중에서도 왕의 몫이 가장 컸다. 장현이 역관으로 사신을 수행하면서 얻는 이익은 물론이고 사행과 그를 따르는 장사치 모두가 청국과 무역을 하면서 생기는 재부에서 비밀스럽게 왕의 몫을 챙길 수 있도록 만들어야 했다.

장현은 동생 장찬과 함께 왔다. 어디서 만나면 좋겠느냐는 말에 그들은 서슴없이 내가 사는 기생방을 지목했다. 내수사는 보는 눈이 있어 불편하다는 것이었다. 그전에 짜고 해먹은 것 때문에 그러는 것이라고 이해했다. 돈이 오가는 데 좋은 일만 있었겠는가. 원수는 외나무다리에서 만날 수도 있으니 그게 내수사가 아니란 법이 없었다.

장현은 자급이 정이품 이상이니 올 때 옥교는 몰라도 초헌은 타고 올 만도 한데 걸어서 왔다. 더구나 얼굴을 가리는 방립을 쓰고 겨울에 사행을 다닐 때 쓰라고 현종 임금이 하사했다는 귀마개를 하고 와서 사람을 알아보기가 힘들었다.

말은 주로 장찬이 했다. 서로가 마음에 품고 있는 안건과는 큰 관련 없는 주변 이야기였다. 장찬이 말하는 동안 장현은 방안의 경물을 살피고 있었다. 나이 때문에 흐리멍덩한 눈을 하고 있었지만 하나도 빠짐없이 머리에 새겨넣고 있을 게 뻔했다. 사십 년간 스무 번 넘는 사행으로 단련된 감식안이 오죽하겠는가. 특히 황후의 선물로 진상되는 나전칠기나 강진백자, 통영소반 같은 각지 명장의 소품에 답례로 받아오는 중국 명장의 물품을 신물이 나도록 봤을 테니 내 집의 물건들이 눈에 찰 수나 있을까.

그제야 장현이 처음 만날 장소로 내 집을 정한 이유를 알 수 있었다. 상대가 제집에서 제풀에 위축되게 만들려는 것이었다. 가진 것을 다 드러낼 수밖에 없는 안방에서 아무 말도 하지 않고 앉아 있는 것만으로도 협상에서 유리한 고지를 점할 수 있는 것이었다. 수십 번의 사행에서 조선과 청국의 노회한 관리들과 책문의 지방관, 수행원, 장사치 등 수만의 인간을 다 만났을 테니 사람에 대해 얼마나 많이 알 것인가. 더구나 두 나라의 말을 다 알아들으면서 매 순간 사람을 평가하고 겪으며 별의별 상황을 처리해야 했을 것이었다. 왕, 황제라고 예외는 될 수 없었다. 장현은 송시열 같은 괴물이었다.

"사은사, 주청사, 진주사 같은 임시 사행은 동지사에 붙여서 함께 하는 일도 많소. 사 년 전 복선군께서 동지사로 가셨을 때도 조선에 큰 기근이 들었음을 알리고 양곡을 내려줄 것을 주청했소. 그때 적잖은 양곡을 받았는데 황제께서 '너희 백성이 빈궁하여 살아갈 길이 없어서 다 굶어죽게 된 것은 신하가 강한 소치이다. 돌아가서 이 말을 국왕에게 전하도록 하라'고 한 적이 있소."

장현이 헛기침을 터뜨렸다. 장찬을 말리는 것인지 방안의 탁한 담배 연기를 탓하는 것인지 알 수 없었다. 어쨌든 그뒤로 장찬은 예민한 문제는 빼고 말을 이어갔고 장현은 검고 두꺼운 입술을 꾹 다물고 앉아 있을 뿐이었다.

사행은 삼천 리에 두 달 가까이 걸리는 게 보통이고 북경에 머물렀다 돌아오는 기간을 다 따지면 한 번 갔다 오는 데 거의 반년이 걸렸다. 세폐와 공물, 공·사무역을 위한 물품, 식량과 사료 등 많은 짐을 휴대했으며, 짐을 실은 수레의 길이만 십 리를 훌쩍 넘었다.

"지난번 동지사의 경우 황제에게 진상하는 물품을 제외하고 거쳐 가는 고을의 지방관, 문지기에게 뇌물로 주는 담배만 해도 갑초, 봉초 가 수천이었소."

"그렇게 갖다 바치면 오냐, 고맙다, 하고 입만 씻지는 않지요?"

장찬은 그에 대한 대가, 회사回賜는 원래 몇 배로 돌아왔다고 했다.

"조선에서 조공을 너무 많이 가지고 가면 그들도 부담이 커지는 것이라서 국초에는 사행을 제한한 경우도 있었다 하오."

내가 알고 싶은 것은 역관들의 수입이었다. 역관들이 지극히 관심을 가지고 있는 건 언제나 같지 않은가. 돈 놓고 돈 먹기. 돈이 널린 판에 돈에 혈안이 되지 않을 이유가 있는가. 그 돈이 얼마냐 하는 게 내 관심사였다. 거기서 떼어먹을 큼직한 고깃덩어리가 있는지 알아내자는 거였다.

사행에는 역관 이삼십 명이 따라가는데 일 인당 여덟 꾸러미팔포까지의 인삼이나 그에 해당하는 가치의 은을 가지고 갈 수 있게 하여 여비를 충당케 했다. 인삼 한 포가 열 근이며 한 근은 은으로 스물닷 냥이었다. 당하관은 인삼 팔십 근 또는 은 이천 냥 가치의 물품을 가지고 갈 수 있게 했고 당상관은 삼천 냥까지 가지고 갈 수 있었다. 은 이천 냥이면 평년 가격으로 쌀이 이천 석이었다. 이같은 재력을 가진 게 문관들이 돈만 좇는 벌레라고 부르는 역관이었다. 장현은 이미 종일품 숭록대부의 직급을 예약해두었고 역대 왕이 내린 말만 수십 필, 노비가 수십 명이었으니 역관 가운데서도 최대한의 물품을 가지고 가서 무역을 할 수 있었다.

"그런데 얼마 전에 의관과 역관에게 정경과 아경, 경조의 벼슬을 증직한 것을 회수하고 이후부터 그런 자리를 맡는 것을 허하지 않도록 법으로 정한 이유가 무엇이오? 우리가 무슨 잘못을 했다고 이러는가 말이오."

"정말 모르십니까?"

"모르겠소."

"모른다는 이유를 모르겠습니다."

"글쎄, 그것도 모르겠소."

"혼자서만 잘 먹고 잘살자고 하면 흔히 생기는 일입니다."

"지금 뭐라 하였소?"

나는 장찬과의 대거리는 그만두고 장현을 응시하다가 단도직입적으로 물었다.

"장수역께서는 효종대왕 연간에 혼자 인삼 오십 수레를 싣고 갔다가 곡경을 치르셨지요? 그때 궁궐 내 어디서 그 많은 인삼의 밑천을 댔소이까? 내수사가 아니었습니까?"

그때 그는 서인 신하들의 공분을 사서 격렬한 탄핵을 받았고 하마터면 죽임을 당할 뻔했다. 같은 역관인 변씨 집안과 달리 장씨 집안 사람들은 조정의 권신들에게 뇌물을 잘 쓰지 않았다. 사람을 보고 평생을 댄다는 말이 있었다.

어쨌든 장현은 그때 효종 임금의 보살핌으로 무사하게 되었는데 내수사는 물론 상의원 같은 궁궐 내사와 중궁전, 대비전 등 내간에 관련된 곳에서 밑천을 댔기 때문이라고 했다. 실제로는 왕실 재산 전반을 관리하는 내수사에서 상당 부분 밑천을 대어서 큰 수입을 올렸다는 것을 내수사의 오래된 문서를 통해 내 눈으로 확인했다. 어쨌든 그런 소문이 돌고부터 서인 신하들은 내수사의 일이라면 눈에 불을 켜고 달려들어 트집을 잡고 수입을 후려쳐 깎으려 들었다. 흉년이 들면 빌려준 곡식을 탕감해주고 소작료도 탕감해주고 비축된 재산을 가난 구제에 모두 쓰라는 식으로. 그렇게 백성을 살리고 싶고 나라를 위한 충심이 갸륵하면 저희들의 전장에는 왜 손을 대지 않으며 왜 저희의 곳간을 열지는 않는가. 어쨌든 소문 때문에라도 내수사가 손실을 적잖이 입었으니 내수사 덕분에 가장 큰 이익을 본 당사자인 장현에게서 벌충을 할 심산이었다.

장현은 나를 잠시 바라보다 웃었다.

"지난 일이라 기억이 나지 않는구려. 효종대왕께서는 크나큰 뜻이 있던 분이라 따로 생각하신 바가 있을 것으로……"

"아, 네네! 북벌! 그래서 그때 그렇게 벌어서 탕진한 돈이 어마어마했지요? 그거 해서 잘된 사람이 누가 있습니까? 조총이나 화포를 수입해서 돈 번 사람이 있으려나요?"

장현은 여전히 미동도 없었다.

"별제께서 말씀하시는 바가 무엇인지 모르겠소이다."

"저 또한 아버지가 북벌을 하시겠노라며 북으로 가신 지 스무 해가 훨씬 넘어서 북벌을 어디서 누가 어떻게 왜 하고 있는지 궁금하던 차라서 말이지요. 장수역께서는 워낙 자주 북행을 하셨으니 분명 알고 계실 터인데 도대체 그들이 어디에 있습니까? 혹자는 백두산 깊은 곳 어디에 있다고도 하고 혹자는 오랑캐들이 사는 만주 땅 어디에서 칼을 갈고 있다고, 오랑캐들의 폐부를 단번에 노려 칠 거라고도 합니다만…… 그들이 뭘 먹고 뭘 입고 사는지조차 모릅니다. 죽었는지 살았는지 일자 소식도 없고."

아버지가 떠오르자 나도 모르게 내수사 일은 뒤로 미룬 채 핏대를 세우게 되었다. 무책임한 아버지, 식구를 버린 아버지, 죽었는지 살았는지 소식도 없는 아버지, 어머니를 죽게 한 사람…… 장현은 그런 아버지와는 전혀 다르게 보였다.

"제가 역관으로 수십 번 사행을 다녔지만 가는 길은 언제나 한결같아서 대로를 벗어난 적이 없습니다. 그런 군사들에 관해서는 듣도 보도 못하였으니 제 과문함을 책하시지요.”

혼들리지 않는 바위는 깨거나 파내기보다는 수장시켜버리는 편이 나을 수도 있었다.

“지금 주상 전하께서는 북벌, 절대로 안 하십니다. 못하십니다. 비록 북벌이 정축년에 임금이 성을 내려가 청나라에 항복한 이래 인조, 효종 두 임금이 몽매에도 부르짖던 춘추일통의 대의이고 현종 임금 또한 그 뜻을 계술하고자 부단히 노력하셨으나 시세와 날씨가 도와주지 않습니다. 전하께서 얼마 전에 ‘겨울 안개와 날이 흐린 것은 모두 전쟁의 조짐에 속하니 놀랍고 염려스럽다. 내가 복수할 뜻은 마음속에 가득찼으나 하늘의 진노가 점점 더 심해지고 백성들이 도탄에 빠졌으니 형세상 출병은 할 수가 없다’라 분명히 말씀하셨습니다. 지금 가장 시급한 것은 민생인데 온 나라가 제대로 돌아가지 않습니다. 하여 도움을 청합니다. 장수역이시라면 나라의 명운을 좌우할 국중거부……”

“잠깐만!”

장현은 손을 들었다. 팔이 생각보다 짧았다. 뛰어난 풍채에 어울리지 않아 우습기까지 했다.

“국중거부라는 말은 거북스럽소. 일개 신민, 그것도 사역원의 체아직遞兒職, 관리 한 명분의 녹봉을 여러 관리가 돌아가며 받는 자리 수백 역관 중 늙은 관리 하나쯤은 조정의 처결에 따라 가루가 되는 게 일순간이라는 걸 잘 알고 있소이다.”

“말처럼 그리 쉽게 할 수는 없지요. 뿌리 깊은 나무는 바람에 흔들리지 않는 법이니까요. 그럼 국중거부 말고 무엇이라 부를까요?”

294

"몇 년 전 윤선도의 후예가 국부國富를 물려받았다 합니다. 간척으로 만든 수천 결結, 1결은 300두의 쌀을 생산할 수 있는 땅의 전장이 해남 윤씨 집안의 것인데, 그처럼 말을 타고 한나절을 달려도 자기 땅을 벗어나지 못할 정도가 되어야만 나라에서 제일가는 부자라 하겠지요. 저는 그에 비하면 아무것도 아닙니다."

"지나가던 소가 웃겠습니다. 수만 결의 전장이 있다 한들 요즘 같은 흉년에 소출이 반의반이나 나올까 말까 하니 집 안팎에 거느린 식솔과 노비들 먹여 살리기도 바쁠 터인데요. 대감의 사행 장사는 결코 물이 마르지 않는 샘과 같으니 진정한 국부는 대감이십니다."

"어찌 그리 저를 저보다 더 잘 안다 하십니까?"

"조카딸 장옥정을 통해 자세히 들었습니다."

장현의 눈에서 섬광 같은 빛이 나타났다 사라졌다. 주름진 눈꺼풀 속에 그런 놀라운 안광이 숨어 있다는 것은 보지 않았다면 믿지 못했을 것이다. 그리고 무거운 침묵이 이어졌다. 무형중에 이제까지 겪어보지 못한 힘겨루기가 이루어졌다. 수많은 말이 내 마음속에 나타났다 사라지고 다시 나타났다. 장현 또한 마찬가지일 게 분명했다.

장옥정은 내가 어떤 사람인지 자세히 알지는 못했다. 그저 기생방 출신의 파락호였다가 무슨 영문인지 몰라도 운좋게 임금을 지척에서 모시는 대전별감 자리를 꿰차고는 주제넘게 후궁이 될 수도 있는 자신을 넘본다고 여겼을 것이다. 나는 장현 때문에 장옥정에게 접근했다가 장옥정 덕분에 장현과의 담판에서 유리한 자리에 서게 되었다. 내가 장현에 대해 속속들이 꿰고 있는 것에 비해 장현이 나에 대해 알아낸 것은 훨씬 적을 수밖에 없었다.

서로가 상대에 대해 알고 있는 것을 가지고 서로의 속셈이 뭔지, 계획이 뭔지를 읽고 그것을 제압하는 수를 만들어내기 전에는 입을 열수 없었다. 한 수 아래인 장찬은 나와 장현을 번갈아 보며 고개를 흔들기도 하고 끄덕거리기도 했으며 손을 비볐다가 한숨을 쉬었다 웃기도 하는 등 변화가 무쌍했다. 그러나 두 사람 사이의 대결에 조금이라도 끼어들 생각은 하지 못했다. 자칫 잘못하면 양쪽의 칼에 맞아 어육이 될 수 있었으니까.

뜨거운 차를 한 잔 마실 시간이 흘렀다. 나는 입을 뗐다. 그 순간 장현 역시 무슨 말인가를 하려고 입을 벌렸다. 아슬아슬하게 승부는 비긴 셈이었다. 장현도 안도의 숨을 내쉬고 있었다.

"다음 사행에 내수사와 대비전의 명례궁에 한몫을 돌려주시겠습니까?"

"그게 무에 어렵겠습니까? 이미 도성의 각사에서는 중국인들이 극진히도 좋아하는 나삼羅蔘, 조선의 인삼을 가리키는 말을 가지고 별포무역이라는 걸 하고 있습니다. 저 또한 몇 군데와 손이 닿아 있지요. 문제는 밑천입니다."

장현이 벌떡 일어났다. 내 쪽으로 와서 짧은 팔을 뻗고 내 귀에 손을 갖다댔다. 그의 귓속말을 듣다보니 귀가 뜨듯해졌다.

"그토록 전하에 대한 충성심이 대단하실 줄은 몰랐습니다."

내가 감격해하자 장현은 짧은 팔에서 나온 아기 손을 흔들었다.

"저희 장씨 일문은 일찍부터 오로지 이씨를 주인으로 섬기기로 했습니다. 선조의 유지이며 후손이 한 번도 이를 어긴 적이 없습니다. 저는 효종대왕이 승하하신 뒤 인평대군과 그의 아들들에서 인연이 다

할 줄 알았습니다. 어린 주상께서 이토록 빨리 저의 하나뿐인 하늘이 되실 줄은 몰랐습니다."

그의 주인이 복창군 형제에서 왕으로 바뀌는 순간이었다. 하긴 이 땅의 누군들 왕의 신민이 아니겠는가.

"장수역만 믿습니다."

나는 앉은자리에서 엎드려 머리를 숙였다.

"다음 사행의 안배는 제가 할 테니 염려 마시고 아까 말씀하신 일만 유념해주시면 되겠습니다."

장현은 천천히 고개를 끄덕였다. 문이 열리고 할머니가 굽은 허리를 한 채 방으로 들어섰다. 내가 머리를 숙였던 것보다 훨씬 더 깊고 오래도록 장현 형제의 머리가 할머니에게 숙여졌다.

28장 내수사

내수사는 조선이 개국할 당시에 고려의 왕실에서 물려받은 재산에 태조의 본거지인 함경도 함흥, 영흥 등에 있는 본궁의 재산을 관리하기 위해 만들어졌다. 처음에는 사사로운 왕실 재산을 관리했지만 국가에서 봉록을 받는 관리들이 임명되어 직제를 갖추게 되었다. 조선은 왕이 다스리는 나라이고 내수사는 왕의 것이니 내수사에 조선의 보화가 다 들어 있을 줄 알았다. 천만의 말씀이었다.

조선 팔도의 토지는 임진왜란 전에 대략 백칠십만 결에 달했는데 전쟁이 끝나고 헤아려보니 오십사만 결밖에 남아 있지 않았다. 이것이 병자호란을 거치고 나서는 다시 사십만 결로 줄어들었다. 특히 경상도는 피해가 심해서 토지가 육 분의 일로 줄어들었다. 밥 먹는 입의 숫자는 임진왜란 전으로 돌아간 지 오래여서 백성의 삶은 그만큼 피폐해졌다.

거기다 효종, 현종 두 임금의 치세에 극심한 가뭄과 홍수 등 천재지변으로 거의 매년 흉년이 들다시피 해서 사람들이 배불리 밥을 먹어보지 못했다. 흉년이 들면 세금을 줄여주는 경우도 있었지만 빌린 곡식과 체납된 세금을 갚으라는 불같은 독촉에 야반도주를 해버리는 사람이 더 많았다. 도망간 사람의 세금을 친인척이 대신해 내는 게 족징이요, 이웃이 대신 내는 게 인징이었다. 죽은 사람에게도 세금을 물리고 강보에 싸인 아이에게도 세금을 매기니 세금이 호환, 마마보다 더 무서울 수밖에 없었다.

내수사의 재산은 팔도 각지의 전장에서 받아들이는 쌀, 베가 주된 것이었다. 내수사에 딸린 전장에는 세금이 매겨지지 않았다. 곳곳에 소금을 생산하는 염분鹽盆, 소금가마이 있어 거기서도 수입을 올렸다. 본디 소금은 햇볕을 이용한 천일염보다 바닷물을 솥에 넣고 끓여서 만든 자염이 훨씬 많았다. 바닷물을 끓일 나무를 대려면 산이 있어야 하고 산은 관아에서 관리하는 게 보통이니 웬만한 부자들조차 염분을 가지는 것은 엄두를 내지 못했다. 그만큼 이익도 컸다. 전국에 소금장수가 가지 않는 곳이 없으니 안 팔린다고 걱정할 일도 없었다.

내수사에 소속된 노비는 대다수가 외거노비였다. 갈 곳을 잃은 양민들이 스스로 노비가 되겠다고 자원해서 들어오는 경우도 적지 않았다. 호랑이 같은 세금과 군역을 면제받고 요역도 피할 수 있는데다 일단 먹고살 수는 있기 때문이었다.

내수사 별제가 되고 나서 맨 처음 한 일이 함흥 본궁으로 행차한 것이었다. 함경도 쪽으로 간 것은 머리에 털이 나고 처음이었다. 다른 곳도 아니고 내수사의 벼슬아치라고 하니 가는 길에 있는 지방 수령들의 대접이 은근하고 호사스러웠다. 매일 밤 수청을 들 기생이 내 이

불 속으로 들어왔는데 내수사 별제를 내시들이 겸할 때는 없던 일이라고 하여 한마디해주었다.

"앞으로는 별감이 별제가 되고 별제가 별좌가 되는 일이 별스럽지 않게 될 게다."

함흥 본궁에 이르자 내수사에서 파견한 별차가 마중나왔다. 내수사의 우두머리 별좌와 같은 종오품 벼슬인데 경차관처럼 파견이 되었기에 그런 직함을 썼다.

"원로에 고생이 많았소."

"모두가 왕실의 안녕을 위한 일인데 고생이랄 게 있습니까? 젊고 배운 게 없으니 많이 가르쳐주십시오."

말이 파견이지 함흥 본궁 별차는 하나 부족할 게 없는 자리였다. 함경도 관찰사를 겸한 함흥부윤보다 훨씬 더 요족하게 누릴 것 다 누리면서도 별달리 책임질 게 없었다. 혹시 남모르게 모아둔 재물이라도 없나 싶어서 쥐구멍 하나까지 샅샅이 살폈으나 나이든 반송 하나가 덩그러니 서 있는 게 남다를 뿐 한양의 남별전이나 비슷했다.

"함흥차사가 예서 나온 말이오. 내가 그 함흥차사 꼴이 되었소. 별제는 함흥차사가 뭔지 아오?"

머리가 벗어진 별차가 괜스레 우는소리를 하며 물었다. 태조는 아들 정종에게 왕위를 물려준 뒤 원래 살던 함흥 본궁에 내려와 살았다. 형과 동생을 죽이고 왕위에 오른 태종이 도성으로 돌아오시라고 회유하는 사신을 보내자 조선 최고의 명궁이라는 그 좋은 활솜씨로 사신을 오는 족족 죽이거나 가두고 보내지 않아서 함흥차사는 '한번 심부름을 가면 돌아오지 않는 사람'을 일컫게 되었다.

"제가 모를 리가 있겠습니까. 제 조상 가운데 국초에 영상을 지낸 독곡공이 함흥차사로 유명하신데 함흥차사로 태조를 알현하고서도 죽지 않았던 첫번째 분이십니다. 충절로 만대에 빛나는 사육신 매죽헌 공의 종증조부가 되시지요. 매죽헌 공의 형제가 성삼빙, 성삼고, 성삼성이고 아들이 성맹첨, 성맹년, 성맹종 등인데 모두 어린 임금에게 충의를 다하시다 의로운 죽음을 맞으셨습니다. 그 피가 제게까지 내려져서 저 또한 유충한 주상 전하께 오장육부와 뼈다귀를 끓여 우려내서라도……"

별차는 괜히 이야기를 꺼냈다 싶은지 고개를 반대편으로 돌리고 타구에 가래를 뱉어댔다.

함흥 본궁에는 태조의 사대조 위판과 함께 태조와 태조의 초비 신의왕후 한씨의 위판이 봉안되어 있었다. 계비인 신덕왕후 강씨는 자신의 소생 둘을 죽인 태종에 의해 후궁으로 격하되었다가 몇 해 전 왕비로 복위되었으나 신의왕후의 근거지인 함흥에는 함께 모셔져 있지 않았다. 원래는 함흥 본궁에 양인 이백 호를 소속시켜 농사를 지은 것을 거두어 제사를 지냈는데 선조 임금 때에 노비를 오백 호 더 내렸고 임진왜란 때 화재로 소실된 것을 복구한 이후에 노비 이백 호를 추가했다. 사당 하나에 딸린 인구가 수천 명이니 이러한 규모를 유지하려면 함흥에 있는 웬만한 논이 다 함흥 본궁의 전장이어야 하겠다 싶었다. 함흥 본궁만 있는 게 아니고 근처에 영흥 본궁도 있어서 한 달에 한 번 이상 그들먹하게 제사를 지냈다.

"별제가 예까지 일부러 온 것은 논밭을 살펴서 타량打量, 수확량을 재는 것을 새로 하려는 것이 아니오?"

물론 그런 임무도 있었다. 더불어 제사에 그리 많은 비용을 쓰면서 떼어먹는 게 어느 정도인지 살펴보려는 것이었다. 별차는 조희맹과 비슷한 시기에 내관이 되었다고 했는데 눈치가 아주 빨랐다. 딸린 식구가 없는 대신 욕심이 얼굴의 개기름처럼 번들번들 묻어났다.

"이제까지 어련히 알아서 잘하셨겠습니까? 함흥 본궁은 아무런 문제가 없겠고 생긴 지 오래지 않은 영흥 본궁을 살펴보려고 합니다."

영흥 본궁은 광해조 이전에는 일반 백성들이 민간의 신을 섬기던 신당에 불과했을 뿐 태조와는 별 상관이 없었다. 광해군 때 상궁 김개시가 영흥 본궁에 유난히 여러 차례 와서 무당 제사를 올렸다는데 그 이유가 궁금했다. 선왕인 현종 임금 때에 본궁이라는 이름을 붙였다.

"영흥 본궁은 함흥 본궁처럼 매달 보름과 그믐에 한 차례씩 제사를 지내오. 거기다 설, 추석, 동지의 명절 제사가 더해지지. 원래부터 지내던 야백제, 야흑제 같은 별도의 제사도 있는데 유래는 모르겠소. 나는 함흥 본궁의 제사만으로도 바빠 영흥 본궁은 거기 소속된 노비 중 나이 지긋하고 덕이 있는 자에게 지내게 하고 있소."

"야흑제니 야백제니 하는 것은 오랑캐들이 지내던 제사가 아닙니까?"

"난 모르오. 이제까지 지내왔으니 그런가 할 뿐 내가 관여할 일이 아니오."

마침 영흥 본궁에서 제사가 있었다. 제사 전에 피골이 상접한 노비들이 곧 쓰러질 듯하며 제수를 날라와 제상을 채웠다. 하나같이 사나흘 피죽도 못 얻어먹은 형상이었다. 제상에는 밥과 국, 국수, 백중과 잡탕 등의 탕, 적, 상화병, 절병, 도라지와 고사리며 표고버섯 같은 나물, 겨자장과 대추, 황률, 약과, 실백자가 상다리가 부러지게 차려져 있었다. 함경도 특산인 생꿩이며 피가 뚝뚝 떨어지는 혈식血食이 제상에 올랐다. 제사의 이름은 '검제劍祭'였다. 하지만 내 소매 속에 들어 있는 멍텅구리는 제사를 지내는 내내 아무런 반응도 보이지 않았다. 검劍이든 도刀든 다 칼이긴 하나 멍텅구리가 저를 검이나 도라고 여기지 않고 쇠뭉치라고 여기든지, 제사가 아무런 효험이 없든지 둘 중 하나였다.

살이 피둥피둥한 제관은 제가 노비이면서도 다른 노비들의 주인 노릇을 하고 있었고 의복은 내가 입는 것보다 나았다. 명주로 만든 옷은 사대부만 입게 되어 있는데 사대부들 중에서도 값비싸고 사치스럽다 하여 안 입는 사람이 더 많았다. 제관이 걸친 옷이 명주옷이었다.

무슨 주문인지를 계속 중얼대고 있어서 머리가 지끈지끈 아팠다. 수리수리 마하수리 수수리 사바하. 나도 모르게 점점 소리가 커졌다.

제사에 모인 노비들은 한결같이 손을 비비며 빌고 있었다. 지긋지긋하게 되풀이되는 배고픔과 죽도록 힘든 노역과 병고를 더는 겪지 않게 해주소서. 그리할 수 없거든 어서 빨리 이승에서의 삶이 끝나게 하여주소서. 귀신 같은 형상을 한 이들이 귀신이 되게 해달라고 빌고 있었다. 비참했다. 참혹했다.

혼자 보름달이 휘영청 뜬 바깥으로 나섰다. 뒤꼍을 돌아서니 밤새가 날개를 퍼드덕거리며 날아갔고 멀리서 산짐승이 배고파 우는 소리가 들렸다. 괴춤을 끌러 소피를 보며 달을 우러렀다.

"너도 바람을 좀 쐬려무나."

멍텅구리를 꺼내자 무엇엔가 감응한 듯 기둥뿌리를 향해 움직거렸다. 신기해하면서 가까이 가니 멍텅구리의 몸에서 우웅, 하는 소리가 일었다. 마치 가까운 친구를 부르듯 다감한 소리였다. 이어 멍텅구리의 소리에 호응이라도 하는 듯 발아래 땅속에서도 진동이 느껴졌다. 무슨 일인가 싶어 풀을 헤치고 멍텅구리를 흙속에 밀어넣자 별로 힘들이지도 않고 한 자가 좀 넘을 만큼 들어갔다. 딱, 하고 뭔가 닿는 느낌이 났다. 몇 번 주변을 후빈 뒤 천천히 빼내보니 멍텅구리의 몸에 누런 흙 부스러기 같은 게 묻어 있었다. 똥도 된장도 아닌 것이 아무런 냄새도 나지 않았다. 달빛 아래로 가져가자 그게 뭔지 드러났다. 누런 금 부스러기였다. 어안이 벙벙했다.

역대의 별차들이 제사를 핑계로 축적한 재물을 금으로 바꿔서 묻어놓은 것인가. 땅속에 묻혀 있는 친구를 꺼내주려는 멍텅구리의 우정이 작용한 결과인가. 그저 소가 뒷걸음질을 치다 쥐를 잡은 격인가. 달밤에 미친놈처럼 땅바닥을 들쑤셔대느니 다음날 아침이 밝기를 기다렸다. 모든 사람을 멀리 물리치고 혼자 조용히 땅을 파보니 물경 만냥은 됨직한 황금이 든 궤들이 나왔다. 금은 멀쩡했으나 궤짝은 썩고 부스러져서 그냥 가져갈 수는 없었다.

그 정도 양이라면 일개 별차나 인근의 부자가 파묻어둘 수 있는 게 아니었다. 광해군의 명을 받은 김개시가 영흥 본궁에 드나든 까닭은 황금 때문이었을 것이었다. 왜 거기까지 실어다 파묻었는지, 그 사실을 아는 사람이 누가 있는지 알 수는 없지만. 전날 눈여겨봐둔 입 무거운 노비를 몇 골라 가마니와 자루를 충분히 가져오게 해서 황금을 옮겨 담았다. 피륙과 곡식 짐바리 속에 그것들을 뒤섞어서 수레에 실었다. 그 노비들을 그대로 짐꾼으로 삼아 수레를 내수사로 끌고 가기로 했다. 별차나 지방 수령, 도적떼들이 눈치를 채지 못하게 귀환을 서둘렀다.

도중에 들른 덕원부는 송시열이 1월에 귀양을 와서 넉 달가량 머물렀다 간 곳이었다. 송시열이 덕원에 있을 때 언행이 어땠는지, 관리들이 송시열을 비호한 것은 없는지, 특히 당장 쳐죽일 만한 죄를 저지르지는 않았는지 탐문해보았다. 결과는 실망스러웠다.

송시열은 제자와 문도 등 수백 명의 전송을 받으면서 귀양을 떠났는데 송시열을 천릿길 떨어진 귀양지까지 호송해온 금부도사 심양필은 남인으로 송시열을 추호도 봐주지 않고 괴롭혔다. 송시열은 불평 한마디 없이 금부도사보다 항상 앞서서 걸었다. 철령을 넘으면서 송시열이 쓴 시는 이미 많은 사람들이 외우고 전하고 있었다.

가고 가다 철령鐵嶺 위에 오르니
내 마음 또한 굳기가 쇠鐵와 같구나
비록 그릇을 이룰 정성은 모자라지만
그러나 백이숙제의 피는 견디리라

송시열을 따라 덕원까지 온 문하생들이 수십 명이었고 덕원 일대의 선비들도 구름처럼 모여 와서 배움을 청했다. 송시열은 이들의 청을 거절하지 않고 가르침을 베풀었다. 귀양을 온 뒤로 학문은 더욱 박대정심해져서 본격적으로 주자에 관한 글을 쓰기 시작했고 음식이며 살림 등은 서로 시중을 들려는 자들이 번을 정할 정도여서 집에 있을 때보다 낫다고 했다.

결과적으로 송시열이 받는 존경과 위엄, 명성은 송시열이 귀양을 감으로써 오히려 더 높아졌다. 난데없이 횡재한 황금으로 날아갈 듯하던 마음이 저절로 무거워졌다.

　　송시열을 변호하는 소를 올렸다가 덕원에 이웃한 안변으로 귀양을 온 유생 이필익만 보아도 송시열이 덕원에서 어떻게 있었는지 알 수 있었다. 안변부사는 이필익이 도착한 다음달부터 술, 기름, 달력, 콩, 반찬, 약물을 제공하는 한편 조정의 소식을 바로바로 전해주었다. 안변부뿐만 아니라 이웃한 각 지방의 수령, 서원과 향교, 유림 등으로부터도 물품과 음식이 쇄도했다. 고향인 충청도와 경기도의 서원과 향교에서는 지필묵을 보내왔다. 전라감사, 덕원부사, 함흥판관 등은 곡물과 어물 등 먹을거리와 옷감을 선물로 전했다. 이필익이 이 정도인데 도대체 어떻게 해야 송시열을 넘어설 수 있을까.

　　하지만 결국 내 머릿속을 점령한 것은 송시열이 아니라 백성이었다. 눈을 뜨고 보니 사방에 내수사 노비보다 형편이 나쁜 백성 천지였다. 그들이 벌레와 무엇이 다른가. 그들은 매해, 아니 매달, 매일을 무사히 넘어갈 수 있기를 소망하고 있었다. 자식들이 자기 눈앞에서 죽어가지 않기를 바랐다. 서인이고 남인이고 서자고 강신이고 전혀 상관하지 않았다.

　　왕에게 영흥 본궁에서 황금을 가져온 것을 보고하고 "광해군이 누구를 위해 좋은 일을 한 것인지는 몰라도 본전을 충분히 뽑았으니 영흥 본궁의 신당은 없애버리는 게 마땅할 것 같다"고 하자 왕은 그건 선왕 때부터 서인 신하들이 거듭 주청하던 말이라고 했다. 선왕이 신하들의 말에 따랐더라면 멍텅구리가 찾아낸 눈먼 황금을 구경하지도 못했을 거라는 이야기였다.

"김개시가 그리도 자주 드나들면서 치성을 드렸다는데 광해군이 쫓겨나고 말았으니 영흥 본궁에 별다른 영험함이 없다는 것을 알 수 있어요. 거기에다 한 해에 서른 번 넘게 제사를 드리고 있더라니까. 제관부터 제사 참례자가 다 노비인데 왕실의 혼령들께서 노비들이 바치는 제사를 못 받아먹어서 서운해할 까닭이 없지 않습니까?"

"내 선대에서 정한 제도를 내 대에서 폐할 수는 없어. 아바마마께서 특별히 본궁이라는 이름까지 붙이기까지 하셨으니 더욱 그러하고. 선조의 공덕을 기리는 제사가 많을수록 후대의 왕실이 탄탄해지고 백성들에게도 위엄을 떨치게 되는 법이야."

"내수사가 왕실의 재산이니 거기에 속한 양민이며 노비들이 다른 전장에 속한 사람들보다 잘 먹고 잘살아야 하는데, 내가 보니 제사 한 번 받아먹지 못한 귀신처럼 뼈와 가죽만 남아 있어요. 그런 것부터 시작해서 만백성의 민생고를 해결해줘야 임금의 지위와 왕실의 체통이 반석처럼 탄탄해지는 거지요."

"아바마마께서 각사 노비들의 공포貢布가 다른 데 비해 많다고 하여 특별히 내수사의 공부貢賦부터 감해주게 하셨어. 그때부터 내수사의 재물과 쓰임새가 궁핍하게 되었는데 아바마마께서는 상관없다 하셨어. 내가 더이상 어찌해. 선대의 신하 송준길이 말하기를 주자 왈 '가난 구제는 나라도 어렵다'고 했어. 송준길이 형의 스승이 아니었던가?"

나는 왕을 한참 올려다봤다. 언젠가는 세종대왕, 성종대왕 같은 성군이 되어 백성을 잘살게 해주겠다더니? 그래서 내가, 연산군처럼 나쁜 놈이 임금이 되는 것보다 네가 되는 게 낫겠다고 너를 도와 좋은 임금이 되게 해주겠다고 한 게 아니었나. 그새 얼마나 많은 시간이 지났기에 '나는 잘 모르겠다'로 변한 것인가.

나를 만나고 나서 왕은 곧바로 각 도의 감사들에게 서찰을 내렸다.

─내가 백성을 위하는 마음은 자나깨나 느슨해지지 않는다. 언제나 밥 한술을 뜰 때마다 늘 쌀 한 알 한 알이 백성의 신고辛苦임을 생각하고, 옷 한 벌을 입을 때마다 늘 옷감 짜는 수고를 생각한다. 근년의 기근은 팔도가 모두 다 그러한데, 기전, 양서, 영서, 영북이 더욱 시급하다. 반드시 미리 헤아리고 방법을 강구한 연후에야 불쌍한 우리 백성들이 깊은 구렁에 떨어지는 근심을 면할 수 있을 것이다.

열 줄밖에 안 되는 편지임에도 애절하기 그지없어서 온 나라에서 그것을 듣고 감읍하지 않는 이가 없다고 했다. 왕의 면전에서 듣기 싫은 잔소리를 한 보람이 있긴 한가, 황금 만 냥을 남모르게 그냥 꿀꺽하기가 미안해서 그러는 것인가 싶기도 했다.

내수사와 왕실의 재산을 두고 왕이 신하들과 시끄럽게 싸우는 일까지 있었다. 왕이 평안도 안주 관아의 어선 두 척을 대비의 사재인 명례궁에 원래대로 돌려주라고 하자 허적이 불가하다고 하고 홍우원도 허적에게 적극적으로 동조했다. 이옥이 법에 어긋난다고 큰 목소리를 내고 이세명도 핏대를 세우며 반대했다. 결국 허적의 중재로 어선은 명례궁에 환속시키고 다른 곳의 배를 안주에 주게 했다.

알고 보니 이들은 같은 남인인 조이수 때문에 그렇게 한 것이었다. 조이수의 첩이 안주의 명기였던 수정이었다. 수정이 조이수를 졸라, 조이수가 왕에게 "안주 땅이 근자에 흉년으로 망하게 생겼으니 명례궁의 어선을 안주 관아에 내주도록 하십시오" 하여 이를 성사시켰다. 신하란 것들이 제 재산도 아니고 자기 첩의 고향을 위해서 왕 앞에서 목소리를 높였던 것이었다.

내수사의 다른 전장이나 염분, 어장에도 영흥 본궁처럼 묻어둔 보물이 있나 싶어서 신발이 닳도록 멍텅구리로 땅을 들쑤시고 돌아다녔으나 멍텅구리는 더이상의 감응을 보여주지는 않았다. 당연히 땅속에 묻힌 보물을 그저 주워먹다시피하는 횡재는 다시 없었다. 그 대신 황해도 해주의 내수사 전장을 빌려 농사를 짓는 늙은 농부가 민생을 살리는 보물이나 다름없는 해결책을 제시해주었다.

"나라에서 논밭 중에서 논농사를 장려하다보니 논농사를 짓는 사람들이 늘어가고는 있지만 아직 삼 할이 되지 못합니다. 논농사에는 하삼도충청도, 전라도, 경상도에서 쓰는 모내기 농법을 써야 농사지을 때 힘도 덜 들고 시간도 아낄 수 있지요. 오월 초순에 못자리를 하고 유월 초에 모내기를 하면 볍씨를 직접 뿌리는 직파법 농사에 비해서 절반만 김매기를 해도 수확은 두 배 가깝게 볼 수 있습니다."

"그리 좋은 걸 왜 다들 안 하오?"

"모내기 철에 가뭄이 들면 한 해 농사를 아주 망칠 수가 있어서 그렇습니다."

"그건 어차피 하늘에 달린 일이 아니오?"

"보와 방천을 수리해서 물을 가둬뒀다 쓰면 가뭄을 이길 수 있습니다. 밭농사도 이랑에 씨를 파종하는 농종법보다는 고랑에 씨를 파종하는 견종법이 낫지요. 이랑이 바람을 막아주고 고랑이 습기를 가지고 있어서 가뭄과 추위에 강해서 그러하지만 소가 있어서 깊게 밭

갈이를 할 수 있을 때나 견종법을 쓸 수 있습니다. 뭐니뭐니해도 제 땅이 있어야 마음놓고 농사를 지을 수 있는데 토지의 주인은 양반 아니면 왕실과 궁가, 대지주들이니 양민들은 남의 땅을 빌려서 농사짓고는 수확하면 반을 땅주인에게 바치고 나머지를 가지는 병작제를 할 수밖에 없습니다. 농사지은 땅에서 나는 걸 전부 먹어도 모자랄 판인데 병작제를 따르면 굶어죽을 때까지 남의 종노릇을 못 벗어나지요."

"땅주인이 종자도 주고 전세도 부담하니 반씩 나눠 가지는 게 지나치게 과하다고 할 수는 없겠소."

"반씩 나눠가지고는 겨우 입에 풀칠을 할까 말까 한데 공물이며 군역에 바칠 세금에 수령, 이속의 침학에 시달리다 흉년이 들면 여름 가뭄 가을 비로 낫도 대보지 못하고 부황이 들어서 꼼짝없이 죽습니다. 차라리 노비가 되어 주인이 주는 양식을 받아먹고 목숨을 이어가는 게 낫다는 축도 있지요. 그나마 병작제는 얼마 전까지만 해도 나라에서 금지를 했더랬습니다. 자기 땅에 농사를 지을 농군이 점점 줄어들게 되니까요."

"무슨 뾰족한 방법이 없는가?"

"내수사 토지에 한해서라면 해볼 방법이 있습니다. 한 해 풍흉에 관계없이 봄에 미리 수확량의 얼마를 주겠다고 약조를 하고 농사를 짓는 겁니다. 도지라고 하지요. 도지가 소출의 절반 이하라 농민들이 좋아합니다. 열심히 일해 소출이 많아질수록 자기 몫이 커지지요. 내수사 토지라서 수령과 이속, 향임 같은 것들의 고질적인 탐학도 없고."

"그리 좋은 거라면 왜 안 하고 있었나?"

"농사가 매년 잘만 되면야 누가 뭐라 하겠습니까? 안되면 정해진 도지를 못 내니까 더 힘들지요. 결국 빚이 늘거나 야반도주를 하게 되는 경우가 생기지만, 이렇게 농사짓는 것이 농군들한테는 유일한 활로이지요."

노인은 스스로를 광작농廣作農이라 했다. 식구들의 힘으로 농사를 짓는 것을 넘어 남의 땅을 빌리거나 하여 소작인을 고용하고 농사지어 나온 것을 팔아서 땅을 더 늘리는 새로운 부농들이었다. 주로 한양 사는 양반이나 재지사족이 그리하지만 더러 부지런한 양민과 남의 땅을 빌려서 농사를 짓는 사람에게서도 광작농이 나왔다.

도지나 광작의 방식은 조선 사람의 마음에 잘 맞을 듯했다. 사촌이 땅을 사도 배가 아플 정도로 샘이 많다. 안되면 조상 탓이고 잘되면 내 덕이다. 그들의 마음에 잘 맞는 방법으로 잘 먹고 잘살 수 있게 하는 기술이 있다면 그게 바로 보배였다.

내수사의 논에서는 직파법을 쓰지 말고 모내기를 하게 했다. 모내기 전에 거름을 충분히 줄 수 있고 김매기를 적게 하는 동안에 거름을 만들게 해서 또 땅을 비옥하게 하니 소출이 훨씬 늘었다. 별좌에게 황해도 연백의 평야에서 시험삼아 도지제를 실시하도록 건의하고 왕에게 귀띔하여 곧 그리되었다. 연이은 가뭄만 아니었더라면 내수사의 전장에서 거둬들이는 수입이 한 해에 두 배는 늘었을 것이다.

밭농사를 주로 짓는 지방에서는 목화와 담배를 재배하도록 장려했다. 담배와 솜이 값이 비싸서 곡식으로 바꾸면 밭에 콩과 보리를 심어 먹을 때보다 훨씬 배불리 먹을 수 있었다. 다만 담배와 솜을 거래할 때는 늘 일반 장사치보다 값을 조금 낮춰서 받게 했고 내수사의 위세를 빌려 강제로 거래를 하게 하는 일은 엄금했다. 또한 내수사에 속한 산림에는 화전을 만들지 못하도록 엄중하게 단속했다. 몇 년 소출을 보자고 산림을 화전으로 만들었다가는 백 년 동안 기른 숲이 하루아침에 벌거숭이가 되기 마련이었다.

이래저래 화전은 국가의 골칫거리였다. 지리산 같은 명산조차 화전의 손길이 산허리 이상으로 올라가 벌거숭이가 되고 있다는 감사의 치계가 연달아 올라왔다. 심지어 국방의 요지라고 하여 보호하는 곳까지 화전이 밀고 들어가 산꼭대기까지 민둥산이 되어버렸다. 평지에 땅이 없는 백성들이 높은 산 비탈진 곳에 나무를 베고 불을 질러 일군 밭에 농사를 짓고 살려는 것을 말릴 방법이 없었다. 그런다고 조정이나 관아에서 그들을 죽일 수도, 살게 해줄 방도도 없었다. 오대산 사고 근처, 금표를 한 구역에까지 화전이 침범했고 평안도 철령, 함관령, 마운령, 마천령 등 국방의 요지들도 나무가 자랄 수 없게 되었다. 경상도 죽령에는 십 년 전에는 하늘을 가릴 정도로 빽빽하게 수목이 있었다는데 내가 가봤을 무렵에는 한 그루도 남아 있지 않았다.

화전이 늘면 새와 짐승이 몸을 숨길 곳이 없어졌고 무역에 절대적인 역할을 하는 인삼이 생산되지 않았다. 화전을 엄금한다는 조치가 늘 시행되고는 있었지만 먹고살려는 불쌍한 백성의 마지막 시도를 막기에는 역부족이었다. 그래도 해야 했다. 나라를 위해, 왕을 위해, 내수사를 위해, 나를 위해, 모두를 위해.

내수사 전장의 소출이 크게 늘고 그 공이 모두 왕의 성덕으로 돌아가니 내수사에 소속된 노비들은 물론이고 소작을 하는 양인들도 모두 왕의 선정을 칭송하느라 입이 말랐다. 어찌 기분이 나쁠 수가 있으랴.

기회가 닿는 한 온 나라 물과 뭍, 산과 숲까지 모조리 임금의 은혜가
고루 퍼져가는 땅으로 만들고 싶었다.

29장 비밀 사업

　왜국에서는 조선의 인삼을 죽어가는 사람도 살리는 영약으로 생각해서 부르는 게 값이었다. 인삼의 대금은 최상의 순도를 가진 은자로 지불했다. 중국에서는 은자가 곧 돈이었기 때문에 그걸로 중국에서 나는 값비싼 서화, 곡식, 비단, 약재, 무엇이든 사들여올 수 있었다. 변승업은 대마도에 여러 차례 다녀오면서 인삼 대금으로 은을 받아서 돈놀이를 하여 해마다 재산을 눈부시게 불려나가고 있었다.

　중국과의 개시에서 가장 많은 이익을 보는 품목도 인삼이었다. 역관들의 팔포무역에 기본적으로 들어가는 것도 인삼이며 후시나 밀무역에서도 가장 귀한 대접을 받았다. 공무역이든 사무역이든 인삼을 빼고는 생각할 수 없었다.

　문제는 인삼이 언제나 부족하다는 것이었다. 인삼은 사람 모양처럼 생겨서 인형삼人形蔘이라고 하던 것이 줄어든 말로 약초꾼들이 심산유곡에 들어가서 채취했다. 말이 인삼이지 산에서 나는, 산산삼山産蔘인

것이었다.

국경 근처 강계 같은 곳에는 산삼을 채취해서 조정에 공물로 바치는 가호가 수천 가구가 있었다. 공물을 쌀로 바치는 대동법은 함경도에는 해당되지 않았다. 이들은 공물로 인삼을 요구하는 조정의 성화에 국경을 넘어서까지 인삼을 캐와서 바쳤다. 청나라에서는 월경을 문제삼아 처벌을 요구했고 결국 백성들이 도망을 하는 지경에까지 이르렀다. 도망간 백성의 몫까지 남은 사람들이 나눠 감당해야 했으므로 수요에 비해 인삼은 늘 모자랄 수밖에 없었다.

장현과의 밀담 이후 장현이 그동안 비축해둔 인삼 이백 포(은 오만 냥에 해당했다)를 몽땅 내수사에 바침으로써 막대한 밑천을 마련할 수 있었다. 하지만 인삼은 그것으로 그만이었다. 같은 양의 은을 쥐고도 인삼을 구하기가 힘들었다. 인삼이 아니라 금쪽이요, 금삼이었다. 오래도록 인삼 사업을 해오던 송상, 만상은 인삼을 좀체 내놓지 않았다. 할머니의 객주에서 취급하는 인삼은 경강京江, 뚝섬에서 양화나루에 이르는 한강의 상인들이 근자에 취급하는 것 중 약간에 지나지 않았다. 포도청이나 지방 수령들을 시켜서 상인들을 족쳐 인삼을 찾아낼 수는 있겠지만 그건 왕으로서 할 일이 아니었다.

"인삼을 곡식이나 가축처럼 키울 수는 없겠소?"

어느 날 팔도에 있는 할머니의 객주와 전장을 경영하는 조도사에게 하나 마나 한 말처럼 물었다. 그는 한때 조선 팔도 이곳저곳의 종오품 도사를 지내 조도사로 불렸다. 십여 년 전 경상도에 있을 때 상전인 경상감사의 은밀한 명에 따라 향시를 감독하러 조정에서 내려온 시관에게 뇌물을 먹이고 시지의 답안을 대필하게 해서 지방 명문가 자제들을 합격시켰다. 향시에서 제집 자식이 떨어진 부형들이 조정 요로에 연줄을 대어 발고를 했고 결국 비리가 적발되었다. 믿었던 감사는 모른 체했을 뿐 아니라 그가 죄를 다 뒤집어쓰고 죽기를 바란 듯 의금부의 과거 동방 친구에게 청을 넣어 곤장 백 대를 헐장歇杖, 장형에서 때리는 시늉만 하는 매질 하나 없이 다 치게 했다. 형리가 백을 세었을 때 그의 숨은 이미 끊어진 것이나 다름없어 거적에 말아 밖에 버리게 했다.

기생방의 손님으로 출입할 때부터 그를 눈여겨본 할머니가 집으로 데리고 와서 목숨을 구해주었다. 장독杖毒에 특별히 영험하기로 소문난, 한 집안에서 수십 대를 내리 써온 유서 깊은 측간의 맑디맑은 똥물을 받아다 장복시켰던 것이다. 세상에서 그리 쓰디쓴 맛은 처음이라고 죽어도 못 먹겠다고 했다가, 그럼 죽으라고 할머니가 길바닥에 도로 내다버리자 몇 시간 만에 아득바득 기어서 들어왔다. 똥물을 마시고 나서 토역을 하지 못하게 코를 잡고 묘향산에서 가져온 석청을 먹였더니 꿀 먹은 벙어리가 되어 내리 사흘이나 잠을 잤다. 그런 식으로 십여 차례를 반복하고 나자 저 혼자 측간을 갈 수 있을 만큼 회복이 되었다. 재생의 은혜를 입은 그는 할머니의 수하로 투신했고 할머니는 서슴없이 조도사에게 자신의 재산을 송두리째 맡겼다. 조도사는 상인이 아니면서도 셈속이 누구보다 빨랐고 지방 사정에 밝아 매사에 틀림이 없었다. 조도사는 고개를 끄덕거렸다.

"백성들은 혹 인삼을 생산했다가 그것이 공물로 바뀌어서 저희 목을 조르게 되는 것을 바라지 않지요. 제가 호남에 있을 때 산삼의 씨를 받아서 비밀스럽게 조금씩 재배를 한다는 이야기를 듣긴 했습니다."

"조금씩 기르는 것 가지고 어디 성에 차겠소?"

316

답답해하던 차에 길이 열렸다. 뜻밖에 삼복의 외가 쪽에 답이 있었다. 전라도 동복 땅에 사는 어떤 과부가 산삼씨를 받아 재배를 하는 방법을 알아내서 백 년 전부터 재배가 시작되었다는 것이었다. 삼복의 외가가 그곳에 뿌리를 두고 있었는데 인삼밭과 자금을 조달해서 비밀스럽게 재배를 해왔다 했다.

"인삼을 수확할 때가 되자 그걸 놓고 숙질간에 사이가 나빠져서 마주치면 싸움이고 당조차 갈릴 지경이더랍니다."

"조씨 숙질이 갈라진 게 인삼 때문이라?"

"조성창이 소현세자 후손의 재산과 보배를 혼자서만 독차지한 것도 문제가 되었다고 합니다만. 어쨌든 조이수는 계략이 많은 인물이니 조심하셔야 합니다."

"나도 여러 번 들었소. 아이들이 부르는 노래에 조이수를 '속이수'라고 한다는 것을."

하지만 속을 때 속더라도 속이수의 손을 잡지 않을 수 없었다. 인삼을 왜관이며 사행에 안정되게 공급하려면.

조이수는 눈치가 빨랐다. 하기는 남을 속이려면 속임을 당하는 사람보다 무조건 눈치가 빨라야 한다. 별것도 아닌 일에 죽어라 하고 똥고집을 세우는 이가 우둔해 보이는 것과 같은 이치다.

"내수사는 주상 전하의 것인데 내수사에서 온 사람을 내가 버선발로 뛰어나가 맞지 않을 수 있겠는가? 그런데 운향각의 여주인이 변역, 장역과 언제부터 그리 긴밀한 관계였던가? 조선의 국중거부들은 이 인맥에 모두 들어 있는 것 같네."

내가 아무리 신분을 잘 감춘다 해도 조이수의 눈치는 당할 수가 없었다. 한편으로는 이런 사람과 친분을 맺어두어서 나쁠 게 없다는 생각도 들었다.

"초록이 동색이라 앞날이 창창한 연분끼리 모이는 것이겠지요. 대감께서 가연을 맺어주신다면 더욱 번창할 수 있을 겁니다."

"내가 장담을 할 수는 없네만 이제는 일신과 가문의 영화를 기약하려면 학문이나 벼슬, 전하의 총애만으로는 힘든 세상이 왔네. 그 누구도 무시 못할 재력이 있어야만 영원무궁한 앞날을 기약할 수 있네. 나는 일찍부터 역관들이 이 나라의 재부를 좌우할 것이라 생각했어. 그런데 일개 기생방의 여주인이 조선의 국중거부들의 덜미를 쥐고 있을 것이라는 생각은 하지 못했네. 어둠 속의 칼날이 무섭다는 게 빈말이 아니구만."

"과분하신 말씀입니다. 할머니께서는 스스로를 불쌍하고 가녀린 아녀자에 불과할 뿐이라고 하시지요. 이제 연치가 팔순에 다다라 뒷방으로 물러나신 지가 오래되었습니다."

내 말에 조이수는 웃는 눈으로 장죽에 불을 붙였다. 내가 뭐라 하든 상관이 없다는 투였다.

비밀리에 재배한 인삼을 사삼私蔘으로 불렀는데 값 또한 산에서 힘들여 채취하는 것의 절반 정도였다. 몇 다리 건너가면 재배한 인삼인지 채취한 인삼인지 모르게 되었고 비밀만 잘 유지하면 이익을 많이 얻을 수 있었다. 비밀스럽다는 것은 사삼에 관련된 모든 것에 통용되었다. 그러니 그 비밀스러운 줄을 타고 들어가지 않으면 될 일이 없었다. 알고 보니 인삼을 가운데 두고 허적을 비롯해 부자로 이름난 재상가와 궁가의 기맥이 모두 통해 있었다. 무궁하게 저희끼리 잘 먹고 잘

살기 위한 사업이 바로 인삼에 관련된 것이었다. 말리면 가볍고 부피가 적고 귀하고 값비싸며 황금과 달리 사람을 기사회생시키는 효능이 있기 때문에 인삼은 그 어떤 물품보다 귀물이었다.

내수사에서 사삼을 거래한다면 왕실에서 사사롭게 재산을 불린다는 이유로 맹렬한 비난을 받을 수 있으니 들키지 않게 단단히 단속을 해야 했다. 하지만 뒤가 구리기는 권력과 재력을 다 잡고 있는 권신들도 마찬가지였으므로 끝까지 쟁론할 수는 없을 터였다.

내수사의 땅은 인적이 드문 심심산천에도 있어서 사인들이 엄두를 내지 못하는 규모로 비밀리에 인삼을 재배할 수 있었다. 영흥 본궁에서 얻은 황금의 일부를 비용으로 해서 영흥에서 데려온 믿을 만한 노비와 그의 식구들을 시켜 바로 인삼 재배를 시작하도록 했다. 적어도 이십 년 앞을 내다보고 시행하는 사업이었다. 왕에게는 깊은 내용을 알리지 않았고 내수사 별좌에게는 임금의 밀지에 따른 것이라고 알렸더니 감히 토를 달 생각을 하지 못했다. 팔도 여기저기서 생산된 사삼은 은밀하게 운송되어 동래 왜관으로 넘어갔고 여기서 나온 은자는 장현을 통해 청국으로 가 수십 리 길을 잇는 짐바리가 되어서 도성으로 돌아왔다.

인삼으로만 돈벌이를 하는 게 아니었다. 역관을 통한 무역은 액수가 정해져 있지만 중강후시나 책문후시 등의 사무역과 밀무역은 돈만 있으면 무제한으로 거래할 수 있었다. 여기서 나오는 물건들이 이익이 붙으며 돌고 돌아 여기저기 크고 작은 부자들을 쏟아내니 천인이나 다를 바 없이 하대를 받는 상인들에 부자가 많은 건 당연했다. 역관들이 너무 장사를 밝힌다 하여 '상역商譯'이라고 욕하는 말이 사행을 다녀온 문관들의 입에서 스스럼없이 나왔다.

　청과의 무역을 주도하는 것은 만상이고 만상에게 인삼과 명주, 베 같은 수출품을 대주고 청에서 받아온 비단, 서책, 약재 등의 물품을 고관대작과 부고들이며 먹고살 만한 공상인들에게 풀어먹이는 것이 송상이었다. 이따금 송상과 만상 사이에 들어 짭조름하게 이문을 챙기는 것이 평양의 유상柳商이고 왜국과의 거래로 한몫 잡는 게 동래의 내상萊商이었다. 이 모두를 아우를 수 있는 큰 규모의 거래는 역시 한양에서 이루어졌으니, 경상京商들은 방방곡곡에서 올라오는 세곡과 소작료를 운송하고 객주, 술청, 기생방을 차려서 상인과 부자들의 주머니를 탈탈 털어냈다. 제주의 말총에서 북도함경도의 삼베, 인삼, 피물皮物, 짐승 가죽까지 각지의 명산품과 수공 제품이 모여들어 경상들이 주무르는 육의전과 칠패, 운향각에서 멀지 않은 배오개 등지의 난전을 이루었다. 경상들의 관심은 차차 무역으로 뻗어서 지방 관아의 무역별장 자리를 사거나 자격을 얻어내어 사행에 가담했다. 연시燕市, 북경의 시장의 서책에 비단이며 약재는 가져오기만 하면 몇 곱의 이익을 남길 수 있었다.

　나는 영흥에 다녀온 뒤로 두둑한 밑천을 가진 노름꾼처럼 행세하며 변승업과 장현 사이에서 청국과 왜국의 교역을 중계하는 일에 끼어들었고 경상, 만상, 송상들과도 안면을 텄다. 어디에나 할머니의 입김이 영향을 미치고 있었고 그 덕에 잘 모르는 분야에 발을 내디딜 수 있었다. 거기서 생긴 재물은 내수사로, 내 집으로, 궁가로, 재상가와 상인들의 곳간으로 나눠졌다. 나는 이제 왕의 재산을 지키는 일까지 맡은 셈이었다. 이제 또 뭘 지켜줘야 하나?

30장 윤휴

왕이 대신들을 소집해서 가뭄을 물리칠 방도를 묻자 미수 스승이 난데없이 "김자점의 손자 김세룡의 아내가 귀양 간 지 오래되었으니 석방함이 좋을 듯합니다. 『주례』의 친족의 대우에 관한 조문에 따라 복창군과 복평군도 석방하심이 옳을 듯합니다" 하고 아뢰었다. 김자점은 아버지의 의형제 임경업 장군을 역모로 몰아서 죽을 지경에 빠뜨린 인물이었다. 손자며느리를 석방해서 억울함을 덜어주면 하늘이 비를 내릴 것이라는 말인데 나부터 찬성할 수 없었다. 내게 물어본 적도 없지만. 윤휴가 나서서 거들었다.

"복창군과 복평군은 중대한 죄를 지은 것은 아닙니다. 비유한다면 민가의 자제들이 아버지와 형 앞에서 여종을 가까이한 것과 같습니다. 이미 벌을 주었으니 이제 너그러이 용서함이 좋겠습니다. 성상께서 자전께 말씀하시어 그들로 하여금 서울에 돌아와서 허물을 반성하게 하심이 옳습니다."

듣고 있자니 머리로 열이 뻗쳐서 기절을 할 것만 같았다. 이느 여염 집에서 애비와 형이 보는 앞에서 여종을 건드린단 말인가. 스승은 한 번 말하고 그만이었지만 윤휴는 천연덕스럽게 몇 번이고 같은 진언을 되풀이했다. 같은 남인인 허적과 권대운조차 그리하는 게 간단하지 않다고 반대의 뜻을 보였다.

그러나 윤휴는 쇠심줄보다 끈덕졌다. 복창군, 복평군 형제를 풀어 주는 것이 국가의 중대사라도 되는 것처럼 계속해서 왕에게 아뢰고 권유했다. 마침내 허적이 "이는 오로지 전하께서 처분하시기에 달렸습니다" 하며 물러서자 왕이 "복창군과 복평군의 일은 내가 자전께 여쭈어보고 석방하라는 말씀을 들었으니 즉시 석방하라"고 했다.

그 이후로 내가 다시 마음놓고 궁궐을 비울 수가 없게 되었다. 아직까지 장옥정에게 목숨 걸고 연연해하는 것은 아니었지만 복창군 형제가 돌아온다면 도대체 안심하고 잠을 잘 수가 없었다. 장옥정이 끝내 내 여자가 못 된다면 제가 바라는 대로 왕의 여자가 될 것이었다. 왕의 재산에 왕의 여자가 될지도 모르는 장옥정까지 내가 지켜야 했다.

어쨌든 일이 그리되게 한 원흉은 다른 사람도 아닌 윤휴였다. 때는 남인들, 그중에서도 윤휴의 세상이었다.

홍우원이 "김수흥이 상소에서 말한 대로 서얼에서도 인재를 골라 써야 합니다" 하니 이무가 동조했는데 윤휴가 차자로 부연했다.

―연산군 때 유자광이 서얼이면서 사화를 얽어 만들었기 때문에 그뒤로 서얼 등용을 막았습니다만 이제 벼슬길을 터주도록 허락하신다면 오랫동안 답답하게 뭉쳤던 나라 안의 기운이 퍼질 것입니다. 서얼은 한편으로는 사대부여서 천민, 노비와는 다릅니다. 양첩에서 난

322

자는 융통하여 쓰는 것이 좋겠습니다.

아버지가 양첩의 소생인 나와는 아무 상관이 없는 일 같기도 하고 중대한 관계가 있는 일 같기도 했다. 이들의 논의는 물론 나를 위한 게 아니고 허적의 서자인 허견을 위한 것이었다. 허견이 남의 글을 빌려서 과거에 올랐는데 윤휴, 이무, 홍우원, 김수홍이 허적의 환심을 사려고 말을 꺼냈던 것이었다.

눈이 깊고 그늘이 져서 서인들로부터 뱀눈이라는 소리를 듣는 윤휴는 경연에서나 왕이 신하들을 만나는 자리에서 계속해서 새로운 정책과 방략을 내놓았다. 대표적인 게 전장에서 쓸 병거를 만들어서 전쟁에 대비하자는 것과 세금이 면제되는 토지를 줄일 것, 체찰부를 다시 만들어 군권을 통일하고 정비하자는 것이었다. 오가통 사목과 지패법으로 군역을 담당할 인구를 대폭 늘리고 장차 양반까지 호포를 지게 하려는 것도 있었다. 이 모두가 북벌과 관련이 있었다. 당장의 가뭄과 홍수, 집을 버리고 떠도는 백성과 창궐하는 전염병, 천재지변에도 제대로 대처를 못하면서 북벌이 당키나 한 일인가.

윤휴는 어디에서나 목소리가 싸움질을 할 때처럼 크고 논조가 공격적이었다. 원래 본인도 무예를 좋아해 아들들을 어영청 앞에 데리고 가서 무술을 익히게 할 정도였다. 칙서를 가져온 청나라의 사신이 왔을 때는 왕이 그들을 영접하면 안 된다고 주장하기도 했다.

"과인이 나가서 칙사를 영접하지 않으면 저들이 우리를 의심하게 될 것이오. 다른 칙사도 아니고 과인을 왕으로 봉하는 강희제의 칙서를 가지고 온 사신을 어찌 거절하고 마중을 나가지 않을 수 있겠소?"

왕의 말에 윤휴는 기절초풍할 답을 내놓았다.

"소신의 생각으로는 저들이 오히려 우리를 의심하게 하는 게 나을 듯싶습니다. 오삼계를 비롯한 삼번과 태만台灣, 대만의 정금 등은 중국 각지에서 청을 등지고 싸우는데 우리만 청을 신하로서 섬기면 후대에 어떻게 떳떳이 할말이 있겠습니까? 안으로 정치를 잘하고 밖으로는 오랑캐를 물리치는 것을 한 가지 일로 합쳐서 부지런히 하면 뒷날 후회하지 않아도 될 것입니다."

부지런히 하면 모든 일이 절로 이루어지는가? 어이가 없어서 웃을 수밖에 없었다. 윤휴가 병거를 만들 것을 계속 주장하자 정승들이 훈련대장이나 총융사 같은 장수들에게 물어봐서 정해야 한다고 책임을 미루었다. 그 자리에서 즉시 윤휴가 눈을 부릅뜨고 목소리를 높였다.

"물을 필요가 없지요. 시임 훈련대장 유혁연과 어영대장 신여철은 병거를 쓰는 것을 좋아하지 않는다는데 어찌 오래도록 장수로 둘 수 있겠습니까? 병거를 쓸 줄 아는 다른 사람들이 좋은 장수가 될 게요."

사람이 점잖은 신여철은 잠잠히 말을 하지 않고 있었지만 성질이 격한 야당 장군은 화가 나서 일어나 고리눈을 뜨고 목소리를 높여 윤휴가 틀렸다고 지적했다. 윤휴도 큰 목소리로 야당 장군을 논박했다. 두 사람이 떠들고 다투어 어전이 난전 바닥처럼 시끄러웠다.

윤휴는 대사헌으로 오래 있으면서 서인들의 중심을 이루는 인물들을 집중적으로 탄핵하고 모욕과 벌을 가했다. 일찍이 벼슬이 없는 자신을 효종 임금에게 인재로 천거한 적이 있는 민정중, 민유중 형제가 왕의 부름에도 벼슬에 나오지 않는다 하여 직첩을 빼앗고 장 백 대를 때리게 한 일이 대표적이었다. 대제학으로서 현종 임금의 행장을 맡아서 스승 송시열의 이름 뒤에 잘못을 지적하는 '오誤'를 쓰고 통곡했던 이단하는 삭탈관직에 문외출송을 당했다. 송시열을 추종하는 무리들은 윤휴를 사문난적斯文亂賊[31]이나 적휴賊攜, 역적 윤휴, 흑수黑水, 윤휴의 고향 여주를 지칭라고 부르며 이를 갈았다. 결국 윤휴는 모든 서인들과 불구대천의 원수가 되어버렸다.

이토록 좌충우돌하며 모르는 게 없고 모든 것을 주재하려 나서는 윤휴를 당할 사람은 미수 스승밖에 없다는 게 세상 사람들의 중평이었다. 미수 스승의 생각은 원래부터 윤휴와 조금씩 달랐는데 중간에 또 합쳐지기도 하고 어긋나기도 했다. 하지만 미수 스승은 정승이 된 이후로 확실히 더 노쇠하고 조용해졌다. 윤휴와 맞서는 일도 거의 없었다. 그러니 윤휴를 제어할 사람이 없는 셈이나 마찬가지였다.

10월에 왕의 몸에 심한 열이 나고 얼굴에 홍반이 생겼다. 약방에서 천연두인가 하여 주사朱砂를 바쳐 먹게 했으나 차도가 없었다. 무당 막례가 대비전에 들어와서 푸닥거리를 했는데 저는 왕비의 대례복을 입고 대비는 한밤중에 차가운 샘물로 목욕재계한 뒤 신명에게 빌게 했다. 내가 내수사 깊숙한 곳에서 훔쳐왔던 기름종이에 싸인 약을 송파의 숨은 신의神醫로 일컬어지는 김진택에게 가져가서 뭔지를 물었다.

"천년 묵은 하수오와 만년 영지초요. 땅속 깊은 동굴 속에서 일 년에 몇 방울씩 떨어져 고인 옥액으로 달여지고 정화를 뭉쳐놓은 것이니 죽어가는 사람도 살릴 다시없는 영약이라. 중국 황실의 보물로 어의들도 평생 한 번 구경하기 힘들다는 것인데 도대체 어디서 났소?"

황실인지 어딘지에서 누군가 훔쳐낸 것을 내가 훔쳐냈는데? 그리 말할 수는 없었다. 동굴 속에서 일 년에 옥액이 몇 방울이나 떨어지는지 당신 눈으로 세어봤느냐고 물어보고 싶기는 했다.

내가 약을 가져다 먹인 이후 이틀 만에 왕의 병이 깨끗이 다 나았다. 그 약 덕분인지, 원래 왕의 병이 별게 아니어서 그랬는지, 그저 왕의 운이 좋아서였는지, 대비의 기도 덕분인지 뭔지는 모르지만 나았다는 게 중요했다. 따지고 보면 그건 왕의 약이었으니 내 공이라 할 수도 없었다.

한성부에서 호구 수를 조사해 올렸다. 한성과 팔도를 합하여 호수가 123만 4512호이고 인구가 470만 3505명이었다. 이는 신분이 양인 이상으로 군역 대상인 열여섯 살에서 예순 살까지의 남정만을 이르는 것이었다. 군역 대상이 아닌 천인과 노비, 여자와 아이들, 일부러 신고하지 않은 사람, 거듭되는 흉년으로 집을 버리고 떠돌아다니는 사람까지 합치면 실제 인구는 서너 배쯤 될 것이라 했다. 이 많은 입을 먹여 살리려면 나라에는 언제나 대풍이 들고 어진 신하와 젊은 인재들이 나날이 새롭게 백성을 살릴 정사와 방책을 내놓아야 하련만 그런 기미는 보이지 않았다.

윤휴의 끈질긴 주장이 받아들여져 백성이 먹고사는 것과는 별반 관계도 없는 오가통 사목과 지패법이 실시되었다. 지패는 종이로 만든 호패로 반상의 구별 없이 모두가 지니도록 되어 있었다. 세금을 걷을 때나 갖가지 역을 안길 때에 요긴할 것이었다.

오가통의 사목은 이십일 조에 달했으나 요체는 이웃한 가호를 다섯 집씩 묶어 한 통을 만들고, 통 안의 한 사람을 골라서 통수로 삼아 통 안의 일을 맡게 한다는 것이었다. 한 통 속의 사람들이 서로 농사와 누에치기를 권장하고 세금을 낼 것을 독려하고 호미와 소를 서로 빌리고 함께 서로 돕되 환난에 서로 구휼하며, 착한 일은 서로 권면하

고 악한 일은 서로 경계하게 하고 화목하여 선량한 백성이 되도록 힘
쓰게 하려 한다는데 쉽게 그리될 리가 없었다. 불효하거나 형제간 불
화하거나 풍속을 손상하거나 도적이 되는 일이 있으면 위에 신고하
도록 했다. 수상한 사람이 통 안에 들어오면 즉시 고발하게 하되 만약
보고를 빠뜨리거나 속이고 숨겼다가 발각되면 통 전체가 책임을 지도
록 했다. 백성들로서는 서로 감시하고 고발하며 세금을 더 내게 된 꼴
이었다.

윤휴는 이를 바탕으로 오가통 내의 모든 집에서 군포를 걷는 호포
법을 시행하려고 했다. 그전에는 군인으로 뽑힌 사람에게 군포를 또
거둬들이고 있었는데 양반들과 양반가의 종들은 군역을 지지 않았다.
그런데 조정의 신료들은 호포법을 시행하면 전에는 군역을 지지 않던
유학들과 서얼이 반발하여 민심이 불안해진다는 이유로 반대했다. 이
때문에 천재지변이나 흉년이 생긴다는 말까지 내놓았다. 내지 않던
군포를 내는 게 싫은 건 당색과 벼슬의 높낮이를 가리지 않고 모두 일
치했다.

그 와중에 사대부로서 일반 백성의 집을 빼앗아 사는 자를 기록해
서 올리게 하고 이를 금지한 것은 잘한 일이었다. 원래부터 한양에 집
을 가지고 있던 양민의 집을 양반이 벼슬을 살게 되었다는 구실로 위
세를 부려 빼앗거나 말도 안 되는 값으로 사들여 제집으로 썼는데 이
를 '여가탈입閭家奪入'이라 했다. 여가탈입을 금하는 것은 이후에도 왕
명에 의해 되풀이되었다.

해가 가기 전에 병권을 담당하는 체찰부가 설치되었고 체찰사의 자
리는 영상 허적에게 돌아갔다. 윤휴는 자신이 주장해서 설치된 체찰

부이니만큼 부체찰사로 임명될 줄 알았는데 왕은 병조 판서 김석주를 그 자리에 임명했다. 이때 윤휴가 화를 숨기지 못하고 붉으락푸르락 하는 것을 누구의 눈으로도 잘 알 수 있었다.

모든 논란의 근원에는 윤휴가 있었다. 윤휴가 조정에 들어온 지 일 년도 되지 않아 혼자 몸으로 온 나라를 들었다 놨다 하는 힘을 가지게 된 이유가 무엇인지 궁금하지는 않았다. 스승이 헤아린 대로라면 그런 사주팔자를 가진 사람이었다.

허적을 체찰사로 삼던 날 왕이 안 끼는 데가 없는 윤휴를 빼고 허적과 미수 스승만 어전에 머물게 한 뒤에 주수도舟水圖라는 그림을 내어 보였다. 드넓은 바다 위에 조각배 한 척이 떠 있는데 이를 두고 "배가 닻줄과 노가 없이 물 중간에서 바람을 만나면 반드시 전복할 염려가 있으니 이는 임금의 도에 비유할 만하다"고 설명했다. 그 그림 위에 왕이 직접 적은 글이 있었다.

"나라를 다스리려면 학문을 좋아하고 어진 사람을 쓰고 충성스러운 간언을 받아들이고 과실을 책하는 말을 듣기 좋아하고 보화를 천하게, 어진 이를 귀하게 여겨야 한다. 군주가 보배로 삼는 것은 금과 옥이 아니고 어진 신하이다. 배는 군주이고 물이란 신하이다."

말로는 그렇게 하면서도 거친 파도와 같은 윤휴를 중용하는 이유를 생각해보니 윤휴가 자나깨나 북벌을 외치는 것과 비슷하지 않을까 싶었다. 이제 와서는 북벌이 백일몽이 된 것처럼 왕에게는 윤휴도 윤휴의 헌책도 실익이 별로 없으나 강신보다는 나으니 일시 받아들이는 듯하며 앞에 내세우고 있는 것일 뿐이리라. 그런 것까지 헤아리게 된 내가 대견했다.

31장 군사

날씨가 좀 풀렸다가 갑자기 혹독하게 추워졌다. 추워지면 궁궐에서 가장 고생하는 건 기나긴 밤에 숙위를 하는 군사들이었다. 궐내 각처의 입직군과 각 문의 수문장, 군졸 들은 각자 형편에 따라서 짐승의 가죽으로 만든 옷에 솜을 둔 방한복을 입기도 했으나 많은 군사들이 홑옷에 거적만 걸치고 있을 뿐이었다. 숙위를 하다 동상에 걸리는 건 예삿일이고 추위로 검푸르게 죽어가는 살갗을 보고 지나가던 저승사자가 벗하자고 달려들 판이었다.

해가 지고 나서 궐 밖으로 나가다가 추워서 제자리 뛰기를 하는 훈련도감 군사들 속에 괜스레 섞여들었다. 군사들과 함께 제자리 뛰기를 했다. 추위에는 발 시린 것이 가장 견디기 힘든데 군사들이 신은 것은 짚으로 삼은 미투리였고 얇은 버선조차 없는 군사도 있었다. 그래도 나는 가죽신을 신었다. 군사들은 내 별감 복색을 보고 처음에는 경계를 하는 눈치더니 곧 내 출신이 자신들과 별반 다르지 않다는 것을 알아차렸다.

"집 팔고 땅 팔아 족보를 사서라도 양반이 되려는 데는 다 이유가 있는 법이오. 양반은 이런 신역을 안 해도 되니까."

왕이 겨울에 궁궐을 지키는 군사들이 추워한다고 가마니를 내려주게 한 적이 있었다. 나이 지긋한 훈련도감 군관이 그 가마니를 두르고 앉아서 내게 해준 이야기는 기가 막혔다. 그는 얼마 전까지 개성 송악산의 봉수대에서 장교로 있었다고 했다. 거기서는 봉수군이 실제로 얼어죽기까지 했다는 것이었다.

"양계兩界, 함경도·평안도에서 연대군봉수군이 제일 가난한데 지고 있는 요역은 가장 무겁소. 연대군은 추우나 더우나 항상 베옷을 입고 산꼭대기의 봉수대에 있어야 해서 고생이 다른 사람의 배는 되오. 봉수군은 열 명이 있고 다섯 명씩 열흘에 한 번 교대를 하오. 그때마다 산을 오르락내리락해야 하는 건 사실 다른 거에 비하면 힘든 일도 아니라니까. 겨울이면 왕명으로 솜이 들어가는 방한복을 주긴 하는데 그놈의 방한복에 들어가는 솜을 중간에서 빼먹는 관리와 이속이 틀림없이 있소. 겉은 방한복인데 바람이 여름 못지않게 잘 통하니 얼어죽기 일쑤라. 그래도 생으로 얼음장 위에서 굶어죽는 것보다는 낫다고들 하오."

듣고 있던 군사들 중에서 누군가 "산 우에 올라가 있다가 아래에서 올라와야 할 양석이 안 올라와가 굶어죽은 사람도 있다 카이. 봉수군은 신량역천身良役賤, 신분은 양인이나 천한 일을 주로 하는 사람들이나 하지 사람이 할 일이 아이라" 해서 그 또한 봉수군을 했는가 물었더니 자신이 한 게 아니라 좀 모자라는 이웃이 했는데 그때는 귀양살이 온 양반이 봉수군으로 동원되었다가 죽고 말았다고 했다. 산을 오르내리기 힘들어서, 일이 고되어서, 굶어서, 혹독하게 춥거나 더워서가 아니라 그냥 너무 늙어서.

"다른 군역은 예순 살이 되면 면하는데 봉수군은 힘들어서 하려는 사람이 없으니까 예순이 넘어서도 연장을 해서 그런 일이 가끔 생기지요."

군관의 말을 귓등으로 들으면서 미운 놈을 귀양만 보내고도 죽일 수 있겠다는 생각이 떠올랐다. 몇몇의 얼굴이 허공중에 떠갔다. 웬일인지 신명이 났다.

"봉수군도 고되지만도 참말로 힘든 요역은 축성역이오. 축성역을 겪어보지 않고는 힘들다는 말을 하지 마시오. 근자에 오랑캐를 막는다고 대흥산성, 황룡산성 같은 데서 산성을 쌓는다고 하는데 거기서 죽어나는 사람이 팔도 봉수군 다 합쳐도 안 될 것이오."

수염이 절반쯤 센 군사가 끼어들었다.

"제가 도감에 들어오기 전에 산성 쌓는 데 차출되어서 갔다가 죽다 살았지요. 석수장이들이 돌을 쪼개놓으면 그걸 성 쌓는 데까지 옮겨서 다듬고 하나하나 쌓아올립니다만 쌓을 돌이 근처에 남아나지를 않으니 불원천리하고 근처를 헤매고 다니면서 돌을 구해와야 합니다. 그 힘들다는 봉수군들이야 맨몸으로 산을 오르락내리락하는 것뿐이지요. 큰 돌을 소가 끄는 수레에 싣고 산성 쌓는 데로 옮기는데 얼마나 힘든지 소도 몇 달을 버티지 못하고 죽습니다. 동짓달처럼 날이 추울 때는 소가 다른 때에 비해 두 배는 죽는데, 산성역은 농한기에 한다고 추울 때만 골라서 하니 사람도 소도 죽어나는 것이지요."

서로 자신이 겪은 요역이 더 힘들었다고 티격태격하는 꼴을 보노라니 불쌍했다. 훈련도감의 군사들은 장번병으로 급료를 받아 산다고 지방에서 일시 번을 들러 온 다른 군사들의 부러움을 사고 있었다. 훈련도감군은 조선 중앙군의 최정예 부대였다. 그런 그들이 거지떼처럼 가마니때기를 두르고 앉아, 그때는 죽을 만큼 힘들었지만 지금은 극락에 와 있는 것이나 마찬가지라고 떠들어대고들 있었다.

오랜만에 윤휴를 찾아 나섰다. 윤휴가 산성을 쌓는 것을 반대했다는 말을 들어서였다.

"산성을 쌓는 이유가 뭡니까? 누가 어떤 이익을 보길래 그리도 백성을 못살게 구는 건지요?"

"선왕 때에는 청나라의 눈이 무서워서 서북 방면의 방비가 거의 없다시피 했다. 당초에 주상께서 즉위하시고 나서 산성 축성을 하자고 한 것은 서인과 남인 가리지 않고 함께했느니라. 훈척인 김석주와 김익훈 같은 인물들이 나서고 남인 중에서는 영상 허적, 훈련대장 유혁연이 앞장을 섰다. 오랑캐들이 다시 쳐들어온다든지 할 때 주상을 보위하여 피난할 데를 마련해두자는 데 이의가 있을 수 없고 영상이나 훈련대장한테는 나랏일을 열심히 돌보고 있다는 명분을 쌓을 수 있는 것이다. 주상께서 충성스럽게 보실 터이니 권세가 생기는 것이고. 송도 대흥산과 남한산, 북한산에 산성을 쌓자는 논의가 있었고 전라감사 권대재가 전주와 고산 사이 위덕산에 산성을 쌓자고 아뢰어서 주상께서 윤허하셨다."

"자기들 자리 지키려고 백성과 군사들을 죽을 고생을 하게 만든단 말입니까? 우역으로 몇 남지 않은 소가 산성 쌓다가 죽는다는 것은 아셨습니까? 성을 쌓아서 무엇에 쓴다는 것인데요?"

"청국과 왜구가 쳐들어올지도 모르니 미리 방비를 하자는 것이다."

"방비를 성으로만 할 수 있습니까? 왜란, 호란 때 성이 없어서 도망을 하고 항복했던가요?"

"내수외양內修外攘이라, 저들은 성을 쌓는 것이 내수를 하는 것이고 북벌은 외양이라고 한다. 내수와 외양을 겸하여야 하는데 당장은 성부터 수축하고 권토중래를 하자는 것이다. 나는 당장이라도 북벌을 하면 민력을 고갈시켜가며 성을 쌓을 필요가 없다고 하였다."

"돈이 있어야 북벌도 하고 백성이 있어야 군사를 양성하지요. 삼번의 난을 일으킨 운남왕 오삼계가 난을 일으키기 전에 청나라 조정에게서 해마다 얼마만큼 받아냈는지 아십니까?"

"청나라는 나라가 아니다. 도적떼 오랑캐의 발치에 기어들어가 손을 핥아 충성을 맹세하고 우리 조선에 재조지은을 베푼 명나라를 망하게 한 천하의 간적 오삼계 따위가 오랑캐들에게 얼마나 받아먹었는지 내가 어찌 알겠느냐?"

"은으로 이천만 냥이라 합니다. 오랑캐 추장 강희가 매년 세수로 거둬들이는 것의 절반이 넘었으니 강희가 끝까지 오삼계를 쳐부수려고 하는 것입니다."

"별감, 별제 주제에 네가 그걸 어찌 아느냐?"

"제 할머니가 기생방을 하시지요. 거기를 제집처럼 뻔질나게 드나드는 거상부고들은 이익이 있다면 화약을 지고 불속에라도 뛰어들 사람들입니다. 청국, 아니 오랑캐들과 무역을 하는 사람들만큼 오랑캐의 동정을 빨리, 정확하게 아는 사람도 없지요."

사실은 장현에게서 들은 이야기라는 건 말하지 않았다. 장현에게서 듣지 않은 이야기도 꺼냈다. 윤휴는 뭔가를 계산하는 듯 이마를 찌푸리고 있었다.

"하나 더 여쭙겠습니다. 조선에서 한 해에 대동미로 받는 수입이 얼마인지는 아시는지요?"

"선혜청 당상도 아닌 내가 어찌 알겠느냐?"

나라의 수입과 지출이 얼마나 되는지도 모르는 사람이 북벌이네 오가작통법이네 하며 조정의 정사를 좌지우지하고 있었다.

"일 년에 십오만 석이 조금 넘습니다. 이걸로 관리들 녹봉을 주고 종묘 등의 제사에 쓰며 군대를 양성한다 들었습니다. 한 석에 은 한 냥으로 치고 오랑캐 추장 강희의 연 수입에 비하면 발가락의 때만큼도 안 되겠습니다."

"무엄하기 짝이 없구나. 발가락의 때라는 말이 무엇을 가리키는 말이더냐!"

"죄송합니다. 이놈의 주둥아리가 죽을죄를 지었습니다."

내가 머리를 조아리고 주먹으로 입을 몇 번 쥐어박자 윤휴는 다소 누그러졌다.

"나는 분명코 불요불급하면서 큰 공력이 드는 대흥산성이나 북한산성을 수축하는 것은 반대한다고 했다. 지고 이기는 것은 국경에서 결판이 나지 적들이 도성에 쳐들어온 뒤에 방어하는 것은 좋은 계책이라 할 수 없는 것이니라. 그래도 꼭 성을 쌓아야 한다면 같은 힘의 삼분의 일만 들여서 남산에 성을 쌓으면 요긴하게 써먹을 수 있을 것이다."

웃음이 터져나올 뻔하여 입술을 깨물고 귀를 한참 후빈 뒤에 말을 꺼냈다.

"남산은 너무 가까워서 아래에서 기왓장이나 돌멩이를 던져도 박살날 것입니다."

윤휴가 얼굴을 찌푸렸다.

"주상께서도 그리 말씀하셨느니라. 지난번에 영상에게 남산을 가보고 나서 말하라 했더니 도리어 내가 남산을 보지도 않고 그런 말을 한다고 비웃었다. 주상께서 또 그 말을 믿으시고 내가 남산을 가보지도 않고 그런 주장을 한다 하셨느니라. 이는 임진년 왜란 때 도체찰사로 국가를 구렁에서 건져내셨던 서애 선생이 말씀하신 방책이기도 하다."

"제가 기회가 닿는 대로 주상께 말씀을 드리겠습니다."

"내가 너를 왜 만나주었겠느냐? 마땅히 그리하여야 할 것이다."

윤휴가 내가 왕의 뜻을 움직일 수 있는 최측근임을 알아내고 자신의 주장을 관철할 때 나를 이용할 것이라는 말이었다. 기왕 그리된 것이라면 나도 할말은 해야 했다.

"성 쌓기도 힘들지만 군사들이 겨울에 얼어죽고 굶어죽는 일이 다반사로 일어나고 있습니다. 그래가지고 어찌 북벌을 시작할 수 있겠습니까."

윤휴가 미리 생각해두었다고 하면서 "기름진 땅을 군사들로 하여금 둔전으로 가꾸게 하여 군량미를 얻고 요미料米, 급료에도 보탤 수 있다"고 했다.

윤휴의 말을 왕에게 전해주긴 했지만 그들이 고통과 주림을 면하고 살 길을 열어주는 뾰족한 방책은 나오지 않았다. 이후에도 허적과 김석주, 장선징 등이 성을 쌓아야 한다고 거듭 주청함에 따라 결국 왕이 명을 내렸다.

"조짐과 형세로 보아 내년과 내후년 사이에는 반드시 전란이 있을 것이다. 대흥산성 쌓는 일은 유혁연에게 맡겨 앞으로는 흔들림 없이 하라. 도성 근처 중흥산성의 일은 신여철에게 맡기는 것이 좋겠다."

32장 대결

　왕이 즉위한 지 이 년째 봄에 무사 만과를 치러서 이전의 어느 때보다 많은 숫자를 뽑았다. 합격자가 팔도를 통틀어 1만 8251명인데 아들 여섯이 함께 등과한 경우도 있었고 조부에서 손자까지 삼대가 나란히 등과한 경우도 있었다. 급제자 중 최연소자와 최고령자의 나이 차이가 예순 살이 나기도 했다.

　식년시의 무과 합격자 정원은 스물여덟 명이었지만 임진왜란 이후 별시, 정시의 무과에서는 언제나 모자라기 마련인 부방군赴防軍, 변경을 지키는 군사을 보충하기 위해서 한 번에 수천 명씩을 뽑는 일이 잦아졌다. 일단 무과에 응시하면 군역 대상자임이 확실하게 되므로 군량미를 걷기도 쉬웠다.

　무과 합격자도 양반으로 치기 때문에 여러 가지 신역에 시달리는 백성들이며 천민이나 서얼까지 응시했고 제 발로 나라의 밥이 되었다. 특히 서얼은 대개 부형이 양반이어서 재산이 있었으므로 허통을 하는 대가로 금전을 더 뽑아먹을 수 있었다.

나는 그전에는 할머니가 손을 써서 무과에 급제시켜두었고, 별감이 된 뒤에는 관리라 하여 군역을 당연히 면제받았다. 그렇지만 남아 대장부로서 국가를 지키는 책임에 대해서 늘 생각을 하고 있긴 했다. 내가 책임질 일이 아니니 되도록 나는 책임을 지지 말자고. 그러던 차에 스승 야당 장군이 나를 불렀다.

"청나라에서 또 칙사가 왔구먼. 이번에는 또 무슨 트집을 잡으려고 할지 모르겠다. 작년에는 강희가 예물로 바치는 안구마와 환도 대신에 조총을 내놓으라고 윽박질러서 애를 먹었더니라. 호랑이가 대가리부터 뜯어먹을 놈들."

"강희라면 저보다 여섯 살인가 어린 아이인데요?"

야당 장군은 고개를 절레절레 흔들었다.

"비록 어려서 보위에 올랐다 해도 실로 만만치 않은 인물이다. 말을 달리면서 활로 토끼와 호랑이를 잡을 정도로 문무겸전의 인재이기도 하지. 여덟 살에 황제가 되고 열네 살에 친정을 시작했는데 삼번의 난에서도 강희가 직접 군사를 지휘해서 싸우고 있다. 강희의 지근에 명나라 때 환관들로 만든 동창을 대신하는 내무부에, 친위부대인 선복영이 있어 군사와 정사를 기찰하고 조종하고 있다."

"우리 조선에도 임금의 지근에 많은 인재들이 포진하고 있지요. 액정서에 내시부, 저 같은 별감들, 내삼군, 거기다 스승님 휘하의 훈련도감이 있고요. 우리가 강희나 만주 오랑캐들에게 뒤질 게 뭐 있습니까?"

"선복영과 내무부에 한족과 오랑캐를 망라하는 중국 최고의 무예

고수들이 포진하고 있다는 게 비밀이 아니다. 내가 직접 그들 중 하나와 마주친 적이 있다. 칼을 맞대어보지는 않았지만 절대로 만만히 볼 수 없는 기도를 느꼈다."

"아, 스승님. 그런 데 속으시면 안 되죠. 저를 보시면 진정한 최고수의 냄새가 나면서 마음이 든든해지지 않으십니까?"

"요즘 네가 내수사 전장을 좇아다니더니 농부가 밭에 내는 두엄 냄새밖에 나지 않는데 무슨 냄새가 더 난다는 것이냐? 암튼 그 고수들 중에 최상승의 무공을 지닌 자가 칙사를 수행해왔다 한다."

"유람을 하러 온 건 아닐 테지요."

"칙사가 조선 조야의 무예 고수 가운데 최고수를 모화관으로 데리고 오라고 요구해왔단 말이다. 대련을 하여 두 나라의 무예를 비교하고 장점을 취하고 단점은 버리자는 것인데 기실은 우리의 기를 꺾고 망신을 주자는 것이다. 저들은 고수가 무수히 많고 그중에서 가려 뽑은 내무부의 인물이라면 싸워 이길 인물이 조선에 드물 것이다. 우리가 지면 어떤 억지스러운 요구를 할지 모른다. 당연히 삼번을 진압하는 데 쓸 인마와 화포, 강희가 좋아하는 조선의 조총을 더 내놓으라고 할 게다."

"저희 총이야? 언제 맡겨놨다고 줘라 마라야?"

결코 간단한 문제가 아니었다. 청의 사신들은 청의 태자를 정했다는 조서를 반포한다는 명목으로 왔지만 삼번의 난을 진압하는 데 오직 조선만 도울 생각을 하지 않고 있다고 힐난하면서 막대한 군비를 요구할 것이라고 했다. 할 수만 있다면 칙사가 원하는 것을 최대한 빨리 맞춰주고 보내버리는 게 상책이었다.

"그런데 조총이 그새 녹이 슬고 심지들이 삭아서 제대로 쓸 수 있는 게 몇 안 된단 말이야. 왜관을 통해서 외국에서 빨리 조달을 해오라고 했는데 그게 언제가 될지도 모르겠고."

"급한 대로 훈련도감 포수들이 호랑이 잡을 때 쓰는 것을 주시면 되겠습니다."

"그건 이미 다른 데 징발해서 쓰고 있다. 군무를 전혀 모르는 윤휴가 만들자고 주청한 병거보다 훨씬 더 뛰어난 위력을 지닌 화차를 내가 만들게 했느니라. 화차의 생김새는 초헌과 비슷한데 가운데에 두 바퀴가 달려 있다. 위에 다섯 층의 널빤지를 설치하고 널빤지마다 열 구멍을 뚫어 구멍마다 조총 한 자루를 벌여놓았느니라. 쇠촉이 붙은 나무 화살을 그 끝에 매어서 불을 사르면 열 개의 조총이 차례로 절로 쏘아지니, 병거 삼백 승에 화차를 간간이 끼우면 어떤 싸움에든 넉넉히 이길 수 있을 것이다. 거기에 조총이 다 들어가서 여분이 없다."

"그럼 어쩌지요?"

"어차피 군사와 무예에 관한 일은 문관들에게 맡길 게 아니라 무인들끼리 만나서 아퀴를 지어야지."

야당 장군은 극비리에 청나라 내무부에서 온 무예 고수를 만나러 갔다. 두 나라의 최고수들이 무예를 겨룸으로써 군사에 관한 현안을 결판내기로 약조하고 돌아오는 길에 스승은 영은문 앞에서 갑자기 엄지손가락만한 말벌 수십 마리와 맞닥뜨렸다. 놀란 말이 날뛰다 개천에 넘어지면서 스승은 빨랫돌에 부딪혀 오른쪽 쇄골이 부러지고 말았다. 하여 당분간 숟가락보다 더 무게가 나가는 것, 특히 칼은 들 수조차 없게 되었다.

뒤늦게 이를 알게 된 조정에서 난리법석이 일어났다. 외교와 군무에 걸친 국사를 훈련도감 도제조인 허적이나 제조인 병조 판서 김석주 등과 의논도 하지 않고 멋대로 처결하러 간 야당 장군 탓을 하는 사람도 있었고, 늙은 야당 장군이 어차피 무예를 겨뤄서는 안 될 듯하니 말벌을 가져가서 말에게 뿌린 게 아니냐는 말까지 나왔다. 정작 중요한 건 누군가 야당의 역할을 대신하여 청나라 최고수와의 대결을 치러야 한다는 것이었다.

"조선의 최고수인 스승님이 싸우시지를 못한다면 다른 사람이 오랑캐 최고수와 일대일로 대결한다는 건 가당치도 않습니다. 그냥 우리가 졌다, 하고 다리 잡고 살려달라고 싹싹 비는 수밖에."

"네 이노옴! 코와 주둥이에 도모지를 씌운 뒤에 고춧가루 탄 물을 부을 놈!"

비록 자리에 누웠지만 스승은 목소리 하나만큼은 말릴 수 없게 대단했다. 지붕이 날아가고 들보가 내려앉는 줄 알았다. 이어 하늘이 꺼져라 한숨을 쉬는 스승 앞에 내가 다가가 앉았다.

"스승님, 집안에 자식들 많지요? 그 자식들은 천하무쌍의 무공을 지닌 아버지의 천품을 물려받았을 테니 이제까지 익힌 가전무학으로 싸움에 임하게 하시면 되겠습니다."

"모두 무과가 아닌 문과로 가거나 그냥 한량으로 살고 있다. 내가 마음이 약한 아비라 억지로 권하질 못했어. 만일 청국 내무부의 고수와 무예를 겨뤄서 우리가 진다면 주상께서 어떤 모욕을 당하실지 모른다. 지금도 청국 칙사를 대할 때면 군신관계로서 황제를 알현하는 것과 다름없이 무릎을 꿇는데 군신관계보다 더한 요구를 받을 수도 있다. 이 한판의 대결에 국가의 위신과 지키지도 못할 약조를 맺은 내 목이 달렸다."

스승은 자리에서 몸을 일으키려다 말고 아이고, 하고 소리를 질렀다. 그러더니 은근한 목소리로 물었다.

"네 검술은 좀 진척이 있느냐?"

"그럴 리가 없죠. 제 아둔한 재주로 조선 제일의 무영검법을 제대로 익히려면 죽었다 깨나도 안 될 겁니다."

조선에서 비인부전非人不傳으로 대를 이어 비밀스럽게 내려져왔다는 천하무쌍의 무영검법은 아홉의 검초로 되어 있고 한 초마다 세 가지의 변화가 있었다. 검 속에 모습을 감추듯이 엄밀하게 수비를 하다가 상대의 실수가 나오면 빈틈을 파고들어 응징하는 것이라 성질 급한 나에게는 잘 맞지 않는 것 같았다. 워낙 정묘한 수법이 많아서 반복되는 연습으로 요체를 터득해야 한다는데 내 천생의 게으름과는 상극이었다. 스승의 독촉으로 연습을 안 할 수는 없어서 일 년 가깝게 흉내를 내왔으나 아직 마지막 초식까지 검법을 펼쳐본 적이 없었다.

"당장 마당에 가서 칼을 뽑아보아라."

"칼이 없는데요. 내수사에서 오는 길이라 환도는 두고 왔습니다."

천군만마를 호령하던 야당 장군 유혁연은 힘없이 한숨을 내쉬었다.

"너 같은 놈을 제자로 받아들이다니 내 눈깔이 개눈깔이었구나."

미안해진 마음에 나는 소매 속의 멍텅구리를 꺼냈다.

"이 칼로 한번 해보겠습니다."

내가 억지로 무영검법을 몇 초 시전하는 것을 본 스승의 눈에는 약간이나마 희망의 빛이 생겨났다.

"내가 예전에 얻어서 본 중국 전국시대의 『여씨검기』에 짧은 칼로 긴 것을 찌르고 홀연히 분방하고 자유자재하게 움직이는 검술이 있기도 하였다. 네 칼로 검술을 펼치려면 무엇보다 신속함을 위주로 상대가 예측할 수 없이 움직여야 할 것이다."

스승은 곧 훈련도감의 초관을 불러 모래주머니와 노끈을 가져오게 해서 내 팔다리와 몸 여기저기에 모래주머니를 달아맸다.

"어떤 사람이든 혈기는 쓰면 쓸수록 견고해지고 쓰지 않으면 약해지느니라. 힘줄과 뼈를 수고롭게 하고 몸을 고달프게 하는 것을 목표로 훈련하는 것은 그 때문이다. 일부러 무거운 갑옷을 입히고 돌덩어리를 묶거나 무거운 칼을 쓰게 하기도 한다. 네놈은 물에 집어넣고 입만 뜨게 하면 수군으로는 천하무적이 되겠다마는 지금은 사세가 급하기 이를 데 없다. 그나마 나를 대신할 수 있는 건 너뿐이다."

스승은 목이 막혀 캑캑대다가 다시 간절한 어조로 당부했다.

"네가 청국 고수에게 꼭 이기라는 게 아니다. 네가 이길 수 있는 상대가 아니니까. 그래도 조선에 이런 정도의 인물이 있으니 만만하게 보면 안 되겠구나 하는 생각은 하게 만들어야 한다. 그리고 나라와 임금을 위해 분골쇄신하여 장렬히 목숨을 바치는 것이 우리 무인이 취할 길이다."

"스승님은 일진이 나빠 어깨뼈만 부러졌을 뿐 전보다 입심은 월등히 강해지신 것 같습니다."

"당장 나서라니까!"

그날로부터 나는 매일같이 모래주머니를 단 채 검술을 연마했다. 처음에는 몸을 움직이는 것조차 힘들더니 이틀이 지나자 요령이 생겨서 묶인 길이에 따라 손발을 흔드는 법을 알게 됐다. 나흘이 지나자 무영검법의 마지막 초식까지 쉼없이 시전을 해낼 수 있게 되었다.

"어서, 어서 한시라도 빨리!"

내가 검술을 연마하는 사이 다른 스승, 곧 미수가 곤욕을 치르고 있었다. 미수 스승의 과두문과 해동 제일의 전서, 해박한 고문 지식으로 칙사들을 구워삶아야 했는데 그런 걸로 구워삶아지는 칙사는 없는 법이어서 스승은 모화관에 갈 때마다 무시와 박대를 당하고 있었다. 시 잘 짓고 글씨 잘 쓰고 그림 잘 그리는 사람들도 마찬가지였다. 북벌을 외치던 서인들, 귀양 가고 파직되고 뒷전으로 물러난 사람들은 실상 청의 칙사를 안 보고도 떳떳하게 보러 간 남인들 욕을 하게 된 것이 큰 위안이 될 것이었다. 직임을 맡고 있는 조정의 대신은 물론이고 이전에 사행을 갔거나 원접사로 칙사와 조금이라도 친분이 있는 인물들, 장안의 기생들 중 춤 잘 추고 노래 잘한다는 기생은 다 불려갔다.

뭐니뭐니해도 음식이 문제였다. 하루 일곱 번 접대를 해야 했는데 꼭두새벽의 조반早飯에서 시작해서 조반朝飯, 다담茶啖, 중반中飯, 별다담, 석반夕飯에 이어 밤중의 다담까지 하고서야 하루가 끝났다. 조반은 죽상이고 다담은 국수를 곁들인 술안주 상이었다. 아침, 점심, 저녁 세 끼에 술상 세 번, 죽상 한 번을 차려내야 했다. 새벽에 해다 바치는 조반이 가장 중시되었는데 한 사람당 한 상에 간장을 빼고 십오 첩의 식사가 차려졌다. 청밀, 각색병, 타락죽, 김치, 돼지머리 편육, 생선탕, 상화병, 계아탕 등에 약과, 황률이 더해졌다. 정식 끼니에는 오히려 가짓수가 줄어서 십삼 첩이 차려졌다. 왕은 궁궐에서 매끼 밥과 국을 포함해 칠 첩 정도의 식사를 했으니 왕의 수라보다 칙사의 식사에 훨씬 더 많은 공이 들어갔다. 칙사가 하루 먹는 게 일반 백성들이 백 일 먹는 것과 맞먹는다고 했다. 그러니 하루라도 빨리 돌려보내는 게 상책이었다.

"아니, 왜 나밖에 없느냐고. 이 땅의 무학 고수는 죄다 꿩마냥 어디다 머리를 처박고 숨었나. 병사, 수사, 장수들은 칼에 녹이라도 슬었단 말인가? 나만 고생시켜, 왜?"

내가 투덜거릴 때마다 훈련도감의 파총 한여신이 나를 달랬다.

"별제께서 워낙 재주가 출중하셔서 장군께서 이만한 인재는 백 년에 한 명 볼까 말까 하다고 늘 칭찬을 하셨지요. 저는 무영검법을 이번에 처음 보는데 별제께서 칼을 드시면 달빛이 만천하에 퍼져나가는 것처럼 위력이 무궁합니다. 조금만 더 노력하시면 조선의 제일검이 되실 겁니다."

야당 장군이 "너는 내게 한고조 유방의 한신과 같다"라고 일컫는 한여신의 혓바닥을 믿어서는 아니었지만 어쨌든 무영검법을 처음부터 끝까지 쉼없이 펼쳐 보이고 나서야 야당 장군의 눈에서 희망의 빛이 살아 나오는 것을 볼 수 있었다. 하지만 한 초 한 초 검법을 펼칠 때마다 매서운 질책이 쏟아졌다.

"느려터져서는! 지렁이, 굼벵이하고 결의형제라도 맺었더냐, 썩을 놈아!"

열흘이 지난 뒤 마루에 자리를 깔고 누운 야당 장군이 지켜보는 가운데 무영검법을 연속해서 두 번을 시전하고 나서 가쁜 숨을 몰아쉬다가 겨우 되물을 수 있었다.

"어떻습니까? 이 정도면 한칼에 되놈 중 최고수라는 것들 모가지를 딸 수 있겠지요?"

"가운데 토막만 썩어 자빠질 놈. 모가지는 고사하고 손톱 하나 못 건드리겠다."

야당 장군은 땅이 꺼져라 한숨을 쉬었다. 그때 요란한 벽제 소리가 들리는가 싶더니 영상 허적과 한성판윤 조이수가 들이닥쳤다.

"야당! 야단이 났네. 칙사들이 더이상 못 기다리겠다고 짐을 싸기 시작했어. 저들에게 뇌물로 준 황금의 약발이 다 떨어졌나보네."

허적의 말에 이어 조이수가 고개를 흔들며 말했다.

"황제도 칙사도 조선이 강신의 나라라 했으니 청나라가 원하는 대로 하지 않으면 문책이 바로 신하들에게 떨어질 것입니다. 이 일에 우리들 목이 달렸습니다."

야당 장군이 자리에서 몸을 일으켰다.

"저들은 제 피를 보아야 돌아갈 것이오."

"무슨 말인가?"

"저들은 이 기회에 조선 신민의 기를 완전히 꺾으려고 온 것이오. 공연한 시비를 걸자는 게 아닙니다. 호승심에 무예를 겨루자는 것도 아니며 비무北武를 하여 서로의 장단점을 알아내자는 건 핑계일 뿐이지요. 결국 제가 나설 수밖에 없습니다. 조선의 최정예군인 훈련도감의 대장이자 조선 제일검이라는 제 목을 내놓는다면 저들도 어느 정도 만족을 할 것입니다."

야당은 왼손에 장검을 쥐고 일어섰다. 칼을 뽑지만 않으면 자세는 좋았다. 칼은 오른손으로 뽑는 것이니까.

"나를 따르라!"

야당 장군이 외치자 허적의 찬양이 뒤따랐다.

"장군은 진실로 이 나라의 등불이오!"

허적은 빈말을 하는 것 같지 않았다. 나는 멍텅구리를 쥐고 한여신이 가지고 온 점박이 말을 타고 스승의 뒤를 따라갔다.

모화관 넓은 뜰에는 이미 수십 명이 기다리고 있었다. 근처의 잡인을 물리라고 엄히 명령이 내려진 터여서 지나가는 사람은 없었다. 잡인을 물리러 간 군졸들까지 결과가 궁금한지 담 위로 얼굴을 내밀고 있었다.

"이거 지면 패가망신인데. 하루아침에 나라 팔아먹을 역적이 되지 않겠나."

한여신이 뭐라고 대꾸하려고 하길래 나는 얼른 "나 말고" 했다. 그랬다. 나는 일개 대전별감에 논두렁 밭두렁이나 어슬렁거리는 내수사의 별제가 아니던가. 나처럼 별 볼 일 없는 놈이야 이기든 지든 별 상관이 없지만 야당 장군은 그렇지 않았다.

조정에서 삼공을 비롯한 대신이 다 나왔는데 남인 영상 허적이 맨 앞자리에 섰고 서인인 판중추부사 정치화는 사세가 흘러가는 데 따라 남인들에게 책임을 물을 요량으로 관망하며 서 있었다. 우상인 미수 스승은 바람에 날려갈 것처럼 허깨비 같은 모습이었다. 멧돼지 상을 한 병조 판서 김석주가 훈련도감 제조를 겸하고 있는 호조 판서 조성위와 나란히 서 있었는데 둘 다 불안해하는 기색이 역력했다.

반대편에 있는 청국의 칙사들은 여유만만이었다. 나와 있는 역관이 셋인데 그중에 장현이 끼어 있어서 조금 마음이 놓였다. 장현이 신중하게 말을 꺼냈다.

"자, 그럼 먼저 장군께서 앞으로 나오시고 부태감께서도……"

옷자락이 펄럭거리더니 검은 옷을 입고 체발을 한 비쩍 마른 인물이 앞으로 나섰다. 부씨 성의 태감은 환관 중 최고위직으로 피부가 여자처럼 희고 부드러워 보였으며 수염이 없었다. 야당 장군도 장검을 들고 앞으로 나섰다. 부태감이 먼저 두 주먹을 마주 쥐고 예를 표했다. 야당 장군은 칼을 들어 답례하고는 장현을 향해 소리를 쳤다.

"내가 부태감께 드릴 말씀이 있네."

장현이 신중하게 말을 옮겼다.

"칼에는 눈이 없는지라 군신지간의 맹약을 맺은 두 나라 사이에 무인들이 비무를 하다가 혹여 불상사라도 생겨서 화기를 상하는 일이 있어서는 아니 되겠기에, 먼저 제자나 수하들을 대결케 해서 잔치의 분위기를 돋우는 것이 어떨까 합니다. 좀체 없는 성대한 자리이니 잠시 눈요기를 하는 것도 좋을 것이라 생각합니다. 제가 이 자리에 미욱스러운 제자를 데려왔으니 조선의 검술이 어떠한지 살펴봐주시기 바랍니다."

야당 장군의 청산유수 같은 변설에 얼씨구나, 잘한다 소리가 나올 뻔했다. 통역이 미처 끝나기도 전에 부태감이 뭔가를 말했다.

"부태감께서는 혼자 여러 사람을 상대하셔도 상관이 없으시답니다. 하지만 체면을 보아 수행 군관을 보내 제자와 대결하게 하시겠다고 합니다."

스승의 눈짓에 따라 내가 앞으로 나섰다. 오는 길에 약간의 변장을 했더니 알아보는 사람이 거의 없는 듯하여 마음이 편했다. 미수 스승은 아예 눈을 감은 채 눈썹을 바람에 날리며 앉아 있을 뿐이었고 무예에 상당한 조예가 있는 김석주는 유심히 부태감의 발걸음과 몸놀림을 살피고 있었다.

"실례하오!"

내가 군관에게 포권의 동작을 해 보였다. 멍텅구리를 꺼내자 군관의 얼굴에 웃음이 지나갔다. 칼의 길이가 칼집에서 절반밖에 뽑히지 않은 꼴이었으니.

"자, 간다!"

나는 무영검법의 첫 초식을 전개했다. 부드럽고 온화하게 인사를 하는 듯했지만 상대의 동태에 따라서 살초로 급변할 수도 있었다. 몸에 주렁주렁 매달렸던 모래주머니를 떼었더니 동작이 날아갈 것처럼 원활해졌다.

도신이 길고 칼날이 달처럼 휜 월도를 뽑아든 군관은 공을 서두르는 듯 성급했다. 두 칼은 크기로나 무게로나 두 배 이상의 차이가 났다. 군관은 자신의 무거운 칼로 내 손의 작고 가벼운 칼을 날려보내거나 제압하려는 속셈으로 칼을 부딪쳐왔다. 일찍이 야당 장군이 삼청동에서 보여준 것처럼 무영검법에 있는 접接, 흡吸의 법식을 써서 칼날을 옆에 붙여 직접 칼끼리 부딪치는 것을 피했다. 예닐곱 합쯤 지난 뒤 군관은 칼을 빠르게 휘둘러 나를 마당 끝까지 몰아붙이고 득의에 찬 일도를 내리쳤다. 물론 이번에는 피할 생각이 전혀 없었다.

"떼끼!"

마치 버릇없는 아이를 꾸짖는 듯한 소리가 나더니 멍텅구리에 군관의 칼이 동강났다. 어이가 없다는 표정을 짓는 군관의 목에 멍텅구리의 칼끝이 반 치 앞에서 아슬아슬하게 멈추었다.

"양보해주어서 고맙소!"

나는 마치 때마침 상대의 칼이 우연하게 부러지는 바람에 이긴 사람처럼 미안한 얼굴로 예를 차렸다. 그때 꽹과리가 깨지는 듯한 소리가 났다.

"무인이 병기를 제 몸같이 여겨야 하거늘. 어리석은 놈 같으니. 당장 물러서라!"

칙사를 배행해온 선복영의 장수, 마씨 성의 장군이 나선 것이었다. 애초 나와 비무한 군관은 선복영 소속이 아니라 내무부에 속한 부태감의 수하였다. 군관은 불만이 가득한 얼굴로 선복영의 마장군에게는 예도 차리지 않고 마당을 벗어났다. 중요한 건 두 기관 고수들의 무술이 전혀 다른 종류라는 점이었다.

"실례하오!"

내 인사에 마장군은 대꾸도 하지 않았다. 그는 명나라 장수 이여송이 썼다는 제독검을 뽑아들었다. 돌진해 들어오는 기세가 무척 사나웠다. 일단 옆으로 피해서 자세를 잡았다. 떨어지기보다는 근접전을 하는 게 유리했다. 무영검법은 강한 상대를 방어하고 제 몸을 지키기에는 나무랄 데 없는 검법이었다. 내가 거듭 요란한 검풍을 수반한 제독검을 피해내자 마장군의 호흡이 거칠어졌다. 더이상 내 실력을 감출 필요가 없었고 감출 수도 없었다. 십여 합이 지나고 나서 멍텅구리에게서 무영검법의 마지막 절초가 전개되었다.

"쓰러져라!"

멍텅구리가 번개처럼 튀어나가며 마장군의 갑옷을 묶은 끈을 끊고 목을 파고들자 마장군은 죽기는 싫은 듯 뒤로 자빠졌다. 멍텅구리가 내 의지와는 상관없이 쓰러진 마장군의 아랫도리를 쫓아갔다. 내무부의 환관이 되기는 싫었는지 마장군이 몸을 굴려서 둔부를 내밀었고 그마저 아까운지 옆으로 대굴대굴 굴렀다. 장군이라고 부르는 게 아까울 정도로 비참한 꼬락서니였다. 멍텅구리로 땅바닥을 이리 찍고 저리 찍으며 마장군에게 망신을 안겨주고 나서 부태감에게 한마디 던졌다.

"중국에는 사람이 많다 하더니 사람 형상의 허수아비도 많은 모양이오. 얼마나 더 허수아비가 나올지 궁금하오."

장현이 통역을 하자 부태감이 거대한 새처럼 몸을 날려 전장으로 들어왔다. 격장지계激將之計에 걸린 것이었다. 각오를 하기는 했지만 막상 상대의 몸놀림 하나로 엄청난 고수임이 느껴지자 가슴이 떨려왔다.

"나는 칼 따위는 쓰지 않는다. 맨주먹으로 상대하겠다."

그가 역관에게 자신의 뜻을 알리게 했다. 청나라 황제를 호위하는 내무부의 절정고수인 그에게는 무기가 있든 없든 큰 차이가 없는 듯했다. 그는 한 손으로 뒷짐을 지고 한 손만 가지고 여유롭게 나를 상대했다.

나는 두 번의 싸움에서의 승세를 몰아 무영검법을 처음부터 끝까지 빠르게 펼쳐냈다. 하지만 이전의 상대와 부태감은 판이하게 달랐다. 칼을 쓸 때마다 무형의 압력이 가해져서 초식을 제대로 전개할 수가 없었다. 검법이 모자라는 게 아니라 스스로의 내공이 절정고수에 비해 많이 부족했다. 속성으로 익히다보니 운용을 하는 데도 정교함이 모자랐다.

무영검법이 어떤 것인지 알기 위해 수비만 하던 부태감이 검법의 초식이 반복되자 두 손을 벌렸다. 그의 손바닥 사이에 칼이 들어갔다. 젖 먹던 힘을 다하고서야 겨우 칼을 빼낼 수 있었다. 부태감이 까마귀처럼 괴상한 웃음을 터뜨리며 갈퀴 같은 손가락을 쳐들고 달려들었다. 순식간에 검법이 흐트러졌다. 불완전한 채로 다음 초식을 전개할 수밖에 없었다. 다시 막혔다. 마치 어린아이가 잘 모르는 길을 가다가 깊은 물과 높은 산에 막혀 어쩔 줄을 모르게 된 형국이었다. 돌아갈 수도 없었다.

야당 스승을 보았다. 안타깝다 못해 비분에 찬 표정을 짓고 있었다. 칼을 뽑지도 못하는 몸으로는 그저 피를 토하는 심정으로 내 패배를 지켜볼 수밖에 없었다. 내 패배는 스승의 패배였다. 스승의 패배는 조선의 패배이고 왕에게 굴욕으로 돌아가리라. 하지만 어쩔 수 없었다. 스승이 몸소 전력을 다해 평생을 익힌 검법을 펼친다면 몰라도 뒤늦게 입문한 내 솜씨로는 청나라에서 손꼽히는 절대고수를 이길 수 없었다. 그렇다. 불가능했다.

더이상 싸우는 건 무의미했다. 내게는 패배를 인정하는 일만 남아 있었다. 모화관에 있는 조선 사람들은 모두 표정이 일그러져 있었다. 싸움이 끝나고 나면 모든 원망과 지탄이 야당 장군에게 향할 것임은 불문가지였다. 스승은 목숨으로 그것을 감당하려 할 것이었다. 나는 칼을 든 채 심호흡을 했다. 단 세 호흡이면 충분했다.

"야아앗!"

무명의 스님에게서 배운 단 일 초의 검법. 죽기 살기로 뒤를 돌아보지 않는 단 한 수의 절초. 상대가 나보다 강하면 내 목숨은 없다. 그러나.

"허헛!"

부태감이 뒷걸음을 치고 있었다. 그의 손에서 피가 배어나왔다. 오른쪽 귀가 절반가량 잘린 것이었다.

"아 떠그랄……"

나는 분명히 그렇게 들었다. 그건 조선말이었다. 그러나 부태감은 곧바로 정신을 차렸다.

장현이 통역을 했다.

"훌륭한 검술이라 하시오. 깊이 감복하는 바라고. 조선에 와서 새롭게 견식을 넓혔으니 이제 서로 칼을 들고 같은 길을 가는 벗으로서 좋은 날, 좋은 곳에서 흉금을 터놓고 향기로운 술 한잔 나누는 것이 어떠냐 하십니다."

나는 물론 좋다, 바라는 바라고 했다. 상대의 마음이 바뀌기 전에 얼른 멍텅구리를 수습하여 뒤로 물러나왔다. 스승이 대뜸 내 귀를 잡았다.

"이 녀석, 네가 마지막에 쓴 검법이 무엇이냐? 나를 처음 만났을 때 썼던 그 한 수도 아니요, 내가 가르쳐준 검법도 아니다. 네 이놈, 설마 나 말고 다른 놈한테 밤이슬 맞으며 검술을 따로 배우러 다니는 건 아니겠지?"

"아녀요, 절대 아닙니다. 맹세해요. 정말이라니까요. 급해서 저도 모르게 나온 건데 제가 어떻게 알겠습니까."

그건 사실이었다. 무영검법과 무명의 검초, 두 가지의 검법이 나도 모르는 사이 하나로 배합되어 전에 없던 새로운 한 수의 검법으로 태어난 것이었다. 내 의지에 따른 게 아니라 부지불식간에 일어난 일이었다.

스승은 하늘을 향해 서서 아까의 장면을 돌이켜 생각해보고는 다시
한숨을 쉬었다.

"나도 모르겠다. 도대체 너라는 놈은……"

"이런들 어떻고 저런들 어떠합니까, 잘됐으면 그만인데."

사제가 투닥거리고 있는 동안 김석주가 다가왔다.

"너는 이 년 전에 주상의 심부름으로 나를 찾아왔던 대전별감이 아
니냐? 내 너를 심상치 않은 자라고 생각은 해왔다만 오늘 같은 대사
를 이뤄낼 줄은 몰랐다. 네 무공이 그때에 비해서도 일취월장하였구
나."

나는 목소리를 최대한 낮춰 왕이 극비리에 명한 바에 따른 것이라
고 둘러댔다. 더이상 묻기 전에 점박이 말을 타고 도망쳤다.

왕은 내가 청나라의 최고수를 격패시키고 나라의 위신을 제대로 세
웠다며 전에 없이 후하게 칭찬하느라 입이 말랐다.

"그거야 기본적인 실력인데. 송곳이 자루에 들어 있다가 저절로 거
죽을 뚫고 나온 격이지요."

"하여튼 입으로는 천하를 덮고도 남을 실력이야. 허풍선이 같으니
라고."

"어, 그걸 이제 깨달으셨구나……요? 으하하핫핫."

"그런데 가끔 나를 이렇게 놀라게 하니 무슨 조화인지 모르겠어.
이번의 공은 무명의 무사가 세운 공으로는 왜란, 호란 이후 보기 드문
것이야."

"그거 뭐 소가 뒷걸음치다 쥐 잡은 격이겠지요."

왕은 나를 맑은 눈으로 한참이나 바라다보았다. 눈가에는 웃음이
돌고 있었다. 나를 자랑스러워하고 예상을 뛰어넘은 발전을 기뻐하고
있다는 것을 알았다.

열흘쯤 뒤 승정원에서 첩지가 내려왔다. 내수사 별제에서 별좌로
승차하여 비록 종오품이라고는 하나 명목상으로는 내수사의 최고위
직이 되었다. 거기다 병조 판서 김석주의 주청으로 오위도총부 도사
를 겸했다. 하는 일은 별로 없지만 차후에 문무 당상관으로 올라갈 수
있는 발판을 만든 셈이었다.

별좌 자리에 착석하자마자 형방 서리로 있던 김억년을 불렀다. 다
른 서리들을 지휘하는 수리首吏의 지위를 부여했다. 다른 서리들이 모
두 그에게 머리를 숙이고 결재를 받도록 했다. 특별히 재물과 관련한
하기下記, 지출장부는 땡전 하나 빠뜨리지 말고 수리의 수결을 받도록 했
다. 김억년은 기대에 부응하여 내수사의 살림을 기름칠한 마루처럼
반질반질 매끄럽게 돌아가게 만들었다.

원래 중앙의 오위를 관장하던 오위도총부는 비변사가 설치된 이후
제 기능을 발휘하지 못하고 총관과 부총관 모두 종친이나 부마, 삼공
육경 등 타관에서 겸직을 하고 있었다. 내 위로 있는 종사품 경력 네
사람과 아래로 있는 이속과 사령들이 할 일 없이 관사를 지키면서 밥
을 축내고 있을 뿐이었다.

"무과 급제한 지 십 년 만에 겨우 종오품 도사가 되었으니 언제 대
장군 소리를 들을지 앞날이 캄캄하구나."

턱밑에서 하는 내 말을 왕은 모른 체했다.

33장 검계의 주인

야당 스승이 자신의 둘도 없는 심복으로 여기고 있는 한여신이 찾아왔다. 한여신은 원래 노비 출신이었는데 야당 장군이 면천을 시키고 특별히 발탁해서 훈련도감의 파총으로 만들었다. 한나라 한신처럼 파락호의 다리 사이를 기어간 적이 있는지는 알 수 없었다.

한여신은 혼자 오지 않았다. 뭐가 뭔지 종잡을 수 없이 신비한 인물들을 예닐곱 데리고 왔다. 그들은 날도 맑은데 나막신을 신었고 갓을 쓴 자는 갓에 구멍을 내고 그 구멍을 통해 밖을 보았으며 겉옷은 거지꼴을 하고도 비단으로 지은 속옷이 내다보이기도 했다. 쑥대머리에 밤송이 수염을 하고 드러낸 가슴팍에 가로로 길게 찢어진 흉터가 있는 자도 있었고 다리를 저는 자도 있었다.

"별좌 어른을 뵙습니다."

한여신이 깍듯이 인사를 차리고 나서 같이 온 인물들을 소개했다. 소개랄 것도 없이 이름자만 나열했는데 그중 두셋의 이름이 막개莫介

니 소똥小童이니 하는 걸로 봐서 신분이 중인 이하였다. 그중 애꾸눈에 부서진 갓을 쓰고 키가 훤칠한 자가 자신을 김자수라 하며 말했다.

"저희는 검계劍契의 형제입니다. 모화관에서 별좌께서 무적의 검술로 청나라 부태감의 손모가지를 날려보냈다는 말을 전해듣고 저희가 의논 끝에 함께 왔습니다."

검계에 대해서는 얼핏 들어본 적이 있었다. 어둠 속에 있는 신비한 방회로 칼을 차고 다니는 것을 표식으로 삼는다고 했다. 계원 상호간에 부모가 돌아가셨을 때 장례를 치러주는 향도계香徒契에서 비롯했다고도 하고 살략계殺掠契나 홍동계鬨動契 등과 연관이 있다고 했다. 또는 노비들이 주인을 죽이려고 맺은 살주계殺主契와 같다고도 했으나 확실하지는 않았다.

"나를 찾아온 이유가 무엇이오?"

내가 묻자 김자수가 대답했다.

"짐작하시는 것처럼 저희는 사대부가 명문 출신의 자제들이 아닙니다. 하지만 저희끼리 뜻과 힘을 모아 결의를 하여 친동기간보다 각별하게 지내면서 서로를 위해 목숨을 바칠 뿐 아니라 대의를 위해 뜻있는 일을 하려고 부단히 힘써왔습니다. 다만 지금 저희 형세가 몸과 꼬리만 있을 뿐 머리가 없어서 뚜렷한 형적을 나타내지는 못하고 있습니다. 저희가 바라기는 하루빨리 으뜸가는 무예와 지략을 갖춘 우두머리를 맞아서 우리의 삶과 목숨이 헛된 것이 되지 않도록 하는 것입니다."

"그 우두머리감이 나란 말이오?"

"아직 그리 결정하지는 않았습니다. 별좌께서 그럴 의향이 있으신지를 여쭙고 검계의 각 당주가 직접 눈으로 별좌의 뛰어난 무예를 확인하고자 천 명이 넘는 형제들을 대표하여 온 것입니다."

웃음이 나왔다.

"내가 싫다 한다면 어찌하겠소? 보아하니 기껏 미관말직 아니면 파산관罷散官, 실직에서 물러나 산계만 있는 전직 관리의 자제에 상인, 공인, 서얼들이며 기생방의 조방군이나 시정 왈짜패에 청지기처럼 남의 아래에 있는 지체이거나, 아니 지체랄 것도 없는 종놈들이거나 사당패나 백정 같은 천것들로 보이는데, 그런 잡스러운 패거리의 우두머리가 된다 한들 무에 그리 자랑거리가 되겠소?"

대표라고 하는 것들 사이에 당장 숨소리가 높아졌다. 눈매가 불량스럽게 돌아가는 것이 여차하면 칼이라도 뽑을 기세였다. 예전 같으면 어마뜨거라 하고 도망칠 생각부터 했겠지만 왕을 만난 이후 나는 확연히 달라졌다. 이 나라 지존의 형님이 아닌가. 곧 죽는다 하여도 꼬리를 만 개처럼 비굴한 꼴을 보일 수는 없었다. 한여신이 중재를 하려는 듯 나섰다.

"별좌의 말씀은 잘 알겠습니다. 하오나 저희는 말로만 호걸 노릇을 하는 너절한 인물들을 너무나 많이 봐왔습니다. 내로라하는 세력가나 지체 높은 인물들이 저희를 은근하게 대하면서 수하로 끌어들이려 했지만 한 번도 머리를 숙인 적이 없습니다. 제가 이들을 여기까지 데리고 온 이유는 이들이 별좌께서 모화관에서 보여주신 세상 다시없을 진기한 검술을 전하는 제 말을 믿지 않았기 때문입니다. 기왕 잡스러운 패거리의 우두머리가 될 수 없단 말씀을 하셨으니 별좌의 검술이 잡스럽지 않다는 것을 보여주시겠습니까?"

"그도 싫다면?"

이번에는 또 김자수가 말했다.

"지금까지 우리 스스로 외부인에게 검계가 세상에 존재한다는 것이나 각 지역과 생업을 대표하는 사람이 누구인지를 밝힌 적은 한 번도 없소이다. 입회를 권해서 들어오는 사람은 외부인이 아닌 것이고 들어오지 않겠다는 사람은 입을 봉해버렸지요. 이도 싫고 저도 싫다 하면 영원히 별좌의 입을 닫게 하는 방법밖에 없소이다."

말은 온화했지만 김자수의 손은 칼잡이에 닿아 있었다. 다른 사람들도 마찬가지였다. 나는 멍텅구리를 소매에서 꺼내 다상 위에 놓았다.

"좋은 뜻을 가진 사람은 오지 않고 온 사람은 좋은 뜻이 아니라 하더니, 오늘 내 일진이 그런 모양이군. 좋소. 내가 그대들의 우두머리가 되겠다고 한다면 나에게 무슨 이득이 있소?"

"이득 따위는 모릅니다. 그저 우리 검계 형제들의 목숨과 영욕을 모두 책임지시게 될 뿐이지요."

"내 기생방에만 해도 어여쁜 팔도의 미색들이 널렸는데 시커멓고 냄새나는 천한 것들 수천의 목숨을 가지고 내가 무엇을 하란 말인가."

내가 웃음을 터뜨리자 성질 급한 털북숭이가 칼을 뽑아들었다.

"듣자 듣자 하니 밸이 꼬여 못 듣겠네."

그다음 말은 내가 머리에 털이 나고 처음 듣는 욕설이었다. 요점은 내가 개만도 못한 짐승의 아들이고 손자이며 내게 수많은 형제가 있는데 지금도 여전히 내 어미가 아버지 다른 형제를 만들고 있으리라는 것이었다. 그러더니 일제히 "으악!" 하고 고함을 치며 복날에 개를 때려잡을 기세로 내게 덮쳐왔다. 김자수와 한여신만은 자리에서 비켜서 방관하는 자세를 취했다.

멍텅구리는 내 손아귀에 잡히자마자 호기롭게 다섯 자루의 칼에 맞서나갔다. 나는 검법을 연습하는 기분으로 발을 옮겨놓았다. 하지만 모화관에서와 마찬가지로 무영검법의 여러 초식 가운데 어느 하나와도 같지 않은 단 하나의 초식이 저절로 전개되었다.

따다다당, 소리가 나며 덮쳐들던 칼들이 일시에 부러지거나 공중으로 날아갔다. 끝까지 칼을 쥐고 있던 털북숭이는 손아귀가 찢어져서 피를 흘렸다. 이들 모두가 혼이 나간 듯 멍청하게 서 있었다.

"이런 너절한 실력들을 가지고 계의 이름에 검이라는 글자를 붙이다니, 부끄럽지도 않은가?"

말은 그리했지만 나 역시 멍텅구리를 쥔 손이 살짝 아파왔다. 그 순간, 차앙 하는 소리가 나는가 싶더니 흰 칼빛이 쇄도했다. 김자수가 기습을 가해온 것이었다. 멍텅구리가 맞섰다.

쩌적, 하는 소리가 나며 칼과 칼이 맞붙었다. 칼을 통해 드센 기운이 쏟아져들어왔다. 걸음이 뒤로 밀렸다. 나는 단전에 힘을 주고 내력을 끌어올려 버텼다.

"네가 감히!"

김자수의 한쪽 눈이 찢어질 듯했다. 입가에 거품이 일었다. 내가 뭘 했다고 이러는가.

"떨어져라!"

나는 붙어 있던 칼을 떼내며 옆으로 살짝 비켰다. 첫 대결이라 젖먹던 힘을 다해 내 모든 기량을 보여주는 수밖에 없었다. 온 힘을 칼에 쏟고 있던 김자수가 비틀거리며 몇 걸음을 달려갔다. 등을 보이는 적은 더이상 적이라고 할 수 없었다. 낮에 걸린 풀처럼 베면 베일 뿐이었다. 김자수의 갓이 벗겨져나가고 상투가 떨어졌다. 내가 땅에 내려앉아 자세를 가다듬기도 전에 그들이 모두 무릎을 꿇었다.

"부디 저희 주인이 되어주십시오."

검계의 주인이라면 계주가 되란 말인가. 한 달에 한 번씩 모일 때마다 밥 주고 떡 사주는? 어쨌든 나는 그들이 조선 팔도 천지에서 유일하게 '사장師長'이라고 부르는 우두머리가 되었고 삼개의 객주는 검계의 도가都家. 계를 맡는 집가 되었다. 알고 보니 계원들에게 밥이야 떡이야 주지 않아도 되었다. 계원 각자가 어디서든 밥은 얻어먹고 살 만한 밑천을 가지고 있어서였다.

34장 친경

탁남의 젊은 버슬아치들과 함께하는 술자리는 언제나 즐거웠다. 그들과 함께한 자리에서는 으레 흥미로운 기담과 일화가 속출했다. 자리를 잘못 비웠다가는 자신이 이야기의 주인공이 될 수가 있었기 때문에 모두들 오줌통이 터질 때까지 자리를 지키고 있었고 술자리가 파하고 나서야 안심하고 돌아갔다.

삼복의 외삼촌인 조성위는 매부인 인평대군이 죽자마자 인평대군의 집 깊은 방에 몰래 숨어들었다. 매부가 극히 사랑하던 아름다운 첩에 마음이 있었던 것이다. 그 첩이 결국 낭군의 초상날부터 몸을 지키려고 힘껏 저항하다가 끝내 자결을 하고 말았다 했다.

임정도는 젊어서부터 기생방에 열심히 출입했다. 어느 날 매부인 심상운이 복평군의 집에서 아름다운 여종과 자고 있었는데 사간이던 임정도가 그런 줄도 모르고 그 여종을 찾아갔다. 결국 임정도와 심상운이 한 여종을 두고 싸움이 붙었다. 임정도가 제가 먹지 못할 홍시를 남들도 못 먹게 만들 심산으로 신고 있던 신발의 뾰족한 모서리로 여종의 눈을 때려서 장님을 만들 뻔했다. 허적 보기를 아비와 같이 한 건 이유명 형제와 매한가지이고 허견과는 친형제나 다름없었다.

심관은 이유명과 아주 친했는데 원래 그가 주인처럼 섬겼던 조성창이 "네 성을 바꿔서 이관이라고 해라"라고 할 정도였다. 심관이 숙천 현감을 지내던 시절 두 자매가 모두 관기로 있었는데 심관은 둘 다를 모두 사랑했다. 아내가 사나워서 차마 기생을 관사로 부르지는 못하고 관사의 담장을 허물고 백성들의 집을 철거해서 지름길을 만들어서는 허리를 낮추고 걸어서 기생 자매의 집을 왕래했다. 자매들이 질투를 일으켜서 백주 대낮에 저자에서 피 터지게 싸우는 바람에 일이 고을에 널리 알려졌다.

"조선 팔도에서 지금 신분을 불문코 가장 아름다운 여인은 누구겠소?"

어느 날 술자리에서 좌중에서 가장 젊은 허견이 계집질이라면 산전수전 다 겪은 호걸처럼 비스듬히 앉은 채 말했다. 제 아비 허적만 아니었으면 그 말본새만 가지고도 진작에 맞아 죽고도 남았을 터이나 그를 지적해 말하는 사람은 아무도 없었다. 오히려 비위 맞추기에 바빴다. 허견은 나 같은 잡놈이 분명한데도 고관대작이라는 것들을 우습게 보고 있는 게 나와 비슷했다. 은근히 반가웠다. 씨름판에서 제대로 놀아볼 수 있는 씨름꾼을 만난 듯한 느낌이었다.

"기생 중에는 여기 있는 추월이를 당적할 이가 압수이동鴨水以東, 압록강 동쪽의 땅에는 없지."

이유명이 말하자 추월이가 부러 샐쭉한 척하며 "저는 기적에서 이름을 파낸 지 오래이니 더이상 기생이 아니랍니다. 기생은 다른 기생 방에 가서 찾아주시어요" 했다.

"기생이 미색인 게 당연하지 않은가. 기생이 추물이라면 계피에 향이 없는 격이니 어디에 쓰겠소."

이수정이 말하자 청송부사 자리를 제수받은 심관이 입맛을 다시며 말했다.

"기생이 그래봐야 무슨 대단할 일이 있겠소이까. 시골 사또에 동무라고 가는 객사 손들까지 전부 받아내는 노류장화를 가지고. 좀 반반할 시에 기적에서 빼내줄 눈먼 당상관 하나 코 꿰어서 첩실 자리라도 얻어 차려고 눈들이 벌건 것들이어든."

좌중이 시끄러워졌다.

"원래부터 여자는 첫째가 유부녀, 둘째가 과부, 넷째가 무당이고 일곱째가 처녀, 여덟째가 기생이라고 하였네. 기생은 잘나봐야 첩하고 마누라 앞에 있는 것."

"아 참, 들어는 봤나? 연전에 죽은 김우명의 첩이 그렇게 여러 사내 머리 돌리게 이쁘다던데."

"들어보기는. 업어보지도 못하였네. 가까이 가야 붙들어서 보쌈이라도 하지."

"처녀로는 조성창의 여식이 단연코 으뜸일 것이야."

장가도 못 간 내가 낄 자리는 아니어서 잠자코 있었지만 내 눈에 그려지는 당세 제일의 미인은 당연히 장옥정이었다. 다행스럽게도 장안에서 호가 난 엽색꾼들의 입초시에 장옥정의 이름은 오르지 않았다. 제대로 보지는 못하였어도 복창군과 궁궐에서 간통하였다는 죄목으로 귀양을 간 상궁 김상업 또한 만만치 않은 미색이었다.

그러다 문득 내 뇌리에 떠오르는 인물이 있었다. 할머니와 장옥정을 빼고서 이제까지 내가 본 인물 가운데 가장 아름다운 용모를 갖춘 사람은, 왕에게는 미안한 말이지만 중궁전의 왕비였다. 총융사 김만기의 딸. 내가 제풀에 놀라 주위를 돌아보았지만 내게 신경을 쓰는 사람은 아무도 없었다.

기생방의 질펀한 음담패설이 왕을 뒤흔드는 정략으로 연결될 줄은 몰랐다. 왕이 즉위한 지 이 년째 되던 해 1월에 부제학 조성창이 설날에 종묘에 배알을 하고 친경親耕의 예를 행할 것을 왕에게 주청했다. 친경은 제왕이 직접 밭을 갈고 농사를 짓는 모범을 보여서 백성들에게 농사를 권면하는 것인데 중국 삼대 때부터 군주가 행해오던 일이었다.

"임금으로서 가장 상서로운 일은 풍년이 드는 것입니다. 선농단에 제사하고 몸소 백 이랑의 적전을 갈아보는 것은 백성들을 위해 풍년이 들기를 기도하고 솔선함을 보이기 위한 것입니다."

미수 스승도 옛날의 고사를 찾아내 거들었다. 왕이 친경례를 행하면 왕비는 누에를 치는 것을 장려하는 친잠례親蠶禮를 행해야 했다. 친잠례를 행할 때는 전례에 따라 육궁六宮, 궁궐 내의 비빈과 후궁, 여관 등을 거느리고 가야 했다. 열여섯 살인 왕에게는 아직 후궁이 없었다.

조성창이 친경례를 행하도록 청한 데는 다른 이유가 있었다. 친경례를 행할 때 미모가 빼어난 자신의 딸을 왕에게 보임으로써 후궁으로 삼게 하려는 것이었다. 이제 막 여자에 눈을 뜨기 시작한 왕에게 제 딸을 바칠 심산이었으니 시기적으로 보면 그 누구도 따르지 못할 계획이었다. 그러나 빨라도 너무 빨라 그해에는 친경례가 행해지지 못했다.

선왕의 대상이 지나고 신주를 종묘에 모신 직후에 다시 친경례를 행할 것을 청하는 상소가 올라왔다. 궁궐 밖으로 나가고 싶어 몸살이 난 왕은 친경례를 행할 마음이 적지 않았다. 그게 조성창의 딸과 관련된 것임을 알게 된 김석주가 "성상께서 반드시 친경례를 행하실 필요는 없고 실지로 하실 마음만 가지시면 됩니다. 친경은 형식에 지나지 않으니 반드시 행하실 것이 없습니다" 하고 극구 반대했다.

"친경은 행하는 것이 옳소."

왕이 마음을 바꾸지 않자 김석주는 선왕의 능침에 참배하는 일이 먼저임을 주장했다.

"친경을 가식된 마음으로 하시면 안 됩니다. 먼저 선왕의 능에 행차를 하셔야 하는데 그건 뒤로 미루시고 친경을 먼저 행하는 것은 온당치 않습니다."

보다 못해 내가 '염불보다 잿밥'이라는 문자를 써서 왕에게 보여주고 나서야 왕이 친경을 능행 뒤로 미뤘다. 그 무렵에 중궁에 태기가 있어 궁궐 상하에서 모두가 대군 탄생을 고대하고 있었다.

해가 바뀌고 난 뒤에 왕이 여전히 친경을 할 뜻을 가지고 있자 조성창과 미수 스승이 이를 부추겨서 결국 추위가 풀린 2월 하순에 친경의 예를 행하기로 했다. 병조 판서 김석주와 예조 판서 이지익 등이 봄철에 거행할 제사가 많고 행차가 잦으니 친경은 다음해로 미루자고 했지만 왕은 듣지 않았다. 또 영상 허적과 좌상 권대운이 두역이 마구 번지고 있음을 들어 만류하고 참찬 홍우원이 "친경은 훌륭한 일입니다만 민간의 원성이 길거리에 널려 있는데 먼저 백성들을 편하게 할 국정을 시행하면서 백성들이 회복되기를 기다렸다 거행하셔야 합니다" 했으나 왕은 듣지 않았다. 대신 번거로운 예문이나 절차를 생략하고 간소하게 하자고 했다.

드디어 2월 27일에 모든 차비를 마치고 어가를 대령해 동교의 적전으로 가서 친경을 하려고 했는데 비바람이 불기 시작하더니 하루종일 그치지 않았다. 왕의 친경례를 구경하려고 먼 지방에서 온 사람도 무척 많았는데, 제단 위의 위판과 제물이며 의장이 모두 비에 젖고 관경대 어좌의 오악 병풍이 찢어져버렸다.

"논밭이 질척거려 친경하시기 어렵겠으니 날이 개어 땅이 마르기를 기다렸다 하셔야 하겠습니다."

대신들이 아뢰어 결국 친경을 미뤘는데 마침 그날 내린 비로 선왕의 무덤인 숭릉의 사초가 무너지고 능의 형태가 와해돼버렸다. 왕이 이 말을 듣고는 떨며 두려워하고 한편으로는 지극히 애통해했다. 허적이 "마침 친경하시려는 날에 이런 재변이 생겼으니 근신하여 하늘의 꾸지람에 응답해야 합니다" 하고 아뢰자 왕은 즉각 친경을 중지하고 숭릉을 속히 수리할 것을 명했다.

결국 조성창의 딸은 왕에게 코빼기도 보이지 못하게 되었다. 중궁은 열일곱 어린 나이에 자신보다 어린 후궁을 보지 않아도 되었으며 장옥정은 자신도 모르는 사이에 왕의 여자가 될 수 있는 가능성을 높였다. 물론 그들이 한 일은 아무것도 없었다.

어떤 일은 아무것도 모른 채 지나가는 것이 낫고 아무것도 하지 않는 편이 기를 쓰고 뭘 하려고 하는 것보다 나을 때가 있다. 나 역시 아무것도 한 게 없이 그런 깨달음을 얻었다.

35장 만남

　궁궐에 들어가다가 박태보를 보았다. 한눈에도 금방 알아볼 수 있었다. 절도 있고 품위 있는 행동거지에 신체발부와 이목구비 어느 것 하나 흠잡을 데 없이 단정하고 용모는 절세미인처럼 수려했다. 약간 검은 낯빛에 기상이 곧고 목소리가 쇠나 돌을 쪼개는 듯 강렬한 것은 사내다웠다. 가슴이 내려앉는 듯해서 내 모습을 숨겼다. 내 의지와는 다르게 움직이는, 누군가 조종하는 꼭두각시 같은 내 행동에 어이가 없었다. 하지만 어쩔 수도 없었다.
　봄철에 왕이 성균관으로 거둥해 문묘에 참배하고 나서 춘당대 넓은 마당에 과거 시험장을 설치하여 과거를 치렀다. 시정에 떠도는 이야기대로라면 내 조부가 바로 그 춘당대 과거에서 장원으로 급제를 한 바 있었다. 그때의 시제가 '봄날 연못의 봄 빛깔은 예나 지금이나 같다春塘春色古今同'였다. 임금이 영화당에서 과거에 응시한 선비들을 굽어보는 가운데 조부가 일필휘지로 정초지正草紙, 알성시, 정시 등에 쓰인 시지에 답안을 써내려가서 맨 처음으로 제출했다 한다. 물론 그건 이야기 속에서나 그랬다는 것이지 사실이 아니었다. 내 조부의 성이 성인데 할머니의 이름이 성춘향일 수 없는 것처럼.

어쨌든 춘당대시의 문과는 한 번에 시험을 보고 시험 과목도 십과 중 하나로 간편했으며 당일에 급제자를 발표해서 과거 응시자 사이에서 인기가 높았다. 문과가 치러지는 동안 관무재觀武才. 무과를 시행했는데, 왕이 과거 시험과는 별도로 문신들과 내관들에게 활을 쏘게 하고는 특별히 잡직인 내게도 활을 당기게 했다. 예전에 내가 무과에 합격한 것이 제 실력으로 정당하게 한 것인지 궁금했던 것이었다.

"그전에 무과를 볼 때는 활을 쏘고 나서 땅에 넙적 엎드렸습니다."

나는 제대로 과거 시험을 치러본 사람처럼 태연히 말했다. 왕은 그 말을 듣고는 "무과에 응시하는 자들이 편전片箭을 세 번 쏴서 두 번 이상 맞혀야 합격시키는데, 보아하니 그 일이 그리 쉽지 않다. 한 번만 맞혀도 합격을 한 것으로 하라" 하고 명했다.

하지만 나는 편전을 한 대도 맞히지 못했다. 편전은 조선에만 있는 활로 화살이 작고 짧아 '아기살童箭'이나 '세전細箭'이라 불렀다. 화살 길이가 너무 짧아서 보통 활長箭처럼 활줄에 걸고 쏠 수 없어서 '통아'라는 나무통에 넣어 쏘았다. 편전은 일반 활보다 사거리가 두세 배는 더 길어서 무려 일천 보나 되었다. 게다가 화살이 작으니 날아오는 게 보이지 않아 '애고고, 맞았구나!' 싶으면 죽고 마는 것이었다. 다른 나라에서도 편전을 무기로 써보려고 했지만 통아가 없이는 쏠 수가 없는 까닭에 실패하고 말았다. 조선군이 주변 어느 나라도 무시 못할 전력을 유지하고 있는 것은 편전 덕분이었다.

나는 편전이니 칼이니 하는 것보다 조총에 훨씬 더 마음이 쏠려 있었다. 훈련도감의 포수들이 호랑이도 쉽게 때려잡을 수 있게 된 게 조총 덕분이었다. 검술처럼 매일같이 고단하게 훈련을 할 필요가 없다는 게 가장 마음에 들었다. 더구나 야당 스승이 조총 열 자루를 한꺼번에 쏠 수 있는 화차를 만들고 나서부터 그 화차만 있으면 무적이겠다 싶어 검계를 위해 어떻게 하나 빼돌릴 방법이 없나 궁리하느라 머리가 다 빠질 판이었다. 그런 차에 편전은 눈에 들어오지 않아서 세 발을 쏘고 한 발도 맞히지 못했다. 그렇다고 내가 이전에 무과에 합격한 사실이 무효로 되는 건 아니었다. 그저 체면만 좀 깎이면 되었다. 이미 벼슬이 있는 무관이 관무재에서 뛰어난 성적을 보이면 승차를 할 수는 있었다. 나는 무관도 아니었기 때문에 애써서 맞힐 이유가 없었다.

왕이 내가 쏜 화살이 과녁을 빗나갈 때마다 손바닥을 마주치고 웃음을 터뜨리며 어찌나 좋아하는지, 얼굴을 깨물어주고 싶도록 얄미웠다. 그래서 일부러 맞힐 수 있는 것을 안 맞혔다고 하지는 않겠다. 왕이 웃을 때마다 같이 나를 비웃으며 장단을 맞추는 문관과 내관의 이름을 하나하나 가슴속 장부에 새겨넣었다.

"전하께서 직접 시사를 하셔서 천하 만방에 위엄을 보이시면 신민이 모두 기뻐 날뛸 것입니다."

입으로만 떠들지 말고 네가 한번 쏴보지그래? 내 말은 그런 뜻이었다. 내 입에서 왜 그런 말이 나왔는지는 알 수 없었다. 내관과 승지, 오별감까지 눈이 화등잔만해졌다. 별감 주제에 감히 왕의 면전에서 입을 연 것도 큰 문제인데 왕이 만인의 눈앞에서 실력을 보이라 하는 것은 외람죄를 넘어 죽을죄로 몰릴 수도 있었다.

왕은 무슨 말인가를 하려고 입을 달싹거렸으나 마땅한 말을 찾지 못하고 있었다. 말 한마디로 내가 죽거나 쫓겨나거나 치도곤을 당할 수 있기 때문이었다. 칭찬받을 일은 없었다. 잘해봐야 없던 일처럼 그냥 넘어가는 것뿐이었다.

그때 한 유생이 과장에서 불쑥 몸을 일으켜 시관을 향해 앞으로 걸어나왔다. 시중에 널리 퍼져 있는 이야기 속의 내 조부처럼 누구보다 빨리 시지를 써서 맨 먼저 정권呈券, 과거 시험에서 답안지를 제출하는 것하려는 것이었다. 사람들의 시선이 일제히 그 유생에게 돌려졌다. 깎아놓은 밤처럼 단정한 이목구비와 당당하고 힘찬 걸음, 가까이 있는 사람이 움찔할 정도로 강하게 풍겨나는 기백 때문이었다. 그 유생이 박태보였다. 웬일인지 내 가슴 위를 누군가 쿵쿵 밟고 지나가는 느낌이었다. 그 틈에 왕은 대꾸할 말을 찾았다.

"정녕 불학무식하고 무지몽매한 땅속 버러지 같은 놈이로다. 내 선조들은 대대로 명궁이셨으니 황산대첩에서 단 한 발의 화살로 왜장 아기발도의 투구 꼭지를 맞히신 태조대왕에서부터 내려진 피가 어디로 가겠느냐."

왕의 말이 떨어지자 신하들이 방아깨비처럼 고개를 끄덕거리며 "지당하신 말씀이옵니다" "과시 그러하옵니다" 하고 아부하기에 침이 말랐다. 태조의 후예인 조선의 역대 임금이 모두 명궁이었으니 자신 역시 자연히 명궁이라는 왕의 말에 반박을 하는 것은 있을 수 없었다. 왕가의 혈통을 부정하는 게 되기 때문이었다. 그 덕분에 나도 살았다. 하지만 내 관심은 온통 가장 먼저 시지를 제출하고 과장을 빠져나간 유생에게 쏠려 있었다.

그날 문과가 끝나고 나서 당일로 일곱 명의 급제자를 방으로 써서 내걸었다. 맨 앞에 있는 이름이 박태보였다. 춘당대, 알성문과, 장원급제라는 것이 내 조부의 이야기 속에나 있는 일인 줄만 알았더니 박태보에게서 증험되고 있었다. 박태보는 과거에 합격한 지 사흘 만에 장원급제자에게 주어지는 특전으로 일약 정육품 성균관 전적에 임명되었다. 일반 합격자들은 종구품에서 벼슬살이를 시작하는 게 보통이고 종구품에서 정육품까지 올라가는 데는 몇십 년이 걸릴 수도 있었다. 박태보는 전적으로 있은 지 얼마 안 되어 예조 좌랑으로 전임되었다.

　봄철 춘당대의 과거에서 8월까지 내게 일어난 가장 큰 변화는 장옥정이 영원히 내 여자가 되는 일은 없으리라는 사실을 완전히 알게 되었다는 것이었다. 만사가 다 귀찮았다. 궁궐에 얼씬거리고 싶지도 않았고 장옥정이 있는 이승에 같이 살고 싶지도 않았다. 술도 도박도 온갖 잡기와 춤과 노래도 모두 시들했다. 음식조차 아무 맛이 없었다. 속도 모르는 왕은 뻔질나게 나를 불러댔다.

　왕은 이제 여자에 눈을 떴다. 누가 가르쳐주지 않았고 어찌하라고 하지 않았음에도 봄에 절로 꽃이 피고 새들이 짝을 찾아 지저귀듯 왕역시 주변에 널리다시피 한 여자를 찾았다.

　가만히 있어도 저절로 알게 될 것을 왕은 내게 이럴 때 어떠하고 저럴 때 어떻게 해야 하는지를 캐물었다. 모든 것을 학이시습學而時習으로 해결하려는 태도였다. 삼복 형제들은 귀양을 다녀온 후 숨을 죽이고 자신들에 대한 감시가 잦아들기를 기다리고 있었으며 왕과의 사이도 전과 같지 않아 왕의 사부들조차 가르쳐주지 못하는 음양의 이치를 왕에게 가르칠 사람은 나밖에 없었다.

오매불망 왕의 눈길과 마음이 제게 오기를 기다리며 야용治容, 용모를 가꿈을 하고 있을 장옥정이 제아무리 경국지색이라 한들 일개 나인에 불과하니 뿌리깊은 명문가 출신 중궁과 맞설 수는 없었다. 그렇다고 내 여자가 되는 것도 아니고 내게는 전혀 뜻이 없으니 미칠 노릇이었다.

궁궐에서 내수사로 나가던 길에 옥당 앞에서 박태보와 다시 마주쳤다. 살구씨처럼 단단하고 대추씨처럼 야무졌다. 인간의 남녀를 떠나서 생김새가 잘생기다 못해 어여뻤다. 가슴에서 쿵 소리가 날 정도로 사랑스러웠다. 그랬다. 사랑스러웠다. 나는 부끄럼 타는 처녀처럼 다시 숨었다. 이번에는 삼공이 집무를 보게 하기 위해 심었다는 늙은 회화나무 뒤였다.

살아오면서 어떤 남자에게도 그런 감정을 느낀 적이 없었다. 그런 게 있는 줄도 몰랐다. 어려서부터 홀딱 벗고 함께 뛰어다니던 동무에게 느꼈던 친애의 감정과 달랐다. 가슴을 두근거리며 가까이하고 싶은 마음과 가까이 가면 내가 무너져버릴까 두려워지는 마음은 남녀를 불문코 두번째였다. 첫번째는 물론 장옥정이었다.

나는 내수사의 잡직 별좌에 별감이고 박태보는 서인의 명문 반남 박씨의 귀공자였다. 나보다 여섯 살 어렸다. 아버지 박세당 역시 문과에 장원급제하여 부자 장원급제로 명성을 날렸다. 장차 송시열을 대신할 서인의 기둥으로 추앙받고 있는 유학자 박세채와 당내간의 친족이기도 했다. 조정과 지방에서 맡는 직임마다 능숙하게 처결하여 명관의 이름을 얻고 있는 남구만의 생질이고 양자를 간 큰집의 양모는 송시열의 친우이던 윤선거의 딸이며 젊은 유현으로 떠오르고 있는 윤

증의 누이였다. 친가, 양가, 외가의 친족들이 명문 소리가 절로 나올
정도로 뜨르르했다.

내가 박태보에게 빠진 것은 장원급제를 했다거나 벼슬아치로 임용
되자마자 가뭄으로 백성의 살림이 도탄에 빠졌으니 대비의 생일잔치
규모를 줄이라고 상소를 하는 추상같은 기상을 흠모해서가 아니었다.
그저 볼수록 좋았다. 설렜다. 가슴이 방망이질 쳤다. 그뿐이었다. 뭘
바라는 것도 없고 멀리 떨어져서 빙빙 돌고만 있어도 괜찮았다.

예조에서는 본디 많은 제사를 관장했고 내수사에서 제수를 대는 경
우도 적지 않았다. 제사가 있기 전에 정육품 예조 좌랑이 점검을 하러
나오면 종오품 별좌가 상대를 하게 되어 있었다. 호조나 병조의 좌랑
에게는 전혀 꿀리거나 켕길 게 없던 내가 막상 박태보의 앞에 서게 되
니 심신이 떨렸다.

"별좌는 올해 나이가 얼마나 되었소?"

박태보가 내게 처음으로 한 말이었다.

"서른 살이올시다."

"슬하에 자식이 몇이나 되오?"

"아직 장가를 가지 않았습니다."

"장년壯年, 『예기』에 30세를 장(壯)이라 하여 가정을 이루고 부인을 맞는 때라 함에 미
장가라니, 여염에서는 보기가 흉측하다고 하겠구려."

그런 말을 다른 사람에게서 숱하게 들었지만 장가야 언제든 갈 수
있는 것이고 장옥정에 대한 연심이 완전히 사그라지기 전에는 장가를
갈 생각이 없었다. 그런데 왜 내게 그런 걸 묻는지 박태보는 말하지
않았다. 내가 내수사 서리에게서 받아서 올린 문기를 훑어보고 있을

뿐이었다.

"좌랑께서는 몇 년 전에 혼례를 치르셨겠습니다. 명문가의 자제시니 이미 자식을 보셨겠고."

박태보는 쓸데없는 걸 묻는다는 듯 눈썹이 긴 눈을 치켜뜨고 나를 보았다. 제가 물을 때는 마음대로고 내가 묻는 것은 용납하지 않겠다는 것인가. 어쩐지 말을 할 수 없게 기가 눌렸다. 그는 나이에 비해 훨씬 어른스러워 보였지만 말이 빠르고 성격이 직선적이었다. 반면 나는 신참 관리가 나이를 확인할 정도로 속을 알 수 없는 능구렁이가 되어 있었다. 박태보에게 나이들고 음흉스러운 인물로 비치는 건 마음에 들지 않았다. 될 수 있으면 말이 통하고 마음이 통하고 또…… 뭐든 통할 수 있는 동년배의 지기로 여겨지기를 바랐다. 애타게 바랐다.

그뒤로도 박태보를 만날 때마다 한두 마디의 말이 오고갔다. 나는 되도록 말을 하지 않으려고 했다. 무슨 말을 하면 할수록 그에게 못난 사람으로 보일 것 같아서였다. 그는 내게서 무슨 기미를 느꼈는지 제 손으로 빠르게 일처리를 하고는 가버렸다. 며칠 동안 고심을 거듭한 끝에, 강계의 심마니가 캐온 백년 묵은 동자삼童子蔘. 어린아이처럼 생긴 산삼으로 산삼 중에서 극상품 세 뿌리를 명례방에 있는 박태보의 경저에 보냈다.

"추운 북쪽 땅에 사시는 연세 드신 좌랑의 양친께서 다가오는 겨울에 편히 지나시라고 마음의 한 조각을 담아 작은 정성을 보냅니다."

내가 간절한 전언과 함께 겹겹이 포장해서 보낸 인삼은 다음날 가차없이 되돌아왔다.

"내수사의 관리가 감히 포흠逋欠. 관청의 물건을 사사롭게 쓰는 죄을 저질러가며 뇌물을 쓰려 하니 그냥 두고 볼 수 없다. 당장 의금부에 발고하여 죗값을·치르게 할 것이로되 남의 양친을 걱정하는 마음 때문에 이번만은 그냥 지나가겠다. 다음에 이런 일을 하기 전에 목을 먼저 만져보기 바란다."

이 어린 녀석이…… 혼자 내수사 담벼락을 향해 욕을 퍼붓다가 쓴웃음이 났다. 내가 왕을 만나고 별다른 망설임 없이 형제를 맺은 것이 박태보를 향한 내 마음과 무슨 연관이 있지 않나 싶어서였다. 그럴 리는 없었다. 그건 다른 감정이었다. 진정 박태보를 보기 전까지만 해도 그런 게 있는 줄도 몰랐다.

그로부터 얼마 뒤인 10월에 박태보가 과거의 시관으로 차출되었다. 시관으로서 제일 높은 위치에 있는 이정영이 자신은 별다른 안이 없다고 다른 시관들에게 출제를 미루었다. 이때 시관 가운데서 가장 말석이던 박태보가 『좌전』을 들고 훑어보다가 무심코 '아름다운 병은 나쁜 약만 못하다美疢不如惡石'는 말을 집어내어 좌중에서 의논 끝에 시제로 채택했다.

그런데 그날 과거 시험이 열리자 응시자의 절반가량이 일어서서 시제가 잘못 나왔다고 항의하며 과장을 떠났다. 시제에 왕의 증조인 인조 임금이 장자인 소현세자를 버리고 차자인 봉림대군을 세자로 택한 것을 풍자하는 뜻이 들어 있다는 것이었다.[32]

영상 허적, 좌상 권대운이 "그런 뜻이 든 시제를 출제한 것이 고의라 한다면 법에 의거해 출제자를 죽여야 마땅하지만 고의가 아닌 듯하니 정배를 하는 게 좋겠습니다" 하고 논했다. 왕은 내가 미리 경위를 잘 설명해둔 바가 있어서 박태보를 죽일 뜻이 있을 리 없었다. 뜻밖에 미수 스승이 "박태보를 정배하는 것은 너무 가벼우니 멀리로 귀양을 보내고 나머지는 그보다 가볍게 중도부처에 처하는 게 좋겠습니다" 하여 박태보는 장을 맞고 변방 끄트머리인 평안도 선천으로 귀양을 가게 되었다.

정배는 비교적 가까운 곳을 정해 유배를 하는 것이고 중도부처도 유배형이긴 하나 3등 이하의 죄에 해당하는 가벼운 벌이며 가족과 함께 배소에 머물 수도 있었다. 반면 국경 근처의 변방 멀리 또는 외딴 섬으로 귀양을 가게 되면 식구들과 만날 수 없었고 최악의 경우 가시나무로 울타리를 둘러쳐서 외부인과의 접촉을 막는 위리안치형이 가해질 수도 있었다.

박태보가 귀양을 가고 난 뒤에 직접 동자삼과 남만의 여지, 광양의 김 등 귀한 음식물을 가지고 양주의 박태보 부모 집으로 찾아갔다. 내가 신분을 밝히고 박태보의 학행과 꼿꼿한 선비로서 의리를 세워온 것을 흠모해왔다고 하자 박태보의 부모는 별다른 의심 없이 나를 받아주었다. 남편을 먼저 보내고 쓸쓸하게 살고 있는 양모 파평 윤씨에게도 여러 차례 찾아가 기생방의 반빗간에서 만들게 한 도전복館全鰒, _{반건조한 전복을 갈라 배에 잣가루를 채워넣고 베로 덮어 밟아 누른 다음 편으로 잘라 먹는 것}이며 사탕 같은 귀한 음식을 바치고 박태보가 귀양 간 곳에서 아이들을 가르치며 잘 있노라고 했더니 갈 때마다 아들처럼 나를 반겼다.

"우리 태보가 열세 살 때 제 친모를 여의고 나서 내가 친자식처럼 돌보며 키우는데 데리고 잘 때 꼭 속옷을 입고 자는지라. 왜 그러냐고 물으니 남녀 간에는 유별함이 있어야 한다고 의젓하게 답하는 것이어서 내가 더욱 어루만지며 사랑했소."

박태보가 열 살이 넘으면서 어른들이 아무 글이나 지으라고 하면 바로 입을 열어 문장을 토해내고 마땅하고 조리가 있게 말을 하여 양가 외숙인 윤증도 "누이가 아들이 없다고 슬퍼하더니 양자가 된 아이가 그토록 효행이 기특하니 뉘 집 아들이 부러우랴" 했고, 외조부인 남일성은 "이 아이를 당장 임금 앞에 데리고 가더라도 곧고 충성됨이 옛적 충신보다 낫겠다"고 칭찬했다고 했다. 앞날을 내다보는 어떤 사람은 "아이가 너무 영민하고 날카로워서 수명이 혹 짧을까 싶다"는 말을 하기도 했는데 부친이 "스스로 깨달을 날이 있을 것"이라고 웃으며 말한 뒤 과연 열다섯 살에 관례를 치르고는 말과 행동이 편안하고 온화해져서 옛 모습을 찾을 수 없어졌다. 열여섯에 혼례를 치르고 첫날밤을 지낼 때 무릎을 꿇고 자지를 않기에 장인 이후원이 까닭을 묻자 "옷과 이불이 모두 비단이라 너무 사치스러워 선비에게 맞지 않으니 편치 못해 잘 수가 없습니다"라고 해서 무명으로 된 이불과 옷을 방에 들여놓아주니 잠을 자더라는 이야기도 들었다. 거꾸로 꽂힌 칼처럼 날카롭고 가을 서리처럼 차갑기 이를 데 없이 느껴지던 박태보의 속마음을 어느 정도는 짐작할 수 있게 되었다.

이듬해 5월 박태보가 귀양에서 풀려날 때까지 양주로 다닌 것이 스무 차례는 되었다. 박태보의 부모는 나를 은인이나 다름없이 생각했고 나도 어느 결에 그들을 부모처럼 공경하게 되었다. 박태보가 유배지에서 반년을 보내는 동안 내가 음으로 양으로 애를 쓰고 박태보 자신도 근신하여 오로지 경전과 문장 공부에만 잠심하던 끝에 해배가 되어 집으로 돌아왔다. 곧바로 계모인 정부인이 타계하고 삼년상을 치르게 되었는데 그때도 눈에 띄지 않게 긴요한 물품을 보태고 백 리 길이 멀다 하지 않고 수시로 조문을 하는 한편 치상에 아무런 문제가 없도록 내 일처럼 애를 쓰니 드디어 성심이 하늘에 닿아 박태보의 마음을 열 수 있었다. 내게 형제처럼 대할 사람이 하나 더 생겼다. 볼 때마다 가슴이 저릿한.

36장 중궁

중궁이 회임을 하고 난 뒤 궁궐 안팎에는 따뜻한 화기와 기대가 넘쳐났다. 그런 한편으로 왕이 감나무 아래에서 잘 익은 홍시를 바라보듯 장옥정을 보고 있음을 느낄 수 있었다. 아름다운 여자에 끌리는 건 어느 남자든 마찬가지이다. 하지만 장옥정을 침전으로 부르거나 승은을 베푸는 데는 이르지 못했다. 낮에는 수리 같고 밤에는 올빼미 같은 대비의 감시를 피할 수가 없어서였다.

대비는 자신의 남편인 현종 임금과 마찬가지로 아들 또한 후궁을 보지 못하게 했다. 거기에는 절대적인 전제조건이 있었으니 자신과 마찬가지로 중궁이 일찌감치 대통을 이을 원자를 낳아야 한다는 것이었다. 그래서 중궁이 회임했다는 소식을 접하고는 첫손자로 대군을 볼 기대에 잔뜩 부풀었을 뿐 아니라 왕을 단속하는 감시의 눈길도 삼엄해졌다.

왕은 매일 아침저녁으로 대비전에 문후를 다녔고 그때마다 대비는 왕이 다른 여자를 가까이하지는 않는지 확인했다. 중궁이 회임을 하고 있는 중에 혹여 왕이, 열일곱 살밖에 되지 않은 아들이 덜컥 천한 궁녀에게 승은을 입혀서 왕자라도 낳게 된다면 그건 대비에게 최악의 악몽이면서 며느리에게도 위신이 서지 않는 일이었다.

대를 이어야 하는 것은 제왕의 의무였다. 왕비에게 가장 큰 중대사는 대군을 낳아서 후사를 잇는 것이었다. 왕은 왕비가 대군을 생산할 때까지 궁궐의 수백 궁녀 누구에게든 눈을 돌리지 말라는 대비의 말에 순종했다. 그 결과로 장옥정은 대왕대비전의 나인으로 등촉을 닦거나 음식 장만을 거들거나 바느질 같은 허드렛일이나 하며 속절없이 나이를 먹어가고 있었다. 어쩌다 먼발치에서 장옥정을 볼 때마다 인생에서 가장 아름다운 시기를 속절없이 흘려보내고 있는 것 같았다. 장옥정의 눈에는 슬픔과 근심이 감돌았으며 입으로는 한숨이 쏟아져 나오는 듯했다.

내가 어쩔 수 있는 일이 아니었다. 나 역시 왕처럼 대비를 무서워했다. 대비는 모르고 있지만 나와 왕이 의형제이니 내게는 대비가 의모였다. 그것도 조선에 다시없을 엄모嚴母였다. 특히 눈이 무섭도록 밝고 예민하면서 기억력이 비상해서 한번 보고 들은 것은 절대로 잊지 않았다. 나는 그저 아무것도 아닌 비천한 별감 나부랭이로 대비의 눈에 띄지 않는 것을 상책으로 삼았다.

중궁의 해산이 임박하자 해산청이 차려지고 궁궐 내부의 분위기가 긴박하게 돌아갔다. 왕의 장인 김만기의 발걸음이 잦아졌고 처삼촌인 김만중 또한 전전긍긍했다. 옆에서 보기가 딱할 정도였다. 왕비의 나이가 열일곱 살인데 초산이어서 진통이 오래갔다. 민간에서 제수씨가 아기를 낳을 때 아기의 큰아버지 되는 사람이 뭘 하는지, 어떤 심정인지 알 수 없었는데 별스럽게 가슴이 묵직하게 콩닥거리는 것이 전에 없던 일이었다.

물론 거기에도 약간의 딴 뜻이 없지는 않았다. 왕비가 대군을 생산하고 나면 왕의 사랑이 당연히 왕비에게 쏠릴 것이고 또 대군을 생산하고 또 하고 하다보면 장옥정은 왕의 승은을 입을 기회가 날아가버릴 것이므로 아주 늙어버리기 전에 내 품에 안길지도 모른다는. 하지만 왕비는 오랜 산고 끝에 공주를 낳았고 그 때문에 궁궐 안팎의 기대는 물거품처럼 잦아들었다.

"중궁의 연치가 이제 겨우 열일곱이오. 아직 창창한 세월이 남아 있으니 전혀 걱정할 일이 아니오. 나 또한 명선공주를 열여덟에 낳았소. 연년생으로 주상과 명혜공주를 낳았으니 속담에 첫딸은 살림 밑천이라는 말대로 든든한 받침이 되어주었지요."

대비는 왕에게 그렇게 말했다. 명선공주와 명혜공주는 사 년 전 마마가 돌 때 두 달 간격으로 세상을 떠나고 말았다.

"어마마마, 조금도 심려치 마시오소서. 다만 중궁이 몸이 연약하고 회복이 더뎌서 그것이 걱정이옵니다. 중궁 또한 태어났을 때 울음소리가 너무 약해서 집안사람들이 혹시 죽을까 염려했는데 의원이 잘못된 곳은 없고 성격이 그러하다 했다 합니다. 타고난 존귀함이 있다고 일컬어졌으니 반드시 원자를 낳아 왕실을 만세의 반석에 올려놓을 것입니다."

중궁은 공주를 낳고 나서 한결 더 성숙한 아름다움이 더했고 타고난 조용함과 덕성으로 인해 왕과의 사이가 더없이 좋았다. 당분간 왕이 장옥정을 찾을 일이 없을 것 같았다. 그래도 장옥정은 요지부동이었다. 왕이 끝까지 자신을 돌아보지 않고 그 아까운 아름다움과 젊음이 다 스러진다 하더라도 내게는 오지 않겠다는 것이었다.

박태보가 나타남으로 해서 장옥정에 대한 나의 관심이 많이 사그라든 건 사실이었다. 장옥정도 박태보도 전혀 모르는 일이었지만. 다른 일은 몰라도 남녀지간의 일이란, 아니 사람과 사람 사이의 사랑에 관한 일이란 마음대로 되지 않았다. 정녕 월하노인이 배필을 정해놓은 대로 할 수밖에 없는 것인가. 나와 장옥정 사이에 배필이 될 인연이 있다면 그리되리라. 박태보와 나 사이에 그럴 일은 없을 것이므로 그리되리라. 어찌되든 운명이 정해지는 대로 따를 수밖에 없다 마음을 고쳐먹고 내수사와 할머니의 자산을 경영하는 데로 전심을 기울였다.

산삼씨를 받아 산에 심어서 거두는 일은 막상 시간이 너무 오래 걸렸고 잘된다는 보장도 전혀 없었다. 산삼은 깊은 산속에서 삼이 자라기 적합한 온도, 습도, 토질, 그늘, 소나무와 떡갈나무의 유무 등 복잡다단한 조건이 갖춰진 곳에 씨나 모종을 키워서 최소 십오 년 이상, 보통 이삼십 년은 자라야 했다. 자라는 동안 환경이 나빠지면 주변 조건이 좋아질 때까지 수십 년을 잠을 자기도 했다. 물론 그동안은 조금도 자라지 않았다. 조이수가 재배한 삼의 산출이 조금밖에 되지 않는다고 했던 데는 다 이유가 있었다. 그러던 차에 강계부사로 있던 박진한이라는 자가 사람 발목 굵기의 인삼 이백 근과 극상의 담비 가죽 수백 장을 한양의 경상에게 실어 보내고 동래의 왜관에서 은과 바꿔간 일이 알려졌다. 박진한은 충청병사로 있었을 때에도 뇌물 주고받기를 끊임없이 하여 탄핵을 당했는데 뒤를 봐주는 권문세가에 꾸준히 뇌물을 바쳐 자리를 보전해오다가 결국 붙들려서 벌을 받았다.

"도대체 박진한 같은 탐관오리의 뒤를 봐주는 권문세가라는 게 누구를 말하는 것이오? 칠공七孔, 눈, 코, 귀, 입이 다 썩어 문드러질 놈 같으니라고."

장현과 변승업은 이구동성으로 이재에 밝고 뇌물을 많이 받아 챙길 만한 사람으로는 호조 판서를 지낸 바 있는 영상 허적이 단연코 제일 앞자리에 있다고 했다.

"내 조부가 강계부사를 지내시며 죽어가는 백성을 살리셔서 산부처 칭호를 들으셨는데 강계에는 아직 내 조부의 공덕을 기억하고 찬양하는 이들이 많소. 지난 일이니 할 수 없지만 박진한 같은 이가 뒤로 빼돌리는 눈먼 인삼을 잘 단속해서 우리 것으로 해야만 하니 당장 강계로 사람을 보내시오. 내 조부의 명호만으로도 강계를 우리의 터전으로 삼을 수 있소."

허적과 조성위를 비롯한 남인 권문세가들은 벼슬에서 나오는 녹봉으로 전혀 만족하지 못했다. 뇌물로도 부족했다. 횡령과 약탈로 재산을 불리고 심지어 염치없이 돈놀이까지 했다. 굶기를 밥먹듯 하던 거지가 밥을 실컷 먹을 수 있을 때 먹어두려는 것과 같았다. 그러다가 배가 터지는 법이 아니던가. 오래도록 권력을 잡아온 서인들에게는 최소한의 절제와 질서가 있었다. 남인들은 그러지를 못했다.

조성위는 탐관오리로 여러 번 탄핵을 받았다. 왕을 만날 때에 늘 "옥체가 만강하오시고 옥안이 수정처럼 맑고 일월처럼 밝으시니 군주의 옥용이 이처럼 상서로운 것은 국가와 신민의 다시없는 홍복이옵니다"라는 말로 아첨을 일삼았다. 손을 쳐들고 실실 웃으면서 말을 하는 버릇이 있어서 김석주는 대놓고 "나는 조성위의 손모가지를 보는 게 정말 짜증이 난다"고 했다. 호조 판서가 되어서는 화려한 비단과 값진 보배를 보고 좋아 날뛰면서 제 것처럼 집으로 가져갔는데 수하 관리들이 눈을 가리고 못 본 체했다. 소현세자가 남긴 재물을 시장에 내다팔 때 시가의 몇 배를 붙여서 결국 안 팔리게 한 뒤에 제 것으로 만들기도 했다. 스스로 말하기를 "호조는 참으로 좋은 곳이로다. 서인들이 이 좋은 벼슬자리를 어찌 두고 갔을꼬. 지화자 좋구나!"라고 했다. 뇌물을 많이 받기는 했지만 저 또한 뇌물을 바쳐야 할 데가 많아서 이익을 독차지하지 못하는 게 불만이었다.

조정에서 왕의 신임을 가장 많이 받는 인물로는 허적, 권대운, 허목, 윤휴, 홍우원 외에 조이수, 목내선, 이무 등이 꼽혔다. 특히 조이수는 생김새가 아리땁다 할 만큼 그럴싸했고 같은 말을 해도 귀를 달콤하게 했으므로 왕이 자주 불러 이야기를 들었다. 이를 본받은 게 이적 등인데 조이수처럼 용모를 가꾸는 데 돈을 아끼지 않았다. 왕의 총애는 곧 부와 뇌물, 엽색으로 이어졌다.

나라 안의 재물과 미색은 한계가 있었다. 수탈을 할 만한 백성 역시 한도가 있었고 참는 것도 한계가 있었다. 권세를 잡고 왕을 좌지우지하는 힘을 가졌다고 믿는 귀근貴近들끼리 서로 치고받는 아귀다툼이 곳곳에서 벌어졌다. 상처에서 곪는 냄새가 음식 썩는 냄새처럼 등천하는데 백성들은 헐벗고 굶주리고 있었다.

37장 이별의 노래

 궁궐로 사람을 넣어서 전갈을 보내기가 그리도 힘든 일이었던가. 할머니가 나를 집으로 불러오기 위해 내금위 영장에게 찔러주었다는 돈의 액수에 입이 떡 벌어졌다. 그 돈을 그냥 날 준다고 하면 하루에 열 번이라도 올 수 있었을 터인데. 실상 그놈의 영장은 할머니의 병환에 관해서는 내게 아무 말도 하지 않고 할머니가 찾으니 집에 가보라고만 했다. 못했는지도 모르지만. 김만중이 와서 할머니가 위독하다고 전해주어서 온 것이었다. 물론 김만중은 돈 따위는 받지 않았다. 내가 있건 없건 기생방에 다녀가며 할머니와 세월과 신분을 잊고 친구가 되었다니까.

 "어쨌든 왔으니 되었다."

 할머니는 병석에 누운 지 이레째라고 했는데 몇 년을 누워 산 사람처럼 자못 편안해 보였다.

 "할머니가 되었다니 그럼 나는 그만 대궐로 갈게요. 또 일 있으면 부르셔요. 앞으로는 그 돈 절 주시고. 꼭."

내가 몸을 돌리는 체하자 할머니는 추월이를 불렀다.

"이 빌어 처먹을 자식을 바로잡을 사람은 너뿐이다. 언제나 철이 들꼬."

해서 출신인 추월이는 기생으로는 환갑을 지난 스물다섯의 나이로 눈빛은 산전수전 다 겪은 노인이었다.

"앞으로 이 아이가 나 대신 우리 집안의 살림을 도맡을 터이다. 네가 장가를 가지 않으니 어쩔 수가 없다. 바깥 살림과 장사는 조도사가 지금처럼 팔도의 차인差人, 남의 장사하는 일에 시중드는 사람을 부려서 경영을 잘할 터이니 객주며 전장을 돌보는 것도 조도사를 통해 하면 된다. 네가 모르는 살림도 여기저기 흩어져 있으나 그런 건 다 이 사람들 손에 맡기고 내 죽은 뒤 너는 그저, 그저……"

갑자기 할머니의 입에서 기침이 터져나왔다. 곡기를 끊은 지 이레가 되었다는데 어디에 기운이 남았는지 가슴이 부서지기라도 할 듯 격한 기침이어서 뭐라 대꾸하려던 말이 쑥 들어가버렸다. 내 할머니가 아니라도 가련한 여자라는 생각이 들었다.

양반의 서녀, 기생의 딸로 태어나 사또의 아들을 만나 혹여나 신세가 바뀔까 하였다가 정실도 모르는 첩실 자리로 들어가 숨어살게 되고, 마침내 집을 뛰쳐나와서 남편보다 훨씬 더 큰 규모의 사업과 부를 이루었으나 끝내 남편은 늙은 정실이 기다리는 시골로 내려가버리고 남의 사람인 양 죽었다. 하나뿐인 아들은 임경업인지 죽은 귀신인지를 따라간다고 가서는 살았는지 죽었는지 소식 한 장 없고 마지막 남은 혈육은 철딱서니 없는 파락호로 시종하더니 난데없이 궁궐 사람이 되어가지고 코빼기도 보이지 않는다. 여전히 뒷날을 기약할 수 없는 어린아이에 불과하니 더이상 뒤를 받쳐줄 시간도 없다. 할머니의 가슴팍에 선홍빛의 핏방울이 몇 개 튀어 있는 것을 나는 보았다.

"청승 떨지들 말고 그 버들노래나 하나 해보아라. 지난밤에 네가 행악하던 구리개 왈짜패 여섯을 한 번에 진압한 그 노래. 듣고 싶구나."

어릴 때부터 기생방에서 살아온 나는 기생방의 노래는 웬만한 기생보다 더 잘 알았다. 할머니는 선조 임금 때의 기생 홍랑의 시조를 청하는 것이었다. 추월이 눈가를 훔치더니 가만한 손짓으로 방바닥을 두드리며 시조창을 하기 시작했다.

묏버들 가려 꺾어 보내노라 임의 손대
주무시는 창밖에 심어두고 보소서
밤비에 새잎 나거든 날인가도 여기소서

보통은 시조창에서 앞의 두 구절만 부르고 한 구절은 생략하는 법인데 웬일로 전부 다 불렀다. 무릎을 치고 있던 손으로 손뼉을 치며 "오매, 좋구나" 하는 소리가 내 입에서 절로 터져나오는 것을 어찌할 도리가 없었다. 할머니가 나를 보며 빙그레 웃었다.

"씨도둑 못한다더니 풍류는 알아가지고."

이어서 홍랑이 최경창의 정인이었다가 헤어진 뒤 최경창이 죽고 나서 삼 년 시묘살이를 하고 얼굴을 바늘로 찌르고 숯을 삼켜 사람들이 알아보지 못하게 하여 절개를 지켰다는 고사를 말해주었다. 어릴 때부터 들어 잘 아는 이야기였다.

이어서 한 가락 더 하라는 말이 떨어졌다. 추월은 자리를 바로 하더니 "이번에는 부안 기생 매창의 시조를 하려 합니다" 하고 인사를 차렸다.

"원래 해서 기생들은 절개가 있어서 한두 사람만 상대한다더니 내가 오늘 호강하는구만."

내가 대꾸하자 추월이는 어른스러운 눈길로 나를 나무라듯 바라보고는 옷매무새를 매만졌다. 이상하게 가슴이 두근거렸다. 기생을 보면서 그런 느낌을 받기는 또 오랜만이었다.

"이번에는 매창이냐? 그이는 내가 좀 사연을 아느니라."

할머니가 숨가빠하며 시키지도 않은 이야기를 하기 시작했다. 매창은 전라도 부안의 관기로 고을 아전의 딸이었다. 시와 노래에 능하고 거문고를 잘 탔다. 매창이 지은 수백 수의 시 가운데 아전들이 외워 전하던 시 58수가 『매창집』으로 간행되었다. 매창은 당대의 명사들을 많이 만났는데 가장 가까이 지낸 사람이 유희경이다. 유희경은 천민 출신이었지만 성품이 깨끗하고 효성스러웠으며 특히 시를 잘 지었고 차천로와 허균, 이수광, 유몽인 등 당대의 명류와 활발히 교류했다. 임진란 때에는 의병을 모으고 유성룡을 도와 싸워 나라에 충성을 다한 공으로 통정대부가 제수되었다.

"형아야, 네가 유희경의 본을 받아 통정대부를 하라는 것이 아니다. 그저 네가 하고 싶은 대로 살되 너의 뿌리와 가지가 되는 사람들을 잊지만 않으면 된다. 내가 뭘 더 바라겠느냐."

나는 할머니의 손을 잡고 약속했다.

"할머니, 내가 할머니 마음이 뭔지 다 알고 있소. 내 비록 할머니 살아신 제 효도를 한 적이 없지만 할머니나 할아버지, 부모의 이름 앞에 부끄럽지 않게 살 각오는 하고 있소. 두고 보시오, 내가 통정대부 아니라 가선대부, 자헌대부, 대광보국숭록대부를 못하는지. 언젠가 할머니 무덤 앞에 정경부인 푯말을 세워드리겠소. 딱 한 번만 믿어보시오."

할머니가 내 머리를 쓰다듬는가 싶더니 얼굴을 천천히 매만졌다.

"애야, 나는 정말 네게 아무것도 바라지 않는다는데 그러는구나. 이제 노래나 하나 듣자. 둘이 같이."

이윽고 추월이 느릿느릿 한 서린 노래를 부르기 시작했다.

이화우 흩뿌릴 제 울며 잡고 이별한 임
추풍낙엽에 저도 날 생각는가
천리에 외로운 꿈은 오락가락하노매

할머니의 주름진 손에서 어느덧 힘이 사라지고 부드러움과 약간의 온기만 남았다. 나는 웃음을 머금고 눈을 감은 할머니의 가슴에 머리를 대고 눈물을 흘렸다. 노래는 계속되었다. 영원히 끝나지 않을 것처럼. 할머니, 할머니, 평안히 가세요. 미안해요. 정말 미안했어요. 고마워요. 정말 고마웠어요.

추월이 할머니의 유서를 내밀었다. 한글로 쓰여 있었고 사업을 하는 사람끼리 주고받는 문서처럼 수결까지 쳐져 있었다.

―사람이 살며는 얼마나 살더란 말이냐. 인생 백 년이라 하여도 삼

만육천오백여 일에 불과한 것을. 기뻐하고 즐거워하며 효도하고 충성하고 우애스럽게 지내기에 바쁜 시간이니 쓸데없는 노여움으로 제 몸을 태우지 말고 슬픔으로 심혼을 삭게 하지 말지니라.

내 죽은 뒤 몸은 깨끗이 화장을 하여 뼈를 갈아다가 나 태어난 지리산의 바람 많은 성삼재에 뿌려다오. 내 쉬 구천에 가지 않고 이 땅의 하늘에 머물면서 내 핏줄이 세상의 풍상과 파도에 휩쓸리지 않고 온전히 복락을 누리며 살아가는지 지켜보려 하노라.

내 평생 남아 대장부라 하는 족속을 부러워하지 않고 통쾌하게 살려 하지 않은 바가 없었지만 가슴 한구석에 평생 피맺힌 바는 죽었는지 살았는지 모를 자식 하나의 일이라. 이미 이십여 년 전 연락이 돈절되었으니 지금쯤 어느 하늘 아래 흰 해골이 되어 뒹굴고 있을지. 곧 가서 아들을 만날 수 있다면 그보다 더한 기쁨이 없겠노라.

우리 형아는 내 유일한 혈손으로 막중한 대업을 이룰 몸이니 존경하는 여러 동무들은 나와 다름없이 형아를 도와주시오. 형아는 만나는 사람 사람을 소중하게 여겨 박절하게 인연을 끊지 말 것이며 때에 맞게 무겁고 신중하게 처신하기 바라노라. 네가 아비를 만나고 못 만나고는 하늘이 정해둔 바가 있을 것이요, 억지로 없던 일을 만들려 해서는 아니 될 것이다. 내 잠시 살아본 바로는 누군가 뭔가 어떤 때가 오기를 기다리는 그것이 인생이더라.

살아서 여러분의 은혜와 사랑을 입었고 죽어서도 향초와 차의 예를 흠향할 것이니 너무 슬퍼 마옵소서. 곧 만날 날을 기다리고 있으리다. 그때 다시 만나 춤추며 영원무궁한 기쁨을 노래하리라.

부우우욱, 하고 하늘과 땅 사이의 허공이 거대한 종잇장처럼 찢어

지는 듯한 소리를 들으며 나는 그 자리에서 엎드러져서 혼절하고 말
았다.

1 조선 19대 임금(1661~1720). 숙종이라는 묘호는 사후에 붙여졌다. 현종과 명성왕후 김씨의 소생이며 7세에 세자로 책봉되고 14세 때 아버지 현종의 대를 이어 대위에 올랐다. 재위 기간 중에 여러 산성을 수축하고 상평통보를 발행하였으며 대동법을 전국에 확대 실시했다. 갑인예송, 경신환국, 기사환국, 갑술환국 등을 통해 수시로 정권을 교체하며 강력한 신권을 제어하고 왕권을 강화하여 조선 후기 르네상스로 일컬어지는 영·정조시대를 여는 바탕을 만들었다. 능은 고양 서오릉에 있는 명릉이며 계비 인현왕후와 합장되어 있다.

2 허목(1595~1682). 자는 문보(文甫), 화보(和甫). 정구의 문하에서 수학하였으며 천문, 지리, 도가 등에 능통하고 전서체 등 글씨에 해박한 지식을 가지고 있었다. 기해예송 당시 효종을 적장자의 예로 대우하여 자의대비가 3년복을 입어야 한다고 주장하였으나 채택되지 않았고, 갑인예송에서 자신의 주장대로 기년복(朞年服, 자의대비가 승하한 인선왕후를 맏며느리로 하여 1년복을 입는 것)이 채택되고 나서 사헌부 대사헌, 이조 참판, 이조 판서를 거쳐 의정부 우의정 겸 영경연사, 사복시 제조를 지냈다. 북인 출신인 윤휴와 함께 청남을 이끌었다. 목내선 등의 남인계 학자들이 그의 문하에서 다수 배출되었고 시문에도 능하여 당대의 명문대가, 부호들이 그에게 묘비명과 신도비명을 부탁하였다.

3 송시열(1607~1689). 자는 영보(英甫), 호는 우암, 우재(尤齋). 김장생과 김집으로부터 성리학과 예학을 배웠다. 27세 때 생원시에서 장원급제하

고 봉림대군(후일의 효종)의 사부로 임명되었다. 1649년 효종이 즉위하여 벼슬에 나아갔는데 존주대의(尊周大義, 춘추대의에 의거하여 중화를 명나라로, 이적을 청나라로 구별하여 밝힘)와 복수설치(復讐雪恥, 청나라에 당한 수치를 복수하고 설욕함)를 역설한 것이 효종의 북벌 의지와 부합하여 효종의 절대적 신임 속에 북벌 계획의 중심 인물로 활약했다. 효종이 급서한 뒤 자의대비의 복제 문제로 기해예송이 일어나며 낙향하였고 1668년 우의정, 1673년 좌의정에 임명되었을 때 말고는 주로 재야에 은거하여 선왕의 위광과 사림의 중망을 바탕으로 막대한 정치적 영향력을 행사했다. 1674년 갑인예송에서 예를 그르친 죄로 파직, 삭출되고 덕원으로 유배되었다가 뒤에 장기, 거제 등지로 이배되었다. 1680년 경신환국으로 서인들이 다시 정권을 잡자 유배에서 풀려나 영중추부사 겸 영경연사로 임명되었다. 1683년 노소분당이 일어나고 1689년 기사환국 당시 원자 정호에 반대하는 소를 올렸다가 제주도로 유배되었다. 그해 6월 서울로 압송되어오던 중 정읍에서 사약을 받고 죽었다. 1694년 갑술환국으로 다시 서인이 정권을 잡자 관작이 회복되고 전국 각지에 서원이 세워졌으며 '문정'이라는 시호가 내려졌다. 1717년 왕명에 따라 167권의 『우암집』이 간행되었고 1787년 다시 빠진 글들을 수집, 보완한 215권 102책이 『송자대전』이라는 이름으로 출간되었다.

4 채동구(1594~1670). 자는 여경(汝慶). 1640년 시골 선비의 몸으로 복수설치를 논하는 과감한 소를 올렸다가 김상헌, 조한영과 함께 청나라 심양에 끌려갔다. 청나라에서 갖은 고초와 협박, 고문을 당하면서도 백골이라도 오랑캐의 땅에 묻힐 수는 없고 살을 베어 포(脯)를 만들어서라도 내 나라에 돌아가 묻히겠다는 기개를 보여주고 투옥 끝에 석방되었다. 나이가 쉰이 넘어서야 지방 수령의 추천으로 선공감의 종구품 임시직으로 벼슬길에 나아갔고 목천현감, 석성현감 등 작은 고을의 원을 지내고 내자시, 활인서, 사복시, 사축서, 군자감 등을 거쳐 평시서 영(종오품)을 지내던 중 사망했다. 사후 영조 임금이 이조 판서를 증직하고 정조 임금이 '경헌'이라는 시호를 내

렸다. 〔원주〕

5 탁문군은 중국 서한시대 왕족의 딸로 거문고와 문장에 뛰어났는데 남편이 죽어 친정에 와 있다가 손님으로 온 문인 사마상여의 거문고 연주에 반해 함께 가출해 술집을 차렸다. 이후 사마상여가 출세하여 기생을 첩으로 맞아들이려 하여 '일이삼사오륙칠팔구십백천만'이란 열세 자의 편지를 보냈는데 탁문군은 숫자 중에서 유독 '억(億)'이 빠진 걸 보고 '무억(無憶, 기억하지 않음)'을 암시한다는 것을 알아차렸다. 탁문군은 답으로 "아침이슬이 마르고 여인의 향기 떠나가네 / 이에 백두의 노래를 불러 이별을 슬퍼하노라 / 바라건대 앞으로 맛있는 음식을 드실 때 / 저를 더는 괘념치 마시오 / 저 호호탕탕한 금강에 대고 맹세하건대 / 이후로는 당신과 영원히 만나지 않으리라"라는 시를 써 보내고 이어 "아, 낭군이여, 다음 생애에는 그대가 여자가 되고 내가 남자가 되기를"이라고 끝을 맺었다. 시를 받아본 사마상여는 탁문군의 재주에 깜짝 놀라면서 자신의 행실을 부끄럽게 생각했고 이후로 다시는 첩을 맞아들일 생각을 하지 않았다. 〔원주〕

6 고대 중국 교육의 여섯 가지 과목, 곧 예(禮)·악(樂)·사(射)·어(御)·서(書)·수(數). 육학(六學)이라고도 하며 선비가 갖출 기본적인 교양으로 간주되었다.

7 송준길(1606~1672). 자는 명보(明甫). 김장생과 김집의 문하에서 수학하였으며 친척인 송시열과 함께 양송(兩宋)으로 불리며 산당(山黨)을 대표하는 인물로 평가받았다. 예학의 대가 우복 정경세의 딸과 혼인하여 2남 3녀를 두었고 문하에서 민유중, 황세정, 남구만 등을 배출했는데 제자 중 민유중을 사위로 삼았다. 이후 대사헌, 호조 참판, 성균관 좨주, 병조 판서 등에 임명되어 송시열과 함께 효종의 측근에서 북벌을 추진하며 국정을 보필했다. 효종이 죽고 현종이 즉위하여 기해예송이 일어나자 송시열의 기년설

을 지지하여 남인 윤휴, 허목, 윤선도 등의 3년설과 논란을 거듭한 끝에 기년설을 관철시켰다. 1672년 사망 뒤 현종의 특명으로 영의정에 추증되었다.

8 이완(1602~1674). 자는 징지(澄之). 1624년 무과에 급제한 뒤 함경도, 황해도 등 여러 곳의 병사를 역임하였다. 1639년 무인 승지가 되었다. 1640년 청나라가 명나라를 치면서 조선의 파병을 요구했을 때 임경업의 부장으로 출전하여 고의로 배를 파손하고 풍파를 만난 것처럼 꾸며 명나라와의 충돌을 피했다. 1649년 효종 즉위 후 북벌과 관련된 요직을 두루 맡았다. 포도대장을 거쳐 어영대장에 올랐으며 1653년 공신이나 외척만이 임명되던 관례를 깨고 훈련도감 대장에 특별히 임명되어 16년 동안 직책을 유지하는 한편 한성부 판윤, 공조 판서, 형조 판서, 포도대장 등을 겸임하였다. 1674년 우의정에 제수되었고, 그해에 사망하였다.

9 천연두. 마마, 손님, 두진, 두환, 두창, 두신, 호귀마마 등으로도 불린다. 손님이나 마마로 부르는 것은 찾아오는 것을 막을 수는 없지만 잘 대접해 보내면 화를 면할 수는 있다는 데서 비롯되었다. 사망률이 매우 높으며 환자의 입, 코, 인후 점막에 있는 두창 바이러스가 기침 등에 의해서 주위 사람에게 옮겨져 감염을 일으킨다. 갑작스런 고열, 허약감, 오한이 두통 및 허리 통증과 함께 나타나며, 때때로 심한 복통과 의식의 변화가 나타난다. 붉고 작은 반점 모양의 발진이 구강, 인두, 얼굴, 팔 등에 나타난 후 몸통과 다리로 퍼져나가며 1~2일 이내에 수포(물집)로 바뀌었다가 농포(고름 물집)로 바뀐다. 회복되면서 딱지가 떨어진 자리에 깊은 흉터가 남는데 이로 인해 얼굴이 얽은 사람을 '곰보'라 한다.

10 호랑이를 잡는 사람. 조선에서는 세종 때부터 착호군을 두어 호랑이 사냥에 동원했는데 주와 부에는 50명, 군에는 30명, 현에는 20명 등 전국에 1만여 명에 이르는 착호인이 있었다. 왜란 이후 훈련도감 등 중앙의 군문에

서 지역을 나누어 호랑이를 잡게 하고 각 면에 호랑이 사냥을 주도하는 착
호장과 종적을 쫓는 심종장을 두었다.

11 섭정은 중국 전국시대 제나라의 백정으로 노모를 모시고 살았는데 엄
중자가 한나라의 재상 협루를 죽여달라고 청하면서 노모의 생신 선물로 황
금을 주었으나 이를 받지 않고 청탁도 수락하지 않았다. 후일 노모가 죽어
장례를 마친 뒤 섭정은 엄중자가 비루한 신분인 자신을 찾아와 어머니의 장
수를 축원하고 자신을 알아준 것에 감동하였다며 협루를 찾아가 그를 칼로
찔러 죽였다. 이어 자신의 칼로 스스로의 얼굴 가죽을 벗기고 눈을 도려냈
으며 배를 갈라 창자를 끄집어내고 죽어서 그가 누구인지 아는 사람이 없었
다. 역이기는 진나라 말기의 인물로 평소 독서를 즐겼지만 집안이 가난해서
마을의 성문을 관리하는 감문리로 있었다. 술을 즐기고 능력을 드러내지 않
아 미치광이 선생이라고 불렸다. 한고조 유방을 만나 그의 뜻이 큰 데에 감
복하여 세객으로 여러 제후들을 한에 복속시키는 데 큰 공을 세웠다. 역이
기가 제나라를 한에 투항시키려고 하여 설득에 성공했을 때에 한신이 그의
공을 시기하여 군사를 몰아 쳐들어가자 제왕이 자신을 속였다고 하여 역이
기를 솥에 삶아 죽였다.〔원주〕

12 범강과 장달은 『삼국지연의』에 나오는 장비를 암살한 인물로 키가 크
고 흉포한 사람을 가리킨다.

13 "나이가 배가 더 많은 사람에게는 아버지 섬기듯 하고(年長以倍則父事
之), 십 년이 더 많으면 형을 섬기듯 하며(十年以長則兄事之), 오 년이 더 많
으면 어깨를 나란히 하되 조금 뒤서서 따라간다(五年以長則肩隨之)."(『예
기』)〔원주〕

14 암행(暗行)은 남모르게 은밀하게 행하는 것, 명행(明行)은 신분을 드러

내어 행하는 것. 〔원주〕

15 중궁전은 왕비가 거처하는 전각이며 왕비의 공식 명칭은 '후비'이다. 왕비의 일반적인 호칭으로 많이 쓰인 '중전' '중궁'은 건물을 통해 사람을 지칭하는 것으로, 안에 있다는 뜻을 더해 '내전'이라고도 한다. 대궐 문지방 안에 사는 사람이라는 뜻으로 '곤위' '궁위'라는 말도 쓰며 만백성의 어머니라는 뜻의 '국모' 또한 자주 쓰인다.

16 나라의 큰 의식에서 임금의 축수를 표하기 위하여 신하들이 두 손을 치켜들고 '만세' 또는 '천세'를 일제히 외치던 일. 〔원주〕

17 1644년(인조 22년) 남한산성 수어사 심기원 등이 회은군 이덕인을 추대하려다 발각되어 처형된 사건. 심기원은 인조가 소현세자를 지나치게 두려워하고 강빈을 감시하는 것에 불만을 가지고 인조를 왕위에서 끌어내리고 소현세자를 옹립하려다 여의치 않자 회은군을 추대하여 모반을 꾀했다. 하지만 훈련대장 구인후에 의해 반정 모의가 탄로나 일당은 주살되고 회은군은 사사되었다. 중국에 잡혀가 있던 임경업도 관련이 있다 해서 소환되어 국문을 받던 중 옥사했다. 〔원주〕

18 학식과 문벌이 높은 사람이 맡는 관직으로 문관은 의정부, 이조, 병조, 사헌부, 사간원, 홍문관, 예문관 등, 무관은 도총부, 선전관, 부장 등이 해당되었다. 청요직에는 과거 출신자만이 임용될 수 있었다. 〔원주〕

19 세상을 다스리는 도리 또는 방도. 사림정치에서 천리를 밝히고 인심을 바르게 하며 이단을 배척하고 정학을 북돋우는 일 등을 뜻하는 말로 쓰였으며, 이러한 통치를 이룩하기 위한 권력을 행사하는 것이나 행사하는 사람을 가리키기도 했다. 조광조가 도학의 원리를 정치사상으로 심화시킨 데서 처

음으로 주창되었다.

20 각진기도는 각각 힘을 다하는 것. 동인협공은 『서경』의 '고요모'에 나오는 말로 모든 신하들이 힘을 합쳐서 국사를 떠받드는 것. 〔원주〕

21 김식(1482~1520). 본관은 청풍. 자는 노천(老泉), 호는 사서(沙西). 사림파의 대표적 인물로 한양에서 출생 성장하고 조광조와 함께 과거를 치르지 않고 벼슬에 서용되었다. 1519년 4월 사림파의 건의로 실시된 현량과에서 장원으로 급제하였다. 과거 급제 후 닷새 만에 성균관 사성이 되었고, 며칠 뒤에는 홍문관 직제학에 올랐다. 그해 11월 기묘사화가 일어나자 선산에 유배되었다. "해는 기울어 하늘은 어둑한데 텅 빈 산사 위에 구름이 떠가네 / 군신 간 천년의 의리는 어느 외로운 무덤에 있는가"라는 시를 남기고 자결하였다. 명종 때 복관되었으며, 선조 때에 영의정에 추증되었다.

22 남자의 관례에 대응하는 여자의 성인 예식으로 15세가 되거나 약혼을 하면 땋았던 머리를 풀어 낭자를 하고 비녀를 지르게 했다.

23 대동법에 의해 설치되어 대동미와 포, 전의 출납을 맡아보던 관청.

24 요한 아담 샬 폰벨(湯若望, 1591~1666). 예수회 선교사로 중국에 건너가 유럽 역법을 소개하고 세 차례나 월식을 정확하게 계산해냄으로써 명성이 높아졌다. 명나라 말기부터 역법 수정 작업에 참가하면서 혼천구, 지평일구, 망원경, 나침반 등을 제작했으며 화포 제작하는 일을 감독하고 궁중 환관과 후비, 귀부인 등 수백 명에게 세례를 주었다. 청 정부는 그가 편역한 『서양신법역서』를 토대로 '시헌력'을 반포했다. 순치제는 그를 만주어로 아버지의 존칭어인 '마파(瑪法)'로 부르며 그에게 '통현교사(通玄敎師, 진리를 통달한 선생)'라는 봉호를 내렸다. 강희제 등극 이후 보정대신 오배 등이

탄핵하여 사형을 언도받았으나 때마침 북경에 지진이 일어나자 태황태후의 힘으로 죽음을 면하고 석방되었다. 소현세자와도 자주 만나 천주교 관련 서적과 서양의 여러 물품을 전해주었다. 〔원주〕

25 조선시대 형법전으로 준용된 『대명률』에 나오는 오형 중 하나. 비교적 중한 죄를 지은 사람을 구속해 3년 이내의 기한 동안 소금을 굽거나 쇠를 녹이는 일, 제지, 기와 만들기, 숯 만들기 등의 노역에 처하는 것으로 반드시 장형을 부과하였다. 장 60대에 도 1년, 장 100대에 도 3년 등 다섯 등급이 있었다. 금전으로 형을 갚을 수 있었고 일반 귀양지보다 가까운 곳에 배치되고 부모처자의 자유로운 내왕이 허락되었다.

26 기해년(1659년) 효종이 승하했을 당시 송시열은 대통을 계승해도 3년 복을 입지 못하는 네 가지 예외 규정(四種說) 중에서 세번째인 '체이부정'을 들어 기년복을 고수하려 했다. 효종이 적자이지만 둘째 아들로서 왕위를 계승하였기 때문에 혈통을 기준으로 보아 차자이므로 서자(중자)라 한 것이다. 송시열 등 서인은 왕실과 사대부, 서민에게 공통으로 『주자가례』를 적용하는 입장에서 천하가 같은 예법을 쓴다는 '천하동례'의 원칙을 내세웠고 남인 허목, 윤휴 등은 제왕의 예법은 사대부와 서민의 예법과 다르다는 '왕자예부동사서(王者禮不同士庶)'의 원칙으로 맞섰다. 송시열의 사종설은 신권을 강화하자는 것이고 남인의 주장은 왕권을 강화하려는 취지로 볼 수 있다.

27 중국 한 무제는 흉노와의 전비를 마련하기 위해 상홍양을 등용해서 소금과 철, 술의 생산과 유통을 독점하는 전매제를 실시하도록 했다. 『한서』 '복식열전'에 의하면 기원전 110년 가뭄이 들어 한 무제가 백관들에게 비를 내리게 하는 방도를 물었을 때 복식이 "고위 벼슬아치들은 모두 백성들의 세금으로 먹고 입는데 상홍양이 시장의 이익을 독점하려 합니다"라며 "상홍양을 삶아 죽여 제사를 드려야만 하늘이 비를 내릴 것입니다(亨弘羊 天乃

雨)"라고 말했다고 한다. 〔원주〕

28 문과방목, 사마방목 등에서 과거 응시자의 가족 상황을 나타낼 때 쓰는 말로 양친이 모두 죽고 없는 경우를 말한다. 구경하(具慶下)는 부모가 모두 살아 계신 경우, 자시하(慈侍下)는 부친만 돌아가신 경우, 엄시하(嚴侍下)는 모친만 돌아가신 경우, 중시하(重侍下)는 조부모와 부모가 모두 살아 계셔서 모시고 사는 경우를 뜻한다. 〔원주〕

29 현종 재위시인 경술년(1670년)과 신해년(1671년)에 걸친 자연재해로 수많은 백성이 굶주림과 질병으로 죽은 사건. 경신대기근이라고도 한다. 소빙기로 인한 17세기의 범세계적 기상이변의 연장선에 있었다. 기록에 따르면 하늘에서 햇무리, 흰 무지개, 달무리, 우레 등의 불길한 징조가 거듭 나타났고 유성이 나타나고 운석이 떨어졌다. 강한 지진이 잇달아 발생했고 염병, 역병이 창궐해 수천 명이 죽거나 감염되었다. 서리와 우박이 연이어 내려 목화, 삼에 이어 밀과 보리 등이 말라 죽었다. 아이가 우박에 맞아 죽는가 하면 꿩, 토끼, 까마귀, 까치 등이 숱하게 죽었다. 메뚜기가 들판에 퍼져 각종 곡식을 먹어치우고 딱정벌레들이 물밑으로 들어가 해를 끼쳤으며 참새가 하늘을 뒤덮어 곡식은커녕 도토리와 밤도 열리지 못했다. 소가 4만 마리 이상 죽고 백만 명이 굶어죽었다.

30 선대의 사업을 잘 계승하되 현실에 맞게 발전시키고 변통하는 것. 계술이라고도 한다. 『중용』 19장의 "무릇 효라는 것은 선인의 뜻을 잘 계승하여 선인의 사업을 잘 발전시키는 것이다(夫孝者 善繼人之志 善述人之事者也)"라는 구절에서 나온 말이다. 〔원주〕

31 조선 중기 사림파가 정계를 장악한 이후 자주 쓰인 말로, 교리를 어지럽히고 사상에 어긋나는 언행을 하는 사람을 일컫는 것. 성리학 이외의 다

른 학문을 연구하는 학자를 비판하는 단어로 활용되었다. 사문(斯文)은 유학, 혹은 유학을 신봉하는 선비를 의미한다.

32 '아름다운 병은 나쁜 약만 못하다(美疢不如惡石)'는 『춘추좌씨전』 양공 23년조에 나오는 말로, 장손흘이 어떤 사람에게 '계손씨가 나를 사랑하는 것은 질병 같고 맹손씨가 나를 미워하는 것은 약과 같다'고 답한 내용이다. 당장 귀로 듣기에 좋은 것과 사랑받는 것은 병과 같고 당장은 아프고 미움받는 것이라도 약처럼 내게 이롭다는 뜻이다. 맹손씨가 죽은 뒤 아들 중 형인 질이 아닌 유능한 동생 갈이 후계자가 된 것이 인조의 장자인 소현세자와 봉림대군에 비견되는 것으로 사람들이 인식한 것이다. 〔원주〕

문학동네 장편소설
왕은 안녕하시다 1
ⓒ 성석제 2019

1판 1쇄 2019년 1월 8일
1판 4쇄 2019년 10월 11일

지은이 성석제
펴낸이 염현숙
책임편집 이상술 | 편집 정은진 김내리 이성근 황예인
디자인 김현우 유현아 | 마케팅 정민호 박보람 나해진 최원석 우상욱
홍보 김희숙 김상만 오혜림 지문희 우상희
제작 강신은 김동욱 임현식 | 제작처 영신사

펴낸곳 (주)문학동네
출판등록 1993년 10월 22일 제406-2003-000045호
주소 10881 경기도 파주시 회동길 210
전자우편 editor@munhak.com | 대표전화 031) 955-8888 | 팩스 031) 955-8855
문의전화 031) 955-3576(마케팅) 031) 955-8864(편집)
문학동네카페 http://cafe.naver.com/mhdn | 트위터 @munhakdongne
북클럽문학동네 http://bookclubmunhak.com

ISBN 978-89-546-5451-7 04810
* 이 책의 판권은 지은이와 문학동네에 있습니다.
  이 책 내용의 전부 또는 일부를 재사용하려면 반드시 양측의 서면 동의를 받아야 합니다.
* 이 도서의 국립중앙도서관 출판예정도서목록(CIP)은 서지정보유통지원시스템 홈페이지
  (http://seoji.nl.go.kr)와 국가자료공동목록시스템(http://www.nl.go.kr/kolisnet)에서
  이용하실 수 있습니다.(CIP 제어번호: 2018041853)

www.munhak.com